U0134661

SHERLOCK HOLMES

福爾摩斯全集

V

亞瑟·柯南·道爾爵士 (Sir Arthur Conan Doyle 1859–1930)，英國小說家，因塑造歇洛克·福爾摩斯而成為偵探小說歷史上最重要的作家。《福爾摩斯全集》被譽為偵探小說中的聖經，除此之外他還寫過多部其他類型的作品，如科幻、歷史小說、愛情小說、戲劇、詩歌等。柯南·道爾1930 年 7 月 7 日去世，其墓誌銘為「真實如鋼，耿直如劍」(Steel True, Blade Straight)。

柯南·道爾一共寫了 60 個關於福爾摩斯的故事，56 個短篇和四個中篇小說。在 40 年間陸續發表的這些故事，主要發生在 1878 到 1907 年間，最後的一個故事是以 1914 年為背景。這些故事中，有兩個是以福爾摩斯第一人稱口吻寫成，還有兩個以第三人稱寫成，其餘都是華生 (John H. Watson MD) 的敍述。

譯者李家真，1972 年生，曾任《中國文學》雜誌執行主編、《英語學習》雜誌副主編、外研社綜合英語事業部總經理及編委會主任，現居北京。譯者自敍：「生長巴蜀，羇旅幽燕，少慕藝文，遂好龍不倦。轉徙經年，行路何止萬里；耽書卅載，所學終慚一粟。著譯若為簡冊，或可等身；諷詠倘刊金石，只足汗顏。語云：非曰能之，願學焉。用是自勵，故常汲汲於文字，冀有所得於萬一耳。」

亞瑟·柯南·道爾

福爾摩斯全集

V

李家真譯注

THE OXFORD SHERLOCK HOLMES
ARTHUR CONAN DOYLE

OXFORD
UNIVERSITY PRESS

OXFORD
UNIVERSITY PRESS

Oxford University Press is a department of the University of Oxford.
It furthers the University's objective of excellence in research, scholarship,
and education by publishing worldwide. Oxford is a registered trade mark of
Oxford University Press in the UK and in certain other countries

Published in Hong Kong by
Oxford University Press (China) Limited
18th Floor, Warwick House East, Taikoo Place, 979 King's Road, Quarry Bay,
Hong Kong

1 3 5 7 9 10 8 6 4 2

福爾摩斯全集
V

亞瑟 · 柯南 · 道爾著

李家真譯注

ISBN: 978-0-19-399547-5

全集 ISBN: 978-0-19-943184-7

Title page illustration: Mark F. Severin

THE OXFORD SHERLOCK HOLMES
ARTHUR CONAN DOYLE

目　錄

巴斯克維爾的獵犬
The Hound of the Baskervilles

恐怖谷
The Valley of Fear

第一部

第二部

The Hound of the Baskervilles

巴斯克維爾的獵犬

題獻
巴斯克維爾的獵犬

羅賓森吾友：

　　端賴足下齒及之西部傳奇，不才乃有動筆撰此區區短章之念。不才既荷此德，鋪排故事之時復蒙足下盛情相助，在此一併申謝*。

亞瑟·柯南·道爾 謹啟

---

* 　《巴斯克維爾的獵犬》首次發表於 1901 年 8 月至 1902 年 4 月，
　　連載於《斯特蘭雜誌》(*The Strand Magazine*)；題獻當中的「羅賓森」
　　指的是英國記者及作家弗萊徹·羅賓森 (Bertram Fletcher Robinson,
　　1870–1907)，這篇故事的靈感因他而來。這個題獻據美國單行本
　　譯出，在《斯特蘭雜誌》連載第一部分的腳注當中，亞瑟·柯南·
　　道爾也向羅賓森表示了感謝，措辭比這個題獻明確得多：
　　「此故事靈感來自吾友弗萊徹·羅賓森先生，故事大綱及風土細
　　節皆得羅賓森先生之助。」
　　這個題獻當中的「西部」(west country) 是對英格蘭西南部一片地
　　區的統稱，其中包括德文郡。

第一章
歇洛克·福爾摩斯先生

歇洛克·福爾摩斯先生還在桌子跟前用早餐，因為他通常都起得相當晏，除非是趕上了一種不在少數的例外情況，那就是徹夜不眠。我站在壁爐跟前的小毯子上，拿起了昨晚的訪客落下的手杖。這是一根做工精細的沉重木杖，帶有圓頭，正是人們常說的「檳榔訟棍」*。緊靠圓頭下方的位置有一圈將近一英寸†寬的銀箍，上面刻着「皇家外科醫師學會‡會員詹姆斯·莫蒂默惠存，C.C.H.友人敬贈」，日期則是「1884」。老派的家庭診所醫生往往喜歡使用這種手杖，因為它莊重威嚴、分量十足、令人心安。

「喂，華生，這東西你怎麼看呢？」

福爾摩斯是背對我坐着的，而我擺弄手杖的時候並沒有弄出任何動靜。

「你怎麼知道我在做甚麼？我看你是腦後長了眼睛吧。」

---

* 「檳榔訟棍」(Penang lawyer) 是一種用棕櫚木做的沉重手杖，可能是由馬來語詞彙「*pinang liyar*」(野檳榔) 而得名。

† 1 英寸等於 1/12 英尺，約等於 2.54 厘米。

‡ 這裏說的應該是英格蘭皇家外科醫師學會 (The Royal College of Surgeons of England)，該學會位於倫敦，正式成立於 1800 年，是一個致力於提高外科水平的專業協會及慈善機構。

「我腦後雖然沒長眼睛，面前卻有一隻精光鋥亮的鍍銀咖啡壺，」他說道。「好了，華生，說說看，咱們這位客人的手杖給了你一些甚麼提示呢？不巧的是咱們沒跟他見上面，沒能了解到他的來意，既然如此，這個意外落下的紀念品就顯得格外重要。你好好看看這根手杖，把手杖主人的情況說給我聽聽吧。」

「按我看，」我一邊說，一邊盡量模仿我室友的方法，「既然莫蒂默醫生的友人用這樣的一根手杖向他致敬，他應該是醫學界的一位成功人士，年紀不小、名望很高。」

「很好！」福爾摩斯說道。「好極了！」

「我還覺得，他很可能是一名鄉村醫生，出診的時候經常都是步行。」

「為甚麼呢？」

「原因在於，這根手杖雖然十分精緻，上面卻留下了許多磕碰的痕跡，城裏的醫生肯定不願意拿着它到處走。手杖末端的加厚鐵箍也磨損得非常厲害，主人顯然是經常帶着它走路。」

「很有道理！」福爾摩斯說道。

「還有啊，手杖上刻着『C.C.H. 友人』字樣，這個『C.C.H.』的意思多半是『某某狩獵俱樂部』*。他興許是給當地某個狩獵俱樂部的會員治過傷，俱樂部就用這根手杖作為小小的謝禮。」

「說實在的，華生，你真是讓我刮目相看，」福爾摩斯說道，把椅子往後挪了挪，點上了一支香煙。「我不

---

* 華生這麼說是因為他認為「H」代表「Hunt」（狩獵俱樂部）。

得不指出，在費心記述我那些小小成就的時候，你總是習慣性地低估你自個兒的本領。你也許並不是發光體，可你是光的導體。有些人本身沒有天才，激發天才的本領卻十分可觀。說實在話，親愛的伙計，我確實欠了你很大的恩情。」

他從來沒有給過我如此稱譽，經常都對我的衷心讚美無動於衷，對我宣傳他那些方法的努力嗤之以鼻，致使我深感顏面傷損，所以我必須承認，聽到他這些話的時候，我真是喜不自禁。與此同時，我還覺得非常自豪，因為我感到自己已經對他的方法頗有心得，不但能夠實際運用，甚至能夠贏得他的讚賞。接下來，他從我手裏拿過手杖，仔仔細細地看了幾分鐘，然後就露出一副很感興趣的神情，放下香煙，把手杖拿到窗邊，用放大鏡看了起來。

「簡單歸簡單，多少也有點兒意思，」他坐回了長椅上他最喜歡的那個角落，如是說道。「這根手杖確實給出了那麼一兩點提示，咱們可以據此得出幾個推論。」

「有甚麼我看漏了的地方嗎？」我問話的口氣多少有點兒自鳴得意。「依我看，我應該沒有漏掉甚麼重要的細節吧？」

「恐怕我不得不說，親愛的華生，你的大多數結論都是錯的。剛才我說你激發了我，意思說白了就是，我偶爾可以通過發現你的錯誤來找到正確的方向。當然嘍，這次你也不能說是全錯。這個人確實是一名鄉村醫生，確實也經常走路。」

「那我就說對了啊。」

「只有這兩點是對的。」

「全部的情況也只有這兩點啊。」

「不，不是，親愛的華生，不是全部——絕對不是全部。舉個例子吧，讓我來說的話，我倒是覺得，當醫生的人不大可能從甚麼狩獵俱樂部收到禮物，禮物多半是來自一家醫院，『C.C.』這兩個字母既然擺在『醫院』的前頭，顯然就是『Charing Cross』的縮寫*。」

「也許你是對的」

「多半是對的。好了，這個推測沒錯的話，咱們就有了一個全新的出發點，可以據此演繹這位神秘訪客的其他情況。」

「好吧，假設『C.C.H.』確實代表『查林十字醫院』的話，咱們又能演繹出甚麼情況呢？」

「就沒有甚麼讓你覺得一目瞭然的情況嗎？我的方法你是知道的，用啊！」

「我能想出來的只有那個十分明顯的結論，也就是說，下鄉之前，這個人曾經在城裏行醫。」

「我倒是覺得，咱們可以大着膽子往前挶一挶。咱們不妨從這個方面來想，人家送他這麼一件禮物，最應景的場合是甚麼呢？碰上甚麼樣的情形，他那些朋友才會湊錢送他一件表示友情的紀念品呢？顯然是在莫蒂默醫生離開醫院自己創業的時候。咱們知道朋友們送了這麼一件

---

* 福爾摩斯這麼說是因為他認為「H」代表「Hospital」（醫院），「Charing Cross」即「查林十字」，是倫敦市中心的一個重要路口，詳細說明可參見《波希米亞醜聞》。

禮物，又推測到他經歷過一次從城鎮醫院到鄉村診所的轉變，在此基礎之上，說禮物是在轉變來臨的時候送的，有甚麼特別牽強的地方嗎？」

「聽起來確實很有可能。」

「好了，你應該看得出來，他不會是醫院的正式醫師，原因在於，能擁有這種身份的都是在倫敦很有名望的醫生，這樣的醫生也就不會往鄉下跑了。如此說來，他會是甚麼身份呢。既然他待在醫院裏，又不是醫院正式聘任的醫生，那他就只能是一名見習外科醫生或者見習內科醫生，地位比高年級醫科學生高不了多少*。除此之外，他離開醫院不過是五年之前的事情，日期就刻在手杖上呢。這麼一看，親愛的華生，你那個嚴肅穩重、人到中年的家庭診所醫生立刻化為烏有，取而代之的是一個不到三十歲的小伙子，他隨和可親、淡泊名利、丟三落四，還養着一隻心愛的狗兒，大致說來，他的狗兒應該比㹴犬大，同時又比獒犬小。」

我不以為然地笑了笑，歇洛克·福爾摩斯則靠回椅背，噴出一個個小小的煙圈，裊裊地升向天花板。

「你剛才說的後面幾點，我沒有辦法檢驗，」我說道，「不過，再怎麼說，這個人的年齡和專業履歷之類的細節並不是甚麼特別難查的東西。」我那個小書架上擺的都是些醫學書籍，於是我把那本醫生名錄拿了下來，翻到

---

* 「見習外科醫生」和「見習內科醫生」的英文分別是「house-surgeon」和「house-physician」，指的是住在醫院裏的低級醫生，之所以分開說，是因為英國傳統上把外科和其他醫學部門分得很清楚。查林十字醫院有附設的醫學院。

了「莫蒂默」這個姓氏。名錄裏有好幾個姓莫蒂默的人，其中卻只有一個跟我們的訪客對得上。我把這個人的介紹念了出來。

> 詹姆斯·莫蒂默，一八八二年成為皇家外科醫師學會會員，現居德文郡達特莫爾荒原格林盆村*，曾於一八八二至一八八四年間在查林十字醫院擔任見習外科醫生，並曾憑藉《疾病屬於返祖現象嗎？》一文贏得傑克遜比較病理學獎，為瑞典病理學學會通訊會員，著有《返祖現象之若干變態》（發表於一八八二年的《柳葉刀》†）及《我們真的在進化嗎？》（發表於一八八三年三月的《心理學雜誌》）。此人現為教區醫官，職責範圍為格林盆、索爾斯萊及海巴羅等教區。

「裏面沒提到你那個當地的狩獵俱樂部啊，華生，」福爾摩斯露出了惡作劇式的笑容，「不過，他的確是一名鄉村醫生，這一點你看得非常準。按我看，這段文字基本上證實了我的推測。至於他的個性嘛，我記得我用的詞彙是『隨和可親』、『淡泊名利』和『丟三落四』。按我的經驗，如今的這個世道，只有隨和可親的人才會收到臨別贈禮，只有淡泊名利的人才會扔掉倫敦的工作往鄉下跑，也只有丟三落四的人才會在別人的房間裏等上一個小時，沒留下自己的名片，倒是把自己的手杖給留下了。」

---

* 德文郡 (Devonshire) 是英格蘭西南部的一個郡，首府埃克塞特 (Exeter) 東北距倫敦約 240 公里；達特莫爾 (Dartmoor) 是英格蘭西南部的一片高地荒原，在德文郡南部，如今是英國的一個國家公園；格林盆村 (Grimpen) 為虛構地名，可能是來自達特莫爾荒原上的一個名為格林斯龐德 (Grimspound) 的史前遺址。

† 《柳葉刀》(*Lancet*) 為著名醫學雜誌，1823 年於英國創刊。

「狗兒的事情又怎麼説呢？」

「這隻狗兒經常都叼着這根手杖跟在主人身後，手杖十分沉重，狗兒只好緊緊地咬住手杖的中段，由此留下了十分清楚的牙印。從牙印的間隔來看，這隻狗兒的嘴巴比㹴犬寬，同時又沒有獒犬那麼寬，興許是——沒錯，我敢打包票，**確實是**一隻鬈毛的斯班尼犬 *。」

之前他已經站了起來，開始在房間裏來回踱步，這會兒則停在了凸肚窗的凹處。他説話的口氣肯定得讓人驚訝，我不由得抬頭看了看他。

「親愛的伙計，這一點你怎麼能這麼肯定呢？」

「原因非常簡單，這隻狗已經出現在了咱們的家門口，拉門鈴的就是它的主人。別走，華生，聽我的。他是你的同行弟兄，你在場可能會對我有所幫助。華生，眼下可是個決定命運的轉折關頭，你聽見了樓梯上的腳步聲，知道有個人正在走進你的生活，可你並不知道這件事情是吉是凶。研究科學的詹姆斯·莫蒂默醫生上門造訪研究罪行的歇洛克·福爾摩斯，究竟能有甚麼事情呢？請進！」

我本以為我們的客人會是個典型的鄉村醫生，看到他之後就不免吃了一驚。他個子非常高，身材非常瘦，金邊眼鏡後面是一雙精光閃亮的灰色眼睛，兩隻眼睛挨得很近，中間支棱着一個鳥喙一般的長鼻子。他的打扮倒符合專業人士的身份，同時又顯得相當邋遢，因為他的雙排扣禮服大衣髒兮兮的，褲子也磨得起了毛。他年紀還輕，長長的脊背卻已經有點兒佝僂，走路的時候頭往前伸，總的

---

* 斯班尼犬 (spaniel) 是一類中小型的短腿垂耳狗。

看來像是個愛管閒事的好心人。走進房間之後，他立刻瞧見了福爾摩斯手裏的手杖，於是便歡呼一聲，衝着手杖跑了過去。「這可真叫人高興，」他說道。「我一直都沒想起來，手杖是落在了這兒，還是落在了航運公司。這根手杖可是我的寶貝，說甚麼也不能弄丟了。」

「看得出來，這是別人送的禮物，」福爾摩斯說道。

「是的，先生。」

「是查林十字醫院的人送的嗎？」

「是那邊的幾個朋友送我的結婚禮物。」

「天哪，天哪，這可真是太糟糕了！」福爾摩斯開始大搖其頭。

莫蒂默醫生顯然是有點兒驚訝，眼鏡後面的眼睛眨巴了一下。

「這有甚麼糟糕的呢？」

「沒甚麼，不過是我倆的小小演繹叫您給推翻了而已。您剛才說是結婚禮物，對嗎？」

「是的，先生。我結了婚，然後就放棄了那家醫院、放棄了成為正式醫師的所有希望，因為我需要一個屬於自己的家園。」

「瞧啊，瞧啊，說到底，咱倆的錯誤並不是那麼離譜嘛，」福爾摩斯說道。「好了，詹姆斯‧莫蒂默醫生——」

「還是叫我『先生』吧，先生，我只是個微不足道的皇家外科醫師學會會員 *。」

---

* 按照傳統，英格蘭皇家外科醫師學會會員的正確稱謂不是「醫生」(Dr.)，而是「先生」(Mister)。在當時的英國，皇家外科醫師學會

「看得出來，還是個一板一眼的人。」

「一個愛好科學的半瓶醋，福爾摩斯先生，不過是在未知領域的大洋邊上撿點兒貝殼而已 *。按我看，您應該就是歇洛克 · 福爾摩斯先生，而不是——」

「不是，這位才是我朋友華生醫生。」

「很高興見到您，先生。聽到您朋友的大名的時候，我也聽到了您的大名。好了，福爾摩斯先生，您讓我產生了特別大的興趣，真沒想到，你的顱骨這麼長，額骨又這麼突出。我來摸摸您頂骨的裂縫，您不會介意吧？在拿到您顱骨的實物之前，先生，如果能給您的顱骨做個模型的話，隨便哪家人類學博物館都會拿它當個寶的。我這可不是假模假式地恭維您，說實在的，您的顱骨真讓我垂涎三尺。」

歇洛克 · 福爾摩斯擺了擺手，請這位古怪的客人坐到椅子上去。「看得出來，您跟我一樣，也對自己的學科非常投入，」他說道。「從您的食指來看，您抽的煙應該都是您自個兒捲的。點一支吧，用不着顧忌。」

這人掏出一張紙片和一些煙絲，迅速地捲好了一支煙，動作嫺熟得叫人吃驚。他長長的手指微微顫抖，像昆蟲的觸角一般靈敏多動。

福爾摩斯沒有說話，眼睛卻飛快地掃來掃去，顯然是對這個怪異的客人很感興趣。

會員並不是一個顯赫的醫學頭銜。

* 根據蘇格蘭科學家及作家布魯斯特 (David Brewster, 1781–1868) 的《牛頓回憶錄》(*Memoirs of the Life, Writings and Discoveries of Sir Isaac Newton*, 1855)，牛頓曾經說：「不知道這個世界怎麼看我，可我覺得自己不過是個嬉戲海邊的兒童，只知道為偶爾撿來的光滑石頭和漂亮貝殼沾沾自喜，從不曾努力探求眼前這個真理大洋的奧秘。」

「依我看，先生，」他終於開了口，「昨晚您屈駕來訪，今天又再度光臨，應該不僅僅是為了研究我的顱骨吧？」

「不，先生，不是。當然嘍，捎帶着趕上了研究您顱骨的機會，我確實也很高興。福爾摩斯先生，我之所以來找您，是因為我突然碰上了一個非同一般的嚴重問題，而我自己心裏明白，我並不擅長應付現實當中的事情。與此同時，我還知道，您是全歐洲排名第二的專家——」

「真的嗎，先生！我能不能問一問，第一的榮耀屬於誰呢？」福爾摩斯問道，聲音多少有點兒刺耳。

「對於講求精確的科學愛好者來說，貝蒂永先生 * 的成就當然是十分令人佩服。」

「那您去找他不是更好嗎？」

「我剛才說了，先生，這只是對講求精確的科學愛好者來說。說到處理問題的實際經驗嘛，眾所周知，您才是獨一無二。要我說，先生，我該不是無意之中——」

「一點點而已，」福爾摩斯說道。「依我看，莫蒂默醫生，您最好還是別再東拉西扯，趕緊直截了當地告訴我，您找我幫忙，究竟是遇上了甚麼難題。」

---

* 貝蒂永 (Alphonse Bertillon, 1853–1914) 為法國警官及生物統計學專家，創造了亦稱「貝蒂永測量體系」的人體測量體系，通過系統測量身高、頭長、紋身、傷疤等身體特徵來識別罪犯，首次以科學的鑑定方法取代了證人的模糊口供。在《海軍協定》當中，福爾摩斯曾經對這位法國專家表示欽佩。

第二章
巴斯克維爾家族的詛咒

「我兜裏有份手稿，」詹姆斯‧莫蒂默醫生說道。

「您剛進房間的時候，我已經看見了，」福爾摩斯說道。

「一份古老的手稿。」

「十八世紀早期的手稿，如果不是贋品的話。」

「這您怎麼知道呢，先生？」

「您剛才說個沒完的時候，手稿始終都有一兩英寸長的部分暴露在我的眼前。如果不能正確判定一份文件的年代、把誤差控制在十年左右的話，這樣的專家不要也罷。我還就這個問題寫過一篇小小的論文哩，沒準兒您已經讀過了吧。照我的估計，這份手稿應該是一七三零年寫成的。」

「準確的年代是一七四二年，」莫蒂默醫生把手稿從胸前的口袋裏掏了出來。「這份家族文件是查爾斯‧巴斯克維爾爵士託付給我的，大概三個月之前，爵士突然慘死，在德文郡引起了極大的震動。這麼說吧，我不光是爵士的私人醫生，還是爵士的朋友。他是個意志堅強的人，先生，精明能幹、注重實際，想像力跟我一樣貧乏。儘管如此，他還是非常重視這份文件，那場厄運最終降臨到他

頭上的時候，他心裏並不是沒有準備的。」

福爾摩斯伸手接過文件，把它攤在了自己的膝蓋上。

「你瞧，華生，文件裏的『s』字母是長短交替的，這是我確定年代的依據之一。」

隔着他的肩膀，我看到了那張字跡已然褪色的黃紙。黃紙的頂端寫着「巴斯克維爾宅邸」，接下來的一行則是一個又大又潦草的數字：「1742」。

「這似乎是一篇札記。」

「沒錯，這確實是一篇札記，講的是巴斯克維爾家族世代相傳的一個傳説。」

「可是，按我看，您找我應該是為了某個更加晚近、更加實際的問題吧？」

「再晚近不過了，同時也極其實際、極其緊迫，二十四小時之內就必須有個決定。不過，這份手稿並不長，又跟這個問題密切相關，您要是允許的話，我這就念給您聽一聽。」

福爾摩斯靠回椅子背上，雙手的指尖頂在一起，兩眼一閉，擺出了一副無可奈何的架勢。莫蒂默醫生把手稿舉到光亮的地方，用清脆響亮的聲音念出了以下這個年代久遠的離奇故事：

巴斯克維爾獵犬其來何自，前人已有諸多記述，唯吾身為雨果・巴斯克維爾之直系後裔，曾自先父口中親聞此事，先父復聞之先祖，故此提筆為記，深信吾之所記，恰是此事本來面目。吾兒須當謹記，上蒼不容罪孽，亦存寬仁之心，無論何等詛咒，皆可由祈禱懺

悔而得袪除。此記之意，非欲令汝等畏懼過往惡因，但望汝等戒慎將來，庶幾可收束禍患吾家之種種邪惡嗜欲，勿令其死灰復燃，覆族亡宗。

「汝等當知，大叛亂時期（博雅多聞之克拉倫頓一世勳爵撰有此一時期歷史，萬望汝等留意＊），吾家之巴斯克維爾宅邸主人即為雨果·巴斯克維爾。毋庸諱言，此人兇蠻粗鄙、不敬神明。以實言之，此鄉向非聖教廣布之地，此人惡行若止於此，或亦可得諸鄰原宥。詎料此人性情既淫且暴，終令惡名傳遍西陸。此地有一農戶，田產適在巴斯克維爾莊園左近。事有偶然，此人竟對農戶之女心生愛慕（未知『愛慕』嘉名，果可加於如此邪惡之嗜欲乎）。少女天性慎重，向有令名，既知此人聲名狼藉，自是避之唯恐不及。及至某聖米迦勒節期†，此人遂糾合五六幫閒無賴，借少女父兄外出之機潛往農莊，悍然劫走少女。既已將少女安置於宅邸樓上，雨果等輩遂安坐樓下，行長夜縱飲之常例。耳聞樓下狂歌亂叫、污言穢語，不幸少女

＊　「大叛亂」(the Great Rebellion) 指 1642 至 1651 年間的英國內戰，即英國議會黨人和保皇黨之間的一系列武裝鬥爭，其間英格蘭國王查理一世於 1649 年遭到議會審判，隨即因叛國罪被處斬首之刑，他的兒子也流亡海外。查理一世死亡之後，克倫威爾成為英國實際上的統治者。克倫威爾於 1658 年去世，英國議會於 1660 年決定恢復君主制，查理一世的兒子由此繼位，是為查理二世；克拉倫頓勳爵 (Edward Hyde, 1st Earl of Clarendon, 1609–1674) 為查理二世流亡期間的顧問，著有同情保皇黨的《英格蘭叛亂及內戰史》(History of the Rebellion and Civil Wars in England)。

†　聖米迦勒節 (Michaelmas) 為紀念大天使米迦勒的基督教節日，時間是每年的 9 月 29 日。

想已魂不附體，此因故老常言，雨果·巴斯克維爾之酒後言語，足令出語之人身遭天殛。宅邸南牆覆滿常春藤（今日猶然），萬般恐懼之下，少女終於挺身行險，借藤蔓之助自屋簷攀援而下。此一壯舉，或令須眉中之最勇健者望而卻步。下地之後，少女遂穿越荒原逃往其父農莊，此段行程足有三里格 *。

合當有事，少女去後不久，雨果即離席上樓，雖攜酒食以饗囚徒，恐亦有叵測之心。既見鳥去巢空，雨果之情狀不問可知。此人立如惡鬼上身，衝入樓底餐廳，躍上宴飲大桌，腳下杯盤亂飛，口中高聲咆哮，當眾聲言今夜若能追獲村姑，即可將本身靈肉盡數獻與惡魔。目睹此人狂怒之狀，飲宴眾人悉數呆立當場。中一人或因心腸尤毒，或因飲酒尤多，竟此高聲倡言，當以獵犬圍追少女。雨果立時衝出宅邸，喚來一眾馬夫，吩咐彼等牽馬裝鞍、縱犬出籠，隨即引群犬聞嗅少女頭巾，復將群犬驅入道路。狂吠聲中，雨果與群犬全速奔入月夜荒原。

飲宴眾人瞠目僵立，未明此番忙亂究屬何謂。少刻之後，眾人如夢方醒，皆知荒原之中將有何事發生。場面由是鼎沸，命人取槍者有之，呼奴備馬者有之，酒興未闌、更索一樽者亦有之。及至後來，癲狂眾人漸得些許理性，十三人遂一同上馬，循少女返家必經之路追入荒原。清朗月光照耀之下，十三騎聯轡飛奔。馳出一二英里，眾人路遇某夜間放牧之荒原牧人，當

---

* 里格 (league) 為長度單位，1 里格等於 3 英里，約等於 4.8 公里。

即高聲喝問，可曾見追逐情景。故老相傳，牧人業已
駭懼成狂，幾不能言，良久乃云確曾見不幸少女，亦
曾見群犬追蹤而至。牧人復曰，『我所見尚不止此，
雨果‧巴斯克維爾亦跨黑色牝馬自此經過，更有一獵
犬在後無聲尾隨，形同地獄惡獸，上蒼見憐，萬勿令
此等惡獸窺伺我後。』聽聞此言，一眾酒醉鄉紳齊聲
痛罵牧人，又復策馬上路。此後少頃，荒原之中忽有
奔馬蹄聲，雨果之黑色牝馬自眾人身邊飛馳而過，口
吐白涎，韁繩曳地，鞍上無人。眾人頓覺不寒而慄，
震恐莫名，即時擠作一團。設若形單影隻，諸人早已
勒馬回頭，於此但恃人多膽壯，乃敢循路深入荒原。
眾人挨挨擠擠，緩轡徐行，終於追至群犬所在之處，
則見荒原之中突現狹窄深谷一道，群犬雖皆稱血統純
正、勇猛無畏，此時亦簇聚谷口、嗚咽有聲。數犬瑟
瑟欲走，更有數犬凝視谷中，頸毛直豎、雙目圓睜。
眾人齊齊勒馬，可想而知，酒意亦已減卻幾分，不
似出發之時。其中太半絕無前行之意，唯有三人或
因膽氣尤壯，或因中酒尤深，猶自策馬入谷。前行不
久，則見寬敞空地一處，立有巨石二方，為久遠年代
某湮滅民族之遺跡，今日猶在原處。空地之上月明如
晝，不幸少女僵僕於空地中央，已因恐懼疲累而死。
雖然，此三名膽大酒徒之所以毛髮聳立，非因少女屍
身，亦非因女屍左近之雨果‧巴斯克維爾屍身，乃因
一猙獰惡獸赫然踞於雨果之身，正自撕扯雨果咽喉。
此獸通體駿黑，形似獵犬，而體軀龐大，非世間任何

獵犬所能比擬。三人猶在一旁觀看，此獸已將雨果・巴斯克維爾咽喉扯斷，旋即轉向三人，目中兇焰騰騰、嘴邊血水滴瀝。三人駭然尖叫，縱馬逃命，飛馳荒原之上，一路狂叫不止。故老相傳，中一人當夜即因驚駭而死，餘二人亦是癲狂終身。

故老相傳，此獵犬降巨禍於吾族，令我族人從此不得安寧，吾兒當知，以上即是此犬來由。汝父記之於此，乃因明白知悉之禍事縱然可怖，究愈於隱約曖昧之莫名疑慮。毋庸諱言，血腥離奇之暴卒，吾族之中實不鮮見。即令如此，吾人亦可托庇於上帝之無窮仁德，上帝亦必不致令無辜者永受禍災，懲罰當可依《聖經》警示，止步於三四代之內 *。吾兒謹記，務必仰賴上帝仁慈，除此而外，汝等亦須謹慎行事，萬勿於邪焰高張之黑暗時分穿越荒原。

（此記為雨果・巴斯克維爾 † 所撰，付與二子羅傑及約翰，並囑二子不得將此記內容轉告其姊伊麗莎白。）

念完這篇奇異的札記之後，莫蒂默醫生推了推眼鏡，緊緊地盯著歇洛克・福爾摩斯先生，後者打了個哈欠，將煙頭扔進了壁爐。

「怎樣？」他說道。

「您不覺得它很有趣嗎？」

「搜羅神話故事的人會覺得有趣的。」

---

* 　根據《聖經・舊約・出埃及記》的記載，上帝向摩西宣示十誡的時候曾經說：「憎恨我者，我必令彼等父債子還，直至三代四代。」《申命記》中也有類似記載。

† 　這個雨果・巴斯克維爾是前面那個惡棍雨果的同名後代。

莫蒂默醫生從口袋裏掏出了一張疊起來的報紙。

「好了，福爾摩斯先生，我這就給您一點兒更晚近的東西。這是今年五月十四號的《德文郡紀事報》，上面有一篇關於查爾斯‧巴斯克維爾爵士死亡情形的簡短報道。爵士的死是這張報紙出版之前幾天的事情。」

我朋友稍稍往前欠了欠身，臉上的表情也專注起來。我們的客人又推了推眼鏡，然後就開始念報紙：

或將成為中德文選區下屆自由黨候選人之查爾斯‧巴斯克維爾爵士新近猝死，致令本郡愁雲慘淡。查爾斯‧巴斯克維爾爵士性情和藹，極度慷慨，入主巴斯克維爾宅邸時雖未久，業已贏得過從眾人之衷心敬愛。今時今日，平民暴發戶比比皆是，爵士出身於久已敗落之本郡世家，竟能白手致富，並將財富帶回故土，致力恢復家族之往昔榮光，實屬罕見之例。眾所周知，查爾斯爵士投資南非產業，由是賺得巨額金錢。他人往往不知適可而止，坐待霉運降臨，爵士則棋高一著，及早兌現收益，攜款返回英格蘭。爵士接掌巴斯克維爾宅邸不過兩年，種種規模龐大之重建及擴建計劃早已眾口轟傳，惜皆因爵士去世而告中斷。爵士本人無有子嗣，此前曾公開表示，有生之年必將以自家財富為鄉區全境謀得福祉。可想而知，爵士非時早逝，眾多鄉人皆有私人理由為之痛悼不已。除此而外，本郡本鄉各慈善機構亦多蒙爵士慨然捐助，相關事跡本報屢有報道。

死因調查＊雖已完成，爵士死亡情狀仍存疑問，所可欣幸者，調查已有相當成果，足以驅散由當地迷信而起之種種流言。並無任何跡象顯示爵士之死涉及罪行，亦無跡象顯示，爵士之死非出自然原因。查爾斯爵士喪偶鰥居，自一二方面言之，思維或有異於常人之處。爵士雖身家富厚，平素則清心寡欲，巴斯克維爾宅邸之宅內僕役唯有巴里莫爾夫妻二人，夫任管家之責，妻執女傭之役。巴里莫爾夫婦證稱，查爾斯爵士歷來身體欠佳，心臟之疾病尤為堪虞，症候為面色驟變、呼吸困難及急劇發作之精神抑鬱。二人證詞與爵士數位友人之證詞不謀而合，詹姆斯・莫蒂默為爵士友人兼私人醫生，證言亦與此大致相同。

相關事實並無複雜之處。巴斯克維爾宅邸之紫杉大道遠近聞名，每晚就寢之前，查爾斯・巴斯克維爾爵士例往大道散步，並於散步途中吸食雪茄一支。巴里莫爾夫婦亦已證明，東家確有此等習慣。五月四日，查爾斯爵士宣佈次日將往倫敦，吩咐巴里莫爾備辦行裝。是日夜間，爵士照常出門散步，就此去而不返。午夜十二時，巴里莫爾驚見宅子正門依然開啟，由是心生疑寶，隨即點亮提燈，出門尋覓東家蹤影。日間曾有雨水，大道之上清晰可見查爾斯爵士之足跡。

＊　死因調查是由驗屍官主持的一個法律程序。在英格蘭和威爾士，驗屍官是由地方政府聘任的獨立司法官員，職責之一是對非自然死亡進行驗屍及死因調查，調查時可自行決定是否召集陪審團，情況特殊的時候則必須召集陪審團（比如死者死於獄中或警方監管之下的時候）。

大道半途有邊門一道，出門即入荒原。相關跡象表明，查爾斯爵士曾於門首小立有頃，隨後緣大道繼續前行，終至陳屍大道盡頭。據巴里莫爾所言，步過邊門之後，東家足跡即生變化，似是改用腳尖行路，此一情節，至今未有合理解釋。事發當時，名為墨菲之吉普賽馬販適在荒原之中，位置距事發現場不遠。此人自稱當時業已酒醉，雖曾聽聞喊叫之聲，亦不能辨識聲起何方。查爾斯爵士遺體並無暴力傷害痕跡，唯醫生證詞顯示，死者面容極度扭曲，扭曲之狀幾近不可思議。初見遺體之時，莫蒂默醫生竟至無法相信，死者確係其友人兼病人。雖則如此，醫生已有解釋，呼吸困難及死於心臟衰竭者常有此狀。驗屍結果表明死者早已罹患器質性疾病，此種解釋可以成立，死因調查陪審團遂采信醫學證據，裁定死者為自然死亡。顯而易見，至關緊要之事乃是查爾斯爵士之繼承人須當入主宅邸，接續不幸夭折之種種善舉，以此觀之，陪審團之裁量實屬大佳。設非驗屍官以平凡樸實之發現終結異想天開之流言，巴斯克維爾宅邸勢將難覓住客。據知查爾斯·巴斯克維爾爵士之弟育有一子，名亨利·巴斯克維爾，此青年紳士若在世間，即為爵士之順位繼承人。此人之最後音訊來自美洲，有關方面業已展開調查，意將遺產事宜告知此人。

莫蒂默醫生把報紙重新疊好，放回了自己的口袋。

「福爾摩斯先生，關於查爾斯·巴斯克維爾爵士之死，公開報道的情況就是這些。」

「我得向您道個謝，」歇洛克·福爾摩斯說道，「因為您帶來的這件案子顯然具有一些值得關注的特徵。案發當時，我倒是留意到了報紙上的一些評論，只不過，那時候我正在偵辦關於梵蒂岡寶石雕刻的那個小小案件，忙得不可開交，光顧着幫教皇的忙，結果就跟本國的幾件有趣案子失之交臂*。您剛才說，公開報道的情況都在這篇文章裏面，對嗎？」

「是的。」

「那好，您私人掌握的情況又是甚麼，說來聽聽吧，」他往後一靠，雙手的指尖頂在一起，掛出了他那副最為淡定漠然、最為慎思明辨的表情。

「這些情況，」到這會兒，莫蒂默醫生已經流露出了一些情緒激動的跡象，「我還從來沒跟別人說過呢。我之所以沒有告訴死因調查陪審團，是因為我畢竟是個相信科學的人，不願意讓眾人覺得，我是在對一種流行的迷信表示贊同。此外我還有一層顧慮，因為事情正像報紙所說的那樣，巴斯克維爾宅邸本來就有恐怖的名聲，要是再添點兒甚麼作料的話，肯定是沒人敢住了。由於這兩個原因，我當時的想法是少說為妙，反正說出來也不會有甚麼實際的作用。不過，在您的面前，我覺得我完全可以和盤托出。

「達特莫爾荒原人煙稀少，碰巧成了鄰居的話，彼此之間的來往就會十分密切。因為這個緣故，我經常都會見到查爾斯·巴斯克維爾爵士。除了爵士、博物學家斯泰普

----

* 《黑彼得》當中也提到過福爾摩斯替教皇辦案的事情。

頓先生和拉夫特宅邸的弗蘭克蘭先生之外，方圓許多英里之內再沒有任何受過教育的人。查爾斯爵士不好交際，我倆結識的由頭是他的疾病，維繫友情的紐帶則是我倆對科學的共同興趣。他從南非帶回了很多科學資料，許多個美好的夜晚，我倆都聚在一起，討論布須曼人和霍屯督人的比較解剖學問題 *。

「查爾斯爵士去世之前的幾個月裏，我越來越清楚地意識到，他的神經已經緊張到了接近崩潰的地步。對於我剛才念給您聽的這個傳說，他特別地往心裏去，以至於他雖然會在自家的庭院裏散步，但卻無論如何也不肯在夜裏走進荒原。您可能覺得這只是天方夜譚，福爾摩斯先生，可他確實是深信不疑，他的家族背負着一種可怕的命運。話說回來，他那些祖先的生平的確不太讓人精神振奮。他總覺得自己身邊有一種非常可怕的東西，還不止一次地問我，夜間出診的時候，有沒有看到過甚麼怪異的動物、有沒有聽到過獵犬的吠叫。後一個問題他問過我好幾次，每一次都是情緒激動、聲音顫抖。

「到現在，我仍然記得非常清楚，出事前大概三個星期的一天傍晚，我駕着我的輕便馬車去他家。當時他正好待在宅子的正門旁邊，於是我走下馬車，站到了他的面前，但卻看見他直勾勾地盯着我身後的某個地方，眼裏帶着極其恐懼的神色。我趕緊回過頭去，剛剛來得及瞥見

---

* 　布須曼人 (Bushman) 和霍屯督人 (Hottentot) 都是南部非洲的土著
　　民族。現今的人們認為這兩個名稱有欠尊重，通常將這兩個民族
　　合稱為克瓦桑人 (Khoisan)。

一個東西從馬車道的盡頭一閃而過。按我的印象，那東西似乎是一頭黑色的大牛犢。爵士表現得非常激動、非常緊張，所以我不得不走回那東西閃現的地方，四處張望了一番。不過，那東西已經不見了。看樣子，這次事件對他造成了無比沉重的打擊。我陪他待了一個晚上，就是在那個晚上，為了解釋自己的激烈反應，他拿出了我剛才念給您聽的那篇札記，委託我替他保存。聯繫到後來的悲劇，這段小小的插曲顯然不容忽視，所以我才會跟您提起，不過，當時我卻認定這完全是件微不足道的瑣事，而他的緊張情緒也完全是庸人自擾。

「就是聽了我的建議，查爾斯爵士才產生了前往倫敦的打算。我知道他的心臟本來就不好，與此同時，他這種持續不斷的焦慮狀態再怎麼荒誕無稽，終歸是對他的健康造成了顯而易見的嚴重影響。當時我認為，他應該上城裏去消遣那麼幾個月，回來的時候就會面目一新。斯泰普頓先生的看法和我一樣，他是我和爵士共同的朋友，也為爵士的健康狀況感到十分擔憂。沒想到，就在即將成行的最後一刻，爵士卻趕上了這麼一場可怕的災難。

「查爾斯爵士去世當晚，發現出事之後，管家巴里莫爾立刻打發馬夫珀金斯騎馬來找我。當時我還沒有睡覺，這一來，出事還不到一個鐘頭，我已經趕到了巴斯克維爾宅邸。死因調查過程當中涉及的所有事實，我全都進行了檢查和核對。我循着爵士的足跡走完了那條紫杉大道，看見了邊門旁邊他似乎曾經站着等人的那個地點，觀察到了他離開邊門之後足跡形狀的變化，留意到了鬆軟的礫石地

面上只有他和巴里莫爾的腳印，最後還仔仔細細地檢查了一遍屍體。在我趕到之前，並沒有任何人動過屍體。查爾斯爵士趴在地上，雙臂伸開，手指摳進了地面，某種強烈的情緒讓他的臉抽搐得面目全非，致使我一時之間無法確認他的身份。毫無疑問，他並沒有遭受任何身體上的傷害。不過，向死因調查陪審團提供證詞的時候，巴里莫爾有一點說得不對。他說屍體周圍的地面上沒有任何足跡，那是因為他沒有留意。可我留意到了——跟屍體之間雖然有點兒距離，但卻非常清楚、非常新鮮。」

「足跡嗎？」

「足跡。」

「男人的足跡還是女人的足跡？」

莫蒂默醫生用古怪的眼光看了看我倆，然後才開口作答，聲音低得如同耳語：

「福爾摩斯先生，是一頭巨型獵犬的爪印！」

第三章
問題所在

坦白說，聽到這句話的時候，我一下子覺得不寒而慄。醫生的聲音微微發顫，不難看出，他自個兒也被他告訴我們的事情嚇得夠戧。福爾摩斯興奮得身體前傾，眼睛裏射出兩道銳利的精光，顯然是對這件事情產生了極大的興趣。

「您真的看見了嗎？」

「清楚得就跟我眼下看見您一樣。」

「可您當時甚麼也沒說，對嗎？」

「說了又有甚麼用呢？」

「其他人為甚麼都沒看見呢？」

「這些爪印離屍體大概有二十碼*，誰也沒去留意。依我看，如果不是事先就知道那個傳說的話，我也不會去留意的。」

「荒原裏應該有很多牧羊犬吧？」

「那是當然。不過，這可不是甚麼牧羊犬。」

「您剛才說它個頭很大，對嗎？」

「大極了。」

「可它並沒有靠近屍體，對吧？」

---

* 1 碼約等於 0.9 米。

「對。」

「當晚的天氣怎麼樣呢？」

「又潮又冷。」

「同時又沒有下雨，對吧？」

「對。」

「那條大道是甚麼樣的呢？」

「大道兩邊各有一道古老的紫杉樹籬，樹籬的高度有十二英尺 *，人是沒法通過的。大道中央的路面大概有八英尺寬。」

「樹籬和路面之間有甚麼間隔嗎？」

「有的，路面兩邊都有草地，草地的寬度大概是六英尺。」

「我沒理解錯的話，紫杉樹籬當中的某個地方開了一道可以通過的門，對吧？」

「是的，就是那道通往荒原的邊門。」

「還有其他的開口嗎？」

「沒有。」

「如此說來，只有通過宅子或是邊門才能走進那條紫杉大道，對嗎？」

「紫杉大道的遠端有一座涼亭，涼亭那裏還有一個出口。」

「查爾斯爵士走到那個出口了嗎？」

「沒有，他倒下的地方離那個出口還有大概五十碼。」

「好了，莫蒂默醫生，有一個重要的細節，麻煩您

---

* 1 英尺約等於 30 厘米。

說明一下，您看到的爪印是在路面上，並不在草地上，對吧？」

「草地上是留不下爪印的。」

「爪印是在路面上靠邊門的那一側嗎？」

「是的，爪印在路面上靠邊門的那一側。」

「您說的這些情況真是太有意思了。還有一點，邊門當時是關着的嗎？」

「關着的，而且上了鎖。」

「邊門有多高呢？」

「大概四英尺。」

「這麼說的話，誰都可以翻進來嘍？」

「是的。」

「您在邊門附近看到甚麼痕跡了嗎？」

「沒有甚麼特別的痕跡。」

「天哪！難道就沒有人仔細地檢查檢查嗎？」

「有啊，我就檢查得挺仔細的。」

「結果卻甚麼也沒發現？」

「所有的發現都讓人一頭霧水。非常顯然的事情是，查爾斯爵士曾經在門邊站了五到十分鐘。」

「這您是怎麼知道的呢？」

「因為他的雪茄掉了兩次煙灰。」

「好極了！華生啊，這位老兄可真是咱們的同道中人。不過，門邊的腳印呢？」

「那塊小小的礫石地面上到處都是他自個兒的腳印，其他人的腳印我倒沒看見。」

歇洛克・福爾摩斯很不耐煩地拍了拍自己的膝蓋。

「我要是在現場就好了！」他高聲說道。「這件案子顯然非常有趣，而且為注重科學的探案專家提供了不計其數的機會。我本來是可以從那張礫石書頁上讀出很多內容的，眼下呢，它早就已經被雨水泡軟，又被那些好奇農夫的木底鞋子踩了個稀爛。噢，莫蒂默醫生啊，莫蒂默醫生，想想吧，您竟然沒有一早就把我請去！說實在的，您的責任可真是不小。」

「福爾摩斯先生，要請您去的話，我就必須把我知道的情況公之於眾，而我剛才已經解釋過了，我為甚麼不願意那麼做。還有啊，還有──」

「您這是猶豫甚麼呢？」

「世上有那麼一些事情，任何偵探都幫不上忙，腦子再機敏、經驗再豐富也沒用。」

「您難道是說，這是件超自然的事情嗎？」

「我可沒有下這樣的結論。」

「確實沒有，可您心裏顯然是這麼想的。」

「福爾摩斯先生，悲劇發生之後，我聽到了一些很難用自然法則加以解釋的事情。」

「比如？」

「我已經發現，慘劇發生之前，好幾個人都在荒原上看到過一頭野獸，那頭野獸跟科學界所知的任何動物都對不上，倒是跟那個巴斯克維爾惡魔十分吻合。看見的人都說，那頭野獸體型巨大、閃閃發光、猙獰可怖、形同鬼魅。這些人當中有一個頭腦冷靜的本地居民、一個釘馬掌的鐵

匠和一個荒原裏的農夫，我反復地盤問過他們，他們眾口一詞，都說那是個可怕的鬼怪，跟傳說當中的巴斯克維爾地獄獵犬一模一樣。不怕跟您說，整個地區眼下都籠罩在恐怖之中，要是有誰還敢在夜裏走進荒原的話，那可真算得上是個勇士了。」

「可是，您是一名訓練有素的科研人員，難道也相信那是一種超自然的事物嗎？」

「我不知道該信甚麼才好。」

福爾摩斯聳了聳肩膀。

「到目前為止，我的偵探工作從來不曾越出現實世界的範圍，」他說道。「我一直在以一種微不足道的方式抗擊邪惡，不過，如果要追溯到一切邪惡的源頭、直接挑戰魔王本人的話，我興許會有點兒力不從心。話說回來，爪印終歸是一種現實存在的事物，這您總不能否認吧。」

「傳說裏的獵犬也很現實，現實得可以扯斷一個人的咽喉，儘管如此，它照樣是來自惡魔世界的生物。」

「看得出來，您已經改弦易轍，朝超自然主義的方向邁出了一個大步。不過，莫蒂默醫生，我想請您問答這麼一個問題，既然您已經產生了這樣的看法，幹嗎還要來找我呢？您一邊跟我說查爾斯爵士之死是一件查了也白查的事情，一邊又希望我去查。」

「我沒說我希望您去查啊。」

「既然如此，我還能幫您甚麼忙呢？」

「您可以指點我一下，亨利·巴斯克維爾爵士的事情該怎麼處理，他很快就會到達滑鐵盧車站」——說到這

裏，莫蒂默醫生看了看自己的錶——「到達的時間剛好是在一小時十五分鐘之後。」

「他是查爾斯爵士的繼承人嗎？」

「是的。查爾斯爵士去世之後，我們立刻着手尋找這位青年紳士的下落，最後發現他一直在加拿大務農。從我們了解到的情況來看，小伙子各方面都很優秀。我上這兒來，並不是因為我是一名醫生，而是因為我受託監管並執行查爾斯爵士的遺囑。」

「有權承繼遺產的只有他一個人，對吧？」

「是的。我們能查到的其他親屬只有羅傑·巴斯克維爾，不幸的查爾斯爵士共有兄弟三人，爵士是老大，羅傑是老三。亨利這孩子的父親排行老二，年紀輕輕就離開了人世。名叫羅傑的老三是這家人當中的敗類，繼承了巴斯克維爾家族那種作威作福的古老秉性，聽人家說，長得也跟那個老雨果的家傳肖像一模一樣。他把自個兒搞得在英格蘭待不下去，於是就逃到了中美洲，又在一八七六年的時候染上了黃熱病，死在了那個地方。巴斯克維爾家只剩了亨利這根獨苗，一小時五分鐘之後，我就會在滑鐵盧車站見到他。我收到一封電報，說他今天早上到了南安普敦 *。好了，福爾摩斯先生，按您的意見，我應該怎麼安排他呢？」

「那個地方是他祖祖輩輩居住的老家，幹嗎不讓他回去呢？」

---

* 南安普敦 (Southampton) 為英格蘭南部海港，東北距倫敦約 120 公里。

「按理說應該這樣，對吧？可是，您想想啊，只要是巴斯克維爾家的人，去那裏都是以悲劇收場。我敢肯定，查爾斯爵士要是能跟我說上幾句遺言的話，一定會囑咐我不要把亨利領到那個要命的地方去，因為他是這個古老家族的最後苗裔，又是一筆巨大財富的繼承人。話說回來，不容否認的是，他如果不回去，那片貧窮荒涼的鄉區就別想繁榮興旺。宅邸沒有主人的話，查爾斯爵士生前的種種善舉都會付之流水。我擔心自己跟這件事情太過休戚相關，想法難免會發生偏差，所以才把問題帶到您這兒來，想聽聽您的意見。」

　　福爾摩斯考慮了一小會兒。

　　「簡單說來，形勢是這樣的，」他說道，「按您的意見，由於某種邪惡力量的影響，巴斯克維爾家的人沒法在達特莫爾荒原安居——您的意見是這樣嗎？」

　　「至少我可以說，有跡象表明，情形可能是這樣的。」

　　「說得對。不過，毫無疑問，假設您的超自然解釋符合事實的話，這種邪惡力量肯定可以輕而易舉地禍害到這個小伙子，不管他是在倫敦還是在德文郡。要說惡魔跟教區委員會 * 一樣，勢力只限於某個特定的地區，那可就真是太不可思議了。」

　　「您要是親身接觸過這些事情的話，福爾摩斯先生，興許就不會把話說得這麼輕巧了。好吧，如果我沒理解錯

---

*　教區委員會 (parish vestry) 為管理一個教區（教區是英格蘭國教會最低一級的行政區劃）宗教及世俗事務的民選委員會，自 1894 年開始不再具有管理世俗事務的職能，並於 1921 年改稱教區宗教事務委員會 (parochial church council)。

的話，您的意見就是，對這個小伙子來說，待在德文郡跟待在倫敦一樣安全。他過五十分鐘就到，您覺得我應該怎麼做呢？」

「我覺得啊，先生，您應該叫上一輛出租馬車，再叫上您那隻正在抓撓我家大門的斯班尼犬，接着就去滑鐵盧車站迎接亨利·巴斯克維爾爵士。」

「然後呢？」

「然後您甚麼也別跟他説，先等我一段時間，容我把這件事情考慮清楚。」

「您需要多長時間才能考慮清楚呢？」

「二十四小時。莫蒂默醫生，勞您大駕，明早十點再上我這兒來一趟吧，您要是能把亨利·巴斯克維爾爵士帶來的話，我還可以把接下來的事情安排得更加妥帖。」

「就按您説的辦，福爾摩斯先生。」醫生把明天的約會草草地記在了襯衫的袖口 *，然後就匆匆離去，還是那麼一副東瞅西看、心不在焉的古怪模樣。他剛剛走到樓梯口，福爾摩斯就叫住了他。

「再問您一個問題，莫蒂默醫生。您剛才説，查爾斯·巴斯克維爾爵士去世之前，有幾個人曾經看見那個鬼怪在荒原上現身，對嗎？」

「一共有三個人看見。」

「爵士去世之後，還有人看見嗎？」

「這我倒沒聽説。」

---

* 　《海軍協定》當中，福爾摩斯也曾經往自己的袖口上記東西，可參看該處注釋。

「謝謝您。再見。」

福爾摩斯回到了自己的座位上，臉上掛着一副暗自高興的平靜表情，顯然是對這件工作十分滿意。

「你要出門嗎，華生？」

「如果你用不着我幫忙的話。」

「用不着，親愛的伙計，展開行動的時候我才需要你的幫助。要我説，從某些方面來看，這個問題確實很有意思，簡直可以説是獨一無二。路過布拉德利那間鋪子的時候，麻煩你叫他送一磅勁道最大的粗切煙絲 * 上來，行嗎？謝謝。你自個兒安排一下，天黑之前最好別回來。等你回來之後，我非常樂意跟你交換一下意見，談談咱們今天上午接到的這個極其有趣的問題。」

我心裏明白，我朋友非常需要幾小時自我隔離的獨處時間，以便集中全副的精神，反復掂量每一個微小的證據、作出這樣那樣的推測、比較各種推測的高低優劣、確定各種事實的輕重主次。這麼着，我就到我的俱樂部去消磨了一整天，天黑之後才返回貝克街。等我再一次走進寓所客廳的時候，時間已經將近九點。

打開房門的時候，我的第一個感覺是碰上了火災，因為整個房間煙霧瀰漫，就連桌上的台燈也變得光影朦朧。不過，進屋之後，我立刻發現這只是一場虛驚，嗆得我咳嗽不止的僅僅是烈性粗切煙絲的刺鼻濃煙而已。透過煙

---

* 1 磅約等於 450 克；粗切煙絲 (shag) 指的是一類切法粗糙、味道濃烈的細煙絲，通常被視為劣質煙絲，可以用來卷紙煙，也可以用來裝煙斗。

霧，我依稀瞥見了福爾摩斯的身影，看到他蜷在一把扶手椅裏面，身上穿着睡袍，嘴裏叼着他那隻黑陶煙斗，椅子周圍還擺着幾張卷起來的紙。

「你感冒了嗎，華生？」他說道。

「沒有，這都是房間裏的毒氣鬧的。」

「聽你這麼一說，我倒是也覺得，房間裏**確實**挺悶的。」

「悶！要我說是無法忍受。」

「那麼，把窗子打開吧！我看出來了，你一整天都待在你的俱樂部裏。」

「親愛的福爾摩斯！」

「我說得不對嗎？」

「當然對，可你是怎麼——？」

看到我驚愕的表情，他笑了起來。

「你眼下這種神清氣爽的樣子特別地討人喜歡，華生，所以我特別想用我這點兒小小的本事來跟你開開玩笑。一位紳士在一個泥濘的雨天出了門，晚上卻乾乾淨淨地跑了回來，帽子和靴子仍然跟出門的時候一樣光亮。這樣看來，他肯定是整天都待在同一個地方。與此同時，他沒有任何親密的朋友。既然如此，他去的是甚麼地方呢？這不是明擺着的嗎？」

「呃，確實是明擺着的。」

「這世上到處都是明擺着的事情，只不過從來沒有人留意而已。你說說看，我去了甚麼地方呢？」

「你也是一整天都沒挪窩。」

「恰恰相反，我去了德文郡。」

「神遊嗎？」

「一點兒不錯。我的肉身在這張扶手椅裏沒動，並且，我遺憾地發現，還趁我不在的工夫消耗了兩大壺咖啡和不計其數的煙草。你一走，我就打發人去斯塔福德的鋪子弄來了荒原裏這片區域的軍用地圖，然後呢，我的靈魂就在這片區域的上空盤旋了一整天。不是吹牛，我已經對這片區域熟門熟路啦。」

「地圖的比例尺很大，對吧？」

「大極了，」他把地圖的一部分攤在了自己的膝蓋上。「你瞧，這就是跟咱們的問題相關的那片區域，區域的中央就是巴斯克維爾宅邸。」

「宅邸是在一片樹林當中嗎？」

「沒錯。按我看，地圖上雖然沒有標出『紫杉大道』這個名字，可它一定是沿着這條線延伸出去的，荒原呢，你瞧，就在這條線的右邊。這邊的一小片建築是格林盆村，咱們的朋友莫蒂默醫生就住在這裏。你看見了吧，方圓五英里之內只有一些非常分散的住宅。喏，這是拉夫特宅邸，莫蒂默醫生曾經提起過它。這兒還標着一座房子，興許就是那個博物學家的住所，我沒記錯的話，他的姓氏應該是斯泰普頓。這兒是兩座荒原農莊，一座名叫『高岩』，另一座名叫『危澤』。還有呢，王子鎮的那座大監獄 * 就在十四英里之外的地方。除了這幾座彼此相隔遙遠

---

* 王子鎮 (Princetown) 為達特莫爾荒原上的一個鎮子，位於荒原的最高處。該鎮最著名的設施即為建於 1809 年的達特莫爾監獄

的孤島之外，整片區域之內只有生機杳然的慘淡荒原。好了，這就是曾經上演悲劇的那個舞台，現在呢，咱們不妨嘗試一下，在這個舞台上重現這齣悲劇的過程。」

「這一定是個蠻荒之地。」

「是啊，這樣的佈景非常合適。如果惡魔真的想插手人類事務的話——」

「看樣子，你自己也傾向於超自然的解釋啊。」

「惡魔的爪牙完全可能是有血有肉的人，不是嗎？要重現這齣悲劇，咱們首先得解決兩個問題。第一，這齣悲劇當中究竟有沒有罪行；第二，如果有罪行的話，罪行究竟是甚麼性質，又是怎麼實施的呢？當然嘍，假設莫蒂默醫生的解釋符合事實，咱們面對的確實是一種不受自然法則管轄的力量，那麼，咱們的調查就應該到此為止。可是，接受這種解釋之前，咱們必須逐個核查其他的所有解釋。依我看，你要是不介意的話，咱們還是把窗子重新關上吧。說來也怪，可我確實發現，高密度的空氣有助於產生高密度的思維。到目前為止，我還沒有把這種認識發揮到鑽進箱子去思考的地步，話又說回來，既然有這種認識，鑽進箱子也是順理成章的事情。你仔細考慮過這件案子嗎？」

「是的，關於這件案子，今天我進行了大量的思考。」

「結論是甚麼呢？」

「這件案子非常讓人迷惑。」

(Dartmoor Prison)。《四簽名》當中，落網之後的喬納森・斯莫曾設想自己將會在此服刑。

「這件案子確實獨具特色，包含着一些與眾不同的細節，足跡的變化就是一個例子。關於這一點，你是怎麼看的呢？」

「莫蒂默的説法是，走進邊門前方的那段大道之後，死者就開始踮起腳走路了。」

「在死因調查的過程當中，某個傻子也説過同樣的話，莫蒂默不過是在重覆而已。誰會在那條大道上踮起腳走路呢？」

「不是這樣又是怎樣呢？」

「死者當時是在奔跑，華生──絕望地奔跑，為了逃命而奔跑，直跑到心臟破裂、伏地身亡為止。」

「他這麼跑是為了躲甚麼呢？」

「這就是咱們需要解決的問題。種種跡象表明，還沒開始跑的時候，死者就已經嚇瘋了。」

「你為甚麼這麼説呢？」

「因為我已經假定，讓他恐懼的東西是從荒原上來的。果真如此的話，咱們就可以十拿九穩地斷定，只有嚇瘋了的人才會**逃離**宅子，而不是逃向宅子。如果那個吉普賽人所言屬實的話，他當時就是在一邊跑一邊高聲求救，奔跑的方向卻與求救的意圖背道而馳。接下來還有一個問題，當晚他是在等誰，為甚麼不在自個兒的屋裏等，非要到紫杉大道上去等呢？」

「你覺得他當時是在等人嗎？」

「死者上了年紀，身體又很虛弱。夜間散步的舉動當然不悖情理，然而，當晚天氣惡劣，地面又很潮濕。與此

同時，憑借一種出乎我意料的生活智慧，莫蒂默醫生通過死者的雪茄煙灰推出他曾經在邊門那裏站了五到十分鐘。你說說看，死者的這種舉動符合常理嗎？」

「可他每天晚上都要出去散步啊。」

「我倒不覺得，他每天晚上都會站在那道通往荒原的邊門跟前等候。恰恰相反，明擺着的事情是他竭力避開荒原。可是，當晚他確實站在那裏等候，當晚又恰恰是他動身上倫敦來的前夜。事情已經有了眉目，華生，脈絡已經顯現出來。麻煩你把小提琴遞給我，這事情今天就到此為止，進一步的思考不妨留待明天早上，留待咱們見到莫蒂默醫生和亨利·巴斯克維爾爵士之後。」

第四章
亨利·巴斯克維爾爵士

　　早餐的桌子一早就已經收拾乾淨，福爾摩斯穿着睡袍等待昨天約定的會面。兩位主顧非常守時，時鐘剛剛敲過十點，僕人就把莫蒂默醫生領了進來，跟在他身後的則是那位年輕的從男爵＊。從男爵年紀三十上下，小個子，黑眼睛，神情機警，體格十分健壯，擁有兩道黑色的濃眉和一張咄咄逼人的堅毅臉龐。他穿着一套略帶紅色的花呢西裝，飽經風霜的外表說明他大多數時間都在從事戶外勞作，與此同時，看看他堅定的眼神和沉靜自信的舉止，他的紳士身份已經不言而喻。

　　「這位是亨利·巴斯克維爾爵士，」莫蒂默醫生說道。

　　「沒錯，是我，」爵士說道，「奇怪的是，歇洛克·福爾摩斯先生，即便我這位朋友沒有提出這樣的建議，我自個兒也會在今天早上過來找您。我知道您擅長解答謎題，今天早上呢，我剛好收到了一個我自己解答不了的謎題。」

　　「請坐，亨利爵士。照您這麼說，到達倫敦之後，您自個兒已經碰上了一些不同尋常的事情，對嗎？」

＊　從男爵 (baronet) 是英格蘭最低的一種世襲爵位，擁有此頭銜的人不在貴族之列，稱謂為「Sir」（爵士），跟其他獲得騎士勳位的平民一樣。

「倒不是甚麼重要事情，福爾摩斯先生。要我看，很可能只是一種惡作劇。喏，我說的就是我今天早上收到的這封信，如果您覺得它可以算是一封信的話。」

他把一個信封擺在了桌子上，我們都俯下身去觀看。信封材質普通，顏色發灰，收信人寫的是「諾森伯蘭旅館，亨利·巴斯克維爾爵士」，用的是十分拙劣的印刷字體，郵戳上寫的是「查林十字」，發信的時間則是頭一天晚上。

「都有誰知道您會住進諾森伯蘭旅館呢？」福爾摩斯問道，銳利的目光投向了我們的客人。

「誰也不會知道。見到莫蒂默醫生之後，我倆才商量好了住哪裏的事情。」

「可是，毫無疑問，莫蒂默醫生在你倆見面之前就住進去了吧？」

「不是這樣的，之前我住在一個朋友那裏，」醫生說道。「住進這家旅館之前，並沒有任何跡象能讓人知道我們有這樣的意圖。」

「嗯！看樣子，有人對你們的動向很感興趣啊。」信封裏是半張疊成四折的富士紙*，福爾摩斯把它掏了出來，平攤在桌子上。僅有的一個句子出現在紙片的中央，是用印刷出來的文字拼貼而成的，內容如下：

汝若以汝之性命及汝之理性尚有價值，遠離荒原。

整個句子當中，只有「荒原」這個詞是用墨水寫的。

「好了，」亨利·巴斯克維爾爵士說道，「福爾摩斯

---

* 富士紙 (foolscap) 是一種規格約為 13X16 英寸的書寫紙，略大於 A3 紙。

先生，您能不能告訴我，這東西到底是甚麼意思，又是誰對我的事情這麼感興趣呢？」

「您怎麼看呢，莫蒂默醫生？再怎麼說，這東西也不具備任何超自然的特性，這您總得承認吧？」

「是不具備，先生，不過，它完全可能來自某個相信這件事情超乎自然的人。」

「哪件事情？」亨利‧巴斯克維爾爵士高聲喝問。「照我看，對於我的事情，在座諸位比我自己還要清楚得多哩。」

「亨利爵士，走出這間屋子之前，您就會跟我們一樣清楚，這一點我可以跟您保證，」歇洛克‧福爾摩斯說道。「眼下呢，您不反對的話，咱們還是集中精力研究這份極其有趣的文件好了。依我看，這封信一定是昨天晚上粘好並寄出的。你有昨天的《泰晤士報》嗎，華生？」

「就在這邊的角落裏啊。」

「麻煩你幫我拿一下，拿裏邊兒的那一張，刊登社論的那一張，好嗎？」他開始飛快地瀏覽報紙，目光上上下下地掃過一個又一個通欄。「這篇評述自由貿易的文章寫得真不賴，我來給你們念一段吧。

> 汝或為甘言所惑，誤以保護性關稅必能促進汝之生意及汝之行業，然自理性觀之，此等法規若行之長久，必將令財富遠遠遁離本國，令進口產品總價值日益減少，由此降低本島之整體生活水平。

「你怎麼看呢，華生？」福爾摩斯興高采烈地大聲發問，洋洋自得地搓着自己的雙手。「你難道不覺得，這種觀點非常值得讚賞嗎？」

莫蒂默醫生注視着福爾摩斯，看架勢是對他產生了某種專業上的興趣，亨利·巴斯克維爾爵士則把目光轉到我的身上，黑色的眼睛裏充滿了迷惑。

「關稅之類的事情我倒不怎麼了解，」爵士説道，「我只是覺得，它跟我收到的信沒甚麼關係，咱們好像偏離了正題。」

「恰恰相反，亨利爵士，我覺得咱們牢牢地抓住了正題。華生比你們更了解我的方法，不過，恐怕連他也沒有看出這個句子的真正含義。」

「確實沒有，坦白説，我沒看出它跟這封信之間有甚麼聯繫。」

「但是，親愛的華生，一個句子是從另一個句子當中抽出來的，這可是一種非常緊密的聯繫啊。『汝』、『汝之』、『汝之』、『性命』*、『理性』、『價值』、『遠』、『離』。這些字都是從這句話裏抽出來的，你到現在還看不出來嗎？」

「天哪，您説得沒錯！我説，這可真是太高明了！」亨利爵士叫了起來。

「你們不妨再看一看，『遠』和『離』這兩個字原本是連在一起剪下來的，這一來，你們應該不會再有任何疑問了吧。」

「呃，我瞧瞧——果然如此！」

「説實在的，福爾摩斯先生，這可真是超出了我的想

---

* 英文中的「life」兼「生活」與「性命」二義，也就是説，報道語句當中的「生活」就是信裏的「性命」。

像，」莫蒂默醫生一邊說，一邊驚嘆不已地盯着我的朋友。「要是有人説信裏的字來自某張報紙，我不會覺得驚訝，可您不光能説出具體是哪張報紙，還能説出它來自這張報紙的社論，那我就不得不承認，這是我生平所見最了不起的事情之一。您是怎麼辦到的呢？」

「依我看，醫生，您應該可以分辨黑人和愛斯基摩人的頭骨吧？」

「當然可以。」

「怎麼辦到的呢？」

「這是我的特殊愛好啊。兩者之間的差異可以說是一目瞭然，眉弓啦，面角*啦，上頜骨的弧度啦，還有——」

「好了，我説的也是我的特殊愛好啊，其間的差異也是一目瞭然。在我看來，《泰晤士報》這種加大行距的小五號字體跟半便士†廉價晚報那種吊兒郎當的字體大不相同，就像您覺得黑人和愛斯基摩人大不相同一樣。對於破案專家來説，辨認印刷字體是一項最為基本的技能，當然我也承認，年紀還非常輕的時候，我曾經把《利茲信使報》跟《西部晨報》‡搞混過一次。不過，《泰晤士報》社論的字體十分獨特，信上的這些字不可能來自其他任何

---

* 面角 (facial angle) 為人類學術語，指鼻根點與下頜正中最低點之間的連線與眼耳平面 (眼耳平面是由左側眼眶下緣點和兩側耳道上緣點所確定的一個人類學測量基準平面) 之間的夾角，用以衡量頜部前突的程度。

† 便士是英國最小的貨幣單位，按當時的英國幣制，12 便士等於 1 先令，20 先令等於 1 英鎊。1971 年之後英國貨幣改為十進制，1 英鎊等於 100 便士，不再有先令這一貨幣單位

‡ 《利茲信使報》(Leeds Mercury) 和《西部晨報》(Western Morning News) 都是當時真實存在的地方性報紙，後者今日猶存。

地方。信既然是昨天炮製出來的，十之八九，咱們就能在昨天的報紙上找到這些字。」

「那麼，福爾摩斯先生，照您說的來看，」亨利·巴斯克維爾爵士說道，「某個人用剪刀炮製出了這條訊息——」

「您得說是指甲剪才對，」福爾摩斯說道。「您瞧，那把剪刀的刀刃非常短，剪『遠』這個字都用了兩下*。」

「的確如此。好吧，某個人用一把短刃的剪刀炮製出了這條訊息，又用漿糊把它粘——」

「膠水，」福爾摩斯說道。

「用膠水把它粘到了紙上。我想知道的是，『荒原』這個詞為甚麼要用手寫呢？」

「因為報紙上沒有現成的。其他的字都很平常，哪張報紙上都有，『荒原』這個詞就不那麼常見了。」

「咳，當然，您一說我就明白了。看過了這條訊息，您還有些甚麼發現呢，福爾摩斯先生？」

「還有那麼一兩個值得注意的地方，不過，寫信的人確實是費了極大的力氣來抹掉所有的線索。您瞧，這個人寫信封的時候用的是十分拙劣的印刷字體，與此同時，《泰晤士報》的讀者幾乎都是受過良好教育的人。由此可知，寫信的是一個企圖偽裝文盲的飽學之士，而他之所以竭力隱藏自己的筆跡，說明您有可能認得他的筆跡，或者是將來有可能認得他的筆跡。您還可以看出，這些字並沒

---

*　「遠」的英文是「keep away」，中文的話，再短的剪刀也用不了兩下。

有粘成整齊的一行，其中一些字比其他的字高了不少，舉個例子說吧，『性命』這個詞就大大偏出了合適的位置。這可能是因為寫信的人粗心大意，也可能是因為寫信的人慌裏慌張、手忙腳亂。總體看來，我傾向於後面一種解釋，因為這件事情顯然是非常重要，寫信的人懂得用這種方法寫信，多半就不是一個粗心大意的人。如果他確實是慌裏慌張的話，咱們就有了一個非常有趣的新問題，也就是說，他為甚麼要慌裏慌張，因為他有的是時間，只要能在清早之前寄出信件，亨利爵士就可以在離開旅館之前收到。會不會，寫信的人是害怕別人打擾──怕誰打擾呢？」

「到這會兒，咱們基本上只能瞎猜一氣了，」莫蒂默醫生說道。

「應該這麼說，到這會兒，咱們只能對各種可能性進行比較，從中挑選出機率最大的一種。這就是想像力的科學用途。當然，不管怎麼推測，咱們總歸要以某種事實依據為出發點。好了，您肯定會覺得我是瞎猜一氣，可我幾乎可以斷定，信封上的字是在一家旅館裏寫的。」

「您這話究竟有甚麼依據呢？」

「只需要好好看看信封上的字跡，您就會發現，水筆和墨水都給寫信的人添了不少麻煩。筆尖開了兩次叉才寫完一個詞，蘸了三次墨水才寫完這麼一個簡短的姓名地址，說明墨水瓶裏的墨水已經快要乾了。好了，私人家裏的水筆和墨水瓶很少會遭受如此怠慢，兩樣東西同時不好用的情況更是絕無僅有。與此同時，您肯定也知道，水筆和墨水瓶要是到了旅館裏面，好用的時候倒是絕無僅有。

沒錯，我可以毫不含糊地說，咱們只要能把查林十字附近那些旅館的廢紙簍翻一翻，翻出那篇殘缺不全的《泰晤士報》社論，這條古怪訊息的作者就可以手到擒來。嘿！嘿！這是甚麼東西？」

他正在仔細地檢查那張貼有文字的富士紙，把它舉到了離自己的眼睛只有一兩英寸的地方。

「怎樣？」

「沒甚麼，」他一邊說，一邊扔下了信紙。「僅僅是半張白紙，上面連個水印都沒有。按我看，這封古怪的信件已經給不了咱們更多的提示了。好了，亨利爵士，到了倫敦之後，您還碰上過別的怪事嗎？」

「咳，沒有，福爾摩斯先生，我覺得是沒有。」

「您沒發現有人跟蹤或者監視您嗎？」

「我怎麼覺得自己栽進了一本十分錢小說 * 的高潮章節啊，」我們的客人說道。「老天爺，誰沒事會來跟蹤我、監視我呢？」

「咱們馬上就會談到這個問題。在此之前，您沒有別的事情要向我們通報了嗎？」

「呃，這個嘛，得看您認為甚麼樣的事情才值得通報。」

「我認為，一切超出生活常規的事情都非常值得通報。」

---

* 十分錢小說 (dime novel) 指十九世紀下半葉至二十世紀初流行於美國的一種價格低廉、情節離奇誇張的通俗冒險小說，因此類小說的一些早期品種售價十美分而得名。

亨利爵士笑了起來。

「我大多數時間都是在美國和加拿大度過的，眼下還不怎麼了解英國的生活。不過，我倒是希望，丟一隻靴子的事情並不是這邊的生活常規。」

「您丟了一隻靴子嗎？」

「親愛的先生啊，」莫蒂默醫生嚷了起來，「靴子肯定是一時放錯了地方，回酒店就會找到的。幹嗎要用這種雞毛蒜皮的事情來打攪福爾摩斯先生呢？」

「呃，他叫我通報一切超出常規的事情啊。」

「沒錯，」福爾摩斯說道，「不管它看起來有多麼愚蠢。您剛才說您丟了一隻靴子，對嗎？」

「呃，放錯了地方，這麼說也可以。昨天晚上，我把一雙靴子放在了門外，早上起來就只剩一隻了。我問了問擦鞋的伙計，甚麼也沒問出來。最糟糕的是，靴子是我昨晚才在斯特蘭街買的，壓根兒就沒有穿過呢。」

「既然靴子沒有穿過，您幹嗎要把它放在外面讓人擦呢？」

「靴子是黃褐色的，從來沒有上過油，所以我才把它放在外面。」

「如此說來，昨天來到倫敦之後，您馬上就跑出去買了一雙靴子，對吧？」

「我買了一大堆東西，莫蒂默醫生陪我去的。您瞧，我眼看就要到那邊去過鄉紳的生活，肯定得有鄉紳的行頭，再者說，我在美洲那邊待慣了，穿着方面可能已經算不上講究啦。其他東西就不說了，總之我買了這麼一雙褐

色的靴子，花了整整六美元，結果呢，靴子還沒上腳，有一隻就叫人給偷走了。」

「竟然有人偷這種毫無用處的東西，實在是一件怪事，」歇洛克‧福爾摩斯說道。「老實說，我也贊同莫蒂默醫生的看法，要不了多久，失蹤的靴子就會回來的。」

「好了，聽我說，先生們，」從男爵斬釘截鐵地說道，「我就知道這麼一點點情況，依我看也抖摟得差不多了，眼下呢，你們應該兌現承諾，把咱們這次會面的目的原原本本地告訴我。」

「您這個要求非常合理，」福爾摩斯回答道。「莫蒂默醫生，您如果能按昨天的方法把事情再講一遍的話，那就再好不過了。」

受此鼓勵，我們這位注重科學的朋友掏出兜裏的文件，按頭天上午的方法把整件事情講了一遍。亨利‧巴斯克維爾爵士聽得全神貫注，間或發出一聲驚呼。

「看樣子，我繼承的這份遺產確實是分量十足啊，」聽完醫生的長篇講述之後，爵士說道。「當然嘍，我在孩提時代就聽過這頭獵犬的故事。家裏人總是把這個故事掛在嘴邊，以前我卻從來沒有想過，它居然可以當真。不過，說到我伯父去世的事情嘛——呃，這事情把我的腦子攪成了一鍋粥，眼下我還理不清其中的頭緒。看情形，這事情究竟是該警察管還是該牧師管，你們也沒有甚麼準主意。」

「是啊。」

「好了，眼下又有人把這麼一封信寄到了我的旅館

裏，依我看，這跟前面的事情倒可以算是一脈相承。」

「這似乎可以說明，有些人比我們更了解荒原之上的內情，」莫蒂默醫生說道。

「還可以說明，」福爾摩斯說道，「那些人對您並沒有歹意，因為他們向您發出了警報。」

「也有可能，他們另有目的，所以才想把我嚇跑。」

「呃，當然，您這種說法也是有可能的。莫蒂默醫生，您介紹給我的這個問題包含着好幾種妙趣橫生的解答，我真是感激不盡。不過，亨利爵士，咱們眼下就得解決一個實際的問題，也就是說，您到底該不該去巴斯克維爾宅邸。」

「幹嗎不去呢？」

「似乎有點兒危險哩。」

「您所說的危險，到底是來自糾纏我家的這個惡魔，還是來自人類？」

「這個嘛，正是咱們需要解決的問題。」

「不管這個問題的答案是甚麼，我的答案反正是只有一個。福爾摩斯先生，不管是地獄裏的惡魔，還是人世間的惡棍，都不能阻止我返回我祖祖輩輩的家園，您只管相信，這就是我最後的答案。」說話的時候，他烏黑的雙眉擰作一團，臉膛也漲成了暗紅色，一望而知，巴斯克維爾家族的暴烈性情並沒有從這個最後傳人的身上絕跡。「話說回來，」他接着說道，「我還沒來得及仔細掂量你們告訴我的這些情況。這件事情非同小可，要想一口氣把它弄明白，同時還得拿出一個決定，實在是不太容易。我打

算一個人安安靜靜地待一會兒，把這件事情琢磨清楚。好了，聽我說，福爾摩斯先生，現在是十一點半，我這就回旅館去。兩點鐘的時候，您不妨和您的朋友華生醫生一起過來，咱們一塊兒吃午飯。到那個時候，我應該可以把我對這件事情的看法說得更加明白。」

「到時候你方便嗎，華生？」

「沒問題。」

「那好，到時候我們會去的。需要我幫您叫輛出租馬車嗎？」

「我還是走走好了，這件事情搞得我挺心煩的。」

「我非常樂意陪你走走，」他的同伴說道。

「好吧，兩點見。再會*，再見！」

耳邊傳來了兩位客人下樓的腳步聲，跟著就是大門砰然關上的聲音。轉眼之間，福爾摩斯已經脫胎換骨，從一個無精打采的空想者變成了一個摩拳擦掌的實幹家。

「你的帽子和靴子，華生，快！一秒鐘也不能耽擱！」他衝進自己的房間，幾秒鐘之後又衝了出來，身上的睡袍已經變成了雙排扣禮服大衣。我倆急匆匆地下了樓，走到了大街上。莫蒂默醫生和巴斯克維爾的身影還在前方，正在往牛津街的方向走，離我們大概有兩百碼。

「需要我跑上去叫住他們嗎？」

「萬萬使不得，親愛的華生。你要不嫌棄我的話，我倒是有你陪伴就夠了。咱們這兩位朋友挺明智的，今天上午確實很適合散步。」

---

*　這個「再會」原文是法語「Au revoir」。

他加快步伐，把我倆跟他倆之間的距離縮小到了原來的一半左右。接下來，我倆尾隨他倆走上牛津街，然後又轉進攝政大街，始終跟他倆保持着一百碼的距離。突然之間，他倆停了下來，開始打量一家商店的櫥窗，福爾摩斯立刻採取了同樣的行動。片刻之後，他輕輕地歡呼了一聲，順着他熱切目光的方向，我看到了一輛雙輪出租馬車，車裏坐着一個男的。那輛馬車剛剛才在街對面停了下來，眼下又開始緩緩前行。

「那就是咱們要找的人，華生！快！就算幹不了甚麼別的，咱們總得把他的模樣瞧清楚吧。」

就在這一刻，透過那輛馬車的側窗，我瞥見了一部濃密的黑色鬍鬚和一雙咄咄逼人的眼睛，那個人已經把臉轉向了我倆。緊接着，車頂的活門猛然翻起*，那人衝車夫吼了句甚麼，馬車發瘋似的跑了起來，順着攝政大街衝了下去。福爾摩斯急不可耐地東張西望，視野之中卻沒有空着的出租馬車。接下來，他一頭扎進車馬的洪流，展開了瘋狂的追蹤，可是，馬車已經跑出了很遠的距離，轉眼就看不見了。

「瞧瞧！」福爾摩斯恨恨不已地嚷了一聲，這會兒他剛剛從車流之中鑽了回來，臉色蒼白、氣喘吁吁。「還有比這更差的運氣、比這更差勁的戰術嗎？華生啊，華生，你要是足夠誠實的話，那就得把這一次的事情也記下來，拿它跟我的成功案例作個對比！」

---

* 　前文中「雙輪出租馬車」的原文是「hansom cab」，這種馬車的特點之一是車夫坐在馬車尾部的高處，乘客可通過車頂的活門吩咐路線及支付車費。

「那個人是誰？」

「眼下我還不知道。」

「是盯梢的嗎？」

「呃，咱們聽說的事情已經明明白白地告訴我們，從巴斯克維爾剛到倫敦的時候開始，有人就緊緊地盯上了他。不然的話，他們怎麼能立刻知道他住的是諾森伯蘭旅館呢？原先我是這麼估計的，第一天他們既然盯了他的梢，第二天也會照此辦理。你應該注意到了吧，在莫蒂默醫生再次念誦他那篇傳說故事的時候，我曾經兩次走到窗子邊上。」

「是啊，我想起來了。」

「我是在看街上有沒有無所事事的閒人，但卻一個也沒看見。咱們的對手可是個聰明角色，華生。這件事情非常複雜，眼下我仍然不能最終確定，對方存的是好心還是歹意，可我時時刻刻都能感覺到，他們又有力量又有計謀。咱們這兩位朋友前腳剛走，我後腳就跟了出去，指望着能把他們那個看不見的隨從當場揪住。那傢伙可真夠狡猾的，連自個兒的雙腳都信不過，竟然用上了出租馬車，這樣一來，他既可以慢慢悠悠地跟在他倆後面，也可以加速衝到他倆前面，免得引起他倆的注意。他這種方法還有一個好處，也就是說，如果他倆坐進了出租馬車的話，他依然可以照跟不誤。話說回來，他的方法還是有一個明顯的缺陷。」

「他的舉動會被車夫看在眼裏。」

「一點兒不錯。」

「咱們竟然沒有記下車號，真是太可惜了！」

「親愛的華生啊，我雖然笨頭笨腦，可你總不至於真的以為，我會忘了記車號吧？咱們需要的車號是『2704』，不過，這個情報暫時還派不上甚麼用場。」

「可我真沒看出來，剛才你還有甚麼更好的選擇。」

「看到那輛馬車之後，我應該立刻轉身，往相反的方向走。然後呢，我應該不慌不忙地僱上一輛出租馬車，叫車夫跟着前面的那輛，同時要保持一種有禮有節的距離，又或者，我還可以選擇一種更好的辦法，直接趕到諾森伯蘭旅館去等他。等咱們這位神秘人物跟着巴斯克維爾回到旅館之後，咱們就有機會以其治人之道還治其人之身，看看他接下來要去哪裏。事實呢，因為一次很不理智的輕舉妄動，咱們的對手採取了極為機敏的斷然措施，結果就是咱們暴露了自己的意圖、失去了追蹤的目標。」

說話的時候，我倆一直在沿着攝政大街慢慢蹓躂，莫蒂默醫生和他的同伴早已經走出了我倆的視線。

「跟着他倆已經不再有任何意義，」福爾摩斯説道。「那個尾巴已經走了，再也不會回來。眼下咱們得算算手裏還有甚麼牌，算好之後就毅然決然地打出去。你記清楚車裏那個人的長相了嗎？」

「我只記清了他的大鬍子。」

「我也是——按我的印象，他的鬍子十有八九都是假的。細緻的人趕上這樣的細緻活計，大鬍子的用途只可能是遮掩自己的長相。進來，華生！」

他轉身走進了一家地區信差房 *，受到了管事的熱烈歡迎。

「嗯，威爾遜，看得出來，你還記着我有幸為你效勞的那件小案子，對吧？」

「記着呢，先生，記得清楚極了。您挽救了我的名譽，說是救了我的命也不為過。」

「親愛的伙計，這麼說就有點兒誇張了。我還記得，威爾遜，你手下有個名叫卡特萊特的小信差，上次辦案的時候還顯得挺機靈的。」

「是的，先生，他還在我們這兒。」

「你能把他叫來嗎？——謝謝你！還有，麻煩你幫我把這張五鎊的鈔票換成零錢。」

奉命趕來的是一個十四歲的男孩，臉上透着一股子機靈勁兒。他站在那裏，緊緊地盯着這位著名的偵探，眼神之中帶着極大的敬意。

「把旅館名錄遞給我看看，」福爾摩斯說道。「謝謝你！好了，卡特萊特，這裏有二十三家旅館，全部都緊挨着查林十字。你看到了嗎？」

「看到了，先生。」

「你得挨個兒跑一趟。」

「好的，先生。」

「每到一家，你首先要做的事情是塞給旅館的大門門房一個先令。喏，這裏是二十三個先令。」

---

* 由於電話稀少，當時的人們需要大量使用跑腿的信差，地區信差房 (district messenger office) 就是提供這種服務的私營機構。

「好的，先生。」

「你得告訴門房，你想看看昨天的廢紙，理由是你把一封重要的電報送錯了地方，眼下想把它找回來。明白了嗎？」

「明白，先生。」

「不過，你真正要找的是一張《泰晤士報》的中心頁，上面有一些剪刀剪出來的小洞。喏，這兒有一張《泰晤士報》，你要找的就是這一頁。你很容易就能把這一頁認出來，對吧？」

「是的，先生。」

「接下來，各家旅館的大門門房都會把廳堂門房找來，你也給他一個先令。喏，這又是二十三個先令。二十三個當中大概有二十個會告訴你，昨天的廢紙已經燒掉，要不就是運走了。剩下的三個會領你去看一大堆廢紙，你就在裏面找《泰晤士報》的這一頁。說實話，找到的可能性非常之小。這兒還有十個先令，你拿着應付不時之需。天黑之前，你得發個電報到貝克街，告訴我結果如何。好了，華生，剩下的事情就是發電報去問 2704 號車夫的身份了。發完電報，咱們就到邦德街的那些畫廊去逛逛，把去旅館之前的這段時間消磨過去。」

第五章
三條線索悉數中斷

歇洛克·福爾摩斯擁有一種十分驚人的本領，可以隨心所欲地轉移自己的注意力。兩個鐘頭的時間裏面，他似乎徹底忘記了自己手裏的離奇案件，全部的心思都投入了比利時諸位當代名家的畫作。接下來，在我倆從畫廊走到諾森伯蘭旅館的路上，他拒絕談論任何話題，滿嘴都是他只有皮毛認識的藝術。

「亨利·巴斯克維爾爵士在樓上等你們，」旅館門房說道。「他跟我交代過，你們一到就招呼你們上去。」

「我想看看你們的住客登記簿，沒問題吧？」福爾摩斯說道。

「一點兒問題也沒有。」

按照登記簿上的記錄，在巴斯克維爾之後入住的客人共有兩撥，一撥是紐卡斯爾的瑟奧菲勒斯·約翰遜一家，另一撥是奧爾頓鎮海羅奇宅邸的奧德摩爾太太和女僕*。

「這肯定是我認識的那個約翰遜，」福爾摩斯對門房說道。「他是個律師，花白頭髮，走路還有點兒瘸，對吧？」

---

* 紐卡斯爾 (Newcastle) 為英格蘭北部諾森伯蘭郡首府，以煤礦聞名；奧爾頓 (Alton) 是英格蘭南部漢普郡城鎮；下文中的格洛斯特 (Gloucester) 是英格蘭西南部格洛斯特郡的首府。

「不對，先生，這位約翰遜先生是開煤礦的，手腳非常利落，年紀也不比您自個兒大。」

「你肯定把他的行當記錯了吧？」

「不會，先生！多年以來他一直是我們旅館的主顧，我們都對他非常熟悉。」

「哦，這麼說是我弄錯了。對了，這個奧德摩爾太太的名字我好像也聽過。我這麼喜歡打聽，你得包涵一下，不過呢，拜訪這個朋友的時候又碰上那個朋友，也是常有的事嘛。」

「這是位病得很厲害的夫人，先生。她丈夫曾經當過格洛斯特的市長。每次來倫敦的時候，她都是在我們這兒住的。」

「謝謝你。要我說，我恐怕跟她攀不上甚麼交情。華生，問完這幾個問題之後，咱們就查明了一個十分重要的事實，」我們一起上樓的時候，他低聲接着說道。「眼下咱們已經知道，那幫人雖然對咱們這位朋友特別地感興趣，但卻並沒有住進他住的這家旅館。由此可知，他們一方面是千方百計地想要監視他的行動，正像咱們看見的那樣，另一方面又千方百計地想要隱藏自己，免得被他看見。要我說，這可是一個意味深長的事實。」

「那它究竟意味着甚麼呢？」

「它意味着——嘿，親愛的伙計，到底發生了甚麼事情呢？」

原來，剛剛走到樓梯頂上，我們就跟亨利·巴斯克維爾爵士撞了個正着。他氣得滿臉通紅，手裏還拎着一隻沾

滿灰塵的舊靴子。他實在是怒不可遏，一時之間竟然說不出一句明白的話來，等到他終於能把話說明白的時候，說出來的東西也比他上午說的所有話語都要露骨得多，美洲味兒也更濃。

「要我說，他們這家旅館分明是把我當成了一個冤大頭，」他大聲喊道。「不給我小心點兒的話，他們馬上就會發現，我可不是給他們當猴耍的。老天在上，如果那個傢伙不把我那隻靴子找回來的話，我可饒不了他們。福爾摩斯先生，我這個人並不是開不起玩笑，可是，這一回他們確實是太過份了。」

「還在找您的靴子嗎？」

「是啊，先生，非把它找回來不可。」

「可是，您說您丟的是只褐色的新靴子啊，難道不是嗎？」

「那是上一回的那隻，先生。這一回是一隻黑色的舊靴子。」

「甚麼！您的意思該不會是——？」

「我確確實實就是這個意思。我總共就這麼三雙靴子，新買的褐靴子，舊的黑靴子，再加上我腳上的這雙漆皮靴子。昨晚他們剛剛弄走我一隻褐靴子，今天又偷了一隻黑的。怎麼樣，你找到了嗎？說吧，伙計，別站在那兒乾瞪眼！」

來到現場的是一名誠惶誠恐的德國裔侍者。

「沒找到，先生。整個旅館我都打聽遍了，誰也不知道它在哪裏。」

「好吧，要麼你們在太陽落山之前找到靴子，要麼我就去找經理，跟他説我打算立刻退房。」

「會找到的，先生——我跟您保證，只要您稍微再等一等，靴子會找到的。」

「你最好是給我找到，我無論如何也不能讓它落在你們這個賊窩裏。好啦，好啦，福爾摩斯先生，您得多多擔待，我又讓您勞神了，就為了這麼一點兒小事——」

「我倒是覺得，這事情非常值得勞神。」

「怎麼，您好像覺得這事情很嚴重哩。」

「您覺得這事情該怎麼解釋呢？」

「我壓根兒就不想去解釋，依我看，這是我這輩子碰上的最最瘋狂、最最古怪的一件事情。」

「最古怪的地方興許在於——」福爾摩斯若有所思地説道。

「您是怎麼看的呢？」

「呃，眼下我還不能説，我已經看清了其中的奧妙。您這件案子非常複雜，亨利爵士。如果再跟您伯父去世的事情合起來看的話，我敢説，在我以前辦過的五百宗重大案件當中，像您這件這麼複雜的還真是不好找。不過，咱們已經掌握了幾條線索，一般説來，總有一條能引領咱們查明真相。即便咱們為某條錯誤的線索浪費了一點兒時間，遲早也能找到正確的方向。」

我們一起享用了一頓愉快的午餐，誰也不曾提起把大家聚到一起的那個由頭。直到大家一起走進沒有外人的起居室之後，福爾摩斯才問起了巴斯克維爾下一步的打算。

「我打算去巴斯克維爾宅邸。」

「甚麼時候動身呢？」

「這個週末。」

「總體看來，」福爾摩斯說道，「我認為您的決定是正確的。有人在倫敦盯您的梢，這一點我有充分的證據，與此同時，這座大城市擁有幾百萬的人口，我們很難查出盯梢者的身份，也很難知道他們的意圖。如果他們居心不良，那就很可能會衝您下手，而我們也沒有能力預先阻止。莫蒂默醫生，今天上午，你們剛離開我的屋子就被人給盯上了，這您還不知道吧？」

莫蒂默醫生驚得猛一激靈。

「被人盯上了！被誰盯上了？」

「很不巧，這個問題我回答不了。您在達特莫爾的那些鄰居或者熟人當中，有沒有哪個蓄着一把濃密的黑鬍子呢？」

「沒有——等等，我想想看——咳，沒錯。查爾斯爵士的管家巴里莫爾就蓄着一把濃密的黑鬍子。」

「哈！巴里莫爾眼下在哪兒呢？」

「他負責照看宅邸。」

「咱們最好核實一下，看看他是不是真的在那裏，搞不好，他眼下正在倫敦哩。」

「怎麼核實呢？」

「給我一張電報紙。『亨利爵士一應所需是否備妥？』這樣就可以了。把電報發給巴斯克維爾宅邸的巴里莫爾先生。離宅邸最近的郵電所在哪兒呢？格林盆村。很

好，咱們再給格林盆村的郵電所長發一封電報，『巴里莫爾先生之電報務交本人。本人若已外出，請回電諾森伯蘭旅館亨利‧巴斯克維爾爵士。』這一來，咱們不等天黑就可以知道，巴里莫爾是不是在德文郡堅守崗位。」

「就這麼辦吧，」巴斯克維爾説道。「對了，莫蒂默醫生，這個巴里莫爾到底是個甚麼樣的人物呢？」

「他是宅邸老總管的兒子，老總管已經去世了。他家的人一直在照看那座宅邸，到他這兒已經是第四代了*。據我所知，他們兩口子的品行都很好，不比郡裏的任何人差。」

「換個角度來看，」巴斯克維爾説道，「顯而易見的事情是，只要我們家沒人住進那座宅邸，他們這些人就可以白白享用一座富麗堂皇的大房子，甚麼事情也不用幹。」

「那倒也是。」

「巴里莫爾有沒有從查爾斯爵士的遺囑當中得到甚麼好處呢？」福爾摩斯問道。

「他們兩口子每人得到了五百鎊。」

「哈！他們事先知道自己能得到這麼多錢嗎？」

「知道，查爾斯爵士成天都把自個兒的遺囑條款掛在嘴邊。」

「這可真是太有意思了。」

---

* 這裏的總管 (caretaker) 實際上就是替人照管空房子的人，可能有微薄的工資，也可能只享受白住的待遇，既然巴里莫爾家的人看管宅邸已經看了四代，說明宅邸主人的敗落大概是四代之前的事情。

「要我說，」莫蒂默醫生說道，「您可別把所有得到查爾斯爵士遺贈的人都看成嫌疑犯，爵士還給我留了一千鎊呢。」

「真的啊！受益的還有別人嗎？」

「很多人都得到了數目不大的遺贈，還有一大筆錢給了那些公共的慈善機構，剩下的都歸亨利爵士。」

「剩下的有多少呢？」

「七十四萬鎊。」

福爾摩斯驚訝地挑起了眉毛。「真沒想到，這案子竟然牽涉到如此龐大的一個數目*，」他說道。

「大家都知道查爾斯爵士非常富裕，不過，我們也是在清點完他那些證券之後，才知道他竟然富到了這種程度。他名下所有產業的總值差不多有一百萬鎊呢。」

「天哪！這麼大的賭注確實可以讓人鋌而走險。我還有一個問題，莫蒂默醫生，假設在場的這位年輕朋友趕上了甚麼意外的話——您千萬得原諒我這張烏鴉嘴！——繼承這份產業的會是誰呢？」

「查爾斯爵士的弟弟羅傑‧巴斯克維爾沒結婚就死了，所以呢，產業將會轉給他們家的遠房表親，也就是德斯蒙德家族。詹姆斯‧德斯蒙德是一位上了年紀的牧師，住在威斯特莫蘭郡†。」

---

* 按福爾摩斯在《身份問題》當中的說法，一位單身女士 (當然是平民階層的單身女士) 一年有 60 鎊就可以過得很好，可想而知，74 萬鎊是一個十分巨大的數目。

† 威斯特莫蘭郡 (Westmoreland) 位於英格蘭西北部，是存在於 1889 至 1974 年間的一個歷史行政區，1974 年併入新成立的坎布里亞郡 (Cumbria)。

「謝謝您。這些細節都非常重要。您見過詹姆斯‧德斯蒙德先生嗎？」

「見過，他來拜訪過查爾斯爵士一次。他看起來非常可敬，過的也是聖徒一般的生活。我還記得，當時他拒絕接受查爾斯爵士的任何饋贈，逼着他要都沒有用。」

「可是，這麼個無欲無求的人卻要承繼查爾斯爵士的偌大產業。」

「地產歸他繼承，因為這屬於限定繼承的範圍*。他還可以繼承爵士的錢款，前提則是錢款現在的主人沒有在遺囑裏另作規定，當然，現在的主人完全可以隨意支配這些錢款。」

「您立遺囑了嗎，亨利爵士？」

「沒有，福爾摩斯先生，我沒有。我還沒來得及，因為我昨天才知道這些情況。可我覺得，不管怎麼樣，錢款絕不能跟爵位和地產分家。我這位不幸的伯父就是這麼想的。如果沒有足夠的錢來維持地產的話，地產的主人靠甚麼恢復巴斯克維爾家族的榮光呢？沒錯，宅邸、土地和錢款必須歸到同一個人名下。」

「您說得對。好了，亨利爵士，我完全贊同您的意見，您確實應該立刻前往德文郡。只有一個條件我必須堅持，您絕對不能一個人去。」

「莫蒂默醫生會跟我一起回去的。」

「莫蒂默醫生得履行自己的醫務，你們兩位的住宅又

---

* 當時的法律為某些不動產規定了強制性的繼承順序，所有者不得隨意變更，是為「限定繼承權」。

隔着幾英里的距離。哪怕他心裏一百個情願，恐怕也對您愛莫能助。不成，亨利爵士，您必須帶上一個靠得住的人，讓他時刻守候在您的身邊。」

「您自個兒能不能去呢，福爾摩斯先生？」

「如果事情發展到了緊要關頭，我怎麼也會抽點兒時間自個兒去的。不過，您應該可以理解，我的顧問偵探業務十分繁忙，求援的呼聲從四面八方滾滾湧來，所以呢，我實在不敢無限期地離開倫敦。就在我跟您說話的這個時刻，有一個舉國景仰的名字正在遭受勒索者的污蔑和威脅，能夠阻止這樁災難性醜聞的只有我一個人。我去達特莫爾的事情有多麼不好安排，現在您應該明白了吧。」

「那麼，您說我找誰合適呢？」

福爾摩斯抓住了我的胳膊。

「如果我這位朋友願意去的話，他就是您最理想的人選，最適合擔當您危難時刻的左膀右臂。說到這一點，世上再沒有誰比我更有把握。」

他這個提議完全出乎我的意料，可是，沒等我開口作答，巴斯克維爾已經緊緊地抓住了我的手，滿腔熱忱地搖晃起來。

「咳，聽我說，您可真是太熱心了，華生醫生，」他說道。「您知道我這個人怎麼樣，對這件事情也跟我本人一樣清楚。如果您肯去巴斯克維爾宅邸、陪我度過難關的話，我一輩子都會記着的。」

冒險的前景向來都會讓我心旌搖動，更何況，眼下我覺得格外受用，一方面是因為福爾摩斯的話語，一方面也

因為這位從男爵邀我作伴的殷切態度。

「樂於從命，」我說道。「在我看來，這樣的任務再有意義不過了。」

「你還得向我提供詳盡的報告，」福爾摩斯說道。「緊要關頭遲早會來的，到了那個時候，我會指示你下一步該怎麼做。按我看，週六應該可以動身了吧？」

「華生醫生安排得過來嗎？」

「沒問題。」

「那好，如果您沒有收到變動通知的話，週六的時候咱們就在帕丁頓車站碰頭，一起去坐十點半那班開往德文郡的火車。」

我倆起身告辭，巴斯克維爾卻突然發出一聲勝利的歡呼，一下子衝進房間的一個角落，從一個櫃子下面拖出了一隻褐色的靴子。

「我那隻丟了的靴子！」他大叫一聲。

「所有的難題都這麼容易解決就好了！」歇洛克·福爾摩斯說道。

「可是，這事情真是古怪極了，」莫蒂默醫生插了一句。「午飯之前，我明明是仔仔細細地檢查過房間的。」

「我也是，」巴斯克維爾說道。「哪個角落都沒放過。」

「那時候，房間裏絕對沒有甚麼靴子。」

「這麼說的話，一定是侍者趁咱們吃午飯的時候把靴子放在那裏的。」

我們叫來了那名德裔侍者，可他聲稱自己對此事一無所知，再找其他人打聽，其他人也說不出個所以然。這

麼着，接二連三的小小神秘事件當中又增添了一個新的成員，件件都顯得毫無目的。刨去查爾斯爵士去世前後的那些陰森情節不算，短短兩天之內，我們就碰上了一連串無法解釋的事件，其中包括亨利爵士收到的拼貼信件、坐在馬車裏盯梢的黑鬍子、不翼而飛的褐色新靴、不翼而飛的黑色舊靴，眼下呢，又有了去而復返的褐色新靴。坐馬車返回貝克街的路上，福爾摩斯始終一言不發。看到他緊皺的眉頭和嚴峻的神情，我知道他跟我一樣，也在竭力勾勒一個故事大綱，好把這些看似沒有關聯的離奇情節貫串起來。接下來的一整個下午，一直到入夜時分，他一直都坐在煙霧之中冥思苦想。

剛要吃晚飯的時候，郵差送來了兩封電報。第一封的內容是這樣的：

適才獲悉，巴里莫爾確在宅邸。

巴斯克維爾

第二封則是：

遵命遍尋二十三家旅館，未能尋獲殘損《泰晤士報》，抱歉。

卡特萊特

「瞧瞧吧，華生，我的線索一下子斷了兩條。再沒有比一件事事不順的案子更讓人興奮的東西了。咱們必須去物色別的線索。」

「咱們不是還有那個替盯梢者趕車的車夫嘛。」

「一點兒不錯。我已經給馬車牌照登記處發了電報，讓他們把車夫的姓名和住址告訴我。嗬，這一次來的如果

是回電的話，我是不會覺得驚訝的。」

不過，事實證明，門鈴聲帶來的是比回電還要讓人滿意的結果。房門開處，一個長相粗野的傢伙走了進來，顯然正是車夫本人。

「車行的人告訴我，這兒有位先生要找 2704 號車夫，」他說道。「我趕了整整七年的出租馬車，從來沒聽過半句怨言。所以我直接從車行趕了過來，打算當面跟您請教一下，我怎麼得罪了您。」

「我可沒有抱怨你的意思，好伙計，」福爾摩斯說道。「恰恰相反，如果你好回答我的問題的話，我就給你半個金鎊 *。」

「這麼說，今天我運氣還真不錯，」車夫咧開嘴笑了起來。「您想問甚麼呢，先生？」

「首先是你的姓名和地址，再找你的時候用得着的。」

「約翰‧克萊頓，家住故區 † 特爾佩街 3 號。我的馬車屬於希普萊車行，就在滑鐵盧車站附近。」

歇洛克‧福爾摩斯把這些情況記了下來。

「好了，克萊頓，你的一位客人今早十點跑來監視我的房子，然後又跟着兩位先生去了攝政大街，你給我說說他的詳細情況吧。」

車夫露出了驚訝的表情，同時還顯得有點兒尷尬。

---

* 「半個金鎊」原文是「half sovereign」，是當時流通的一種面值半英鎊的金幣。

† 故區 (The Borough) 是倫敦市中心泰晤士河南岸的一片區域，與「故城」(The City) 隔河相望，名稱亦與故城相對而言，今天是倫敦薩瑟克區的一部分。

「咳，我看您好像跟我一樣清楚啊，那我還說甚麼說呢，」他說道。「事情是這樣的，那位先生說他是個偵探，還叫我別跟任何人提起他的事情。」

「我的好伙計，這可是一件非常嚴重的事情，你要是打算跟我隱瞞甚麼情況，很可能就會遇上相當大的麻煩。你剛才說，你的客人說自己是個偵探，對嗎？」

「是的，他是這麼說的。」

「甚麼時候跟你說的？」

「下車的時候。」

「他還說別的了嗎？」

「他說了他的名字。」

福爾摩斯飛快地衝我投來了一個洋洋自得的眼神。「噢，他說了他的名字，真的嗎？這可真是太不小心啦。他說他叫甚麼名字呢？」

「他的名字，」車夫回答道，「是歇洛克・福爾摩斯。」

聽了車夫的回答，我朋友立刻大驚失色。據我所知，他臉上從來都不曾有過比當時還要吃驚的表情。他驚愕地坐在那裏，一時間說不出話來。接下來，他突然開懷大笑。

「點中了，華生，真的叫他給點中了！」他說道。「我感覺到了一柄利劍，跟我自己這把一樣迅捷輕靈*。他這

---

*　福爾摩斯這是在用擊劍來打比方。莎士比亞《哈姆雷特》第五幕第二場當中，雷歐提斯 (Laertes) 跟哈姆雷特鬥劍的時候有句台詞：「點中了，我承認他點中了。」

招可真是耍得非常漂亮。這麼說，他名叫歇洛克・福爾摩斯，對嗎？」

「是的，先生，那位先生就叫這個名字。」

「好極了！說說吧，你是在哪兒接上他的，後來又發生了一些甚麼事情。」

「九點半的時候，他在特拉法爾加廣場 * 叫住了我的車，跟我說他是個偵探，還說他可以給我兩個畿尼†，條件是我拉着他跑一天，嚴格聽從他的吩咐，甚麼問題也別問。我當然求之不得，馬上就同意了。我們先是去了諾森伯蘭旅館，等那兩位先生出門坐上馬車之後，我們就跟在了他們後面，一直跟到他們的馬車在這附近停下來的時候為止。」

「他們的馬車就停在我的門口吧，」福爾摩斯說道。

「呃，這我可說不好，不過我敢說，我那位客人甚麼都知道。我們停在這條街的中段，足足等了一個半鐘頭。然後呢，那兩位先生從我們跟前走了過去，我們就跟着他們穿過貝克街，然後又順着——」

「這些我都知道，」福爾摩斯說道。

「攝政大街走完四分之三的時候，我那位先生突然掀開車頂的活門，大聲吩咐我用最快的速度趕往滑鐵盧車站。我猛抽幾鞭，沒用十分鐘就跑到了車站。他倒是說話算話，老老實實地付了我兩個畿尼，然後就走進了車站。

---

* 　特拉法爾加廣場 (Trafalgar Square) 是倫敦市中心的一個著名廣場，名字是為了紀念英國海軍於 1805 年在西班牙附近的特拉法爾加角大敗西班牙、法國聯合艦隊的戰役。

† 　畿尼為英國舊幣，1 畿尼等於 21 先令，即 1.05 英鎊。

只不過，臨走的時候，他回過頭來跟我說，『有件事你可能會感興趣，今天你一直在替歇洛克·福爾摩斯先生趕車。』這麼着，我就知道了他的名字。」

「我明白了。後來你再也沒看見過他嗎？」

「他進了車站之後，我再也沒看見過他。」

「你給我形容一下，歇洛克·福爾摩斯先生長甚麼樣呢？」

車夫撓了撓腦袋。「呃，他的長相還真是不太好形容。我覺得他應該是四十上下，還有呢，他中等身材，比您矮那麼兩、三英寸，先生。他穿得挺講究的，臉色蒼白，蓄着黑色的大鬍子，還把鬍子的下沿兒剪成了平的。按我看，別的我也說不上來了。」

「他的眼睛是甚麼顏色？」

「不知道，說不好。」

「你還記不記得甚麼別的呢？」

「記不得，先生，沒別的了。」

「好吧，這是你的半個金鎊。如果你又想起了甚麼情況的話，還有半個金鎊在等着你。晚安！」

「晚安，先生，謝謝您！」

約翰·克萊頓格格地笑了起來，就這麼走了出去。福爾摩斯轉過頭來，衝着我聳了聳肩膀，臉上帶着苦笑。

「啪！第三條線索也斷了，咱們又回到了原地，」他說道。「這個無賴可真狡猾！他知道咱們的底細，由此知道亨利·巴斯克維爾爵士來找了我，然後又在攝政大街認出了我，斷定我已經記下了車號、肯定能找到這個車

夫，所以就給我留了這麼一條膽大包天的訊息。聽我說，華生，這一次，咱們總算是碰上了一個值得一鬥的敵手。我在倫敦讓人將了一軍，但願你能在德文郡交上好運。不過，我終歸還是有點兒不放心。」

　　「不放心甚麼呢？」

　　「不放心派你去啊。這是個燙手的山芋，華生，又燙手又危險，我越是往下看，心裏就越是不喜歡。咳，親愛的伙計，要笑你儘管笑，可我敢跟你保證，你要能平平安安地回到貝克街的話，我真的會覺得非常高興的。」

第六章
巴斯克維爾宅邸

到了約定的日子，亨利‧巴斯克維爾爵士和莫蒂默醫生做好了動身的準備，我們便按照原來的計劃，一同前往德文郡。歇洛克‧福爾摩斯先生陪着我坐馬車去了車站，臨別的時候又是好一番叮嚀和囑咐。

「華生，我不想用我的推論和假想來干擾你對事實的判斷，」他如是說道。「我只希望你向我通報各種事實，越詳盡越好，演繹的工作留給我好了。」

「甚麼類型的事實？」我問道。

「看上去跟案子有關聯的任何事實，關聯再間接也不能放過，尤其需要注意的則是小巴斯克維爾和鄰居之間的關係，以及與查爾斯爵士死亡相關的新情況。前面這幾天，我自個兒也進行了一些調查，結果呢，恐怕只能說是很不理想。可以確定的似乎只有一件事情，也就是說，身為順位繼承人的詹姆斯‧德斯蒙德先生是一位年事已高的紳士，性情又十分溫良，這樣的迫害行徑不會是他的傑作。我確實覺得，咱們可以徹底排除他的嫌疑。這一來，剩下的就只有荒原上的那些人了，與此同時，亨利‧巴斯克維爾爵士馬上就會實實在在地陷入他們的包圍。」

「先把巴里莫爾這兩口子辭掉不好嗎？」

「絕對不行，再沒有比這更大錯特錯的做法了。假設他倆清白無辜，這麼做就等於昧着良心製造冤獄，假設他倆罪有應得，咱們就徹底失去了追究到底的機會。不，不行，咱們得把他倆留在嫌犯名單當中。如果我沒記錯的話，替宅邸幹活的還有一名馬夫。然後呢，有兩戶荒原農家，有咱們的朋友莫蒂默醫生，我相信他這個人完全可靠，有他的妻子，咱們對她一無所知，有那個名叫斯泰普頓的博物學家，有斯泰普頓的妹妹，據說是一位迷人的年輕女士，有拉夫特宅邸的弗蘭克蘭先生，他也是一個未知因素，最後還有一兩個別的鄰居。這幫人就是需要你潛心研究的對象。」

「我會盡力而為的。」

「你帶了武器，對吧？」

「帶了，我覺得帶上也好。」

「那是當然。日日夜夜你都得把左輪手槍帶在身邊，一刻也不能放鬆警惕。」

我們的兩位朋友已經訂下了一節頭等車廂，眼下正在站台上等我們。

「沒有，我們這邊甚麼消息也沒有，」莫蒂默醫生如是回答我朋友的問題。「有件事情我倒可以打包票，前兩天並沒有人盯我們的梢。每次出門的時候，我們都非常留意周圍的情況，有人盯梢的話，我們肯定會發現的。」

「你們兩位一直都待在一起，對吧？」

「除了昨天下午以外。到倫敦來的時候，我通常都會犧牲掉一天的時間，用來進行純粹的消遣，所以呢，昨天

我就到外科醫師學會博物館 * 去消遣了一下。」

「我呢，就到公園裏看熱鬧去了，」巴斯克維爾説道。「不過，我們並沒有遇上任何麻煩。」

「即便如此，你們的舉動仍然是不夠謹慎，」福爾摩斯一邊説，一邊神色嚴峻地大搖其頭。「亨利爵士，我懇求您再也不要單獨出門。您要是再這麼幹，很可能就會大禍臨頭。另一隻靴子找到了嗎？」

「沒有，先生，再也找不到了。」

「真的啊，這可真是有意思。好啦，再見，」火車慢慢駛出站台的時候，他又補了幾句，「亨利爵士，莫蒂默醫生念給咱們聽的那段古老傳説雖然古怪，有一句您可千萬得放在心上，萬勿於邪焰高張之黑暗時分踏入荒原。」

火車已經駛出了老遠的距離，回頭看去，福爾摩斯那顧長蕭穆的身影依然紋絲不動地佇立在站台之上，依然在凝望我們的方向。

愜意的旅程過得飛快，其間我跟兩位旅伴建立了更加親密的友情，還時不時地逗弄莫蒂默醫生的斯班尼犬。短短幾個小時之後，褐色的土壤變成了紅色，砌牆的材料從磚塊變成了花崗岩，皮色棕紅的奶牛在籬牆整飭的田野之中吃草，茂盛的青草和更加蔥鬱的植被代表着一種更加滋潤的氣候，興許也得説是更加潮濕。小巴斯克維爾熱切地凝視着窗外的德文郡原野，一旦看到甚麼熟識的景物，他就會喜不自禁地大聲叫喊。

「華生醫生，離開這裏之後，我走遍了大半個世界，」

---

* 這個博物館附屬於英格蘭皇家外科醫師學會。

他如是說道，「可我從來沒見過能跟這裏相提並論的地方。」

「我也從來沒見過不對自己的家鄉死心塌地的德文人。」我如是評論。

「這一方面是因為本郡的風土，一方面也是因為本地人的血脈，」莫蒂默醫生說道。「瞧瞧咱們這位朋友，你馬上就會發現他長的是一顆凱爾特式的圓腦袋，裏面裝的都是凱爾特人的熱情與忠誠。不幸的查爾斯爵士長着一顆非常稀有的腦袋，一半是蓋爾式、一半是伊威尼式 *。不過，最後一次看到巴斯克維爾宅邸的時候，你年紀應該還小吧，不是嗎？」

「我父親住在本郡南部海濱的一個小農莊裏，他去世的時候我只有十幾歲，然後我就直接投奔美洲的朋友去了，所以呢，我從來都沒有看到過我們家的宅邸。不瞞你說，我跟華生醫生一樣，對那座宅邸一無所知，還有啊，我特別想看到荒原的模樣，簡直是完全等不及啦。」

「真的嗎？那好，你這個願望非常容易實現，喏，那就是荒原呈現給你的第一道風景，」莫蒂默醫生指着窗外說道。

窗外是一片片棋盤似的青蔥田野和一道由低矮樹林構成的弧形屏障，田野和樹林之外，遠遠的地方聳立着一列蒼茫的灰色山丘，參差不齊的山脊勾勒出古怪的線條，

---

* 凱爾特人 (Celt) 是歐洲一些古代民族的統稱，尤指古代的不列顛人和高盧人；蓋爾人 (Gael) 是凱爾特人的一支，分佈在蘇格蘭及愛爾蘭等地，伊威尼人 (Iverni) 是古代的愛爾蘭人。

又因距離遙遠而顯得晦暗朦朧，彷彿是夢中才有的縹緲景象。巴斯克維爾一動不動地坐在那裏，久久地凝視着那列山丘。看到他臉上的熱切表情，我立刻意識到了這一刻在他心目當中的分量，這一刻，他第一次看見了那片陌生的土地，他的先人在那裏統治了那麼長久的時間，又在那裏留下了那麼深刻的印跡。眼前不過是一節司空見慣的火車車廂，而他坐在角落裏，一身花呢西服、一口美洲腔調，可是，仔細看看他那張表情豐富的黝黑臉龐，我比以往任何時候都更加真切地感覺到，他的確屬於那個血統高貴、性情剛烈、專橫跋扈的古老家族，的確是他們的嫡系苗裔。他濃濃的眉毛，他抖顫的鼻翼，還有他淺褐色的大眼睛，全都是尊嚴、勇氣和力量的證明。倘若那片令人卻步的荒原之上真的橫亙着甚麼艱險的關隘，這個人至少是一個可靠的盟友，你樂意為他以身犯險，也知道他會勇敢地分擔患難。

火車在一個路邊小站停了下來，我們都下了車。一輛四輪輕便馬車在低矮的白色柵欄外面等候我們，車上套的是兩匹壯健的矮馬。我們的到來顯然是當地的一件盛事，車站站長和幾名搬運工忙不迭地圍了上來，替我們把行李搬了出去。這是個簡樸可愛的鄉村車站，可我卻驚訝地發現，車站門口站着兩個士兵模樣的男人，穿的是深色的制服，權充拐杖的則是短筒的來復槍。我們經過的時候，他倆衝我們投來了十分銳利的目光。車夫是個身材矮小的傢伙，冷峻的臉龐飽經風霜。他衝亨利·巴斯克維爾爵士敬了個禮，幾分鐘之後，馬車就沿着寬闊的白色道路飛奔起

來。緩緩升高的牧場坡地在我們兩邊起伏綿亙，古老的山牆住宅時不時地從蔥鬱的樹叢之中探出頭來。然而，放眼望去，陽光明媚的寧靜原野背後始終都是那片赫然聳立的高地荒原，荒原的黝黑剪影在暮天之下勾勒出一道陰森可怖的漫長弧線，打破弧線的則是一座座參差嶙峋的險惡山丘。

　　馬車轉進一條岔路，我們順着一道道數百年車輪碾壓而成的深深轍跡曲折上行，道路兩邊都是高高的山壁，蓋滿了濕漉漉的苔蘚和葉子肥厚的鹿舌蕨。色轉古銅的歐洲蕨 * 和枝葉斑駁的樹莓在落日的餘暉之中閃閃發光。我們漸行漸高，跨過一道狹窄的花崗岩石橋，然後便沿着一條喧鬧的溪澗繼續行進。奔湧的溪水沖向下方，撞擊着一塊塊灰色的巨石，白沫四濺、聲若雷鳴。道路和溪澗一同上攀，從一道山谷之中蜿蜒而過，山谷裏是密密匝匝的矮橡樹和杉樹。每轉過一道彎，巴斯克維爾就會發出一聲驚喜的叫喊，一邊興致勃勃地四處張望，一邊沒完沒了地詢問各種情況。他看到的似乎只有美景，我卻看到了籠罩在這片鄉野之上的淡淡淒涼，看到了凋零時節留下的清晰印跡。路上的黃葉覆滿了一道道轍跡，枝頭的黃葉則在我們經過的時候簌簌飛落。我們的車輪時或碾上成堆的枯枝敗葉，轔轔的車聲隨之黯然消隱，我不禁覺得，巴斯克維爾家族的繼承人此番重歸故土，大自然卻把這樣的禮物拋到

---

* 　鹿舌蕨 (hart's tongue) 也稱對開蕨，拉丁學名 *Asplenium scolopendrium*，為歐洲常見蕨科鐵角蕨屬植物，最明顯的特徵是葉子不分裂；歐洲蕨 (bracken) 是蕨科蕨屬 (*Pteridium*) 幾種蕨的統稱。

他的馬車跟前，實在不算是一種特別友善的舉動。

「嘿！」莫蒂默醫生叫道，「那是甚麼？」

前方出現了一道長滿石南的陡峻斜坡，正是從高地荒原延伸出來的一個山嘴。坡頂有一個馬背上的士兵，清晰鮮明得如同一尊矗立在基座之上的騎手雕像。他駿黑的身影顯得咄咄逼人，來復槍架在胳膊上，做好了開火的準備。原來，他正在監視我們腳下的這條道路。

「這是怎麼回事，珀金斯？」莫蒂默醫生問道。

車夫在座位上扭了扭身，側對着我們。

「有個犯人逃出了王子鎮監獄，先生，到現在已經三天了。那些獄卒在所有的道路和車站佈下了崗哨，但卻始終沒找到他的蹤影。這一帶的農戶都很擔心這件事情，先生，真的是很擔心。」

「呃，據我所知，如果能提供線索的話，他們不是可以得到五鎊的賞金嘛。」

「沒錯，先生。可是，跟被人割斷喉嚨的危險相比，五鎊的賞金只能說是少得可憐。您須知道，那傢伙甚麼都幹得出來，跟普通的罪犯可不一樣。」

「那麼，他究竟是誰呢？」

「他就是瑟爾登，諾丁山 * 謀殺案的那個兇手。」

那件案子我記得非常清楚，原因是兇手作案的手法殘忍得出奇，一舉一動都體現着一種莫名其妙的獸性，竟至

---

* 諾丁山 (Notting Hill) 是倫敦西部的一片區域。1862 至 1863 年間在英國一本週刊上連載的《諾丁山謎案》(*The Notting Hill Mystery*) 被很多人認為是第一部現代偵探小說，小說作者使用的是查爾斯‧菲利克斯 (Charles Felix) 這個筆名，真實身份迄今未知。

於引起了福爾摩斯的興趣。他之所以逃脫了死刑的判決，原因在於他的行為實在是太過兇暴，人們懷疑他並不具備健全的理性。說話的時候，我們的馬車已經攀上了一座小山，廣袤的荒原在我們前方崛起，其間散佈着一些疙疙瘩瘩的石冢和巨岩。凜冽的風從荒原上俯衝下來，颳得我們瑟瑟發抖。那個兇惡的魔鬼就潛伏在這片荒涼高地之中的某個所在，像野獸一般藏身於某個洞穴，一心想要報復這個容他不得的人類社會。荒瘠的土地、刺骨的寒風、昏暝的天色，再加上他的存在，恐怖的氣氛就濃重到了十分。就連巴斯克維爾也陷入了沉默，裹緊了身上的大衣。

這時候，我們已經把適才經過的肥沃原野拋在了身後的低處。回頭望去，落日的斜暉將一條條溪流染成了一根根金線，又將新近翻耕的紅色田地和縱橫交錯的片片叢林映照得熠熠生輝。與此同時，前方的道路卻越來越陰森、越來越荒涼。我們翻過一座又一座交織着黃褐色與橄欖色的巨大斜坡，坡上是東一塊西一塊的龐然礫石。路邊時或閃現一座孤零零的荒原農舍，石頭牆壁、石頭屋頂，形狀簡陋之極，連一株聊為點綴的攀援植物都沒有。突然之間，下方出現了一片形如杯子的凹地，凹地裏長着一片片矮小的橡樹和杉樹，全都被多年的風暴折磨得歪歪扭扭。兩座又高又窄的塔樓赫然聳立在林梢之上，車夫用馬鞭指了指那個地方。

「巴斯克維爾宅邸，」他說道。

宅邸的主人已經站了起來，正在直愣愣地盯着它看，臉頰漲得通紅，眼睛也炯炯放光。幾分鐘之後，我們來到

了宅邸的大門口。熟鐵鍛造的大門飾有繁複精美的圖案，兩側各有一根風雨剝蝕的門柱，柱身苔痕斑駁，柱頭立着巴斯克維爾家族的野豬頭徽記。大門旁邊的門房已經變成了一堆黑色的花崗岩瓦礫，房椽光溜溜地露在外面，與它相對的地方卻矗立着一座蓋了一半的新建築，正是查爾斯爵士的南非金元結出的第一枚果實。

穿過大門進入馬車道，我們的車輪再一次被落葉抹去了聲息，夾道的老樹枝葉相接，在我們的頭頂築起了一條陰森可怖的拱廊。順着漫長黑暗的馬車道往前看，微光閃爍的宅子像鬼魅一般出現在了車道遠端，見此情景，巴斯克維爾不由得打了個寒戰。

「出事的地方就是這兒嗎？」他低聲問道。

「不，不是，紫杉大道在宅子的背面呢。」

年輕的繼承人沉着臉張望了一番。

「住在這樣的一個地方，怪不得我伯父老是會有大難臨頭的感覺，」他說道。「誰來了都會覺得心驚肉跳。半年之內，我就要在這兒裝一排電燈，等宅子正門前面有了一千支光的『斯旺牌』和『愛迪生牌』燈泡之後*，你們就認不得這個地方了。」

順着馬車道進入一片寬闊草坪之後，宅子出現在了我們的眼前。借着昏暗的天光，我看到了宅子中央那座敦實的主樓，看到了樓前的突出門廊。爬滿主樓正面的常春藤

---

* 支光 (candlepower) 為現已廢棄的光強單位，1 支光等於 1 燭光 (candela)，大致說就是一支普通蠟燭的光照強度；「斯旺牌」和「愛迪生牌」分別因英國發明家斯旺 (Joseph Swan, 1828–1914) 和美國發明家愛迪生 (Thomas Edison, 1847–1931) 而得名。

形成了一道黑黢黢的帷幕，但卻被人挖出了東一個西一個的破洞，為的是讓帷幕後面的窗子或者族徽見到陽光。主樓兩端各有一座年代久遠的高聳塔樓，塔樓上開有許多射擊孔，樓頂還有雉堞。塔樓兩側是宅子的兩廂，廂房的年代較為晚近，用的是黑色的花崗岩。堅固的直櫺窗戶只有一扇透着昏暗的燈光，一縷黑色的孤煙從陡峻房頂的櫛比煙囪當中裊裊升起。

「歡迎您，亨利爵士！歡迎您來到巴斯克維爾宅邸！」

一個身材高大的男人從黑暗的門廊裏走了出來，替我們打開了車門。緊接着，一個女人的剪影出現在了大廳裏的黃色燈光之中。女人也跑到了門外，幫着男人把我們的行李卸了下來。

「你不介意我直接趕車回家吧，亨利爵士？」莫蒂默醫生說道。「我妻子還在等我呢。」

「怎麼也得吃了晚飯再走吧？」

「不行，我必須得走，說不定，家裏還有工作在等着我哩。我倒想領你參觀一下宅子，不過，要說當嚮導的話，巴里莫爾肯定比我強。再見，需要我幫忙的話，只管通知我好了，白天晚上都沒關係。」

馬車道上的車輪聲漸漸消逝，亨利爵士和我轉身進了大廳，大廳的門「咣噹」一聲關了起來。眼前是一個非常漂亮的房間，高大寬敞，一根根粗大的橡木椽子密密匝匝地排在房頂，已經被悠長的歲月變成了黑色。巨大的老式壁爐當中，熊熊的柴火在高高的鐵製爐柵後面噼啪作響。

亨利爵士和我不約而同地把手伸到了爐火跟前，因為我倆都在漫長的旅途當中凍得渾身僵硬。接下來，我倆環顧四周，打量着那扇鑲有古老彩色玻璃的狹長窗子、那些橡木鑲板，還有掛在牆上的鹿頭和紋章。大廳中央的孤燈投射出朦朧的光線，一切都顯得昏暗陰沉。

「這跟我原來的想像一模一樣，」亨利爵士說道。「『祖居』這個字眼兒，說的不就是這樣的屋子嗎？想想吧，就是在這個廳堂裏面，我的族人已經住了整整五百年。想到這一點，我不得不肅然起敬。」

他不停地東張西望，孩子似的熱情點亮了他黝黑的臉龐。燈光照到了他的腳下，一道道長長的陰影卻從牆上垂掛下來，彷彿是在他的頭頂支起了一個黑色的天篷。巴里莫爾已經把行李搬進我倆的房間，回到了大廳裏，眼下正恭恭敬敬地站在我倆面前，一看就是個訓練有素的僕役。他長得一表人才，高高的個子，英俊的相貌，黑色的絡腮鬍子修剪得方方正正，蒼白的面容卓爾不群。

「您打算現在就用晚餐嗎，先生？」

「準備好了嗎？」

「幾分鐘就好，先生。你們兩位的房間裏都已經備好了熱水。亨利爵士，我和我妻子非常樂意繼續伺候您，直到您按您自個兒的心意安排好宅邸的事情為止。不過，您得知道，按照新的規矩，這座宅子將會需要相當多的人手。」

「甚麼叫新的規矩？」

「我只是說，先生，查爾斯爵士的生活非常安靜，光

是我們兩個人就可以把他照應好。您呢，自然會需要更多的交際，這一來，您就得改改宅子裏的規矩。」

「你是説你們夫妻倆打算離開這裏，是嗎？」

「當然得等到不會給您造成不便的時候，先生。」

「可是，你家的人一直都跟我家的人在一起，已經好幾代了啊，不是嗎？要是我在這兒的生活從斷絕一份世代的交情開始，那可就太遺憾了。」

我似乎覺得，管家的蒼白臉龐呈現出了一些情緒激動的跡象。

「我也覺得遺憾，先生，還有我的妻子。不過，跟您説實話吧，先生，我倆都對查爾斯爵士很有感情，他去世的事情讓我倆覺得很受打擊，也讓宅子裏的一切變成了不堪回首的東西。我覺得，繼續待在巴斯克維爾宅邸的話，我倆恐怕是不會安心的。」

「可是，你們打算幹甚麼去呢？」

「我有十足的把握，先生，我倆應該能夠通過某種營生自食其力。查爾斯爵士非常慷慨，給我倆創造了這樣的條件。好了，兩位先生，我還是領你們去房間吧。」

古老廳堂的兩側各有一段樓梯，樓梯頂上是一圈兒帶有欄杆的口字形迴廊。迴廊在宅子的正中央，兩邊各有一條長長的走廊，分別向宅子的左右兩側延伸，一直延伸到宅子的兩端，宅子裏所有的臥室都在這兩條走廊裏。我的臥室跟巴斯克維爾的臥室在宅子的同一厢，幾乎是兩隔壁。看起來，這些房間的歷史比宅子的主樓短得多，房間裏有色調明快的牆紙，又點着不計其數的蠟燭，多少把我

俩剛到時的陰鬱印象沖淡了一點兒。

　　然而，與大廳相接的餐廳卻是個暗影幢幢的地方。餐廳很長，家庭成員用餐的地方是高出地面的一個台子，台子下面則是下人們吃飯的地方，餐廳一端還有一個懸空的包廂，那是樂手們演奏娛賓的舞台。一根根黑黢黢的房梁橫過我倆的頭頂，房梁之上則是熏黑了的天花板。如果能點上一排排熊熊的火炬，再加上古代宴席那種聲色犬馬的氣氛，餐廳裏的空氣當然不會顯得這麼凝重。眼下呢，餐廳裏只點着一盞帶有燈罩的孤燈，小小的光暈之中坐着兩個身穿黑衣的紳士，一個默然不語，另一個意興闌珊。牆上是一排昏暗朦朧的先人，打扮各式各樣，有的像伊麗莎白時代的騎士，有的像攝政時期的花花公子 *。他們目不轉睛地俯視着我倆，這樣的無聲同伴只能讓我倆膽戰心驚。吃飯的時候，我倆幾乎沒有交談。等到飯終於吃完、可以到新式的彈子房去抽支煙的時候，不知道爵士是甚麼心情，我反正是非常高興。

　　「説真的，這地方的氣氛可算不上特別歡快，」亨利爵士説道。「依我看，這倒並不是沒法適應，只不過，眼下我確實有點兒不知所措。我伯父獨個兒住在這麼一個地方，心裏發怵也不足為奇。好了，如果你覺得合適的話，今晚咱們還是早點兒休息吧。等到明天早上，氣氛沒準兒會顯得歡快一點兒呢。」

---

* 　伊麗莎白時代指英國女王伊麗莎白一世 (Elizabeth I, 1558 至 1603 年在位) 執政的時代；攝政時期 (Regency) 指 1811 至 1820 年，其間尚未登基的英國國王喬治四世因父親喬治三世的瘋病而代行王政。

上床之前，我拉開臥室的窗簾，往窗外看了看。窗子對着宅子正面的草坪，草坪遠端有兩叢矮樹，正在越來越猛的晚風之中搖擺呻吟。雲朵在天空裏飛奔，半圓的月亮從雲隙探出了頭。借着冷冷的月光，我看到了樹林背後的一堵參差山崖，看到景色淒迷的荒原貼着山崖勾出了一條漫長的弧線。拉上窗簾的時候，我暗自想道，最後的這個印象，倒是跟之前的種種見聞沒甚麼抵觸。

沒想到，這還不能算是最後的印象。雖說已經十分疲憊，可我卻怎麼也睡不着，只好在床上輾轉反側，努力進入無法進入的夢鄉。除了整刻報時的遙遠鐘聲之外，這座老宅的四周完全是一片死寂。突然之間，鴉雀無聲的深夜裏響起了一個聲音，那聲音又清晰又深沉，絕對不會聽錯。一個女人正在啜泣，強自壓抑的哽咽聲音訴說着無法抑制的悲慟。我從床上坐了起來，支起耳朵聽了一陣。聲音的源頭離我的房間不遠，必定是在這座宅子裏。我全神貫注地聽了半個小時，耳邊卻只有鐘聲和牆外那些常春藤的窸窣聲響，再沒有甚麼別的動靜。

第七章
梅里陂宅邸的斯泰普頓兄妹

晨間的光景美好清新，多少沖淡了巴斯克維爾宅邸壓在我倆心頭的那種陰森灰暗的第一印象。我和亨利爵士坐下來準備吃早飯的時候，陽光穿過一扇扇高高的直櫺窗子傾瀉進來，投下了一個個朦朧的彩色光斑，色彩來自畫在窗玻璃上的那些紋章。深色的鑲板在金色的陽光之中閃着青銅一般的光澤，讓人簡直難以想像，這的確就是昨夜那個叫我倆黯然神傷的房間。

「要我說，該怪的並不是這座宅子，而是咱們自己！」從男爵說道。「咱們被昨天的旅途弄得又冷又累，所以才覺得這地方陰森灰暗。眼下呢，咱們都是精神煥發，氣氛可不就歡快起來了嘛。」

「不過，昨晚的光景並不完全是咱們的想像，」我回答道。「比方說，夜裏好像有人在哭，我覺得應該是個女人，你有沒有聽見呢？」

「說起來還真是挺古怪的，昨晚我朦朦朧朧正要睡過去的時候，確實覺得自己聽見了你說的這種聲音。後來我還等了好一陣，聲音卻沒有了，所以我斷定自己是在做夢。」

「我聽得非常清楚，而且我敢肯定，確實是女人抽泣的聲音。」

「咱們得馬上把這件事情問個明白。」他搖鈴喚來了巴里莫爾，問巴里莫爾知不知道這是怎麼回事。照我的感覺，聽到主人問話的時候，管家的蒼白面容似乎有點兒白上加白。

　　「宅子裏一共只有兩個女人，亨利爵士，」他回答道。「一個是幫廚的女傭，她睡在另外一廂，另一個就是我的妻子，而我可以保證，您說的聲音跟她沒有關係。」

　　沒想到，他說的竟然是句謊話。吃完早飯之後，我剛巧在長長的走廊裏碰見了巴里莫爾太太，陽光把她的臉照得清清楚楚。她身材高大、神情淡漠、面色陰沉，緊繃的嘴巴顯得十分嚴厲。不過，她眼睛紅紅的，眼皮也腫了起來，其中的含義自然是不言而喻。如此說來，在夜裏哭泣的人只能是她，是她的話，她丈夫就不可能不知道。儘管如此，她丈夫卻矢口否認有這回事，完全不顧自己的謊話很容易被人拆穿。他為甚麼要這麼幹呢？她又為甚麼哭得那麼傷心呢？這樣一想，一層陰沉的疑雲漸漸地聚了起來，將這個面色蒼白、相貌英俊的黑鬍子男人團團圍住。是他第一個發現了查爾斯爵士的屍體，爵士死亡之前的所有情狀也都是他一個人說的。說來說去，我們在攝政大街看到的那個出租馬車乘客會不會就是巴里莫爾呢？他的大鬍子跟那個人完全對得上。車夫嘴裏的那個乘客雖然沒他這麼高，可是，關於身高的印象本來就很容易出錯。怎樣才能徹底弄清這個問題呢？顯而易見，首先要做的事情是去找格林盆村的郵電所長，問清楚之前那封查崗的電報是

不是真的送到了巴里莫爾本人的手裏。不管問到的是甚麼樣的結果，我總歸可以得到一點兒值得向歇洛克．福爾摩斯匯報的情況。

　　亨利爵士的飯後工作是閱讀一大堆的文件，我正好利用這段時間去完成我的調查之旅。這是一次非常愜意的旅程，我貼着荒原的邊緣走了四英里，最終走進了一個灰撲撲的小村莊。村裏有兩座鶴立雞群的大房子，後來我發現，其中一座是客棧，另一座則是莫蒂默醫生的住宅。郵電所長同時也是村裏的雜貨商，電報的事情他記得非常清楚。

　　「沒錯，先生，」他說道，「當時我把電報送到了巴里莫爾先生手裏，完全是按你們的吩咐做的。」

　　「誰去送的呢？」

　　「我兒子，就在您眼前呢。詹姆斯，上星期是你把那封電報送到巴里莫爾先生那裏去的，對吧？」

　　「是的，父親，是我送的。」

　　「送到他本人手裏了嗎？」我問道。

　　「呃，當時他在閣樓上，所以我沒辦法送到他本人手裏。不過，我把電報交給了巴里莫爾太太，她答應馬上替我轉交的。」

　　「當時你看到巴里莫爾先生了嗎？」

　　「沒有，先生，剛才我說了，當時他在閣樓裏。」

　　「你既然沒有看到他，怎麼知道他在閣樓裏呢？」

　　「咳，他自個兒的老婆還不知道他在哪裏嗎，」郵電所長很不耐煩地說道。「難道說他沒收到那封電報嗎？就

算是出了甚麼岔子，找我們抱怨的也只能是巴里莫爾先生本人。」

看情形，再問下去也不會有甚麼指望。不過，事情已經非常明顯，儘管福爾摩斯要了這麼一個花招，我們還是證明不了，巴里莫爾一直沒到倫敦去過。假定他去過，假定他不光是最後一個看到查爾斯爵士活着的人，同時也是第一個對剛剛返回英格蘭的爵位繼承人進行盯梢的人，情形會怎麼樣呢？他究竟是在充當別人的幫兇，還是自個兒有甚麼險惡的圖謀呢？他這麼迫害巴斯克維爾家的人，究竟能得到甚麼好處呢？這時候，我想到了用《泰晤士報》社論拼成的那個古怪警告。炮製那封信的人到底是不是他，又會不會是某個決心挫敗他陰謀的人呢？這樣的陰謀只有一個可以說得通的動機，這個動機亨利爵士已經提過，也就是說，如果能把巴斯克維爾家的人通通嚇跑，巴里莫爾夫婦就可以永久享用一座舒適的住宅。話說回來，眼前的陰謀如此複雜、如此巧妙，彷彿是要在年輕的從男爵周圍織起一張無形的網，與之相較，前面這種解釋顯然是太過簡單蒼白。福爾摩斯自己也說過，他辦過那麼多驚天動地的案子，但卻從來沒接到過比這還要複雜的案件。沿着那條灰暗荒涼的道路往回走的時候，我不由得暗自祈禱，但願我朋友能夠及早結束手頭的案件，這樣才好趕來這裏，接過我肩上的這副重擔。

突然之間，我這番思緒戛然而止，因為我聽見身後有人跑過來，還叫出了我的名字。我轉過身去，滿以為眼前的人會是莫蒂默醫生，跟着就驚訝地發現，從我身後追來

的是一個陌生人。他年紀在三十到四十之間，身材瘦小，表情嚴肅的臉龐刮得乾乾淨淨，頭髮是亞麻的顏色，下巴又長又尖，身穿一套灰色的衣服，頭戴一頂草帽。他肩上挎着一個裝植物標本的馬口鐵*盒子，手裏還拿着一個綠色的捕蟲網。

「我這麼，冒昧打擾，您千萬不要見怪，華生醫生，」他一邊說，一邊氣喘吁吁地跑到了我的面前。「我們這些荒原住戶都比較隨和，不搞那些正式引見之類的名堂。您興許聽咱倆共同的朋友莫蒂默提過吧，我名叫斯泰普頓，住在梅里陂宅邸。」

「您的網子和盒子已經替您作了介紹，」我說道，「因為我聽人說過，斯泰普頓先生是位博物學家。不過，您怎麼會知道我的名字呢？」

「剛才我在莫蒂默那裏，您從他的診療室窗前走過的時候，他把您指給我看了。咱倆都要去同一個方向，所以我就想，我不妨追上來，向您作個自我介紹。按我看，亨利爵士這一路都挺順利的吧？」

「他很好，謝謝關心。」

「查爾斯爵士慘死之後，大家都很擔心新一代的從男爵不肯到這裏來住呢。要求一個富人把自己埋沒在這種地方，實在是有點兒強人所難，不過，我不說您也知道，對於這片鄉區來說，他的到來具有多麼重大的意義。要我

---

* 馬口鐵 (tin) 即經過鍍錫防鏽處理的薄鋼板或鐵板，常用於製造各種容器。這種材料的確切名稱應為「鍍錫薄板」，考慮此書時代，仍採「馬口鐵」之舊名。

説，亨利爵士應該不會對這件事情產生甚麼迷信的恐懼心理吧？」

「我看他應該不會。」

「糾纏他家的那隻地獄惡狗的傳說，您肯定知道吧？」

「我聽説過。」

「這邊的農戶可真是輕信得出奇！隨便誰都願意跟大家賭咒發誓，説自己在荒原上看見過這樣一頭畜生，」説這話的時候，他的臉上帶着笑容，可我卻覺得，他的眼神似乎並不像表情那麼輕鬆。「這個故事扎到了查爾斯爵士的心坎兒裏，我敢肯定，就是它導致了爵士的悲慘結局。」

「怎麼會呢？」

「這個故事把爵士的神經搞得特別脆弱，隨便哪隻狗在他面前出現，都可能會對他原本就有病的心臟造成致命的打擊。據我估計，最後的那個晚上，他確實是在紫杉大道上看到了甚麼類似的東西。以前呢，我一直都在擔心會出甚麼禍事，因為我非常敬愛這位老人，同時又知道他心臟不好。」

「您怎麼知道他心臟不好呢？」

「我朋友莫蒂默説的。」

「照您的意思，那天是有一隻狗在追查爾斯爵士，爵士是被嚇死的，對嗎？」

「您有甚麼更好的解釋嗎？」

「我還沒想出甚麼解釋呢。」

「歇洛克·福爾摩斯先生呢？」

聽到這句話，我不由得窒了一窒，不過，看到他平靜如水的面容和一瞬不瞬的眼睛，我知道他並不是故意用這樣的問題來驚嚇我。

「華生醫生，我們明明知道您是誰，裝不知道又有甚麼意義呢，」他說道。「您那位偵探朋友的故事，我們這邊也有耳聞，還有啊，您沒辦法光是替他揚名，自個兒卻保持默默無聞的狀態。莫蒂默跟我說了您的大名，自然就不能不提您的身份。您已經到了這兒，可想而知，歇洛克·福爾摩斯先生本人也對這件事情產生了興趣，我呢，自然想聽聽他的高見。」

「恐怕我不能回答您這個問題。」

「那我能不能問一問，他本人會不會大駕光臨呢？」

「眼下他正在偵辦其他案子，沒辦法離開倫敦。」

「真是太遺憾了！我們都對這件事情兩眼一抹黑，還指望着他帶給我們一點兒光明呢。至於您自個兒的調查嘛，只要有我幫得上忙的地方，您千萬不要客氣。如果能對您的案情推測或者調查計劃有點兒概念的話，興許我馬上就能給您一些幫助和建議。」

「不瞞您說，我來這裏僅僅是為了拜訪我朋友亨利爵士，並不需要任何形式的幫助。」

「對極了！」斯泰普頓說道。「您這麼小心謹慎，完全是理所當然。我自己也覺得我這種刺探行為毫無道理，確實該受指責，我這就跟您保證，再也不提這件事情。」

說話間，我們已經走到了大路與一條小徑交會的岔口，狹窄的小徑雜草叢生，蜿蜒伸向荒原深處。我們的

右側是一座亂石嶙峋的陡峭山丘，多年之前就已經被人挖開，變成了一座花崗岩採石場。呈現在我們眼前的是一堵黑色的斷崖，崖壁的裂隙之中長着蕨類和樹莓。遠處的一座小丘後面，一縷灰色的煙霧正在裊裊上升。

「順着這條荒原小徑往前走，用不了多久就能走到梅里陂宅邸，」他說道。「不知道您能不能騰出一個鐘頭的時間，容我把您介紹給我的妹妹。」

一開始，我覺得自己應該回到亨利爵士的身邊。不過，接着我就想起了堆在他書房桌子上的那一大堆文件和賬單。毫無疑問，那些事情我一點兒忙也幫不上。再者說，福爾摩斯說得非常明白，我應該仔細研究荒原上的各位鄰居。這麼一想，我也就接受了斯泰普頓的邀請，跟他一起轉進了小徑。

「這是個非常奇妙的地方，我是說這片荒原，」他一邊說，一邊環顧四周。起伏的丘原形成了一道道長長的綠色波浪，波浪之中湧起一座座嶙峋的花崗石峰巒，宛如一個個奇形怪狀的浪峰。「你永遠也不會對這片荒原感到厭倦，永遠也琢磨不透蘊藏其中的神奇奧秘，因為它如此廣大、如此荒蕪，同時又如此神秘。」

「這麼說，您對它非常了解嘍？」

「我才在這裏待了兩年，要讓本地居民來看的話，只能算是初來乍到。我們到這的時間比查爾斯爵士還要稍晚一些。不過，因為個人的愛好，我已經走遍了這片地方的每一個角落，依我看，沒多少人能比我更了解這個地方。」

「了解起來很困難嗎？」

「非常困難。舉個例子說吧，您往咱們的北邊看看，看看那片點綴着幾座古怪小山的寬廣平地。您覺得它有甚麼不尋常的地方嗎？」

「要想縱馬飛奔的話，那倒是個難得的好地方。」

「您這種想法非常自然，不過，就是這種想法讓好幾個人送掉了性命。那片平地上到處都是一小塊一小塊的嫩綠色，您看到了嗎？」

「看到了，嫩綠色的地方應該是比其他地方肥沃一些吧。」

斯泰普頓笑了起來。

「那片平地就是格林盆大泥潭，」他說道。「不管是人還是野獸，走錯一步就是死路一條。就在昨天，我還看見一匹荒原小馬蹓躂着跑了進去，進去就再也沒有出來。我看見它使勁兒把腦袋伸在泥坑外面，掙扎了很長一段時間，到最後，泥坑還是把它給吸了進去。即便是在乾旱的季節，從那裏穿過也是件危險的事情。最近下了幾場秋雨，那地方就更是可怕。可我卻認得泥潭裏的路，不但有本事走到泥潭中心，還有本事活着回來。天哪，又一匹小馬遭殃了！」

一個褐色的身影正在綠色的苔草之中翻滾掙扎。接下來，一段痛苦萬狀、不停扭動的長脖子猛一下豎了起來，一聲可怕的哀號在荒原之中久久迴盪。眼前的情景嚇得我渾身發冷，不過，我這位旅伴的神經好像比我堅強一些。

「它完了！」他說道。「泥潭把它收去了。兩天裏就葬送了兩匹，以後還不知道有多少呢，因為它們在天旱的

時候養成了去那裏的習慣，又不可能懂得情況會有變化，要到掉進泥潭的時候才會明白。這個格林盆大泥潭啊，可真不是甚麼好地方。」

「您剛才不是說您能夠穿越它嗎？」

「是啊，裏面有那麼一兩條小路，身手特別靈活的話，走進去是沒問題的。那些路都是我找出來的。」

「可是，那地方既然這麼可怕，您幹嗎還會有進去的念頭呢？」

「這個嘛，您看見遠處的那些小山了嗎？認真說的話，它們都是孤島，多年以來，無法穿越的泥潭一直在那些小山周圍緩緩移動，切斷了通往小山的所有路徑。就是在那種地方才有珍奇的植物和蝴蝶，前提是你有那個本事，能夠進得去。」

「改天我也得去試試運氣。」

他驚訝不已地看着我。

「看在上帝份上，您可千萬得打消這個念頭，」他說道。「不然的話，等於是我害了您。不怕跟您說，您要想活着出來，一丁點兒機會都沒有。我能夠進去，完全是因為我能夠記住一些非常複雜的景物特徵。」

「嘿！」我不由得叫了起來。「這是甚麼聲音？」

響徹荒原的是一陣長聲夭夭的低沉哀號。這聲音充塞天地，悲涼得無法形容，來源卻無從辨別。它越來越響，從含混的嗚咽變成了深沉的咆哮，跟着又低了下來，再一次變成了令人心悸的淒慘嗚咽。斯泰普頓看着我，表情十分古怪。

「真是個怪地方,這片荒原!」他說道。

「這究竟是甚麼聲音呢?」

「農夫們說,這是巴斯克維爾獵犬召喚獵物的聲音。以前我也聽見過一兩次,只不過都不像這次這麼大聲。」

我掃視着那片吸飽了雨水的寬廣平地,掃視着散佈其間的一片片青葱水草,滿心都是寒意。廣袤的原野之中沒有任何動靜,只有兩隻烏鴉在我們身後的一塊危岩上大聲嚷叫。

「您受過很好的教育,肯定不會相信如此荒唐的胡話吧?」我說道。「按您看,這種古怪至極的聲音是怎麼來的呢?」

「有些時候,泥潭確實會發出古怪的聲響,可能是因為淤泥下陷,可能是因為水流上湧,也可能是別的甚麼原因。」

「不,不對,剛才的聲音是有生命的。」

「呃,也許吧。您聽過麻鳽*的叫聲嗎?」

「沒有,從來沒聽過。」

「這種鳥在英格蘭已經非常罕見,基本上算是絕了種。話說回來,到了這片荒原裏,甚麼樣的事情都有可能發生。沒錯,如果事實證明,咱們剛才聽到的確實是殘存麻鳽的叫聲,我也不會覺得大驚小怪。」

「我這輩子還從來沒聽過這麼怪誕、這麼奇特的聲音呢。」

---

* 麻鳽 (bittern) 是鷺科麻鳽亞科 (Botaurinae) 十幾種大型涉禽的統稱,形似蒼鷺,鳴聲響亮。「鳽」音堅。這裏說的可能是大麻鳽 (*Botaurus stellaris*),這種鳥在英國有分佈,如今已經被列入《歐亞非遷徙水禽保護協定》。

「是啊，這本來就是個詭異的地方嘛。您再往那邊的山坡上看看，您覺得那是甚麼東西呢？」

陡峭的山坡上到處都是灰色石頭排成的圓圈，至少也得有二十個。

「究竟是甚麼東西？羊欄嗎？」

「不是，那都是咱們那些可敬先人的住宅。史前時代，這片荒原是個人煙稠密的地方。史前人類離開之後，您看到的那片地方就再也沒有人居住，這一來，史前人類的小小施設全都原封不動地留在了那裏。那些是他們的棚屋，只不過沒了屋頂。您要是有興趣到裏面去看看的話，還可以看到他們的爐灶和床榻哩。」

「規模都跟個鎮子差不多了呢。屋主是甚麼時期的史前人類呢？」

「新石器時期吧，沒有具體的年代。」

「他們是怎麼生活的呢？」

「他們在這些坡地上牧牛，後來又學會了採掘錫礦，漸漸用青銅刀劍替代了石斧。您看看對面山上的大壕溝，那也是他們留下的遺跡。說真的，華生醫生，這片荒原確實有一些十分獨特的地方。噢，容我失陪片刻！這一隻肯定是獨眼蝶 *。」

一隻又像蝴蝶又像飛蛾的小東西振翅飛過小徑，斯泰普頓立刻追了上去，勁頭和速度都堪稱不同凡響。叫我驚愕不已的是，那東西徑直飛向了大泥潭，我這位新相識卻在後面緊追不捨，一刻不停地從一叢灌木跳向另一叢

---

* 「獨眼蝶」是作者虛構的一種蝴蝶。

灌木，綠色的捕蟲網在空中擺來擺去。一身灰衣的他在那裏一蹦一跳地輾轉騰挪，自個兒也像是一隻巨型的飛蛾。我站在原地看着他追趕蝴蝶，一方面為他的敏捷身手讚嘆不已，一方面又替他捏了一把汗，擔心他失足掉進那個詭譎的泥潭。正在這時，我聽到了一陣腳步聲，轉頭就看見一個女人，已經沿着小徑走到了很近的地方。適才所見的那縷煙霧標出了梅里陂宅邸的位置，她就是從宅邸那邊來的。之前我一直沒有看見她，是因為她走過的地方正好是荒原之中的一片低窪地帶。

　　毫無疑問，眼前這位就是我已有耳聞的斯泰普頓小姐，因為定居荒原的女士想必是寥若晨星，而我又記得有人說過，斯泰普頓小姐是個美人。迎面而來的女人確乎是個美人，而且屬於一種十分少見的類型。世上再不會有比他倆長得更不相像的兄妹，因為斯泰普頓膚色不深不淺，還長着淺色的頭髮和灰色的眼睛，她的膚色卻特別地深，超過了我在英格蘭見過的任何一個褐皮膚女人。她身材頎長、儀態優雅，輪廓分明的驕傲臉龐長得極其周正，若不是有敏感的嘴唇和美麗熱情的黑眼睛作為調劑的話，簡直可以說是有點兒刻板。在這樣一條幽僻的荒原小徑上，她的曼妙身姿和高雅衣着實在是一種與周圍環境格格不入的幻影。我轉過頭去的時候，她正在看她的哥哥。緊接着，她加快腳步朝我走了過來。我剛剛脫下帽子，打算向她解釋一下眼前的情況，可她卻搶先開口，把我的思緒轉到了一個全新的方向。

　　「回去吧！」她說道。「直接回倫敦去，馬上就走。」

我呆頭呆腦地望着她，完全不知道如何是好。她目光灼灼地盯着我，急得跺起腳來。

　　「我幹嗎要回去呢？」我問道。

　　「我沒法跟您解釋。」她的嗓音低沉急切，口齒則有點兒含混不清，聽起來很是奇怪。「可是，看在上帝份上，您一定得按我說的去做。回去吧，再也別踏進這片荒原。」

　　「可我剛剛才來啊。」

　　「您啊，您可真是的！」她嚷嚷起來。「您難道聽不出來，我這是為您好嗎？回倫敦去吧！今天晚上就走！無論如何也要離開這個地方！噓，我哥哥來了！我剛才說過的話，您一個字兒也別提。那邊那叢杉葉藻當中有朵蘭花，您能幫我採來嗎？我們這片荒原上有的是蘭花 *，不過呢，您來得確實有點兒晚，沒趕上景色最好的時候。」

　　斯泰普頓已經放棄了那隻蝴蝶，回到了我倆跟前，適才的追逐弄得他氣喘吁吁、滿臉通紅。

　　「嘿，柏麗爾！」他招呼了一聲。按我的感覺，他打招呼的腔調並不是特別地熱忱。

　　「呃，傑克，瞧你熱得跟甚麼似的。」

　　「是啊，我剛才在追一隻獨眼蝶。這種蝴蝶非常少見，晚秋時節就更不好找。我竟然沒逮到，真是太可惜了！」他說話的口氣漫不經心，又小又亮的眼睛卻在我和姑娘之間不停地逡巡。

---

*　杉葉藻 (mare's-tail) 是一類分佈廣泛的開花草本植物，生長在淺水當中。斯泰普頓小姐的說法似乎不太符合達特莫爾荒原的現實，但這應該只是她情急之中的隨口胡謅。

「看得出來，你們已經相互認識了吧。」

「是啊，我正在跟亨利爵士說，他來得有點兒晚，錯過了荒原上景色最美的時候。」

「甚麼，你把這位先生當成誰了呢？」

「我覺得他肯定是亨利‧巴斯克維爾爵士。」

「不，不是，」我說道。「區區乃一介平民*，不過是爵士的朋友而已。我是華生醫生。」

她那張會說話的臉龐露出了一抹懊惱的紅暈。「這麼說，咱倆原來是在各說各的啊。」她說道。

「是嗎，你們也沒多少說話的工夫啊，」她哥哥插了一句，眼睛裏依然充滿疑問。

「剛才說話的時候，我把華生醫生當成了這裏的住戶，沒想到他只是來這裏遊玩的客人，」她說道。「趕沒趕上蘭花時節，對他來說肯定不是甚麼要緊事情。不過，您這是要去參觀我們的梅里陂宅邸，對吧？」

前行不遠就是梅里陂宅邸，一座孑孑獨立的荒原住宅，往昔的繁榮年代裏曾經是牧人的農莊，眼下則已經被改造成了一處新式的寓所。宅子周圍有一片果園，園子裏的果樹則跟荒原裏其他地方的樹木一樣發育不良，整個地方顯得又簡陋又淒涼。替我們開門的是一名怪裏怪氣的老年男僕，模樣乾癟、衣衫破舊，看起來倒是跟宅子本身十分搭調。不過，宅子裏面的一個個寬大房間卻擁有雅致的裝潢，按我看是體現着這位女士的品味。放眼窗外，點綴

---

* 原文如此。不過，如前文釋所說，從男爵不過是有爵位的平民，並不在貴族之列。

着花崗石峰巒的起伏荒原綿延無際，一直延伸到了地平線的盡頭。見此情景，我不由得暗自好奇，這個學識淵博的男子和這個美麗動人的女子把家安在了這樣的一個地方，究竟是為了甚麼呢。

「這樣的安家地點選得挺怪的，是嗎？」他似乎看穿了我的心思。「可我們還是過上了相當快活的日子，對吧，柏麗爾？」

「是挺快活的，」她應了一句，語氣卻顯得相當蒼白。

「以前我辦過一所學校，」斯泰普頓說道。「地方是在我國的北部。以我的性情而論，辦學是一件枯燥乏味的工作，另一方面，我也非常珍惜這樣的機會，能夠跟年輕人待在一起，勉力塑造那些年輕的心靈，用自身的品格和觀念去影響他們。可惜的是我們時運不濟，學校裏爆發了一場嚴重的流行病，奪去了三個學生的生命。這件事情讓學校一蹶不振，也把我的大部分資金吞了進去，再不會吐出來。不過，若是不考慮我從此失去了跟孩子們相處的樂趣的話，我反倒會為這場禍事感到慶幸，因為我非常喜歡植物學和動物學，在這邊有的是事情可做，而我妹妹也跟我本人一樣愛好自然。華生醫生，看您的表情就知道，剛才您從我家的窗戶眺望荒原的時候，我說的這些您都已經想到了。」

「剛才我確實想過，這地方可能有點兒單調——說不定，您妹妹的感受會比您強烈一些。」

「沒有，沒有，我從來都不覺得單調，」她趕緊說了一句。

「我們有書可以讀，有研究工作可以做，又有一些很有意思的鄰居。莫蒂默醫生擁有極其淵博的專業知識，不幸的查爾斯爵士也是個非常不錯的伙伴。我們都對他十分了解，對他的懷念更是無法言表。按您看，如果我今天下午就去拜謁亨利爵士的話，會不會有點兒唐突呢？」

「我敢肯定，見到您他會非常高興的。」

「那麼，麻煩您跟他提一句，說我打算去拜訪他。說不定，我們可以略效犬馬之勞，幫助他盡快適應新的環境。華生醫生，您願意上樓看看我收藏的鱗翅類標本嗎？要我說，英格蘭西南部應該找不出比這更全的了。等您看完標本之後，午飯也差不多準備好了。」

可我已經迫不及待，一心想要回去履行自己的職責。荒原上的慘淡光景，那匹慘死的小馬，再加上與巴斯克維爾家族的可怖傳說聯繫在一起的那種詭異聲音，所有這些都讓我心情沉重。要說這些印象還有點兒含糊不清的話，斯泰普頓小姐的警告卻絕對是明白無誤，而她的懇切口吻也讓我不得不相信，她的舉動的確有甚麼深層次的重大理由。這麼着，我謝絕了主人留客的萬般盛情，就此踏上歸程，再次走進了來時那條雜草叢生的小徑。

不過，這地方顯然是另有一條外人不知道的捷徑，結果呢，還沒等到走上大路，我就看到斯泰普頓小姐坐在小徑旁邊的一塊石頭上，不由得大吃一驚。因為走得急了的緣故，她一隻手叉在腰間，臉上泛着美麗的紅暈。

「為了截住您，華生醫生，我跑了整整一路，」她說道。「連帽子都沒顧上戴。我不能在這兒久留，要不我哥

哥就該找我了。我跑來是想好好跟您賠個不是，因為我犯了個愚蠢的錯誤，竟然把您認成了亨利爵士。您把我說的那些話忘了吧，本來也不是衝您說的。」

「我想忘也忘不了啊，斯泰普頓小姐，」我說道。「我是亨利爵士的朋友，他的安危自然是跟我休戚相關的事情。告訴我，您為甚麼那麼想讓亨利爵士回倫敦去。」

「女人的胡思亂想而已，華生醫生。熟了您就明白了，我的言行並不都是說得出道理的。」

「不，不是這樣，我記得您當時聲音發顫，也記得您那種眼神。求您了，斯泰普頓小姐，跟我說實話吧，說真的，從剛到這裏的那一刻開始，我一直都覺得自己陷進了重重迷霧。生活已經變得跟那個格林盆大泥潭毫無二致，到處都是綠意盎然的小小陷阱，指路的嚮導卻一個也沒有。告訴我吧，您那些話究竟是甚麼意思，我可以跟您保證，我一定會把您的警告轉達亨利爵士。」

有那麼一瞬間，她臉上露出了一絲猶豫，不過，等到她開口作答的時候，她的眼神已經跟剛才一樣堅定了。

「您想得太多了，華生醫生，」她說道。「查爾斯爵士去世的時候，我和我哥哥都感到十分震驚。我們對爵士非常了解，因為他散步的時候特別喜歡穿過荒原到我家來。他對糾纏他家的那個詛咒非常在意，心裏的恐懼溢於言表，那場悲劇發生之後，我自然覺得他的恐懼並不是無憑無據。所以呢，看到他們家族的另一個成員來這裏定居，我覺得很是擔心，還覺得自己有責任讓他意識到眼前的危險。這就是我當時想表達的意思，沒別的了。」

「可是，您說的危險究竟是甚麼呢？」

「您知道那頭獵犬的故事嗎？」

「我並不相信這種無稽之談。」

「可我是相信的。您要是能說動亨利爵士的話，那就帶他離開這裏，離開這個只會給他的家族帶來厄運的地方。世界這麼大，他為甚麼偏要生活在一個危機四伏的地方呢？」

「不為別的，**恰恰是**因為這地方危機四伏，這就是亨利爵士的脾性。依我看，除非您能告訴我一些更加具體的情況，否則的話，要讓他離開恐怕是不可能的。」

「具體的情況我可說不上來，因為我壓根兒就不知道甚麼具體的情況。」

「我還想問您一個問題，斯泰普頓小姐。如果您當時只是想告訴我這一點的話，幹嗎不願意讓您的兄長聽到呢？他也好，別的甚麼人也好，都沒有理由反對您這麼做啊。」

「我哥哥非常希望巴斯克維爾宅邸有個主人，因為他覺得，這可以給荒原裏的窮人帶來好處。要是知道我勸說亨利爵士離開的話，他肯定會大發雷霆的。不過，我已經盡到了自己的責任，以後也不會再說甚麼了。我得回去了，免得他找不着我、懷疑我找您來了。再見！」她轉身離去，幾分鐘之後就消失在了亂石叢中，接下來，我繼續趕往巴斯克維爾宅邸，心裏裝滿了模模糊糊的恐懼。

第八章
華生醫生的第一份報告

從這個地方開始，我打算轉錄我當時寫給歇洛克‧福爾摩斯先生的幾封信，借此呈現後來的種種曲折。這些信就擺在我眼前的桌子上，跟剛剛寫成的時候一模一樣，僅僅是缺了一頁而已。除此之外，儘管我對這些悲劇性的事件記憶猶新，這些信件終歸還是比記憶更勝一籌，更為準確地反映了我當時當地的種種感想。

巴斯克維爾宅邸，十月十三日

親愛的福爾摩斯：

看過我之前的信件和電報，你想必已經清楚地知道，這個世上罕有的荒涼角落眼下是甚麼狀況。你在這裏待得越久，荒原的精魂就往你心裏沁得越深，你也就越能體會到它的廣袤無垠、體會到它那種嚴酷的魅力。一旦你投入荒原的懷抱，眼前就不再有英格蘭現代文明的任何表徵，與此同時，史前人類棲居和勞作的痕跡倒是無處不在。漫步荒原之上，四面都可以看見那個湮滅民族留下的房屋和墳冢，還有那些據說是廟宇遺跡的巨大石柱。看着他們的灰色石屋映現在瘡痍滿目的山坡之上，你會不由自主地忘卻自己所處的時代。若是看到某個身穿獸皮的長毛傢伙從低矮的

屋門裏爬將出來，將石鏃的羽箭搭上他的弓弦，你一定會覺得，他比你更有資格在這片天地之中出現。他們居然會把這麼一片想必是終古荒瘠的土壤變成一個人煙稠密的所在，實在是奇哉怪也。我對古代文明並沒有甚麼研究，不過我可以想像，他們一定屬於某個飽受蹂躪的和平種族，被迫選擇了這麼一個沒人願意佔領的地方。

當然，以上這些都跟你派給我的這項任務沒有甚麼關係，按你那種只講實效的眼光來看，恐怕也是無趣之極。我仍然記得，關於太陽和地球誰繞誰轉的問題，你不曾表露哪怕是一絲的興趣*。既然如此，我還是換個話題，給你講講與亨利·巴斯克維爾爵士相關的種種事實吧。

前幾天你沒有收到我的報告，原因是這段時間一直都是風平浪靜。今天發生了一件非常出人意料的事情，我這就給你呈上一份適時的報告。不過，眼前的局面還牽涉到其他的一些要素，我必須先向你作個介紹。

其中之一就是荒原裏的那名逃犯，之前我沒怎麼提起過他。眼下呢，我們有充分的理由相信他已經遠走高飛。對於住得非常分散的本地住户來說，這實在是一個非常寬心的消息。到現在為止，他出逃已有兩個星期，其間沒有人看見過他，也沒有人聽到過他的音訊。毫無疑問，他不可能在荒原裏堅持這麼長的一段時間。光是想躲避追蹤的話，荒原裏有這麼多的石

---

* 參見《暗紅習作》當中的相關記述。

屋,他當然可以輕而易舉地找到藏身之處,可是,除非他有本事抓到荒原裏的那些野羊,否則就弄不到任何食物。這一來,大家都覺得他已經去了別的地方,荒原周邊的農戶也睡得安穩一些了。

我們這座宅子住着四個身強力壯的男人,自然不會有甚麼安全問題,不過,說老實話,一想到斯泰普頓那家人,我心裏總是不太踏實。他們家周圍幾英里之內都沒有任何救援,家裏又只有一名女僕和一名老年男僕,再就是他們兄妹二人,做哥哥的還算不上十分強壯。這名諾丁山兇手顯然是個不要命的傢伙,一旦他闖到了他們家裏,他們多半是只有任人宰割的份兒。我和亨利爵士都很擔心他們的處境,還提議讓馬夫珀金斯到他們那邊去睡,斯泰普頓卻怎麼也不肯答應。

事實上,咱們這位從男爵朋友已經對他的芳鄰表現出了極大的興趣。這也沒甚麼好奇怪的,因為他生性好動,在這個荒涼的地方難免會有度日如年的感覺,而她又是個非常迷人的美麗女子。她身上有一種火辣辣的熱帶風情,跟她那個不動感情的淡漠兄長形成了鮮明的對比。話說回來,她哥哥倒是也給人一種外冷內熱的感覺。一看就知道,妹妹對哥哥言聽計從,因為她說話的時候總是不停地往哥哥那邊瞟,似乎是在向哥哥申請許可。照我看,哥哥還是很疼妹妹的。他眼裏有一種冷冰冰的光芒,薄薄的嘴唇也總是繃得緊緊的,說明他性格專橫,興許還有點兒苛刻。你肯定會覺得他是個有趣的研究對象。

頭一天他就來拜訪了巴斯克維爾，第二天上午，他又帶着我倆去參觀了一個地方，據大家所說，關於邪惡雨果的傳說就是從那個地方起的頭。我們在荒原上走了好幾英里才走到那個地方，結果發現它陰森可怖到了極點，本身就足以成為那個故事的靈感來源。那是夾在嶙峋山崖之間的一小段山谷，山谷的盡頭是一片開闊的草地。草地上長滿了頂着白絮的羊鬍子草*，中央矗立着兩塊巨石，上端已經被風雨削尖，看起來就像是兩枚漸漸蝕損的巨型獠牙，來自某種碩大無朋的怪獸。不管從哪個方面來看，那地方都跟那個古老慘劇的場景完全吻合。亨利爵士產生了極大的興趣，不止一次地詢問斯泰普頓，問他是否真的相信，超自然力量有可能會對人類的事務進行干預。爵士問話的口氣雖然輕鬆，但卻顯然是在很大程度上當了真。斯泰普頓回答得非常審慎，同時又讓人一眼就可以看出，他並沒有說出全部的想法、有所保留也只是為了照顧從男爵的情緒。他跟我們說起了一些類似的例子，說起了另一些惡魔作祟的人家，最後就讓我倆覺得，他對這件事情的看法不過是依違從眾而已。

　　回來的路上，我倆在梅里陂宅邸吃了頓午飯，亨利爵士和斯泰普頓小姐就是這麼認識的。看起來，

---

* 　羊鬍子草 (cotton grass) 是莎草科羊鬍子草屬 (Eriophorum) 多年生草本植物的統稱，廣泛分佈於北半球溫帶沼澤地區。這些植物的共同特徵是簇聚莖尖的種子有如棉絮，可以隨風傳播。

爵士對她似乎是一見傾心，與此同時，如果我沒看走眼的話，這種感覺應該是相互的。步行回家的時候，爵士一直都把她掛在嘴邊。從那以後，我倆幾乎天天都會跟這對兄妹有所接觸。今晚他倆就是在這兒吃的飯，席間還談到了我倆下週去他家回拜的計劃。按常理說，斯泰普頓應該會對這樣的親事十分贊成，可是，在亨利爵士對他妹妹表示好感的時候，我不止一次地在他臉上看到了極其不以為然的表情。毫無疑問，他對妹妹非常依戀，妹妹不在身邊的話，他的日子當然會十分寂寞，話說回來，如果他真的阻撓妹妹締結如此良緣的話，顯然就是自私到了極點。即便如此，我仍然可以斷定，他並不希望他倆的親密關係發展成愛情，而我還三番五次地注意到，他不遺餘力地阻隔他倆，不讓他倆得到單獨相處的機會。順便提一句，你那道不讓亨利爵士單獨外出的指示本來就面臨着種種困難，要是再加上一場戀愛的話，難度必然會急劇增加。若是要一絲不苟地執行你的命令，我在這裏的人緣勢必岌岌可危。

前面有一天，準確說的話就是星期四，我倆跟莫蒂默醫生一起吃了頓午飯。他一直在發掘長丘 * 那邊的一座古冢，並且挖到了一個史前的人類頭骨，簡直是樂開了花。真沒見過像他這麼一根筋的狂熱分子！這之後，斯泰普頓兄妹也來了。按照亨利爵士的請求，熱心的醫生領着大家走進了那條紫杉大道，給

---

* 　長丘 (Long Down) 為作者虛構地名。

大家講了講那個悲慘夜晚的詳細情況。只供步行的紫杉大道又長又陰森，兩邊各有一道修剪整齊的高高樹籬，外加一塊窄窄的草地。大道盡頭是一座搖搖欲墜的古老涼亭，半道上則是那道通往荒原的邊門，也就是那位老紳士曾經留下煙灰的地方。白色的木製邊門帶有門閂，門外就是廣闊的荒原。我還記得你對這件事情的推測，於是就努力在心裏描畫當時的情景。站在門邊的時候，老人看到了從荒原上跑來的某種東西，一下子嚇得失去了理智。他開始拼命奔跑，最後就死於純粹的恐懼和衰竭。逃跑的時候，他走的就是我眼前這條隧洞一般漫長陰鬱的大道。可是，他是在躲避甚麼呢？是荒原裏的牧羊犬嗎？還是一頭通體黑色、無聲無息、碩大無朋的幽靈獵犬呢？這裏面存在人為的因素嗎？會不會，那個臉色蒼白、滿懷戒心的巴里莫爾還知道一些別的情況，就是不願意說出來呢？整件事情都顯得模糊曖昧，背景卻始終是一層罪惡的暗影。

　　寫完上一封信之後，我又結識了一位鄰居。此人就是拉夫特宅邸的弗蘭克蘭先生，住在我們南邊大概四英里的地方。他已經上了年紀，紅臉膛，白頭髮，脾氣十分暴躁。他對英國的法律情有獨鍾，偌大的家產都消耗在了官司上面。他跟人爭執，僅僅是為了享受爭執的樂趣，只要可以跟人爭執，正方反方的角色他都樂於承擔。這一來，他發現這種消遣相當昂貴，實在也是不足為奇。他時而封閉某條道路，不允許別

人通過，並且拒不執行教區當局讓他開放道路的命令，時而又親手拆除別家庭院的大門，聲稱那裏在某個湮滅的年代曾經是一條公用道路，然後就等着屋主去告他非法侵害。他對那些古老的領主權益和公共權益瞭如指掌，時而運用自己的學識去幫助弗恩沃茲*的村民，時而又反其道而行之，結果就是村民時而抬着他在村裏的街道上展開勝利的巡行，時而又焚燒按他的模樣做成的假人，究竟如何，得看他最近一次的成就是甚麼。聽人説，目前他手裏還有六、七件未了的官司，這些官司多半會吞掉他剩餘的家產，由此拔除他的毒刺，讓他再也無法騷擾他人。除去法律方面的事情之外，他倒像是個心地和脾氣都不壞的人，我之所以提到他，也只是因為你特地關照過我，務必要讓你知道我們周圍都有些甚麼樣的人物。他是個業餘的天文愛好者，擁有一架非常不錯的望遠鏡，眼下就投入了一項古怪的工作，成天趴在自家的屋頂上，通過望遠鏡掃視荒原，一心想要瞥見那個逃犯的身影。如果他把自個兒的精力都耗在這項工作上，那倒也是件好事，只可惜外面已經有了傳言，説他打算控告莫蒂默醫生，罪名是未經親屬允許擅發他人陵墓，由頭則是醫生從長丘的那個古冢裏挖出了一個新石器時期的頭骨。他為我們的單調生活增添了一點兒色彩，又給我們提供了一點兒時下急需的笑料，也算是功德一件。

---

* 達特莫爾荒原上確實有一個名叫弗恩沃茲 (Fernworthy) 的村子，不過已經被 1942 年完工的大壩變成了弗恩沃茲水庫。

好了，我已經向你逐一通報了那名逃犯、斯泰普頓兄妹、莫蒂默醫生以及拉夫特宅邸弗蘭克蘭先生的最新情況，最後再來說說最為重要的一些事情，說說巴里莫爾夫婦的其他表現，尤其是昨夜那場驚人的變故。

　　首先我得提一提你從倫敦發來的查崗電報，就是你用來查證巴里莫爾是否確在此地的那一封。之前我已經告訴過你，從郵電所長的說法來看，查崗行動全然無用，在與不在都沒有任何證據。我跟亨利爵士說起這件事情之後，爵士立刻拿出慣有的率直作派，把巴里莫爾叫了過來，問他是不是親手接到了那封電報。巴里莫爾給出了肯定的回答。

　　「那個孩子把電報交到你本人手裏了嗎？」亨利爵士問他。

　　巴里莫爾顯得相當驚訝，站在那裏想了一小會兒。

　　「沒有，」他說，「當時我在雜物間裏，電報是我妻子拿上來的。」

　　「電報是你自己回的嗎？」

　　「不是，我告訴我妻子該怎麼回，她下樓去寫的。」

　　到了晚上，巴里莫爾自己又把這個話題提了出來。

　　「我不太明白，亨利爵士，今天上午您為甚麼要問那些問題，」他說。「照我看，該不是因為我做了甚麼辜負您信任的事情吧？」

　　亨利爵士不得不向他保證，事情並不像他想的那樣。爵士在倫敦置辦的衣裝已經全部運到，這時就把自己的一大堆舊衣服送給了他，作為一種撫慰。

巴里莫爾太太讓我很是好奇。她是個臃腫敦實的女人，十分規矩、刻板之極，舉止跟個清教徒差不多，比她還不容易動感情的人可不好找。可我已經跟你講過，到這裏的第一個晚上，我就聽到了她哀慟啜泣的聲音。打那以後，我不止一次看見她臉上帶着淚痕。顯而易見，某種深重的痛苦一直在啃噬她的心。有些時候，我猜測她腦子裏裝着甚麼揮之不去的罪孽記憶，也有些時候，我懷疑巴里莫爾是個凌虐家人的暴君。我始終覺得這個男人的品行有點兒蹊蹺，昨天夜裏的遭遇更是把我的疑心推到了頂點。

話又說回來，事情本身倒顯得微不足道。你知道我睡覺本來就不怎麼沉，在這座宅子裏擔起警戒之責以後，我睡得就比以前還要輕。昨天夜裏大概兩點的時候，有人鬼鬼祟祟地從我臥室門口走過，腳步聲驚醒了我。我起身打開房門，探頭窺視外面的情形。走廊裏拖着一條長長的黑影，黑影的來源是一個手拿蠟燭的男人，正在輕手輕腳地順着走廊往前走。他穿着襯衫和長褲，打着一雙赤腳。我雖然只能看見一個大致的輪廓，但卻可以從身高判斷出那人就是巴里莫爾。他走得非常緩慢、非常小心，整個兒的模樣說不出地心虛、說不出地詭秘。

之前我跟你說過，走廊伸向環繞大廳的迴廊，然後又從迴廊的對面往前延伸，於是我等了一會兒，等他走出視線之後才跟了上去。繞過迴廊之後，我發現他已經走到了迴廊對面那段走廊的遠端，而且知道他

走進了那邊的一個房間，因為那個房間的門開着，暗淡的燭光照進了走廊。那些房間都沒有住人，房裏也沒有傢具，這一來，他這番舉動就顯得更加神秘。他似乎是一動不動地站在房間裏，因為走廊裏的燭光非常穩定。我順着走廊摸到了那個房間跟前，盡可能不發出任何聲息，然後就從門邊窺視房裏的情形。

巴里莫爾伏在窗邊，手裏的蠟燭湊在玻璃後面。他側對着我，眼睛直勾勾地盯着黑暗的荒原，臉上的表情十分僵硬，似乎是有所期待。他一動不動地站在那裏，專心致志地看了幾分鐘，然後就深深地嘆了口氣，很不耐煩地滅掉了蠟燭。我即刻跑回了自己的臥室，緊接着，那種鬼鬼祟祟的腳步聲再一次從我門口經過，説明他已經踏上歸程。又過了很長一段時間，我已經朦朦朧朧地睡了過去，但卻突然聽見了鑰匙開鎖的聲音，只不過辨不清聲音是從哪裏來的。我想不出這件事情到底意味着甚麼，只知道這座陰森的宅子裏確實存在着某種秘密活動，而我們遲早會把它查個水落石出。你要求我只向你報告純粹的事實，我自然謹遵台命，不拿我的猜測來煩你。今天上午，我跟亨利爵士長談了一次，我倆已經根據我昨夜的見聞制訂了一份作戰計劃。眼下我還不打算透露計劃的內容，不過我可以肯定，它應該能讓我的下一份報告變得引人入勝。

第九章
華生醫生的第二份報告

荒原裏的燭光

　　　　　　　　　巴斯克維爾宅邸，十月十五日

親愛的福爾摩斯：

　　來此調查的初期，我沒能向你提供多少消息，實在也是事出無奈，可你必須承認，眼下我正在竭力彌補時間上的損失，事態的演變也是紛至沓來。撰寫上一份報告的時候，我在巴里莫爾現身窗前的高潮時刻戛然而止，現在呢，我已經攢下了相當不少的材料，不出意外的話，應該可以讓你大吃一驚。過去四十八小時之內，局面發生了我完全無法預料的轉折，從某些角度來看是比以前清楚了許多，從另一些角度來看卻比以前還要複雜。不管怎樣，我這就把所有的情況如數奉上，你盡可自行判斷。

　　那次奇遇之後的第二天早晨，我趕在早飯之前穿過走廊，檢查了一下巴里莫爾頭天夜裏去過的那個房間。他用來專心凝望外間情形的那扇窗子是在宅子的西側，我發現它擁有一個宅子裏別的窗子都不能比擬的優勢，可以提供距離最近的荒原景觀。那扇窗子外

面的兩棵樹之間有個缺口，透過那個缺口就可以直接看到下方的荒原，與此同時，別的窗子都只能讓人眺望遠處的荒原。鑑於那扇窗子提供了唯一的一個近距離觀察荒原的視點，巴里莫爾當時一定是在張望荒原上的某個人或者某件東西。頭天夜裏非常黑，我覺得他應該是甚麼人也看不到。接着我突然想到，擺在我眼前的興許是一樁風流韻事。果真如此的話，不光可以解釋他偷偷摸摸的舉動，還可以解釋他妻子惶恐不安的表現。這傢伙長得一表人才，可以說是懷有竊取鄉村姑娘芳心的利器，這樣看來，我這種推測還是有幾分道理的。我回房之後還聽見了開門的聲音，正好可以用他出門趕赴幽期密約來解釋。當天早上，我就是這麼說服自己的，眼下呢，我也把自己的種種推測告訴你，不管它們當中有多少會被後來的事實駁得體無完膚。

可是，不論巴里莫爾的這些舉動到底應該作何解釋，我終歸覺得自己承擔不了那麼大的責任，不能把這些事情捂到我拿得出解釋的時候。早飯之後，我跟從男爵在書房裏聊了聊，把我的所有發現告訴他。他的反應倒不像我預計的那麼驚奇。

「我以前就知道巴里莫爾總是深更半夜走來走去，本來還打算找他談談這件事情呢，」他說道。「有那麼兩三次，我聽見了他在走廊裏走動的聲音，來一趟去一趟，時間也跟你說的差不多。」

「這麼說的話，興許他每天夜裏都在往那扇窗子

跟前跑呢，」我這麼提醒他。

「興許吧。果真如此的話，咱們就有機會盯他的梢，瞧瞧他到底是甚麼意圖。我倒想知道你朋友福爾摩斯會怎麼做，假設他在這兒的話。」

「要我說，他的做法一定跟你剛才提議的一樣，」我說。「他一定會跟蹤巴里莫爾，瞧瞧他到底在幹甚麼。」

「那好，咱們一起幹吧。」

「可他肯定會聽見咱們的動靜的。」

「這傢伙的耳朵很不好使，再說了，咱們怎麼也得試一試才行。今天晚上，咱們不妨坐在我的房間裏，等着他從我的門口經過。」說到這裏，亨利爵士興奮地搓起手來，顯而易見，他覺得這場冒險可以調劑他多少有點兒過於平靜的荒原生活，實在值得鼓掌歡迎。

從男爵已經聯繫上了曾為查爾斯爵士進行規劃的那名建築師，還跟倫敦的一名建築承包商搭上了線，由此看來，這個地方不久就會發生翻天覆地的變化。普利茅斯 * 的一些裝潢設計師和傢具商也來過這裏，一望而知，咱們這位朋友已經訂下了一些龐大的計劃，決意恢復自己家族的輝煌，不吝惜任何力氣和代價。翻修完畢、陳設一新之後，這座宅子欠缺的不過是一位女主人而已。咱們私下說吧，眼下已經有了

---

* 普利茅斯 (Plymouth) 是德文郡南端的重要海港，離達特莫爾荒原不遠。

一些非常清晰的跡象，只要那位女士願意，這也不成其為一個欠缺，因為我很少見到，有哪個男人迷戀女人有甚於他迷戀我們那位美麗的鄰居，也就是斯泰普頓小姐。不過，眼前雖然看不到甚麼艱險的形勢，真愛的道路卻不像大家想的那麼一馬平川*。舉個例子說吧，恰恰是在今天，路面就出現了一道非常意外的溝坎，致使咱們這位朋友困惑不已、煩惱不堪。

前面那段關於巴里莫爾的對話結束之後，亨利爵士戴上帽子準備出門。我立刻照此辦理，如同一種條件反射。

「怎麼，你也去嗎，華生？」他一邊問，一邊用古裏古怪的眼神瞅着我。

「那得看你是不是要去荒原，」我說。

「是的，我是要去荒原。」

「呃，我接到了甚麼樣的指示，你也是知道的。我並不想妨礙你，可你也親耳聽到了福爾摩斯的囑咐是多麼地懇切，聽到了他囑咐我不能讓你獨自出門，更不能讓你獨自去荒原。」

亨利爵士拍了拍我的肩膀，露出了討人喜歡的笑容。

「親愛的伙計，」他這麼說，「福爾摩斯雖然神機妙算，終歸也沒有算到我來荒原之後的一些新情況。你明白我的意思嗎？我知道，世上再沒有比你更善解人意的人啦。我一定得自個兒出去。」

---

* 這句話由莎士比亞戲劇《仲夏夜之夢》第一幕第一場當中的名句「真愛的道路從不會一馬平川」改造而來。

我頓時覺得萬分為難，不知道該說甚麼，也不知道該怎麼做。然後呢，沒等我拿定主意，他已經拿起手杖，一溜煙地走了。

不過，仔細思量之下，我還是覺得十分內疚，不管有甚麼樣的理由，我都不該讓他走出我的視線。我禁不住開始想像，萬一我罔顧指示的行為導致了不幸的後果，致使我不得不回去向你承認錯誤，我心裏會是怎樣的一種滋味。不瞞你說，想到這一點的時候，我耳根子都紅了。興許，這會兒追上去也還不算太晚，於是我立刻起身，往梅里陂宅邸的方向趕去。

我沿着大路全速追趕，一直跑到了大路與那條荒原小徑交會的岔口，始終沒看見亨利爵士的蹤影。到了岔口之後，我擔心自己終於還是跟錯了方向，於是就爬上了一座可以俯瞰四周的小山。我選中的小山不是別的，正是被人挖成了黑黢黢的採石場的那一座。上山之後，我立刻看見了他。他就在小徑之上大約四分之一英里開外的地方，身邊還有一位女士，女士當然是斯泰普頓小姐，不可能是別的甚麼人。他倆之間顯然是有了某種默契，這一次的見面也是出自事先的安排。他倆慢慢地沿路前行，聊得熱火朝天。我看見她的雙手飛快地比划着甚麼，似乎是想強調她的話句句當真，而他側耳聆聽，有一兩次還搖頭表示強烈的抗議。我站在亂石叢中看着他倆，完全不知道接下來該怎麼辦。跟上去打斷他倆的親密交談吧，似乎是一種天理難容的暴行，不跟上去吧，我的職責又明擺在

那裏，一刻也不能讓他走出我的視線。盯朋友的梢實在是一件讓人深惡痛絕的差使，可我最終還是決定，最好的辦法就是站在小山上觀察他的動靜，事後再向他坦白自己的所作所為，以此解除良心上的負擔。當然嘍，如果他真的遇上了甚麼突如其來的危險，我確實是鞭長莫及，可我相信你一定能夠理解，當時的處境真的是非常困難，沒給我留下甚麼更好的選擇。

接下來，咱們的朋友亨利爵士和那位女士停在了小徑上，全神貫注地繼續交談。這時我突然發現，見證他倆這次會面的並不是只有我一個人。飄曳空中的一抹綠色抓住了我的視線，定睛一看，綠色的東西挑在一根竿子上，舉着竿子的是一個男人，正在崎嶇的地面上行進。原來，我眼前的正是手持捕蟲網的斯泰普頓。他跟那一對之間的距離比我近得多，似乎還正在向他倆靠近。就在這時，亨利爵士突然把斯泰普頓小姐拉到了自己的懷裏。他用一隻手摟住了她，可我覺得她正在竭力掙脫他的懷抱，還把臉扭到了一邊。他低頭湊近她的腦袋，而她抬起了一隻手，似乎是想要制止他。轉眼之間，我看見他倆觸電似的兩下分開，慌裏慌張地轉過身來，原來是受了斯泰普頓的驚擾。斯泰普頓發瘋似的衝向他倆，那個滑稽可笑的捕蟲網在他身後搖來擺去。接下來，他萬分激動地在那對戀人面前拼命比劃，簡直可以說是手舞足蹈。我想不出這一幕到底是甚麼意思，大致的感覺是斯泰普頓正在辱罵亨利爵士，爵士則試圖進行解釋，看見對

方不聽解釋，解釋的言辭也帶上了幾分火氣。女士站在一旁，高傲地保持着沉默。到最後，斯泰普頓轉過身去，衝他的妹妹做了個不容分説的手勢，後者猶猶豫豫地看了看亨利爵士，然後就和哥哥肩並肩地離去了。從博物學家的憤怒姿態來看，那位女士也已經得罪於他。從男爵站在那裏看着他倆的背影，一分鐘之後才慢慢地順着原路往回走，只見他蔫頭耷腦，將「沮喪」這個字眼兒詮釋得淋漓盡致。

我搞不懂他們唱的這是哪一齣，只知道自己偷偷窺見了朋友生活當中如此私隱的一幕，心裏實在是過意不去。於是我趕緊跑下小山，在山腳截住了從男爵。他氣得滿臉通紅，眉頭也緊緊地皺在一起，顯然是徹底沒了主意。

「嘿，華生！你這是從哪兒冒出來的呢？」他這麼説。「你該不會告訴我，你終究還是跟了來吧？」

我把所有的事情原原本本地告訴了他：我是怎麼認識到自己不能待在家裏，怎麼追了過來，又是怎麼看見了之前發生的一切。他瞪着我看了片刻，眼睛裏怒火熊熊，可我的坦誠終於化解了他的怒氣，到最後，他爆發出了一陣相當苦澀的笑聲。

「換了你也會覺得，那片空地的中央是個避開眾人耳目的安全所在，」他説，「沒想到，天哪，這片鄉區的人好像已經傾巢出動，全都看到了我的求愛表演，而且還是一場糟糕透頂的求愛表演！你的座位在哪兒呢？」

「我在那座小山上。」

「那可是相當後排的位置，對吧？話又說回來，她哥哥倒是擠到了最前排。你看到他衝向我們的場面了嗎？」

「是的，我看到了。」

「以前他有沒有給你留下過瘋瘋癲癲的印象——我說的是她那個哥哥，有嗎？」

「要我說就是沒有。」

「我看也是沒有。今天以前，我一直都覺得他神智相當健全，可是，你只管相信我好了，照眼下的情形看，我和他之間總有一個應該穿上束縛衣。說到底，我究竟有甚麼地方不好呢？華生，你好歹也在我身邊待了幾個星期。請你老老實實地告訴我，照直說吧！如果我愛上了一個女人，有沒有甚麼東西妨礙我成為她的好丈夫呢？」

「我看是沒有。」

「他不可能對我的身家地位有甚麼不滿，不滿的態度只可能是針對我這個人。他對我有甚麼不滿呢？就我所知，我這輩子從來沒有傷害過任何人，不管是男人還是女人。可是，他竟然這麼反感我靠近她，連碰碰她的指尖都不行。」

「他這麼說了嗎？」

「不光說了這個，別的還有一大堆呢。不瞞你說，華生，我認識她雖然只有短短的幾個星期，可我從一開始就覺得她是為我而生的，她呢，也是這種感

覺——跟我在一起的時候她很開心，這一點我可以跟你發誓。女人眼裏有一種光彩，比任何言語都更能說明問題。她哥哥倒好，死活不讓我倆待在一起，今天我才第一次得到跟她單獨說話的機會。她非常樂意跟我見面，見了面卻不願意談論愛情，而且還竭力阻止我談論這個話題。她繞來繞去都是同一句話，無非是這地方非常危險，我一天不走，她一天就不會高興。我跟她說，既然我已經遇上了她，哪裏還會有急着走的道理，如果她真的想讓我走，唯一的辦法就是跟我一起走。我還向她求婚，措辭也毫不含糊。可是，她還沒來得及回答，她那個哥哥就從天而降，直接衝到了我倆面前，臉上的表情跟瘋子一樣。他氣得臉色煞白，淺色的眼睛裏也騰起了熊熊的怒火。我打算把這位女士怎麼樣？我怎麼敢不顧她的厭惡、腆着臉向她表示好感？莫非我以為自己擁有從男爵的頭銜，想怎麼樣就可以怎麼樣嗎？如果他不是她哥哥的話，我應該會有更好的回答方法。事實呢，我只是跟他解釋，我對他妹妹的感情並沒有甚麼見不得人的地方，而我還希望他妹妹屈尊接受我這個丈夫。這些話似乎沒有任何作用，於是我也發起了脾氣，回敬他的話就變得激烈起來，考慮到他妹妹還在邊上站着，我那些話興許是遠遠地超過了應有的尺度。結果就像你看到的那樣，他帶着妹妹一走了之，我卻變成了本郡居民當中最最暈頭轉向的一個。告訴我這究竟是怎麼回事，華生，我一輩子都會對你感激不盡。」

我試著提出了一兩種解釋，可是，說實在的，我自己也已經徹底地暈頭轉向。論頭銜，論身家，論年齡，論人品，論長相，咱們這位朋友都可以說是上上之選，除了糾纏他家族的那種厄運之外，我完全想不出他有甚麼不合適的地方。那位女士的哥哥如此粗暴地拒絕了他的求婚、完全不考慮女士本人的意願，而那位女士也接受了這樣的局面、完全沒有表示抗議，實在是叫人非常驚訝。不過，當天下午，斯泰普頓就親自登門，給我倆的種種疑猜畫上了句號。他專程來為上午的粗暴舉止表示歉意，後來又跟亨利爵士去爵士的書房裏單獨談了很長時間。長談的結果是兩人之間的裂痕基本愈合，具體的表現則是大家商定，這個星期五，我倆會到梅里陂宅邸去吃飯。

　　「眼下我還不能說，他並不是一個瘋子，」亨利爵士說。「今兒上午他衝向我那一刻的眼神，我實在是忘不了。可我必須承認，要說道歉這件事情嘛，再沒有人能做得比他更漂亮了。」

　　「他有沒有為上午的舉止給出一個解釋呢？」

　　「他說，他妹妹就是他生活當中的一切。這當然是人之常情，我也很高興他能認識到他妹妹的可貴。他倆一直都在一起生活，按他自個兒的說法呢，他在這世上無親無故，妹妹就是他唯一的同伴，這一來，沒有妹妹的日子他實在是連想都不敢想。他還說，他本來並不知道我已經愛上了他妹妹。今天上午，他親眼看到情形確實如此，看到我可能會把妹妹從他身邊

帶走，於是就驚得六神無主，一時之間已經不能為自個兒的言行負責了。他為之前的所有事情感到十分抱歉，並且已經認識到自己確實是非常愚蠢、非常自私，居然想把妹妹這樣的美麗女子一輩子拴在自己身邊。如果妹妹早晚都要離開的話，他倒是情願妹妹選擇像我這樣的鄰居，總比別的人要好。不過，這樣的事情對他來說終歸是個沉重的打擊，因此他需要一點兒時間來做好心理上的準備。只要我答應在接下來的三個月當中暫時放下這件事情，只滿足於跟這位女士發展友情，不求取她的愛意，他那邊就不會再有任何反對意見。我答應了他的這個要求，這一次的事情就算是消停了。」

這麼着，咱們面前的小小謎題就算是少了一個。咱們在這片泥潭當中掙扎前行，能碰上一個踩得到底的地方，實在是值得高興。眼下咱們已經知道，斯泰普頓為甚麼不待見他妹妹的追求者，儘管追求者擁有像亨利爵士這麼好的條件。好了，我這就轉入我從這團亂麻當中抽出的另一條線索，轉入夜間的啜泣聲、巴里莫爾太太淚痕斑斑的臉以及管家造訪西邊那扇格子窗的詭秘旅程，轉入與這些事情相關的那個謎題。向我表示祝賀吧，親愛的福爾摩斯，告訴我，我這個特使沒有讓你失望，告訴我，你不後悔差我前來、不後悔寄予我這份信任。只不過耗費了一夜的工夫，所有這些事情就已經真相大白。

說是說一夜的工夫，實際上是用了兩夜，原因在

於，開初的一夜我們一無所獲。我和亨利爵士一起坐在他的房間裏，直到凌晨三點也沒有聽到任何動靜，唯一的聲響來自樓梯上的那個自鳴鐘。那次守夜可真是讓人掃興，結果是我倆都在椅子上睡了過去。好在我倆沒有灰心，打定主意再試一次。第二個夜晚，我倆調暗了房間裏的燈光，然後就坐在那裏抽煙，沒有發出任何聲響。時間過得真慢，慢得叫人沒法相信，可我倆還是熬了過來，靠的就是獵人等待獵物踏進陷阱的那種耐性。鐘敲了一點，跟着又是兩點，然後呢，就在即將再一次絕望放棄的那個時刻，我倆猛一下坐直了身子，所有那些疲乏倦怠的感官重新回到了警醒的狀態。原來，我倆都聽見了走廊裏傳來的「嘎吱」一聲腳步。

我倆聽見腳步聲鬼鬼祟祟地穿過走廊，漸漸消失在了遙遠的地方。接下來，從男爵輕輕地打開房門，我倆一起展開了追蹤。目標此時已經轉進迴廊，走廊裏一片漆黑。我倆躡手躡腳地沿着走廊往前走，一直走進宅子的另外一廂，剛好在一瞬之間瞥見了走廊裏那個蓄着黑鬍子的頎長身影。因為踮着腳尖的緣故，那人的背脊看起來有些佝僂。緊接着，他按例走進了同一道門，燭火勾出了門的輪廓，又投出一道孤零零的黃光，橫亘在黑暗的走廊之中。我倆小心翼翼地摸向門邊，每塊木板都要先用腳試一試，然後才敢把全身的重量壓上去。保險起見，我倆已經事先脫掉了靴子，即便如此，古舊的木板仍然在我倆腳下發出了噼

啪吱呀的聲響。有些時候，我倆禁不住覺得，他不可能聽不見我倆漸漸靠近的腳步。萬幸的是，那傢伙的耳朵確實是很不靈光，更何況，他還在一心一意地忙活自己的事情。到最後，我倆終於走到門邊，向房裏望了一望，只見他拿着蠟燭伏在窗前，專注的蒼白臉龐貼到了窗玻璃上，跟我兩夜之前看見的情形一模一樣。

我倆並沒有定下具體的作戰計劃，不過，從男爵這個人向來認為，最直接的方法就是最合理的方法。他徑直走進房間，嚇得巴里莫爾猛吸一口涼氣，一下子從窗邊跳開，然後就站在我倆面前，面如死灰、渾身抖顫。他看了看亨利爵士，然後又看了看我，黑色的眼睛在面具一般的白臉上閃着精光，眼睛裏充滿了恐懼和驚駭。

「你在這兒幹甚麼呢，巴里莫爾？」

「沒幹甚麼，先生，」他慌亂得幾乎說不出話來，手裏的蠟燭不停搖晃，各種東西的影子上躥下跳。「就是來看看窗子，先生。夜裏我總是會到處轉轉，看窗子關沒關好。」

「三樓的窗子也用得着看嗎？」

「是的，先生，所有的窗子都得看。」

「聽着，巴里莫爾，」亨利爵士厲聲說，「我們已經拿定了主意，無論如何也得讓你把實話說出來。所以呢，你晚說不如早說，這樣還可以替自己省點兒麻煩。說吧，快說！別撒謊！你在這扇窗子跟前幹甚麼呢？」

這傢伙失魂落魄地看着我倆，使勁兒地絞着自己的雙手，心裏的猶豫和愁苦似乎都達到了極點。

「我沒幹甚麼壞事，先生。我只是把蠟燭舉到窗邊而已。」

「你幹嗎要把蠟燭舉到窗邊呢？」

「別問我，亨利爵士──別問我！我可以跟您保證，先生，這個秘密不屬於我，我無權把它講出來。如果秘密只牽涉到我自己的話，我絕不會瞞着您的。」

我突然有了一個主意，於是就從管家顫抖的手裏把蠟燭拿了過來。

「他肯定是在用蠟燭打信號，」我說。「我們這就可以試試，看看能不能得到回應。」我按他的方法把蠟燭舉到窗邊，同時緊盯着窗外的黑暗。月亮躲在雲裏，所以我只能依稀看到一堵黑漆漆的樹牆，還有那片顏色略淺的廣袤荒原。接下來，我情不自禁地歡呼了一聲，因為一點針尖似的黃光突然刺穿了黑夜的面幕，穩穩地停留在窗子圍成的這個黑色方塊的正中央。

「就在那兒！」我大叫一聲。

「不，不是，先生，那甚麼也不是──甚麼也不是！」管家趕緊插嘴。「我可以跟您保證，先生──」

「你橫着晃一晃蠟燭，華生！」從男爵嚷了起來。「瞧，那個光點也跟着動了！好了，你這個無賴，你還敢否認這是個信號嗎？說吧，痛快點兒！那邊的那個同伙是誰，你們這是在搞甚麼陰謀？」

管家換上了一副公然對抗的表情。

「這是我自己的事情，跟您沒有關係。我不會說的。」

「那你就不再是我的僕人，這就給我走吧。」

「很好，先生。非得走的話，那我就走好了。」

「而且還走得很不光彩。天哪，你真該替你自個兒感到害臊。你的家人和我的家人在這個屋簷底下一起生活了一百多年，眼下我卻發現，你竟然徹底捲進了一樁險惡的陰謀，打算對付我。」

「不，不是，先生。不，不是對付您啊！」我們的耳邊響起了一個女人的聲音，巴里莫爾太太已經站在了門口，面容比她的丈夫還要蒼白、還要驚恐。若不是表情極其激動的話，她那個包裹在披肩和裙子裏面的龐大身軀還真是有點兒喜劇色彩呢。

「咱們必須得走，伊莉薩。這事情到這兒就算完了，你去收拾咱們的東西吧，」管家說道。

「噢，約翰，約翰，你這不都是讓我害的嗎？這事情該怪我，亨利爵士——全都怪我。他做的事情都是為了我，是我叫他這麼做的。」

「那麼，說吧！這到底是甚麼意思？」

「我那個悖時的弟弟正在荒原上挨餓呢，我們總不能看着他死在我們的家門口吧。燭光是我們給他的信號，為的是讓他知道食物已經準備好了。他在那邊發信號，為的是讓我們知道該把食物往哪兒送。」

「這麼說的話，你弟弟是——」

「就是那個逃犯，先生——就是瑟爾登，那個罪人。」

「她說的是實話，先生，」巴里莫爾說。「我剛才也說了，這個秘密不屬於我，我無權把它講給您聽。不過，眼下您已經聽見了，所以您應該看得出來，就算我們有甚麼圖謀，也不是用來對付您的。」

原來，深夜潛行和窗前燭光的秘密就在這裏。我和亨利爵士直勾勾地看着這個女人，驚訝得說不出話來。眼前這個規矩得近於刻板的人物竟然跟本國最惡名昭彰的罪犯同出一脈，世上有這樣的事情嗎？

「是的，先生，我的娘家姓就是瑟爾登，他是我的弟弟。他還是個小孩子的時候，我們對他太過嬌慣，甚麼事情都由着他，結果呢，他覺得這世界是為了他高興才存在的，覺得自己可以為所欲為。年紀大一點兒之後，他交上了一些壞朋友，整個人跟中了邪一樣，不光讓我的母親傷透了心，還讓我家的姓氏蒙上了污垢。他犯下一椿又一椿罪行，一天比一天墮落，到最後，全都是因為上帝的憐憫，他才僥倖地逃過了絞架。可是先生，我是他的姐姐，以前我照料他，跟他一起玩耍，對我來說，他永遠都是那個捲頭髮的小男孩。他之所以膽敢越獄，原因就在這裏，先生。他知道我在這兒，知道我們不可能不管他。有一天晚上，他拖着又累又餓的身體跑到了這裏，身後還有緊追不捨的獄卒，您說說，我們又能怎麼辦呢？我們讓他進了門，給他東西吃，還給他關心和照顧。然

後呢，您回到了這裏，先生。我弟弟覺得外面的荒原是世上最安全的地方，可以讓他避過風頭，所以就上那裏躲着去了。不過，每隔一個晚上，我們就會在窗前給他打燭光信號，看他還在不在那裏，如果收到了他的回應，我丈夫就會給他送點兒麵包和肉食。每一天，我們都希望他已經走了，可是，只要他還在這兒，我們就不能撇下他不管。我是個誠實的基督徒，這些就是全部的真相。您肯定已經聽明白了吧，如果這事情做得不對，該受譴責的人也只能是我，並不是我的丈夫，因為他所做的一切全都是為了我。」

這個女人說話的語氣極其誠懇，聽起來十分可信。

「這是真的嗎，巴里莫爾？」

「是的，亨利爵士，每個字都是真的。」

「好吧，你向着自己的妻子，這我不能怪你。把我剛才說的話忘了吧。你們兩個回房去吧，這件事情明天早上再談。」

他倆走了之後，我倆又一次望向窗外。亨利爵士已經推開了窗子，凜冽的夜風抽打着我倆的臉。漆黑夜色之中，那個孤零零的黃色光點依然在遠處閃爍。

「他的膽子真是大得莫名其妙，」亨利爵士說了一句。

「興許他那個信號擺得很巧妙，只有在這裏才能看見吧。」

「很有可能。你覺得那地方離這兒有多遠呢？」

「照我看，應該是在『半邊崖』附近吧。」

「距離怎麼也超不過一兩英里。」

「應該超不過。」

「呃，既然巴里莫爾得給他送吃的，那地方就遠不到哪兒去。好一個惡棍，他這會兒就在燭光旁邊等着呢。老天在上，華生，我一定得出去抓他！」

他的話正中我的下懷。這麼做並不算是辜負巴里莫爾夫婦的信任，因為這個秘密是我倆逼着他倆說出來的。那傢伙是一個為害社會的危險人物、一名怙惡不悛的惡棍，不值得我倆的同情和寬恕。我倆利用這個機會把他送回那個可以制止他作惡的地方，只能說是一份應盡的義務。如果我們袖手旁觀，他那種殘忍兇暴的天性就可能會讓其他人付出代價。舉例說吧，說不定哪天晚上，我們的鄰居斯泰普頓兄妹就會遭到他的襲擊。沒準兒，正是因為想到了這一層，亨利爵士才會對這場冒險如此上心。

「我也去，」我應了一句。

「那你就帶上你的左輪手槍，把你的靴子穿上吧。咱們越早出發越好，那傢伙沒準兒會滅掉蠟燭跑掉呢。」

五分鐘之後，我倆已經走出屋門，踏上了這段征程。我倆急匆匆地穿過黑暗的灌木叢，耳朵裏灌滿了秋風的低沉呼嘯和落葉的沙沙聲響。夜間的空氣中充滿了潮濕腐朽的味道，月亮時不時地探出頭來瞧我倆一眼，雲朵卻在天空裏疾速奔馳。我倆剛剛跑進

荒原，天上就下起了細細的小雨。前方的燭光依然閃亮，不動不搖。

「你帶武器了嗎？」我問他。

「我帶了一根獵鞭 *。」

「咱們必須一擁而上，因為我聽說他是個不要命的傢伙。咱們得出其不意地把他制住，不給他反抗的機會。」

「我說，華生，」從男爵問我，「看見咱們這麼幹的話，福爾摩斯會怎麼說呢？眼下不就是『邪焰高張之黑暗時分』嗎？」

彷彿是為了回應他的話，廣袤無垠的黑暗荒原上突然響起了一陣詭異的哀號，跟我在格林盆大泥潭邊緣聽到的那種聲音一模一樣。它隨風穿過闃寂的深夜，先是一陣漫長深沉的咕噥，繼而變成一種越來越響的咆哮，跟着又變成一種越來越低的淒慘嗚咽，漸漸地歸於沉寂。哀號聲陣陣傳來，尖利刺耳、狂野兇蠻、來勢洶洶，整個夜晚都為之震顫悸動。從男爵一把抓住了我的衣袖，慘白的臉龐在黑暗之中若隱若現。

「天哪，華生，這是甚麼聲音？」

「我不知道。荒原上老有這種聲音，我以前也聽過一次。」

聲音終於消逝，鴉雀無聲的死寂將我倆緊緊包圍。我倆站在那裏凝神細聽，但卻甚麼也聽不見了。

---

* 獵鞭 (hunting crop) 是一種沒有鞭梢的短馬鞭，可以用來打馬，也可以用作武器。

「華生，」從男爵開了口，「這是獵犬的叫聲。」

我覺得全身的血液瞬間凝固，因為他說話的聲音有點兒異樣，說明他已經被突如其來的恐懼牢牢攫住。

「他們管這種聲音叫甚麼呢？」他問我。

「他們是誰？」

「就是這兒的鄉裏人。」

「哦，他們都是些沒有見識的人，你幹嗎要關心他們的叫法呢？」

「告訴我吧，華生。關於這種聲音，他們說了些甚麼呢？」

我躊躇了一陣，但卻不能不回答他的問題。

「他們說這是巴斯克維爾獵犬的叫聲。」

他哀嘆一聲，沉默了一小會兒。

「咱們剛才聽到的確實是獵犬的聲音，」他終於開了口，「不過，聲音好像是來自好幾英里之外的地方，照我看，應該是從那個方向來的。」

「很難說是從哪裏來的。」

「聲音一直在隨風起落，風不就是從格林盆大泥潭那個方向颳來的嗎？」

「沒錯，是從那邊來的。」

「這麼說，聲音的來源就在那邊。告訴我，華生，照你自己的感覺，剛才聽到的是獵犬的叫聲嗎？我不是小孩子了，你用不着擔心說實話的後果。」

「上一次聽到這種聲音的時候，我剛好是跟斯泰

普頓在一起。當時他告訴我，這可能是一種怪鳥的叫聲。」

「不，不對，這的確是獵犬的叫聲。天哪，難道說，那些傳說竟然包含着真實的成份嗎？難不成，我真的面臨着一個如此邪惡的詛咒嗎？你不會相信這種說法吧，對嗎，華生？」

「不，我不相信。」

「在倫敦的時候，我可以把這種說法當成笑話來聽，可是，眼下我站在這片黑暗的荒原上，又聽到了這樣的一種叫聲，感覺就完全不一樣了。還有我伯父的事情！他倒下的時候，身邊就有那頭獵犬的爪印。這些事情都可以拼到一起。華生，我覺得我膽子並不算小，剛才這種聲音卻似乎把我的血液凍成了冰。你摸摸我的手！」

他的手一片冰涼，如同一塊大理石。

「明天你就沒事啦。」

「依我看，這種叫聲會一直在我腦子裏盤旋的。按你看，咱們現在該怎麼辦呢？」

「咱們回去吧，你說呢？」

「不行，絕對不行。咱們是出來抓犯人的，當然不能半途而廢。咱們這是在追蹤逃犯，說不定，還有一頭地獄獵犬在追蹤咱們呢。走吧！就算地獄裏的惡魔全都跑進了這片荒原，咱們也得堅持到底。」

我倆在黑暗之中磕磕絆絆地緩緩前行，周圍都是嶙峋山丘的朦朧黑影，前方則是那一點不動不搖的

黃色亮光。漆黑夜晚之中一點孤光的遠近，實在是一種再有欺騙性不過的東西，那點微光時而像是遠在天邊，時而又像是近在咫尺。不過，我倆最終還是看清了它的位置，由此發現它的確已經近在眼前。一道岩縫裏立着一支蠟淚滴瀝的蠟燭，兩邊的岩石不光替它擋住了風，還把它遮得嚴嚴實實，只有從巴斯克維爾宅邸的方向才能看見。前方有一塊花崗岩巨石，我倆借着它的掩護走到了蠟燭附近，然後就伏下身子，從巨石後面觀察那個用作信號的光源。眼前的景象十分詭異，荒原深處燃着一支孤零零的蠟燭，附近卻沒有任何人類生活的跡象──只有一條豎直向上的黃色火苗，還有它映在兩邊岩石上的微弱亮光。

「咱們應該怎麼辦呢？」亨利爵士悄聲問了一句。

「就在這兒等着。他肯定會守在燭光附近，咱們等等吧，看看能不能瞧見他。」

這句話剛剛說完，我倆就同時瞧見了他。就在立着蠟燭的那道岩縫裏，石頭後面探出了一張惡毒的黃臉、一張野獸一般的可怕臉龐，疤痕滿佈、溝壑縱橫，全都是種種邪惡嗜欲留下的烙印。這張臉沾滿污泥，再加上猬毛一般的絡腮鬍子和亂草一般的頭髮，看起來就跟那些生活在坡地洞穴裏的遠古野人一模一樣。下方的燭光照進了他那雙狡黠的小眼睛，只見他惡狠狠地窺視着左右兩邊的暗處，活像是一頭兇殘狡詐的野獸，剛剛聽見了獵人的腳步聲。

一望而知，有甚麼東西讓他起了疑心。可能是因

為巴里莫爾跟他約定了甚麼隱秘的暗號，我倆出門之前沒有打給他看，也可能是因為這傢伙看到了其他甚麼事情不妙的徵兆，總而言之，我從他那張邪惡的臉上看到了恐懼的神色。看樣子，他隨時都可能衝出燭光照耀的範圍，就此消失在黑暗之中。於是我猛然撲向前方，亨利爵士也跟了上來。說時遲那時快，逃犯尖聲罵了一句，衝我倆扔來一塊石頭，石頭在之前遮蔽我倆的那塊花崗岩巨石上砸得粉碎。他跳將起來，轉身就跑，電光石火之間，我瞥見了他又矮又壯、孔武有力的身形。幸運的是，月亮恰在此時鑽出了雲層。我倆飛快地翻過前方那道低矮的山梁，逃犯正在沿着山梁的那一面往下跑。他跑得非常快，碰見擋路的石頭便一躍而過，動作敏捷得跟山上的野羊一樣。我要是用上左輪手槍，運氣好的話當然可以把他打瘸，可我帶槍的目的只是抵御攻擊，並不是為了射擊一個手無寸鐵、落荒而逃的人。

我和爵士都有一雙快腿，身體狀況也很不錯，即便如此，我倆很快就發現，追上逃犯是一件全無指望的事情。借着月光，我倆在接下來的很長時間之內都還看得見他，看着他跑上遠處的一座小山，變成了在亂石叢中飛速移動的一個小點。我倆一個勁兒地跑啊跑啊，直跑得肺都炸了，可是，他跟我倆之間的距離反倒是越拉越大。到最後，我倆終於停了下來，各自坐到一塊石頭上，一邊拼命喘氣，一邊看着他消失在了遠方。

就在這時，發生了一件極其古怪、極其出人意料的事情。事情發生的時候，我倆已經放棄了無望的追捕，從石頭上站了起來，正准備轉身回家。銀盤似的月亮低低地懸在我倆的右方，銀盤的下半部襯出了一座花崗石山崖的參差尖頂。我突然看見，尖頂之上，一個男人的身影映現在閃亮的銀盤之中，漆黑鮮明，宛如一座烏木製成的雕像。你可別以為這只是我的幻覺，福爾摩斯。我可以跟你保證，我這輩子還從來不曾有過看得更真切的時候呢。按我的判斷，那應該是一個又高又瘦的男人。只見他站在那裏，兩腿微微叉開，雙臂抱在胸前，低着頭，似乎是正在凝神揣度山下那片滿佈泥炭和花崗石的浩瀚荒野。要我說，他沒準兒就是這片可怕荒野孕育出來的精靈呢。他肯定不是那個逃犯，因為他離逃犯消失的那個地方非常遠，再者說，他的個子也比那個逃犯高得多。我驚呼一聲，打算把他指給從男爵看看，可是，我剛剛轉身去拉從男爵的胳膊，他一下子就消失了。月亮的下緣依然是那座花崗岩尖峰的參差折線，峰頂那個無聲無息、一動不動的身影卻已經無跡可尋。

　　我本打算往那邊走走，到山崖上去搜一搜，只可惜那地方離我倆有點兒遠。剛才那陣叫聲讓從男爵想起了自己家族的恐怖傳說，到這會兒他依然有點兒心驚膽戰，沒有心情去展開新的冒險。他沒有看見山崖上那個孤獨的人影，因此就感受不到那個氣勢逼人的詭異存在給我造成的震撼。「一名獄卒而已，錯

不了，」他這麼跟我說。「自從那傢伙逃了之後，荒原裏到處都是獄卒。」怎麼說呢，他的解釋也許是對的，可我還是得看到進一步的證據才能相信。今天我倆一定會跟王子鎮監獄的人聯繫一下，告訴他們該到哪個地方去抓逃犯。當然嘍，説起來也是運氣欠佳，因為我倆畢竟沒能親手把逃犯押送回去，沒能真正領略到勝利的喜悦。親愛的福爾摩斯，以上就是我昨天夜裏的種種經歷，而你必須承認，我這份報告非常對得起你。毫無疑問，我的報告裏有很多跟案子沒甚麼關係的東西，可我始終覺得，最好的做法還是把所有事實都告訴你，讓你自己去挑選那些最能幫助你推斷案情的材料。顯而易見，咱們已經取得了一些進展。最低限度，咱們已經查明了巴里莫爾夫婦那些舉動的意圖，極大地廓清了眼前的形勢。不過，眼前這片怪人怪事層出不窮的荒原還是跟以前一樣莫測高深。説不定，給你寫下一份報告的時候，這方面的事情我也能給你一點兒提示。如果你能來的話，那就再好不過了。不管怎樣，幾天之內，你就會再次收到我的報告。

第十章
華生醫生日記摘抄

敍述前面那些事情的時候，我採用的方法是引用我在調查初期寫給歇洛克·福爾摩斯的報告。可是，故事講到這裏，我不得不放棄這種方法，再次仰仗自己的記憶，輔以我當時寫下的一些日記。當時的種種場面給我留下了銘心刻骨、歷歷如新的記憶，日記當中的一些片斷更可以讓我產生身臨其境的感覺。前面已經講到了我和爵士那次無疾而終的追緝行動，也講到了當晚我倆在荒原裏的另一些奇異經歷，接下來，我就從第二天早上講起吧。

十月十六日

天陰霧重，細雨如絲。雲霧在宅子四周滾滾湧動，時不時地掀起一角，讓人窺見起伏荒原裏那些單調乏味的弧線、山坡上那些細細的銀色脈管，還有遠處那些映着天光微微發亮的泅濕巨石。屋裏的氣氛也跟屋外一樣陰鬱。昨夜的興奮勁兒過去之後，從男爵染上了情緒低落的後遺症。我自己也覺得心裏沉甸甸的，模模糊糊地意識到了某種迫在眉睫的危險——應該說是某種始終存在的危險，可怕就可怕在我說不出它到底是甚麼性質。

難道說，我這種感覺沒有來由嗎？細想起來，前

面的一長串事件都可以說明，某種邪惡的力量正在我們的周圍活動。宅邸的上一任主人已經死了，死狀與他們家族的傳說完全吻合，農夫們又三番五次地說，荒原上出現了一頭怪異的野獸。之前有那麼兩次，我自己也親耳聽見了那種很像是遙遠犬吠的聲音。不過，這事情不可能真的超出了自然法則的範圍，那樣的說法讓人無法相信。不用想也知道，一頭幽靈獵犬絕不會留下實實在在的爪印，也不會發出充塞天地的咆哮。斯泰普頓可能會受這種迷信的蠱惑，莫蒂默也是一樣，可是，我這個人就算一無是處，常識還是有的，無論如何也不會相信這樣的事情。相信這樣的事情，等於是把自己降低到了那些愚昧農夫的層次，他們編出了一頭惡魔獵犬還嫌不夠，非得把它描繪成嘴巴眼睛都噴着地獄之火的模樣。福爾摩斯絕不會相信這一類的天方夜譚，我呢，恰恰是他的代表。話又說回來，事實終歸是事實，我的確兩次聽見了荒原裏的那種叫聲。假設荒原裏真有一頭四處亂跑的巨型獵犬的話，很多事情都可以得到解釋。然而，這樣的一頭獵犬能在甚麼地方藏身，在甚麼地方覓食，從甚麼地方來，白天又為甚麼從來不曾被人看見呢？必須承認，合乎自然法則的解釋跟超自然的解釋一樣破綻百出。拋開獵犬的事情不說，繞不過去的事實還有倫敦的那些人類作為，一是出租馬車裏的那個男人，二是那封警告亨利爵士遠離荒原的信。這些事情總歸不是編出來的，只不過，搞這些名堂的人既可能是一個仇

敵，也可能是一個想要保護爵士的朋友。這個朋友或者仇敵眼下在哪裏呢？他是留在了倫敦，還是跟着我們來了這兒呢？他會不會——會不會就是我在山崖上看到的那個陌生人呢？

千真萬確，我對那個陌生人的認識只限於昨夜的匆匆一瞥，即便如此，有幾件事情我還是可以百分之百地肯定。他不是我在這邊見過的人，儘管我已經見過了所有的鄰居。他的身材比斯泰普頓高得多，又比弗蘭克蘭瘦得多。他倒是跟巴里莫爾有點兒相像，可我倆出門的時候巴里莫爾還在家裏，而我可以肯定他沒有跟出來。如此說來，倫敦有陌生人盯我們的梢，這邊也不例外，我們始終都沒有擺脫陌生人的跟蹤。要是我能逮到他的話，我們興許就會發現，到頭來，所有的難題都可以迎刃而解。從現在開始，逮到他就是我唯一的目標，我必須把全部的力氣集中到這上面。

我的第一個念頭是把自己的計劃通通告訴亨利爵士，轉念一想，最明智的做法還是自己的事情自己幹，盡量不向任何人透露自己的打算。眼下他寡言少語、神情恍惚，荒原裏的那種聲音對他的神經造成了莫名其妙的震撼。我不想再拿甚麼事情來增添他的焦慮，只能靠自個兒的力量去實現自個兒的目標。

今天早飯之後，宅子裏發生了一場小小的鬧劇。巴里莫爾要求跟亨利爵士私下談談，兩個人就在爵士的書房裏關起門來待了一小會兒。我坐在彈子房裏，不止一次地聽見了提高嗓門兒的說話聲，以至於對他

倆的話題有了相當清楚的了解。過了一陣，從男爵打開房門，招呼我進去說話。

「巴里莫爾覺得自己受了委屈，」爵士說。「按他的看法，他自覺自願地把秘密告訴了咱倆，咱倆還跑去追捕他的內弟，實在是不講道義。」

管家站在我倆面前，臉色雖然十分蒼白，神態倒是十分鎮定。

「我說話的態度可能有點兒過火，先生，」管家說，「真是那樣的話，我這就給您賠個不是。話說回來，今早我聽見你們兩位回來，又得知兩位是追瑟爾登去了，我實在是覺得非常驚訝。這個倒霉的傢伙本來就已經惹上了一身的麻煩，並不需要我來給他添亂。」

「如果秘密確實是你自願告訴我們的，事情當然有所不同，」從男爵說，「可你之所以告訴我們，應該說是你妻子之所以告訴我們，僅僅是因為我們的逼迫，因為你們不得不說。」

「可我沒想到你們會覺得有機可乘，亨利爵士，真的沒想到。」

「這個人對公眾來說是個威脅。荒原裏的住戶非常分散，而他又是個無所顧忌的傢伙。只需要看一看他的臉，你就會明白這一點。比如說吧，你想想斯泰普頓先生家裏的情況，他家裏只有他一個人還有點兒反抗能力。要是不把瑟爾登送回監獄的話，所有人都不得安生。」

「他不會往任何人家裏闖的，先生，我可以給您

一個最鄭重的保證。還有啊，他再也不會騷擾這個國家裏的任何人了。您只管放心，亨利爵士，過不了幾天，事情就會安排妥當，他也就動身上南美洲去了。看在上帝份上，先生，我懇求您別去找警察，別讓他們知道他還在荒原裏。他們已經放棄了搜尋，他可以安安心心地等他的船。您要是告發他的話，我和我妻子也會受牽連的。我求您了，先生，甚麼也別跟警察說。」

「你怎麼看呢，華生？」

我聳了聳肩膀。「如果他老老實實離開這個國家的話，倒是可以讓納稅人少個包袱。」

「可是，萬一他臨走之前又去搶誰一買賣呢？」

「他不會蠢到那種地步的，先生。他需要的東西我們都給他準備好了。他要是再犯事兒的話，等於是主動暴露自己的藏身地點啊。」

「那倒也是，」亨利爵士說。「好吧，巴里莫爾——」

「上帝保佑您，先生，我打心眼兒裏感激您！要是他再讓人抓去的話，我可憐的妻子肯定是沒法活了。」

「照我看，咱們這是在助長一起重大的罪行，對吧，華生？不過，聽了這些情況，我覺得我沒法把這個人交出去，所以呢，這件事情就到此為止吧。好了，巴里莫爾，你可以走了。」

管家結結巴巴地說了幾句感謝的話，轉過身去，猶豫了一下，跟着就回過身來。

「您待我們非常不錯,先生,我也樂意盡力回報您的好意。我知道一件事情,亨利爵士,與許我以前就應該說出來,不過,我知道這件事情的時候,死因調查早就已經結束了。到現在為止,我還沒跟任何人說過一個字呢。這件事情跟查爾斯爵士的慘死有關。」

我和從男爵不約而同地跳了起來。「你知道他是怎麼死的嗎?」

「不知道,先生,這我可不知道。」

「那你知道甚麼呢?」

「我知道他為甚麼會在那個時間到邊門那裏去。他是去見一個女人。」

「見一個女人!他嗎?」

「是的,先生。」

「那個女人叫甚麼名字呢?」

「全名我沒法告訴您,先生,可我能告訴您名字的縮寫。她的姓名縮寫是『L.L.』。」

「這你是怎麼知道的呢,巴里莫爾?」

「呃,亨利爵士,去世的那天早晨,您伯父收到了一封信。他的信總是很多,因為他是個公眾人物,出了名的心眼兒好,誰有了麻煩都樂意找他幫忙。不過,那天早晨剛好只有那麼一封信,所以我格外留意。信是從庫姆‧特拉西村 * 來的,信封上是女人的筆跡。」

---

* 庫姆‧特拉西 (Coombe Tracey) 為虛構地名。

「然後呢？」

「呃，先生，然後我就忘了這件事情，要不是我妻子的話，我看我永遠也不會回想起來。幾個星期之前，她跑去打掃查爾斯爵士的書房，因為書房從爵士去世之後就沒有動過。她在書房的壁爐格柵背後找到了一封信的餘燼，大部分的內容都已經燒成了灰，只有一小片還比較完整。那是其中一張信紙的末尾部分，紙上的內容雖然變成了黑底上的灰字，但卻依稀可以辨認。按我們看，那應該是信末的附言，具體是這麼寫的：『您是一位紳士，千萬，千萬得把這封信燒掉，十點鐘的時候在邊門那裏等我。』署在下邊的就是『L.L.』這個姓名縮寫。」

「那片紙還在你們手裏嗎？」

「不在，先生，我們用手一碰，它立刻變成了碎片。」

「在那之前，查爾斯爵士還收到過同樣筆跡的信嗎？」

「呃，先生，我沒怎麼留意他的信件。那封信如果不是單獨到來的話，我應該也不會留意的。」

「你不知道這個『L.L.』是誰嗎？」

「不知道，先生。這事情我並不比您更了解。不過，照我看，如果能找到這位女士的話，咱們肯定能對查爾斯爵士的死因有更多的了解。」

「我真是不明白，巴里莫爾，你怎麼能把這麼重要的情況瞞着不說呢。」

「是這樣，先生，我們剛剛發現這件事情，自家的麻煩就找上了門。再說了，先生，我們都很敬愛查爾斯爵士，他待我們那麼好，我們敬愛他也是理所當然的。把這件事情張揚出去不會對我們可憐的東家有甚麼好處，何況這當中還牽涉到一位女士，我們就更應該小心從事。就算是最了不起的人——」

「難道你認為這事情會損害他的聲譽嗎？」

「呃，先生，當時我覺得，害處有沒有不好說，好處是肯定不會有的。眼下呢，您待我們這麼好，我覺得我應該把自己知道的事情都說出來，要不就對不住您。」

「很好，巴里莫爾。你下去吧。」管家走了之後，亨利爵士轉頭對我說，「呃，華生，這條新線索你怎麼看呢？」

「我覺得，有了這條線索，事情反倒是更理不清了。」

「我也這麼覺得。不過，要是能把這個『L.L.』查出來的話，咱們多半就能弄清楚整件事情。這條線索就有這麼點兒作用。咱們知道有個女人了解事情的真相，找到她就可以解決問題。按你看，咱們應該怎麼辦呢？」

「咱們得立刻通知福爾摩斯，這應該就是他一直都在尋找的線索。我沒估計錯的話，看到這條線索，他一定會趕過來的。」

我立刻回到自己的房間，把今早的這番對話寫進

了發給福爾摩斯的報告。照我的感覺，最近他顯然是忙得不可開交，因為我從貝克街收到的訊息又稀少又簡短，既沒有對我提供的材料發表任何意見，也沒有提到我的任務。毫無疑問，肯定是那件勒索案子逼得他使出了渾身解數。即便如此，這個新發現肯定能引起他的重視，再次激發他對這件案子的興趣。他要是在這裏就好了。

十月十七日

　　今天一天都是大雨如注，常春藤簌簌作響，簷下水流不斷。我想到了外面的那個逃犯，想到他還待在寒冷荒涼、無遮無擋的荒原上。可憐的傢伙！不管他犯的是甚麼罪，眼下的這番苦頭也算得上一種彌補了。接着我又想到了另一個人，想到出租馬車裏的那張面孔，想到映在月輪之中的那個身影。那個看不見的觀察者，那個隱身黑暗的人，會不會也暴露在這場滂沱大雨之中呢？傍晚時分，我穿上雨衣，在浸透雨水的荒原上走了很遠的路，腦子裏充滿了各式各樣的陰鬱想像。雨點敲打着我的臉，風在我的耳邊不停呼嘯。願上帝保佑流落到這個大泥潭當中的生靈吧，因為此時此刻，就連那些堅實的高地也漸漸地變成了沼澤。我找到了那個孤獨觀察者現身的黑色山崖，攀上亂石嶙峋的峰頂，親眼看到了山崖下面的淒迷丘原。狂風挾着暴雨掃過黃褐色的丘原表面，沉甸甸的鉛色雲團低低地壓着下方的景物，釋放出一個又一個灰色

的渦捲，貼着奇形怪狀的山丘緩緩湧動。左方遠處的窪地裏面，巴斯克維爾宅邸那兩座窄窄的塔樓挺出林梢，半隱半顯地矗立在雲霧之中。除了那些遍佈山坡的史前石屋之外，我視野當中的人類活動跡象只有那兩座塔樓。腳下就是那個獨行怪客前天夜裏現身的地點，此刻卻沒有他的任何蹤跡。

回家的路上，莫蒂默醫生從我後面追了上來。他駕着他的輕便馬車走在一條崎嶇的荒原小徑上，那條小徑是從那座名為「危澤」的偏僻農莊延伸出來的。他一直都很關心我們，差不多天天都要到宅子裏來問寒問暖，這會兒就硬拉我坐進他的馬車，帶着我往家裏去。他説他那隻小小的斯班尼犬不見了，弄得他非常擔心。那隻小狗不小心跑進了荒原，再也沒有回去。我竭盡全力地安慰他，暗地裏卻想起了格林盆大泥潭裏的那匹小馬。按我看，他再也不可能見到他的小狗了。

「對了，莫蒂默，」我倆在崎嶇小徑上顛簸前行的時候，我開口問他，「依我看，在這片地方，馬車能到的範圍之內，你不認識的人應該不多吧？」

「要我説的話，應該是一個也沒有。」

「那麼，有些女人的姓名縮寫是『L.L.』，你能不能隨便給我舉個例子呢？」

他想了幾分鐘。

「舉不出，」他這麼回答我。「有幾個吉普賽人和傭工的名字我不熟悉，農夫和鄉紳裏面沒有哪個的

姓名縮寫是這樣的。呃，等一等，」他頓了一頓，然後又接着說。「有個叫勞拉·萊恩斯的，她的姓名縮寫就是『L.L.』*，可她不住這裏，她家在庫姆·特拉西村。」

「她是個甚麼人物呢？」我問他。

「她就是弗蘭克蘭的女兒。」

「甚麼！你說的是那個老怪物弗蘭克蘭嗎？」

「沒錯。她嫁給了一個姓萊恩斯的藝術家，認識的由頭是那人跑到荒原上來寫生。沒想到那人是個流氓，拋下她不聞不問。不過，從我聽說的事情來看，兩個人好像都有責任。她父親跟她斷絕了來往，理由是她沒經他同意就擅自結了婚，也可能還有別的甚麼理由。這一來，這姑娘夾在一老一少兩個惡棍中間，日子過得非常艱難。」

「她怎麼生活呢？」

「我估計老弗蘭克蘭會給她一點兒生活費，只不過肯定為數不多，因為他自個兒也已經焦頭爛額。她再怎麼自作自受，大家也不能眼睜睜看着她無可救藥地往壞道上走。她的事情傳開之後，這邊有幾個人就幫了她一把，讓她能夠靠正當的營生養活自己。斯泰普頓和查爾斯爵士都伸了手，我自己也出了一點兒小小的力氣，幫着她開起了一間打字行。」

---

* 勞拉·萊恩斯的英文是「Laura Lyons」，縮寫是「L.L.」。莫蒂默一時沒想起來，應該是因為勞拉·萊恩斯是弗蘭克蘭的女兒，莫蒂默對她的閨名「Laura Frankland」（勞拉·弗蘭克蘭）更熟悉。

他問我打聽這些事情幹甚麼，而我成功地滿足了他的好奇心，同時又沒有告訴他太多實情，因為我沒有理由跟任何人分享我們的秘密。明早我就去庫姆·特拉西村，如果能見到這位名聲曖昧的勞拉·萊恩斯太太的話，一長串謎題當中的一個就可以在很大程度上得到澄清。毫無疑問，我已經變得像蛇一樣狡猾，證據嘛，當莫蒂默的追問開始令人尷尬的時候，我隨口問了問弗蘭克蘭的頭骨屬於哪種類型，此後的路途當中就再沒聽見過頭骨學之外的東西。我在歇洛克·福爾摩斯身邊待了這麼些年，可不是白待的。

在陰沉狂暴的天氣之中過了這麼一天，需要記錄的其他事情只有一件，不是別的，就是我適才跟巴里莫爾之間的一番談話。這番談話之後，我手裏又多了一張可以伺機打出的王牌。

莫蒂默留下來吃了晚飯，飯後就跟從男爵玩起了埃卡泰牌*。我待在圖書室裏，趁着管家端咖啡來的時候問了他幾個問題。

「呃，」我問他，「你那位貴戚走了嗎，還是仍然在那邊藏着呢？」

「我不知道，先生。老天在上，我巴不得他已經走了，因為他帶給我們的只有麻煩！上次給他送完食物之後，我一直都沒收到他的消息，到現在已經三天了。」

「上次送食物的時候，你看見他了嗎？」

「沒有，先生。不過，等我再一次路過那裏的時

---

* 埃卡泰牌 (écarté) 為起源於法國的一種雙人至四人牌戲。

候，食物已經不見了。」

「這麼説的話，他肯定還在那邊吧？」

「應該是吧，先生，除非食物是另外那個人取走的。」

我坐在那裏，直愣愣地盯着巴里莫爾，手裏的咖啡杯停在了半空。

「這麼説，你知道那邊還有另外一個人，對嗎？」

「是的，先生，荒原裏還有個人。」

「你看見他了嗎？」

「沒有，先生。」

「那你怎麼知道有這個人呢？」

「一週之前，興許還要早一點兒，瑟爾登跟我説起過他，先生。他也在躲躲藏藏，按我的判斷呢，又不像是個逃犯。我覺得這事情不妙，華生醫生——實話跟您説吧，先生，我覺得這事情不妙。」突然之間，他説話的口氣變得十分沉重。

「喂，聽我説，巴里莫爾！我對這件事情毫無興趣，關心的只是你東家的利益。完全是為了幫他，我才上這兒來的。告訴我，敞開了説，你覺得甚麼地方不妙。」

巴里莫爾猶豫了一陣，看他的模樣，他要麼是正在後悔自己衝動失言，要麼就是找不到合適的言辭來形容自己的感覺。

「所有這些事情都不妙，先生，」他終於嚷了

起來，還衝圖書室的窗子揮了揮手。窗子對着荒原，雨點噼里啪啦地打在玻璃上。「外頭有一樁邪惡的勾當，有某種黑暗的罪行正在醞釀，這一點我可以發誓！要是能看到亨利爵士返回倫敦的話，先生，那我可真要謝天謝地了！」

「可是，究竟是甚麼東西讓你這麼緊張呢？」

「想想查爾斯爵士是怎麼死的吧！不管驗屍官怎麼說，這件事情終歸是非常可怕。再想想夜晚時候荒原裏的這些動靜。誰都不會在天黑以後穿過荒原，給多少錢也不行。再想想藏在荒原裏的這個陌生人，他就在那兒看着，就在那兒等着！他在等甚麼呢？這事情又是甚麼意思呢？意思就是，姓巴斯克維爾的人要有禍事。等亨利爵士有了照看宅邸的新僕人之後，我馬上就會歡天喜地地離開，一天都不等。」

「說到這個陌生人，」我說道。「你還知道些甚麼情況嗎？瑟爾登是怎麼說的呢？他知道這人藏在哪裏，知道這人在幹些甚麼嗎？」

「他看見過這人一兩次，可這人非常狡猾，一點兒都不露痕跡。剛開始的時候，他以為這人是個警察，不過他很快就發現，這人有這人自個兒的目的。按他看見的情況來說，這人似乎有點兒身份，至於這人在幹甚麼，他完全看不出來。」

「他說這人住在哪兒呢？」

「住在山坡上的那些老屋子裏，就是古代人住的那些石頭房子。」

「這人吃甚麼呢？」

「瑟爾登發現他有個小跟班，他要甚麼東西，那個小跟班就會給他送去。我敢肯定，他要的東西都是從庫姆·特拉西村弄來的。」

「很好，巴里莫爾。說不定，改天我還會再找你談這件事情。」管家走了之後，我走到黑暗的窗子跟前，透過模模糊糊的窗子玻璃看着那些飛奔的雲團、看着狂風之中的婆娑樹影。即便是站在室內，這樣的夜晚也叫人膽戰心驚，身處某座荒原石屋，滋味更是可想而知。能讓人在這樣的時刻潛伏在那樣的地方，得是甚麼樣的深仇大恨啊！能夠甘心承受這樣的磨難，這個人的目標又得有多麼重大、多麼篤定啊！這一次的難題纏得我痛苦不堪，現在看來，難題的核心不在別處，就在荒原上的某座石屋裏面。我暗暗發誓，不等明天結束，我就要使盡一切的辦法，直搗這件謎案的心臟地帶。

第十一章
山崖上的人

　　上一章當中的日記摘抄已經把我的故事推到了十月十八日，從這一天開始，種種離奇事件紛至沓來，整件案子也向着那個可怕的結局迅速逼近。此後幾天的事情在我心裏留下了不可磨滅的印象，因此我無需借助當時的記錄，單憑記憶就可以把它們複述出來。前面我已經講到，我確定了兩個至關重要的事實：其一，庫姆·特拉西村的勞拉·萊恩斯太太曾經致信查爾斯·巴斯克維爾爵士，信裏約定的那次會面在時間和地點上都跟爵士的死亡完全重合；其二，山坡上那些石屋就是荒原裏那個潛伏者的棲身之地。接下來，我打算從我取得前述發現的第二天講起。當時我深深感到，手裏握着這兩個事實，如果我還不能讓這些黑暗的處所顯現出更多光明的話，只能說明我要麼是腦子不好使，要麼就是勇氣不夠用。

　　頭天晚上，我沒有機會跟從男爵提起萊恩斯太太的事情，因為莫蒂默醫生一直在陪他打牌，很晚才離開宅邸。不過，吃早飯的時候，我就把自己的發現告訴了他，並且問他願不願意跟我一起去庫姆·特拉西村。剛開始的時候，他表現得十分踴躍，轉念一想，我倆又都覺得，還是我獨自前往效果更好。可想而知，上門拜訪的架勢越是隆

重，能了解到的情況也就越少。這麼着，我不無歉疚地撇下了亨利爵士，坐着馬車踏上了新的征程。

到達庫姆‧特拉西村的時候，我吩咐珀金斯把馬兒安頓好，自己則向人打聽我前來盤問的那位女士。她的屋子在村子中央，外觀也相當漂亮，找起來非常容易。一名女僕把我領進屋子，沒有向主人通報我的姓名。我走進起居室的時候，一位女士從一台雷明頓打字機 * 跟前一躍而起，喜笑顏開地轉過身來。不過，發現來的是個陌生人之後，她臉色一沉，坐了回去，然後就問我有何貴幹。

萊恩斯太太給人的第一個印象是美艷驚人。她的眼睛和頭髮都是一種鮮明的榛子色，雙頰雖然有不少雀斑，但卻染着褐皮膚女人特有的那種細膩明豔的紅暈，染着硫磺薔薇 † 花蕊之中那種嬌美的粉色。不過我必須重申，衷心讚嘆僅僅是第一個印象，第二個印象卻是不以為然。她的臉上隱隱約約有甚麼地方不太對勁，表情稍稍有點兒粗鄙，眼神興許有點兒俗氣，嘴唇也略微有點兒放浪，所有這些都讓她完美的容顏出現了瑕疵。當然，所有這些都是我後來的想法，此時此刻，我只知道我見到了一個十分漂亮的女人，對方正在詢問我的來意。聽到她發問之後，我才算真正意識到，這次的任務實在是非常微妙。

「非常榮幸，」我說道，「我是令尊的一個熟人。」

---

* 雷明頓打字機 (Remington typewriter) 最初由美國紐約州的雷明頓軍火公司於十九世紀七十年代推出，是世界上第一款取得商業成功的打字機。

† 硫磺薔薇 (sulphur rose) 是原產於西亞的一種明黃色重瓣薔薇。

這樣的自我介紹可謂相當笨拙，女士也毫不客氣地讓我認識到了這一點。

　　「我和我父親之間並沒有任何共同語言，」她說道。「我不欠他甚麼，他的朋友也跟我沒有關係。我父親對我不聞不問，要不是已故的查爾斯‧巴斯克維爾爵士和其他幾位好心人伸手幫忙的話，我早就已經餓死了。」

　　「我來這兒找您，為的正是已故的查爾斯‧巴斯克維爾爵士。」

　　女士臉上的雀斑一下子變得格外明顯。

　　「您想從我這兒打聽他的甚麼事情呢？」她問道，手指抖抖索索地撫弄着打字機的鍵盤。

　　「您認識他，對吧？」

　　「剛才我已經說了，我欠了他很大的恩情。眼下我能夠自立，一大半都是因為他同情我的艱難處境。」

　　「您跟他通過信嗎？」

　　女士猛一下抬起頭來，榛子色的眼睛裏閃出了憤怒的火花。

　　「您問這些來幹甚麼呢？」她尖聲問道。

　　「不幹甚麼，只是為了避免公開的醜聞。我在這兒私下問您，總比讓事態發展到超出我們的控制要好。」

　　她陷入了沉默，臉色依然蒼白至極。到最後，她又一次抬起頭來，擺出了一副不管不顧的挑釁姿態。

　　「好吧，我可以回答您的問題，」她說道。「您剛才問甚麼來着？」

　　「您跟查爾斯爵士通過信嗎？」

「我確實寫過一兩封信給他，為的是感謝他的體貼和慷慨。」

「您還記得這些信的日期嗎？」

「不記得。」

「您見過他嗎？」

「見過一兩次，都是在他上庫姆·特拉西來的時候。他這個人非常低調，做好事也不想讓人知道。」

「可是，既然您沒跟他見過幾次面，而且沒跟他通過幾次信，他怎麼能對您的情況有足夠的了解，由此向您提供您剛才提到的那些幫助呢？」

聽了我提出的這個難題，她毫不遲疑地給出了回答。

「有幾位紳士知道我的不幸遭遇，所以就聯合起來幫我。其中之一是斯泰普頓先生，他是查爾斯爵士的鄰居，也是爵士的親密朋友。他這個人心腸特別好，查爾斯爵士就是通過他了解到我的情況的。」

據我所知，查爾斯·巴斯克維爾爵士曾經多次讓斯泰普頓幫着分發救濟金，由此看來，這位女士的説法還是有幾分可信的。

「您有沒有寫過要求與查爾斯爵士會面的信呢？」我接着問道。

萊恩斯太太又一次氣紅了臉。

「説真的，先生，您這個問題問得非常稀奇。」

「我很抱歉，太太，可我必須重覆這個問題。」

「那我就告訴您，絕對沒有。」

「查爾斯爵士去世當天也沒寫過嗎？」

憤怒的紅暈即刻褪去，呈現在我眼前的是一張全無血色的臉。她焦枯的嘴唇做出了「沒有」的口型，但卻發不出任何聲音。

　　「您肯定是記錯了，」我說道。「我甚至能把您這封信裏的一段話背出來，您寫的是『您是一位紳士，千萬，千萬得把這封信燒掉，十點鐘的時候在邊門那裏等我。』」

　　我以為她已經當場暈了過去，可她還是憑借一股非比尋常的力量挺了過來。

　　「難道説，這世上已經沒有紳士這樣東西了嗎？」她吸了一口涼氣。

　　「您這是錯怪了查爾斯爵士。當時他**確實是**燒掉了這封信，只不過有些時候，信雖然燒過，字跡卻依然可以辨認。現在您可以承認您寫過信了吧？」

　　「是的，我確實寫過，」她大叫一聲，跟着就一口氣把滿肚子的苦水倒了出來。「我確實寫過。幹嗎要否認呢？這事情又沒有甚麼見不得人的地方。我希望得到他的幫助，覺得見面之後他就會答應幫我，所以就寫信向他求見。」

　　「可是，您為甚麼要挑這樣的一個時間呢？」

　　「因為我剛剛聽説他第二天就要去倫敦，興許得好幾個月才能回來。當時我又有一些別的事情，沒法在更早的時間去見他。」

　　「可是，您幹嗎不上他屋裏去，非得跟他約在庭院裏呢？」

　　「時間那麼晚，一個女人獨自上一個單身漢的屋裏去，您覺得合適嗎？」

「呃，您去了那裏之後，發生了一些甚麼事情呢？」

「我壓根兒就沒去。」

「萊恩斯太太！」

「真的沒去，我可以憑我信仰的一切事物跟您發誓。我壓根兒就沒去。當時出了點兒別的事情，所以我就沒去成。」

「甚麼事情呢？」

「那是我私人的事情，我不能告訴您。」

「如此說來，您承認您跟查爾斯爵士相約會面，會面的時間地點都跟爵士的死亡完全重合，與此同時，您否認您曾經實際踐約。」

「事實就是這樣。」

我翻來覆去地盤問了一陣，怎麼也問不出甚麼別的東西。

「萊恩斯太太，」我一邊說，一邊站起身來，打算結束這次說明不了甚麼問題的漫長會面，「您不肯把您知道的情況和盤托出，不光是給自己攬上了一份巨大的責任，還把自己擺在了一個非常不利的位置。要是我被迫向警方求助的話，您馬上就會發現，自己的處境究竟有多麼糟糕。如果您沒做甚麼錯事的話，剛開始為甚麼要否認，當天您給查爾斯爵士寫過信呢？」

「因為我擔心，這事情會讓別人產生一些錯誤的看法，給我招來難聽的名聲。」

「那您又為甚麼如此急切，非得讓查爾斯爵士銷毀您的信呢？」

「您既然讀過這封信，原因自然不用我説。」

「我沒説我讀過這封信的全文。」

「可您剛才還背了一段。」

「我背的那段是信末的附言。剛才我説了，信是燒過的，並不是整封信都能辨認。眼下我得再問一遍，您為甚麼如此急切，非得讓查爾斯爵士銷毀他在去世當天收到的這封信。」

「您這個問題牽涉到了非常隱私的事情。」

「正是因為非常隱私，您才更應該盡量避免公開的調查。」

「那好，我這就告訴您。如果您對我的不幸遭遇有所耳聞的話，那您肯定知道，我結婚結得非常草率，確實有理由感到後悔。」

「我也是這麼聽説的。」

「我的生活就是一場無休無止的苦刑，全都是因為我那個讓我深惡痛絕的丈夫。法律站在他那一邊，每天我都得面臨被迫跟他一起生活的危險。當時我之所以要給查爾斯爵士寫這封信，是因為我聽説，如果我拿得出一筆費用的話，就可以恢復自由之身。對我來説，這件事情意味着所有的一切，內心的平靜也好，幸福也好，自尊也好，全都得指望這件事情。我知道查爾斯爵士向來慷慨，所以就想，如果我親口把事情的原委講給他聽的話，他一定會幫助我的。」

「既然如此，您為甚麼還是沒去呢？」

「因為我從別處得到了幫助，用不着去了。」

「那麼，您為甚麼不寫信給查爾斯爵士解釋一下呢？」

「我是打算寫的，可惜我第二天上午就從報紙上看到了爵士的死訊。」

這個女人的說辭天衣無縫，我怎麼問也問不出甚麼破綻。要想知道她的話是否屬實，唯一的辦法就是去查一查，她是不是真的在慘劇前後向她的丈夫提起了離婚訴訟。

如果她確實去過巴斯克維爾宅邸的話，她多半不敢說沒有去過，因為她必須僱上一輛輕便馬車才能去，去了就得到第二天凌晨才能回到庫姆·特拉西村，這樣的遠途旅行是瞞不過眾人的耳目的。這樣看來，她說的多半是事情的真相，至少是一部分真相。離開的時候，我覺得又是困惑又是沮喪。通往我使命終點的每一條道路似乎都橫亙着無法逾越的高牆，這一次又讓我撞得鼻青臉腫。不過，越是回想那位女士的面容和神態，我越是覺得她對我隱瞞了甚麼事情。她的臉色為甚麼會變得那麼蒼白呢？為甚麼步步為營，不到萬不得已絕不吐實呢？慘劇剛剛發生的時候，她為甚麼把嘴巴捂得那麼嚴實呢？毫無疑問，這些事情的內幕絕不像她竭力讓我相信的那麼單純。就眼下來說，這個方向已經是此路不通，我只能轉頭去追蹤荒原石屋裏的那條線索。

可是，那條線索只能說是非常模糊。我是在坐馬車回去的時候意識到這一點的，因為一路之上，我看到了一座又一座留有古人遺跡的山丘。巴里莫爾只是說，那個陌生人住在某一座廢棄的石屋裏，然而，散佈在荒原各處的

石屋足足有好幾百座。還好，我自己的經歷可以提供一點兒參考，因為我親眼看見過那個人站在那座黑色山崖的峰頂。由此看來，我應該以那座山崖為中心展開搜索，應該從那裏開始挨個兒搜查荒原裏的所有石屋，不找到正確的那一座絕不罷休。如果那個人剛好在屋裏的話，我就得讓他親口說出自己的身份，親口說出長期跟蹤我們的理由，必要的時候，我還可以用手槍來撬開他的嘴巴。攝政大街人潮洶湧，他當然可以從我們的眼皮底下溜走，到了這片人煙稀少的荒原裏，他可就沒那麼容易溜掉了。反過來，如果我找到石屋的時候屋主不在的話，我就要坐在屋裏等他回去，不管多久都要等。在倫敦的時候，他逃出了福爾摩斯的手心。我要是能逮到他的話，那就真可以算是一次青出於藍的巨大成功了。

調查這件案子的過程當中，運氣一次又一次地為難我們，眼下呢，它終於幫了我一次忙。幸運的使者不是別人，恰恰是弗蘭克蘭先生。他家庭院的大門就開在我此刻經過的這條大路上，而他正好站在門外，鬍鬚斑白、臉色紅潤。

「中午好，華生醫生，」他高喊一聲，興致好得出奇，「您真的應該讓您的馬兒歇一歇，進來喝杯酒，順便向我表示祝賀。」

聽說他對待自己女兒的方式之後，我對他實在沒有甚麼好感，可我急着把珀金斯和馬車打發回去，正好可以利用這個機會。於是我下了車，讓珀金斯轉告亨利爵士，說我打算步行回去，應該可以趕上晚飯。這之後，我跟着弗蘭克蘭走進了他家的餐廳。

「今天可是我的好日子，先生，簡直可以說是我這輩子值得大書特書的一個日子，」他一邊高喊，一邊咯咯地笑個不停。「我一下子就完成了兩件壯舉。無論如何，我也得讓這一帶的人明白，法律就是法律，與此同時，他們身邊還有一個敢於依法行使權利的人。我已經成功地證明了大家有權使用一條道路，那條路就在老米德爾頓家的庭院中央，直接穿過他家的庭院，先生，離他宅子的正門還不到一百碼。您覺得怎麼樣？我們就得給這些大亨一點兒教訓，讓他們不敢隨便踐踏老百姓的權利，叫他們見鬼去吧！除此之外，我還成功地封閉了弗恩沃茲村民經常去野餐的那片林子，那幫無法無天的傢伙似乎是以為世上沒有產權這樣東西，以為自己可以帶上報紙和酒瓶，想上哪兒紮堆就上哪兒紮堆。兩樁官司都有了結果，華生醫生，兩樁都是我贏了。我好久都沒趕上這麼高興的日子了，上一次還是在我告倒約翰·莫蘭德爵士的時候呢，當時他在他自個兒的圍場裏放槍，我就給他安上了擅闖私地的罪名。」

「這您究竟是怎麼做到的呢？」

「您到法庭記錄裏去翻翻吧，先生，值得一讀的——弗蘭克蘭訴莫蘭德，王座法院＊。這樁官司花了我兩百鎊，可我終歸拿到了一個稱心如意的判決。」

「它帶給您甚麼好處了嗎？」

「沒有，先生，甚麼好處也沒有。我可以自豪地說，

＊　王座法院 (Court of Queen's Bench) 為歷史名詞，在位君主為男性時，英文名稱中的「Queen」（女王）由「King」（國王）取代。王座法院為 12 世紀至 19 世紀之間英格蘭的高等法院之一，於 1875 年併入新設立的高等法院，成為該法院的王座庭。

這樁官司跟我的個人利益沒有瓜葛。我打這些官司，完全是基於一種為公眾服務的責任感。舉個例子說吧，今天晚上，弗恩沃茲的村民肯定會焚燒按我的模樣做成的假人。村民們上一次這麼幹的時候，我就跟警方說過，他們應該制止這種可恥的鬧劇。本郡的警局簡直是丟人現眼，先生，完全沒有向我提供我依法享有的保護。馬上就會有一場弗蘭克蘭訴女王政府的官司，把他們的醜態擺到公眾眼前。我告訴過他們，他們用這種方法來對待我，遲早得有後悔的時候，這不，我的話已經應驗啦。」

「怎麼應驗的呢？」我問道。

老人換上了一副萬事皆知的狡黠神情。

「因為我手頭有一份他們拼了命也想知道的情報，可我死也不會向這幫惡棍提供任何幫助。」

之前我一直在搜腸刮肚地尋找脫身的借口，不想聽他在這兒說是道非，眼下卻一下子來了精神，巴不得聽他多說幾句。不過，我已經對這個老怪物的牛脾氣十分了解，心裏也非常明白，一旦我流露出強烈的興趣，他必定會立刻捂上自己的嘴巴。

「您說的肯定是一件偷獵案子，對吧？」我愛搭不理地說了一句。

「哈，哈，我的小伙計，比那可要重要得多哩！知道荒原裏的那個逃犯嗎？」

我做出了大吃一驚的模樣。「您該不會是說，您知道他的下落吧？」我說道。

「我倒不知道他確切的下落，可我敢打包票，我能夠幫

助警方逮到他。逮他的最好辦法就是查出他的食物來源，然後順藤摸瓜，難道説，您從來都沒有想到這一點嗎？」

顯而易見，他跟真相之間的距離已經近到了讓人不安的地步。「您説得當然對，」我説道，「可是，您怎麼知道他肯定在荒原裏呢？」

「我知道這一點，是因為我親眼看見了給他送食物的那個跟班。」

我一下子替巴里莫爾擔心得不行。要是落到了這個心腸歹毒、專管閒事的老傢伙手裏，事情可就嚴重了。不過，聽了他接下來的話，我心裏的石頭馬上就落了地。

「您肯定料想不到，給他送食物的竟然是一個孩子。我每天都能看見那個孩子，靠的是我架在屋頂上的望遠鏡。他每天都在同一個時間走上同一條小路，不是找那個逃犯又是找誰呢？」

這樣的運氣可真是難得！不過我還是控制住了自己，沒有表現出絲毫興趣。一個孩子！巴里莫爾曾經説過，替我們那位神秘人物跑腿的就是一個孩子。如此説來，被弗蘭克蘭撞破行藏的並不是那個逃犯，而是我們要找的那位神秘人物。要是我能從弗蘭克蘭嘴裏套出情報的話，多半就可以省去一件費時費力的搜尋工作。當然，要想套到他的情報，我手裏最大的兩張牌就是「不相信」和「沒興趣」。

「照我看，那孩子八成是某個荒原牧人的兒子，不過是在給父親送飯而已。」

一丁點兒抗拒的火星就點燃了這個老惡霸的怒火。他

惡狠狠地盯着我，花白的連鬢鬍子也氣得豎了起來，活像是發怒小貓的鬍鬚。

「是嗎，先生！」他指着遼闊無垠的荒原說道。「您瞧見那邊的黑色山崖了嗎？很好，您再往山崖那邊瞧瞧，瞧見那座長着荊棘的小山了嗎？那是整片荒原裏石頭最多的地方。牧人會跑到那種地方去放牧嗎？您這種說法，先生，實在是荒唐透頂。」

我低聲下氣地表示，我剛才的說法只是因為我沒能了解到所有的情況。看到我服了輸，他感到十分得意，談興也越發地高了起來。

「您一定得知道，先生，沒有充分的依據，我這個人是不會隨便發表意見的。我一而再再而三地看到那個扛包袱的孩子。每一天，有時候還是一天兩次，我都能夠——呃，慢着，華生醫生。是我看花了眼，還是這會兒確實有東西在那道山坡上移動呢？」

那地方遠在幾英里之外，可我還是清清楚楚地看見，暗綠色和灰色相間的背景之中有一個小小的黑點。

「來吧，先生，來吧！」弗蘭克蘭一邊高喊，一邊往樓上衝。「您可以用您自個兒的眼睛瞧一瞧，自個兒想想這是怎麼回事。」

他的望遠鏡是一台帶有三腳架的巨型儀器，就支在他家的鉛板屋頂上。弗蘭克蘭把眼睛湊到望遠鏡跟前，立刻發出了一聲歡呼。

「快來，華生醫生，快來，別等他走到小山背後！」

果不其然，那座小山上有一個身材矮小的孩子，肩上

扛着一個小小的包袱，正在辛辛苦苦地慢慢往上爬。他爬到山頂的那個瞬間，冷冷的碧空將他衣衫襤褸的笨拙身影襯托得格外鮮明。他鬼鬼祟祟地四下張望了一番，似乎是擔心有人跟蹤。緊接着，他消失在了小山背後。

「哈！我說對了吧？」

「對極了。看樣子，那個小孩確實是在辦一件秘密的差使。」

「他辦的是甚麼差使，就連郡裏的那些警察都猜得出來。不過，他們別想從我嘴裏聽到一個字，還有啊，您也得替我保守秘密，華生醫生。一個字也不能説！您明白了吧！」

「我會照您的意思辦的。」

「他們對待我的方法非常可恥，確實是非常可恥。我敢説，弗蘭克蘭訴女王政府一案的種種事實一旦披露出來，義憤的浪潮一定會席捲全國。無論如何，我絕不會向警方提供任何幫助。他們甚麼都不管，哪怕被那些惡棍綁上火刑柱的是我本人，而不是按我的模樣做的假人。您可千萬不能走！為了紀念這個偉大的日子，您得幫着我把這一瓶乾掉！」

我頂住了他的萬般懇求，並且成功地駁回了他陪我步行回家的提議。我沿着大路走到了他無法看見的地方，然後就一頭扎進荒原，徑直衝向那個孩子剛才翻過的那座嶙峋小山。一切都在朝有利於我的方向發展，而我暗自發誓，一定要抓住眼前的天賜良機，絕不能輸在我自個兒的幹勁和毅力上。

我爬到那座小山頂上的時候，太陽正在落山，下方的一道道漫長山坡全都是一側金綠斑駁、一側灰影幢幢。一層薄薄的霧靄低低地懸在地平線的盡頭，美人崖和刁婦崖 * 的怪異輪廓赫然顯現在霧靄之中。廣袤的荒原之上沒有任何動靜，一隻灰色的大鳥在碧空之中獨自高翔，看起來像是海鷗或者麻鷸 †。穹廬似的浩瀚天空籠罩着下方的荒瘠大地，我和那隻鳥似乎是天地之間僅有的活物。淒涼的景象、孤獨的感覺，還有手頭這件迷霧重重、十萬火急的任務，全部都讓我心生寒意。那個孩子已經不見蹤影，下方的坳口之中卻有一圈兒遠古的石屋，中間那座的屋頂還保存得相當完好，足以遮風蔽雨。看到那座石屋，我的心一下子怦怦地跳了起來。毫無疑問，這就是那個陌生人潛伏的巢穴。此時此刻，我終於踏上了他藏身之所的門檻，他的秘密已經落入了我的掌握。

　　我躡手躡腳地走向石屋，斯泰普頓舉着捕蟲網靠近停穩了的蝴蝶的時候，小心的程度想必也不過如此。走到近處的時候，我已經完全肯定，石屋確實有人居住。亂石叢中是一條若有若無的小徑，小徑通向一個權充屋門的破敗入口。屋裏沒有任何聲息，那個神秘人物有可能潛伏在裏面，也可能上荒原裏遊盪去了。冒險的刺激讓我頭皮發麻，於是我扔掉煙頭，一隻手按住了左輪手槍的槍把，

---

* 　美人崖 (Bellever Tor) 和刁婦崖 (Vixen Tor) 都是達特莫爾荒原上的真實地名，不過，書中美人崖的英文是「Belliver」。

† 　麻鷸 (curlew) 是幾種同屬鳥類的統稱，歐洲人説的麻鷸通常指歐亞麻鷸 (Eurasian Curlew, *Numenius arquata*)，是廣泛分佈於歐亞大陸溫和地帶的一種大型涉禽，羽色斑駁，跟前文中的麻鳽相似。《修院學堂》當中也曾經提到這種鳥。

巴斯克維爾的獵犬｜山崖上的人

· 175 ·

跟着就疾步走到門邊，往裏面張望了一番。屋裏一個人也沒有。

與此同時，許許多多的跡象表明我並沒有找錯地方。千真萬確，這就是那個人的棲身之所。新石器時期的古人曾經安寢的那張石床上擺着一個用雨衣打成的包袱捲兒，捲在裏面的是幾張毯子。粗陋的火爐裏堆着生火的餘燼，火爐旁邊有幾件廚具，還有一隻半滿的水桶。滿地都是空罐頭，說明那個人已經在這裏住了一些日子，等眼睛習慣屋裏的斑駁光影之後，我還看到角落裏立着一隻小小的金屬杯子和一個半滿的酒瓶。屋子中央有一塊權充桌子的石板，石板上擺着一個小小的布包袱，毫無疑問，它就是我通過望遠鏡在那個小孩肩上看到的東西。包袱裏裝着一條麵包、一聽牛舌罐頭和兩聽糖水桃子。檢查完包袱之後，我正要把它放回原處，突然卻瞥見了包袱下面的一張字條，一下子心跳加速。我拿起字條，看到的是用鉛筆寫下的一行潦草字跡：

華生醫生到庫姆·特拉西村去了。

我拿着字條站了足足一分鐘，努力思考這條簡短訊息的含義。如此說來，這個神秘人物的盯梢對象是我，並不是亨利爵士。他沒有親身跟在我後面，跟在我後面的是他安排的一名爪牙，爪牙興許就是那個孩子，字條則是爪牙寫來的報告。說不定，自打我來到荒原之後，我的每一步行動都落在了別人的眼裏，相關的報告也都送到了這個

人的面前。一直以來，我總是覺得周圍有一股看不見的力量，有一張罩在我們身上的細密羅網，這張網無比精巧、無比微妙，約束我們的力道也無比輕微，這樣一來，只有到了某個最後關頭，我們才能恍然發現，自己確實是網中之魚。

報告不可能只有孤零零的一份，於是我就在石屋裏四處搜尋。屋裏卻沒有別的報告，也沒有任何跡象可以讓我從中推斷，這個古怪居所的住客是個甚麼樣的人物，懷着一些甚麼樣的意圖。唯一的結論是他必然具有斯巴達人*的秉性，完全不在乎生活舒適與否。看着谿口大開的屋頂，又想到前些日子的暴雨，我深深地意識到，他能夠忍受如此不宜居住的寓所，必定懷有某種百折不撓的重大圖謀。他會是一名不懷好意的敵人嗎，會不會碰巧是我們的守護天使呢？我暗自發誓，不把這一點弄清楚，我絕不離開這座石屋。

屋外落日低沉，西邊的天空鋪滿金紅錯雜的絢爛霞光。遠處的一塊塊地面在斜暉之中閃着紅光，那是格林盆大泥潭的一個個水窪。我看到了巴斯克維爾宅邸的兩座塔樓，還看到了遠遠的一片朦朧煙霧，格林盆村就在那片煙霧之中。塔樓和煙霧之間，斯泰普頓家的房子矗立在一座小山背後。金色暮光照耀之下，一切都顯得醇美悅目、恬靜安詳。可是，面對眼前的美景，我的心不但不能接納大自然的寧靜，反倒是裝滿了懸疑和恐懼，為這場步步逼

---

* 斯巴達人 (Spartan) 指古希臘城邦斯巴達的居民，在西方文化當中是堅毅、簡樸、刻苦的代名詞。

近的會面發起抖來。帶着瑟瑟震顫的神經和巋然不動的決心，我如臨大敵地坐在石屋的黑暗深處，耐心地等待着住客的歸來。

等到最後，我終於聽見了他的動靜。遠遠的地方傳來了靴子踏上石頭的清脆聲響，一聲接着一聲，一聲比一聲近。我趕緊退到最黑暗的屋角裏，扳好了兜裏那把手槍的擊鐵，暗自打定主意，要等到看清這個陌生人之後才現身。外面沉寂了好一陣子，說明他停住了腳步。接下來，腳步聲又一次漸漸靠近，一道影子橫在了石屋的門口。

「暮色十分宜人，親愛的華生，」一個十分熟悉的聲音說道。「我真的覺得，外面會比裏面舒服一點兒。」

第十二章
慘死荒原

我一下子屏住了呼吸，一動不動地坐在那裏，一時間不敢相信自己的耳朵。這之後，我終於反應過來，恢復了說話的能力，心裏那個不堪負荷的責任包袱也似乎在轉瞬之間化為烏有。剛才這種冷峻犀利、藏針帶刺的嗓音，這世上只有一個人具備。

「福爾摩斯！」我大叫起來——「福爾摩斯！」

「出來吧，」他說道，「小心別讓你的手槍走了火。」

我躬身鑽過粗陋的門楣，千真萬確，他真的坐在外面的一塊石頭上，灰色的眼睛裏閃着開心的光芒，為的是我臉上的驚愕表情。他顯得消瘦憔悴，同時又乾淨利落、精神抖擻。他機敏的臉龐經歷了風吹日曬，看起來又黑又粗糙，穿的是一套花呢西服，戴的是一頂布帽子，打扮跟尋常的荒原游客毫無二致。他向來都有貓兒一樣的潔癖，眼下也設法維持住了光溜溜的下巴和整潔的衣裝，跟在貝克街的時候沒有甚麼區別。

「這輩子不管是見到了誰，我都沒有現在見到你這麼高興，」我一邊說，一邊緊緊地握住了他的手。

「也沒有現在這麼驚奇吧，嗯？」

「呃，這我也不能不承認。」

「不瞞你説，驚奇並不是單方面的事情。我完全沒想到你竟然能找到我臨時藏身的地點，更沒想到你還會待在裏面，發現這件事情的時候，我離屋門已經不到二十步了。」

「是因為我的腳印，對吧？」

「不是，華生。照我看，世上的腳印這麼多，恐怕我沒本事通過腳印認出你來。如果你真的想瞞過我的話，那你一定得換一家香煙鋪子，因為我看到了那個印着『牛津街布拉德利煙草行』* 的煙頭，立刻知道我朋友華生就在附近。煙頭就在小徑旁邊，你自己也可以看見。毫無疑問，臨到往空屋發起衝鋒的那個重大時刻，你才扔掉了手裏的煙頭。」

「沒錯。」

「我就知道是這樣——然後呢，既然知道你那種令人敬佩的執拗勁兒，我立刻斷定你埋伏在屋裏，武器擺在手邊，正在等石屋的住客回來。這麼説，你真的把我當成了罪犯，對吧？」

「我並不知道你是誰，只是打定了主意，要把這個問題查清楚。」

「妙極了，華生！可是，你是怎麼找到我的呢？你們追捕逃犯的那個晚上，我實在是太不小心，竟然沒注意到月亮從自己身後升了起來，説不定，當時你已經看見我了吧？」

---

* 本故事第三章，福爾摩斯曾經對華生説：「路過布拉德利那間鋪子的時候，麻煩你叫他送一磅勁道最大的粗切煙絲上來，行嗎？」

「是的，當時我看見了你。」

「然後呢，你肯定是挨個兒搜查所有的石屋，最後就找到了這一座，是嗎？」

「不是，你那個小跟班被人給盯上了，我是跟着他找來的。」

「不用說，這是那個有望遠鏡的老先生幹的好事。我看到了鏡片的反光，剛開始還不知道這是怎麼回事呢。」他站起身來，往石屋裏看了看。「哈，我看見了，卡特萊特又給我送了點兒口糧。這張字條上寫了甚麼呢？這麼說，你已經去過庫姆·特拉西村了，對吧？」

「對。」

「是去找勞拉·萊恩斯太太嗎？」

「沒錯。」

「幹得好！咱倆的調查路線顯然是並行不悖，依我看，咱倆要是把各自的調查結果合到一起的話，肯定能對案情有一個相當完整的了解。」

「呃，你到這裏來，我打心眼兒裏感到高興，因為說實話，這份責任和這件謎案都讓我覺得有點兒不堪負荷。可是，你究竟是怎麼來的，這些日子又在忙些甚麼呢？我還以為你在貝克街忙那件勒索案呢。」

「你這麼以為就對了，正好符合我的打算。」

「這麼說，你完全是在利用我，根本談不上甚麼信任！」我大聲說道，語氣多少有點兒辛酸。「要我說，福爾摩斯，我配得上你更多的尊重。」

「親愛的伙計，你的幫助對我來說無比重要，這句話

適用於以前的許多案子，這一件也不例外，如果我似乎對你要了甚麼花樣的話，請你務必諒解。實際上，我之所以這麼做，一部分也是由於你的緣故，正是因為意識到了你所面臨的危險，我才親身跑來調查這件事情。顯而易見，如果我跟你和亨利爵士待在一起，看問題的角度必然會跟你倆一樣，與此同時，我的存在也會驚動咱們那些十分可怕的對手，讓他們加強戒備。事實呢，眼下我不光享有住在宅邸裏就無法享有的行動自由，還在這件案子當中保持着不為人知的狀態，可以在關鍵的時刻發出全力一擊。」

「可你為甚麼要把我蒙在鼓裏呢？」

「原因在於，告訴你也不會對咱們的調查有甚麼幫助，搞不好還會使我暴露在別人的視線當中。你沒準兒會有事情想告訴我，沒準兒又會好心好意地給我送來各種各樣改善生活的物品，這些舉動都會導致多餘的風險。來這裏的時候，我帶上了卡特萊特，你應該還記得他吧，就是信差房裏的那個小伙計。他可以照應我的簡單需要，我需要的不過是一條麵包和一件乾淨的襯衫而已。其他的東西要來做甚麼呢？有了他，我等於是多了一雙眼睛，外加兩條跑得飛快的腿，這兩樣東西都可以說是無價之寶。」

「這麼說的話，我那些報告全都是白寫了！」——想到自己撰寫報告的艱辛，想到當時的自豪心情，我不由得嗓子發顫。

福爾摩斯從口袋裏掏出了一捲紙。

「你的報告都在這裏，親愛的伙計，我可以跟你保證，我全都已經讀得滾瓜爛熟。我作了一些非常妥善的安

排，它們只會在路上多走一天。這是件極其棘手的案子，而你表現出了非凡的熱忱和才智，我必須向你奉上極大的敬意。」

我還在為自己蒙受的愚弄怨恨不已，福爾摩斯的懇切讚譽卻撲滅了我心頭的怒火。與此同時，我也從心底裏承認，他的話說得有理有據，不讓我知道他在荒原裏，的確是最有利於調查的一種做法。

「這就對了，」看到我的臉色已經由陰轉晴，他如是說道。「好了，你給我說說你拜訪勞拉·萊恩斯太太的成果吧。要推斷你去庫姆·特拉西村是為了找她，對我來說並不困難，因為我本來就知道，那個村子裏只有她一個人能對咱們的調查有所幫助。說實在的，今天你不去找她的話，十之八九，明天我自己也會去的。」

太陽已經落山，荒原上暮色沉沉。空氣變得格外凜冽，我倆只好躲到石屋裏去避寒。屋裏的光線十分昏暗，我倆坐在一起，我把自己跟那位女士的談話內容告訴了福爾摩斯。他聽得十分仔細，甚至還要求我把其中的一些片段重覆了一遍。

「你說的事情非常重要，」聽完之後，他如是說道。「它填上了我一直都填不上的那個空白，可以幫助咱們理清這件極其複雜的案子。這位女士跟斯泰普頓這個傢伙關係非常親密，興許你已經知道了吧？」

「我並不知道他倆之間有甚麼親密關係。」

「這是件鐵板釘釘的事情。他倆經常見面、經常通信，兩個人已經默契無間。好了，咱們等於是掌握了

一件非常強大的武器，只要我能用它來分隔他和他的妻子——」

「他的妻子？」

「你告訴了我這麼多情況，我這也算是投桃報李啦。本地居民稱為斯泰普頓小姐的那位女士，實際上是斯泰普頓的妻子。」

「天哪，福爾摩斯！你知道自己在說甚麼嗎？那他怎麼能允許亨利爵士愛上她呢？」

「亨利爵士愛上她，因此受害的人只有亨利爵士自己。你自己也看見了，他曾經處處設防，絕不允許亨利爵士向她表白。重覆一遍，那位女士是他的妻子，並不是他的妹妹。」

「可是，他為甚麼要煞費苦心地安排這麼一個騙局呢？」

「因為他一早就知道，他妻子如果能以自由之身示人的話，對他來講就會有用得多。」

剎那之間，我心裏那些未曾形諸言語的直覺，那些模模糊糊的懷疑，全部都清清楚楚地集中到了那位博物學家身上。透過他那個頭戴草帽、手執捕蟲網、不動聲色、平淡乏味的形象，我彷彿看到了某種可怕的東西，看到了某種老謀深算、笑裏藏刀的生物。

「如此說來，咱們的敵人就是他——在倫敦跟蹤咱們的也是他，對嗎？」

「我認為這就是正確的謎底。」

「還有那封警告信——肯定是他妻子寄來的！」

「一點兒不錯。」

一椿滔天罪行的輪廓漸漸從長期圍困我的那團黑暗雲霧之中浮現出來，一半是我們親眼所見，一半則出自我們的推測。

「可是，這一點你有絕對的把握嗎，福爾摩斯？你怎麼知道那個女人是他妻子呢？」

「因為他實在是太過得意忘形，以至於第一次見到你的時候就向你透露了一段真實的履歷，我敢說，從那個時候算起，他已經不知道為這次失言後悔了多少次。當時他告訴你，他曾經在英格蘭北部當過校長。這下可好，再沒有比學校校長更容易追查的人物了。本國有那麼一些教育機構，可以把從事過這個行當的任何一個人的情況告訴你。我作了一番小小的調查，結果就發現，有一所學校在極為惡劣的情形之下關了門，學校的東家——名字倒不叫斯泰普頓——也帶着妻子銷聲匿跡。那兩口子的長相跟他倆完全吻合。等我聽説失蹤的校長對昆蟲學非常熱衷的時候，確認身份的工作就算是大功告成了。」

黑暗的雲霧漸漸消散，許多真相卻依然隱沒在陰影之中。

「如果那個女人確實是他妻子的話，勞拉·萊恩斯太太的事情又是從何説起呢？」我問道。

「你自己的調查揭示了不少真相，這件事情也是其中之一。你跟這位女士的談話已經極大地澄清了這個問題。在此之前，我並不知道她打算跟丈夫離婚。如果她確實有

離婚的想法，又把斯泰普頓當成了一個單身漢，毫無疑問，她心裏的算盤是成為他的妻子。」

「要是她發現自己上了當，那又會怎麼樣呢？」

「那還用說嗎，咱們就會發現這位女士很有用處。咱們必須把拜訪她作為明天的首要任務，咱們兩個一起去。我說華生，你難道不覺得你缺勤的時間有點兒太長了嗎？你的崗位可是在巴斯克維爾宅邸啊。」

最後一抹紅色的霞光已經從西方的天空裏褪去，夜幕遮蔽了荒原。紫羅蘭色的天空之中，幾顆星星閃着暗淡的微光。

「還有個問題，福爾摩斯，」我一邊説，一邊站起身來。「咱倆之間總不至於還要保密吧。這一切到底是甚麼意思？他究竟想達到甚麼目的？」

開口作答的時候，福爾摩斯的聲音顯得十分沉重：

「意思就是謀殺，華生，手段高明、冷酷無情、處心積慮的謀殺。具體的細節你就別問了。就跟他的網正在亨利爵士身上收緊一樣，我的網也正在他的身上收緊，再加上你的幫助，他差不多已經落入了我的掌心。咱們需要擔心的只有一件事情，那就是他搶先下手，不等咱們做好出擊的準備。再等一天，充其量再等兩天，我就可以把整件案子調查清楚，在此之前，你必須扮演一位慈愛的母親，把你照管的對象當成生病的孩子。你今天的行動當然是成效卓著，可我心裏還是不太踏實，簡直覺得你沒離開他的身邊才好呢。聽！」

寂靜的荒原之中迸發出一聲淒厲的慘叫、一聲充滿恐

懼與痛苦的綿長哀號。聽到這一聲可怕的叫喊，我全身的血液都結成了冰。

「啊，上帝呀！」我倒吸一口涼氣。「這是甚麼聲音？發生了甚麼事情？」

福爾摩斯已經一躍而起，矯健的黑色身影出現在了石屋門口。他佝僂着肩膀，腦袋伸向前方，正在向黑暗之中凝神窺視。

「噓！」他低聲說道。「噓！」

剛才的叫喊聲只是因為淒厲才顯得十分響亮，實際上卻是來自遠處那片暗黑平地上的某個地方。眼下它又一次震動了我倆的耳膜，距離更近、聲音更響，聽起來也更加絕望。

「從哪邊來的？」福爾摩斯低聲問道。他的聲音微微發顫，說明這個鋼鐵一般堅強的人也從心底裏受到了震撼。「從哪邊來的，華生？」

「應該是那邊吧，」我往黑暗之中指了指。

「不對，是那邊！」

痛苦的叫喊聲又一次掃過靜寂的夜晚，不光是更加響亮，還比先前近了許多。緊接着，叫喊聲裏摻上了一種新的聲音、一種模模糊糊的深沉咕噥，聽起來雖然悅耳，同時又十分險惡。這聲音起起落落，宛如大海的曼聲低吟。

「是那頭獵犬！」福爾摩斯叫道。「快，華生，快！老天啊，咱們不會是趕不及了吧！」

說話的時候，他已經飛快地跑進了荒原，我也已經緊緊地跟了上去。可是，此時此刻，就在我倆的正前方，崎

崛地面上的某個地方突然響起了最後一聲絕望的哀號，跟着就是重重的一聲悶響。我倆停住腳步，仔仔細細地聽了一陣。無風的夜裏再沒有任何動靜，有的只是一片沉甸甸的死寂。

我看見福爾摩斯以手加額，似乎已經方寸大亂。緊接着，他使勁兒地跺起腳來。

「他打敗了咱們，華生。咱們來得太晚了。」

「不會，不會，肯定不會！」

「我這麼引而不發，簡直是愚蠢之極。還有你，華生，瞧瞧吧，撇下你的照管對象是個甚麼後果！不過，老天作證，要是事情已經無法挽回的話，咱們會替他報仇的！」

我倆沒頭沒腦地跑過黑暗的原野，時而在亂石之間磕磕絆絆，時而在荊豆 * 叢中橫衝直撞，時而在小山頂上氣喘吁吁，時而沿着斜坡疾速俯衝，始終都朝着剛才那些可怕聲音傳來的方向。每到高處，福爾摩斯就開始火急火燎地舉目四望，只可惜荒原之上暗影幢幢，陰沉單調的地面看不見任何動靜。

「你看見甚麼了嗎？」

「甚麼也沒看見。」

「等等，聽，甚麼聲音？」

傳到我倆耳邊的是一聲低沉的呻吟，接下來又是一聲，就在我倆的左方！左方有一條石梁，石梁盡頭是一道

---

* 　荊豆 (gorse)，即《白額閃電》當中的「furze」，是豆科蝶形花亞科一屬常綠灌木的統稱，原產於西歐及北非，開黃花，與同屬蝶形花亞科的金雀花親緣相近且形態相似，區別在於荊豆長有大量棘刺。

陡直的斷崖，斷崖下面是一片亂石縱橫的斜坡。高低錯落的坡面上有一件黑乎乎的東西，那東西奇形怪狀，保持着一種大鵬展翅似的姿勢。我倆衝了過去，模糊的形狀漸漸有了一個清晰的輪廓。那是個匍匐在地的男人，腦袋以一種十分可怕的角度窩到了身體下面，脊背佝僂着，整個身體拱了起來，就像是正在翻筋斗似的。這人的姿勢實在是太過怪誕，以致我一時之間沒有意識到，剛才的呻吟是他斷氣之前的最後哀鳴。此時此刻，我倆正在俯身察看的這個駭黑身影再沒有發出任何聲息，連一點兒窸窣的響動都沒有。福爾摩斯伸手碰了碰這個人，跟着就抽回手來，驚恐地叫了一聲。他劃燃一根火柴，火柴的微光照出了他瘦骨嶙峋的手指，也照出了一灘可怕的液體，液體是從受害者崩裂的頭顱裏流出來的，面積越攤越大。這都不算完，火光還照出了一件讓我倆天旋地轉、幾欲暈厥的東西——亨利‧巴斯克維爾爵士的屍身！

我倆都不可能忘記這套略帶紅色的花呢西服，我倆在貝克街與爵士初次見面的那個早晨，爵士穿的就是這麼一身。一瞬之間，我倆清清楚楚地看到了這身衣服，火柴的搖曳微光隨即熄滅，同時熄滅的還有我倆心裏的希望。福爾摩斯哀嘆一聲，慘白的臉龐在黑暗之中若隱若現。

「好一個畜生！好一個畜生！」我握緊雙拳，大聲叫喊。「唉，福爾摩斯，我竟然任由他承受這樣的厄運，我永遠也無法原諒自己。」

「更應該遭受譴責的人是我，華生。就為了把我的案子辦得圓滿妥帖，我竟然置主顧的生命於不顧。我辦了一

輩子的案，從來都沒遇到過這麼大的打擊。可是，我怎麼可能知道——我怎麼**可能**知道——他真的會不顧我所有的警告，也不顧自己的性命之虞，孤身跑到荒原裏來呢？」

「想想吧，咱們已經聽到了他的慘叫——上帝啊，他那些慘叫！——但卻沒能挽救他的生命！置他於死地的那頭惡魔獵犬到哪兒去了呢？這會兒它多半還潛伏在周圍的亂石當中。還有斯泰普頓，他又躲在哪兒呢？咱們一定得讓他血債血償。」

「他會的，這件事情包在我身上。伯父和姪子都遭到了謀殺，一個是看見了一頭他認為是鬼怪的畜生，被這種景象活活嚇死，另一個則是瘋狂躲避這頭畜生，最終就被趕進了死路。不過，眼下咱們必須證明這個傢伙和這頭畜生之間的聯繫。要不是聽到了那些聲音的話，咱們甚至不能斷定這頭畜生的確存在，因為亨利爵士顯然是摔死的。可是，老天作證，不管這個傢伙究竟有多狡猾，過不了明天，他就會落進我的手心！」

我倆一邊一個，站在這具血肉模糊的屍體跟前，滿心都是苦澀。這場無可挽回的飛來橫禍為我倆漫長艱辛的努力劃上了一個如此慘淡的句號，一時之間，我倆完全不知道如何是好。這之後，月亮升了起來，我倆攀上這位朋友不幸跌落的那道斷崖，從崖頂俯瞰一半銀色一半灰色的陰鬱荒原。格林盆村的方向，幾英里之外的遙遠地方亮着一點孤零零的穩定黃光，只可能是來自斯泰普頓家那座孤零零的住宅。看着看着，我不由得恨恨地罵了一句，衝那座房子揮了揮拳頭。

「咱們幹嗎不馬上衝過去抓他呢？」

「咱們的證據還不完備。這傢伙機警到了極點，也狡猾到了極點。問題的關鍵不在於咱們知道些甚麼，而在於咱們能證明些甚麼。即便是到了現在，如果咱們走錯一步的話，這個惡棍仍然有可能逃之夭夭。」

「咱們該怎麼辦呢？」

「到了明天，咱們有的是事情可幹。今晚能做的事情只有一件，那就是料理這位不幸朋友的後事。」

我倆一起走下陡峻的山坡，走向那具屍體。黑黢黢的屍體清清楚楚地擺在灑滿銀光的岩石之間，扭曲的四肢訴說着極大的痛苦。見此情景，我不由得悲從中來、淚眼朦朧。

「咱們得去找人幫忙，福爾摩斯！咱們兩個沒辦法把他抬回宅邸。天哪，你瘋了嗎？」

剛才他驚呼一聲，彎下腰貼近了屍體，這會兒則又蹦又跳，一邊笑，一邊抓着我的手使勁兒地搖。眼前的人真的是我那個冷峻內斂、端重自持的朋友嗎？這可真是冰山裏騰起了烈火，錯不了！

「大鬍子！大鬍子！這人是個大鬍子！」

「大鬍子？」

「他不是從男爵——他是——咳，他不就是我那個鄰居，那個逃犯嘛！」

我倆火急火燎地把屍體翻了過來，立刻看到他那蓬淌着鮮血的絡腮鬍子翹向上方，指着天空裏的皎潔冷月。他長着突出的額頭，還有野獸一般的深陷眼睛，錯不了，眼

前的正是曾在燭光之中隔着岩石怒視我的那張面孔——正是逃犯瑟爾登的面孔。

電光石火之間，我已經恍然大悟，因為我想起從男爵曾經跟我說過，他把自己的舊衣服給了巴里莫爾。後來呢，巴里莫爾又把衣服給了瑟爾登，為的是幫助他逃跑。靴子、襯衫、帽子——全都是亨利爵士的東西。這一次的事情當然是一場十分慘烈的悲劇，萬幸的是，再怎麼說，按受害者自己國家的法律來看，受害者終歸不算是含冤而死。我把事情的原委告訴了福爾摩斯，心裏充滿了感激和喜悅。

「如此說來，就是這些衣物奪去了這個倒霉鬼的性命，」福爾摩斯說道。「顯而易見，把獵犬放出來之前，有人牽着它去聞過亨利爵士的某件物品，十之八九，它聞的就是從倫敦的旅館裏偷走的那隻靴子。這一來，獵犬就追着這個人不放。說到這裏，有一件事情還是非常奇怪：周圍既然一片黑暗，瑟爾登怎麼能知道獵犬在追自己呢？」

「他肯定是聽見了它的聲音。」

「這個逃犯十分兇悍，如果他僅僅是聽見了荒原裏有獵犬的聲音，絕不會嚇成這種失魂落魄的樣子，冒着被人抓回去的危險瘋狂求救。從他的喊叫聲來看，發現那頭畜生盯上自己之後，他一定是跑出了很長的一段距離。他怎麼能知道它在追自己呢？」

「在我看來，更奇怪的事情是，假設咱們的推測完全正確的話，為甚麼那頭獵犬——」

「我説的都是事實，並不是假設。」

「呃，好吧，為甚麼那頭獵犬剛好會在今天晚上被人放出來。照我看，它肯定不是天天都在荒原裏亂跑的。如果不是有理由斷定亨利爵士在荒原裏的話，斯泰普頓是不會把它放出來的。」

「我這個難題比你那個更麻煩，因為我覺得，咱們很快就能找到你那個難題的答案，我這個倒有可能成為一個永遠也解不開的謎。先不説這個，眼下的問題是，咱們該怎麼處理這個倒霉鬼的屍體呢？總不能把他留在這兒，便宜狐狸和烏鴉吧。」

「要我説，聯繫上警察之前，咱們可以先把他抬進一座石屋。」

「沒錯，我敢肯定，抬這麼一段距離咱倆還是吃得消的。嘿，華生，那邊來的是誰呢？不是別人，恰恰是獵犬的主人，無巧不成書、不是冤家不聚頭啊！你可千萬別流露出一個字的疑心——一個字也不行，要不然，我的計劃就會全部泡湯。」

一個身影正在穿過荒原走向我倆所在的地方，我看到了一支雪茄的暗淡紅光。月光照到了來人的身上，我立刻看清了博物學家那短小精悍的身形和洋洋自得的步態。看到我倆之後，他頓了一頓，跟着就繼續走上前來。

「咳，華生醫生，真的是你，對嗎？夜裏的這個時間，又是在荒原裏，碰見誰我也想不到會碰見你啊。啊，我的天，這是怎麼回事？有人受傷了嗎？不會——你該不會告訴我，這是咱們的朋友亨利爵士吧！」他急步走過我的身

邊，俯下身去察看死者。只聽他猛吸一口涼氣，雪茄從他的指間掉了下去。

「這——這是誰？」他結結巴巴地問道。

「是瑟爾登，王子鎮監獄的那個逃犯。」

斯泰普頓轉頭對着我倆，臉白得跟死人一樣，不過，他馬上就借着一種非凡的意志力控制住了自己的驚愕和失望，銳利的眼睛先是看了看福爾摩斯，然後就落到了我的身上。

「我的天！這可真叫人吃驚！他是怎麼死的呢？」

「他好像是在這些石頭上摔斷了脖子。我和我朋友正在荒原上躓躓，剛好聽到了一聲慘叫。」

「我也聽到了一聲慘叫，所以才從家裏跑了出來。我擔心亨利爵士出了甚麼事情。」

「為甚麼偏偏要擔心亨利爵士呢？」我脫口問了一句。

「因為我請了他上我家去作客。他沒有去，我本來就覺得有點兒驚訝，後來我又聽到了荒原裏的慘叫聲，自然就非常擔心他的安危。對了」——他的目光再一次離開了我的臉，飛快地落到了福爾摩斯臉上——「除了這聲慘叫之外，您還聽見甚麼別的了嗎？」

「沒聽見，」福爾摩斯說道，「您呢？」

「也沒聽見。」

「那麼，您為甚麼這麼問呢？」

「哦，您肯定也知道農夫們說的那些故事，說是有一頭幽靈獵犬，如此等等。據他們說，到了夜裏，他們就能

聽見那頭獵犬在荒原裏叫喚。剛才我是想知道，今晚上有沒有他們說的那種聲音。」

「我們沒聽見那種聲音，」我說道。

「那麼，按你的推測，這個可憐的傢伙是怎麼死的呢？」

「毫無疑問，他已經被擔驚受怕、風吹日曬的生活給逼瘋了。他瘋瘋癲癲地在荒原裏瞎跑，最後就在這兒摔斷了脖子。」

「聽起來，你這是最符合情理的一種解釋，」斯泰普頓說道，跟着就嘆了口氣，按我看倒像是鬆了口氣。「您怎麼看呢，歇洛克·福爾摩斯先生？」

我朋友欠了欠身，算是跟他打了個招呼。

「您認人認得真準，」他說道。

「自從華生醫生來了之後，我們這邊的人都覺得您早晚也會來的。您來得真是巧，剛好趕上了一場慘劇。」

「是啊，可不是嘛。毫無疑問，我朋友的解釋已經澄清了所有的事實。看樣子，明天回倫敦的時候，我得帶上一份不怎麼愉快的回憶了。」

「噢，您明天就要回去嗎？」

「我是這麼打算的。」

「依我看，您這次來，應該已經把困擾我們的那些事情理出一點兒眉目了吧？」

福爾摩斯聳了聳肩。

「誰也不可能次次都心想事成。辦案子得靠事實，傳說和流言不能算數。這件案子並沒有足夠的證據。」

說話的時候，我朋友用的是他最最開誠布公、最最漠不關心的口吻。斯泰普頓緊緊地盯着他看了一陣，然後才轉向了我。

「我本打算提議把這個可憐的傢伙抬到我家裏去，可我妹妹肯定會被他嚇得魂飛魄散，所以我覺得，這個法子行不通。依我看，咱們可以找點兒東西來蓋住他的臉，應該可以讓他完好無損地待到明天早上。」

我們按斯泰普頓說的安頓好了屍體，接下來，我和福爾摩斯謝絕了他的盛情邀請，舉步走向巴斯克維爾宅邸，博物學家只好獨自踏上了歸程。回頭一望，我倆看見他的身影正在寬廣的荒原之上慢慢遠去，在他的身後，灑滿銀光的坡地上留着一塊孤零零的黑色斑痕，標明了身罹如此慘禍的那個傢伙陳屍的地點。

第十三章
佈下羅網

　　「咱們終於跟他來了一次正面交鋒，」我倆一起穿過荒原的時候，福爾摩斯說道。「這傢伙的神經可真夠堅強的！剛才他發現自己的毒計害錯了人，心裏一定是驚駭到了極點，可是，他的表現簡直是鎮定極了。在倫敦的時候我就跟你說過，華生，眼下我還得再說一遍，咱們還從來沒碰上過比他更值得一鬥的敵手呢。」

　　「我覺得遺憾的是，他竟然看見了你。」

　　「剛開始我也這麼覺得。沒辦法，剛才我確實是避無可避。」

　　「按你看，知道你在這裏之後，他的計劃會有甚麼樣的變化呢？」

　　「這可能會讓他更加謹慎，也可能會驅使他立刻展開孤注一擲的行動。說不定，跟大多數腦子好使的罪犯一樣，他也把自己的腦子看得太過好使，自以為已經徹底地騙過了咱們。」

　　「咱們幹嗎不當場逮捕他呢？」

　　「親愛的華生啊，你可真是個天生的行動派。因為天性，你總是想採取一些雷厲風行的手段。不過，為說明問題起見，就當咱們今晚確實逮捕了他好了，那樣的話，究

竟能對咱們的事情有甚麼幫助呢？咱們拿不出任何可以指控他的證據。我說他狡猾得跟惡魔一樣，狡猾就狡猾在這個地方！如果他的爪牙是人類的話，咱們還有拿到證據的希望，可是，就算咱們能把那條大狗牽到光天化日之下，它恐怕也不能幫着咱們往它主人的脖子上套繩子。」

「咱們當然是有證據的。」

「連證據的影子都沒有——有的只是猜測和推斷。拿着這樣的說法和這樣的證據上公堂的話，咱們只能在哄笑聲中掃地出門。」

「查爾斯爵士的死亡就是一個證據。」

「他的屍體上沒有任何傷痕。你我二人知道他是被活活嚇死的，還知道他是被甚麼東西嚇死的，可是，怎麼才能讓十二名麻木不仁的陪審員跟咱們一樣知道呢？憑甚麼說現場有一頭獵犬？它的牙印在哪兒呢？咱們當然知道獵犬不會咬死屍，還知道查爾斯爵士沒等那頭畜生追到跟前就咽了氣。可是，光知道沒有用，咱們必須得給出證明，而這恰恰是咱們一時之間做不到的事情。」

「好吧，那麼，今天晚上的事情呢？」

「今天晚上的事情也比上一次強不了多少。跟上一次一樣，獵犬和這個人的死亡沒有直接的聯繫。咱們始終都沒有看見那頭獵犬，雖然聽見了它的聲音，但卻證明不了它確實是在追趕這個人。還有，犯罪動機也完全沒有着落。不成啊，親愛的伙計，咱們只能接受現實，一方面，咱們暫時沒有證據，另一方面，只要能拿到證據，咱們冒再大的風險也值得。」

「那麼，你打算通過甚麼方法來拿證據呢？」

「我相信勞拉・萊恩斯太太能給咱們提供不小的幫助，咱們只需要向她講清形勢就行了。除此之外，我自個兒也有一些計劃。明天的難處明天當 *，不過我希望，不等明天結束，我就能最終佔到上風。」

這之後，我再也沒法從他嘴裏撬出任何東西。他一邊走一邊沉思，一直走到了巴斯克維爾宅邸的大門口。

「你要進去嗎？」

「進去吧，我看我也沒必要再躲下去了。不過，華生，最後我還得囑咐你一句。千萬別跟亨利爵士提起獵犬的事情。關於瑟爾登的死因，就讓他接受斯泰普頓想讓咱們接受的那種解釋吧。這樣的話，他就能更加勇敢地迎接明天的考驗。明天的考驗是逃不掉的，原因在於，如果我沒記錯的話，你在報告裏説過，他明天得跟那些人一起吃飯 †。」

「還有我。」

「那你就得找出一個推託的理由，務必讓他一個人去。那樣的理由應該不難找。好啦，如果説晚餐已經趕不上了的話，依我看，咱們兩個肯定都做好了吃夜宵的充分準備。」

見到歇洛克・福爾摩斯的時候，亨利爵士顯得非常高

---

* 這句話是根據《聖經・新約・馬太福音》當中的「一天的難處一天當」改造而成的。

† 原文如此，不過，月夜看見陌生人和本週五吃飯的事情都出現在第九章引用的那份報告當中，而在第十二章當中，福爾摩斯曾經問華生是否在月夜裏看見了自己，似乎是沒看見第九章引用的那份報告。

興，同時倒並不怎麼驚奇，因為他本來就覺得最近的事情會讓福爾摩斯從倫敦趕過來，已經盼了好些天。話又說回來，當時他確實是挑了挑眉毛，因為他發現我朋友既沒有帶行李、也沒有解釋自己為甚麼沒帶行李。我和從男爵很快就給他湊了一套生活用品，接下來，我和福爾摩斯一邊享受遲來的夜宵，一邊向從男爵講述我倆的經歷，當然也只說了那些似乎是適合讓他知道的事情。不過，我首先得完成一件很不愉快的任務，那就是向巴里莫爾夫婦通報瑟爾登的消息。對於做丈夫的來說，這興許是一種徹徹底底的解脫，做妻子的卻用圍裙捂住了臉，哭了個死去活來。在世上所有人的眼裏，他都是一個半獸半魔的兇神惡煞，在她的眼裏，他卻始終是她少女時代見到的那個任性頑童、那個抓着她的手不放的小孩子。不知道得造下怎樣的罪孽，男人死的時候才得不到任何女人的哀悼。

「華生醫生一早就走了，害得我在家裏悶了一天，」從男爵說道。「我覺得我配得上幾句讚揚，理由是我守住了自己的諾言。要不是我答應過你們不單獨出門的話，這個晚上興許還能過得精彩一些呢，因為斯泰普頓捎了信給我，請我上他家去玩。」

「你要是去了的話，我肯定你這個晚上會過得精彩一些的，」福爾摩斯不痛不癢地說了一句。「對了，我們曾經以為你摔斷了脖子，還為你哀悼了一陣，這你肯定不知道吧？」

亨利爵士睜大了眼睛。「怎麼會這樣呢？」

「那個倒霉鬼穿的是你的衣服。要我說，你那個僕人

把衣服給了逃犯，警察恐怕會來找他的麻煩呢。」

「這倒不太可能。據我所知，我那些衣服並沒有任何標記。」

「這就是他的運氣了——實際上，這是你們所有人的運氣，因為在這件事情當中，你們都站到了法律的對立面。我真不知道，作為一名恪盡職守的偵探，我的首要職責是不是把這座宅子裏的人全抓起來。華生的那些報告就是極其有力的定罪證據。」

「可是，這件案子怎麼樣了呢？」從男爵問道。「你從這團亂麻當中理出甚麼頭緒了嗎？按我看，來到這裏之後，我和華生並沒有取得太多進展。」

「我覺得，要不了多久，我就可以讓你對案情有一個比以前清楚得多的概念。這件案子極其棘手、十分複雜，有幾個地方到現在還是漆黑一片——不過，光明遲早會來的。」

「我們有過一次奇怪的經歷，華生肯定已經跟你說了。我們在荒原裏聽見了獵犬的叫聲，所以我敢肯定，這絕不只是毫無根據的迷信。在西邊兒的時候，我跟狗兒打過一些交道，分辨得出它們的聲音。要是你能給那頭獵犬套上籠頭拴上鏈子的話，那我就可以發誓作證，你絕對是有史以來最偉大的偵探。」

「依我看，只要你能給我一點兒幫助，我就能讓它服服帖帖地套上籠頭、拴上鏈子。」

「你怎麼說我就怎麼辦。」

「很好，我還要求你悶頭接受我的指示，不要老是問東問西。」

「就按你説的辦。」

「你要能做到這一點的話，依我看，咱們這個小問題多半是可以迅速解決。我可以肯定——」

他突然打住話頭，直勾勾地盯着我頭頂的空氣。燈光照亮了他的臉，他的臉顯得如此專注、如此凝重，宛如一座輪廓分明的古典雕像，活脱脱是「機警」和「期盼」這兩個字眼兒的傳神寫照。

「怎麼啦？」我和爵士異口同聲地叫了起來。

他的目光回到了平視狀態，我發現他正在強自抑制內心的激動。他的面容依然沉靜如水，眼裏卻閃着一種興致盎然的喜悦光芒。

「請原諒，行家碰上佳作，難免會高興得有點兒失態，」他一邊説，一邊衝着對面牆上的那排肖像揮了揮手。「華生認為我對藝術一竅不通，可他的看法不過是出於嫉妒，不過是因為我跟他意見相左而已。説真的，這一系列肖像的水準非常之高。」

「呃，謝謝你的美言，」亨利爵士説道，略顯詫異地瞥了我朋友一眼。「這些事情我不敢冒充內行，因為我對牛啊馬啊比較熟悉，畫倒是不怎麼懂。以前我真不知道，你還有工夫理會這些事情。」

「好東西我還是看得出來的，眼前這些就是好東西。我敢肯定那一幅是內勒的傑作，就是那邊那位身穿藍色絲綢衣服的女士，這位戴假髮的矮胖紳士呢，多半是雷諾兹的手筆*。這些都是家族先輩的畫像，對吧？」

---

*　內勒 (Godfrey Kneller, 1646–1723) 為德裔英國肖像畫家；雷諾兹

「全部都是。」

「你知道他們的名字嗎？」

「巴里莫爾一直都在向我介紹，而我也可以説，我的記性還不錯。」

「拿着望遠鏡的那位紳士是誰呢？」

「那是巴斯克維爾海軍少將，他曾經在西印度群島服役，是羅德尼 * 的手下。那位身穿藍色大衣、手拿一卷文件的先生是威廉‧巴斯克維爾爵士，他曾經在皮特 † 的政府裏擔任下院委員會主席。」

「正對着我的這位保皇黨人，這位身穿黑天鵝絨禮服、衣服上飾有緞帶的紳士，他又是誰呢？」

「哦，你確實應該打聽打聽他的事情。他就是一切災禍的源頭，就是招來巴斯克維爾獵犬的那個邪惡雨果。我們是忘不了他的。」

我興致勃勃地緊盯着這幅肖像，心裏還覺得有點兒驚訝。

「我的天！」福爾摩斯説道，「他看着倒是挺沉靜、挺斯文的啊，不過我敢説，他的眼睛裏確實潛藏着一種邪惡。按我原來的想像，他應該更加強壯、更加猙獰才對呢。」

「畫中人的身份絕對不會錯，因為畫布背面有他的名字，還有『1647』這個年代。」

(Joshua Reynolds, 1723–1792) 為英國繪畫史上最有影響的畫家之一，也擅長肖像畫。

* 羅德尼 (George Rodney, 1718–1792) 為英國海軍將領，曾於 1782 年在西印度群島擊敗法國海軍。

† 皮特 (William Pitt the Younger, 1759–1806) 曾於 1783 至 1801 年及 1804 至 1806 年間兩度擔任英國首相。

福爾摩斯沒有再說甚麼，不過，他似乎對那個古代浪子的畫像着了迷，吃夜宵的時候，他的眼睛總是盯着那幅畫。等到亨利爵士回房之後，我才有機會了解他當時的思緒。他端着他臥室裏的蠟燭，領着我走回了餐廳，然後就把蠟燭高高舉起，照亮了牆上那幅沾滿歲月痕跡的畫像。

「你瞧出甚麼名堂了嗎？」

我看了看那頂飾有羽毛的寬邊帽子、額頭四周那些捲曲的髮綹、那個雪白的綢緞領子，又看了看圍在這些東西當中的那張一本正經的嚴肅面孔。他的面容並不兇殘，只是顯得格外地刻板、格外地嚴厲，薄薄的嘴唇繃得緊緊的，眼睛裏透着睚眥必報的寒意。

「他像不像你認識的某個人呢？」

「他的下巴跟亨利爵士有點兒像。」

「有那麼一點點像，也許吧。不過，等一等！」他站到一把椅子上，用左手端着蠟燭，又把右胳膊彎成弧形，遮住了那頂寬邊帽子和那些長長的捲曲髮綹。

「天哪！」我驚得叫了起來。

斯泰普頓的面孔躍然出現在了畫布之上。

「哈，現在你看出來了吧。我的眼睛受過特殊的訓練，注意的是面孔本身，而不是面孔周圍的花邊。識破偽裝的本事是一名罪案調查人員必須具備的基本素質。」

「不過，這件事情真是太神奇了，它活脫脫就是斯泰普頓的畫像嘛。」

「沒錯，這是返祖現象的一個有趣實例，從肉體和精神兩方面來看都是如此。要是對家族肖像進行一番研究

的話，你簡直會覺得投胎轉世的說法確有其事哩。顯而易見，那個傢伙是巴斯克維爾家族的後人。」

「而且懷有奪取繼承權的圖謀。」

「一點兒不錯。肖像帶來的幸運發現給咱們提供了一個缺失的環節，澄清了案子當中最為明顯的一個疑點。咱們逮住他了，華生，真的逮住他了。我敢跟你發誓，明晚之前，他就會在咱們的網子裏撲騰，像他自個兒的那些蝴蝶一樣有翅難飛。再加上一枚大頭針、一片軟木和一張卡紙，咱們就可以把他送進貝克街的標本陳列室了！」轉身離開畫像的時候，他爆發出了一陣少有的狂笑。他的笑聲我聽得不多，每次聽見的時候，總是意味着有人已經大禍臨頭。

第二天，我一大早就起了床，福爾摩斯的動作卻比我還要快，因為我還在穿衣服，就看見他沿着馬車道走了回來。

「是啊，咱們今天的日程排得滿滿當當，」他說了一句，然後就開始搓起手來，充滿了躍躍欲試的喜悅。「網子已經全部下好，眼看着就該往回拉了。今天咱們就能見到分曉，究竟是咱們逮到了那條碩大的尖嘴狗魚＊，還是他最終破網而逃。」

「你已經到荒原裏去過了嗎？」

「我到格林盆村去發了封電報，向王子鎮監獄通報

＊　狗魚 (pike)，拉丁學名 *Esox lucius*，是北半球常見的一種大型食肉淡水魚，長有鴨嘴似的長吻；福爾摩斯用這個比喻，是因為前文中說過斯泰普頓「下巴又長又尖」。

了瑟爾登的死訊。依我看，眼下我可以打包票，你們都不會因為這件事情惹上麻煩。除此之外，我還跟我那個忠實的卡特萊特取得了聯繫。如果我不讓他知道我安然無恙的話，他肯定會在我那座石屋的門口憔悴而死，就像狗兒守着主人的墳墓一樣。」

「下一步做甚麼呢？」

「去見亨利爵士。哈，他已經來了！」

「早上好，福爾摩斯，」從男爵說道。「瞧你的樣子，真像個跟參謀長一起籌劃戰役的司令官哩。」

「事實也的確如此，華生正在向我請戰呢。」

「我也是。」

「好極了。據我所知，你已經有約在先，今晚得跟咱們的朋友斯泰普頓兄妹一起吃飯。」

「我希望你也一塊兒去。他們非常好客，見到你肯定會非常高興的。」

「可是，我和華生恐怕得回倫敦去。」

「回倫敦？」

「是啊，我覺得，在目前這個節骨眼兒上，我倆回倫敦會更有用。」

從男爵的臉明顯地長了一截。

「我還指望着你陪我度過這道難關呢。一個人待着的話，這座宅邸和這片荒原都不是甚麼特別愜意的地方。」

「親愛的伙計，你必須毫無保留地相信我，一絲不苟地執行我的指示。你不妨告訴你的朋友，說我倆非常想跟你一起去，只可惜突然碰上了一件急事，不得不返回倫

敦。不出意外的話，我倆很快就會再次來到德文郡。你一定得把這條口信捎給他們，沒問題吧？」

「如果你堅持的話。」

「只能這麼辦，我明確地告訴你。」

看着從男爵烏雲密佈的額頭，我知道他覺得自己遭到了我倆的遺棄，由此受到了極大的傷害。

「你們打算甚麼時候走呢？」他冷冰冰地問道。

「吃完早飯就走。我們會坐馬車去庫姆·特拉西村，不過呢，華生會留下他的行李，以此表明他肯定會回到你的身邊。華生，你得給斯泰普頓寫張便條，跟他說你非常抱歉、沒法去他家赴宴。」

「我非常樂意跟你們一起去倫敦，」從男爵說道。「為甚麼要讓我獨自留在這裏呢？」

「因為這裏是你的崗位，還因為你已經答應要遵從我的指示，而我的指示就是讓你留下。」

「這麼說的話，好吧，我留下就是。」

「還有一條指示！我希望你坐馬車去梅里陂宅邸，只不過，跟着你就得把馬車打發回來，讓他們知道你打算走路回家。」

「走路穿過荒原？」

「是的。」

「可是，這正是你三番五次警告我不能幹的事情啊。」

「這一次你可以這麼幹，不會有甚麼安全問題。如果不是對你的意志和勇氣滿懷信心的話，我是不會提出這

個建議的，話又說回來，你一定得這麼做，這一點至關重要。」

「遵命就是。」

「還有，如果你不把自個兒的性命當作兒戲的話，穿過荒原的時候就一定得走平常回家的那條路線，也就是連接梅里陂宅邸和格林盆大路的那條直路，別的路都不能走。」

「你怎麼說我就怎麼做。」

「好極了。早飯之後，我打算盡快動身，這樣的話，今天下午就能趕到倫敦了。」

我當然記得，福爾摩斯昨晚跟斯泰普頓說過，他今天就要打道回府，即便如此，他眼下的這些安排還是讓我大吃一驚。之前我完全沒有想到，他竟然會讓我跟他一起離開，而我也理解不了，在這樣一個他自己都說是生死關頭的嚴峻時刻，我倆怎麼可以同時缺席。不過，除了絕對服從之外，我並沒有甚麼別的選擇。這麼着，我和福爾摩斯辭別了那位滿腹怨言的朋友，兩個鐘頭之後就趕到了庫姆・特拉西車站，把馬車打發回了宅邸。一個身材瘦小的少年正在站台上等我們。

「有何吩咐，先生？」

「你就坐這趟火車回倫敦，卡特萊特。到倫敦之後，你馬上以我的名義給亨利・巴斯克維爾爵士發一封電報，問他有沒有看到我落在他那裏的記事本，看到的話，就通過掛號郵件把它寄回貝克街。」

「好的，先生。」

「你上車站郵局去問問，看看有沒有我的電報。」

少年拿着一封電報跑了回來，福爾摩斯把電報遞給了我，電文如下：

電報收悉，即攜空白拘票前來。五時四十分抵達。

雷斯垂德

「今早我給雷斯垂德發了電報，這就是他的回電。我認為他是官方探員當中的佼佼者，咱們興許會需要他的幫助。好了，華生，依我看，要打發接下來的時間，最好的方式就是去拜訪你的那位熟人，勞拉·萊恩斯太太。」

他的作戰計劃漸漸地有了眉目。看樣子，他的打算是通過從男爵來讓斯泰普頓夫婦相信我倆確已離開，實際呢，一旦形勢需要，我倆就可以立刻使出一記回馬槍。如果亨利爵士在席間提到了卡特萊特從倫敦發回的電報，必定可以徹底打消斯泰普頓夫婦的殘留疑慮。想到這裏，我恍惚看到，我們的羅網正在那條尖嘴狗魚的四周越收越緊。

我倆趕到勞拉·萊恩斯太太的打字行，在那裏找到了她，歇洛克·福爾摩斯一上來就毫不含糊地挑明了主題，着實讓她吃了一驚。

「我正在調查已故的查爾斯·巴斯克維爾爵士死亡之時的情形，」他說道。「關於您上次提供的相關情況，以及您隱瞞不提的情況，我朋友華生醫生都已經告訴了我。」

「我隱瞞了甚麼情況呢？」她用挑釁的口吻問道。

「您已經承認，您曾經請求查爾斯爵士晚上十點在邊

門那裏等您，咱們也都知道，您這個請求跟他的死亡在時間和地點上完全一致。您隱瞞不提的情況是這些事件之間的聯繫。」

「這些事件之間壓根兒就沒有任何聯繫。」

「這樣說的話，事情就真是巧得出奇了。可我倒是覺得，我們終歸還是可以找出一點兒聯繫的。我不打算跟您繞任何彎子，萊恩斯太太。我們認為這是一起謀殺，與此同時，相關的證據已經表明，事情不光有可能牽連到您的朋友斯泰普頓，還有可能牽連到他的妻子。」

女士從椅子上跳了起來。

「他的妻子！」她大叫一聲。

「這個事實已經不是秘密了。你們認為是他妹妹的那個人實際上是他妻子。」

萊恩斯太太已經坐回原位，眼下正用雙手緊抓着椅子的扶手，因為太過用力，她粉色的指甲已經變成了白色。

「他的妻子！」她又喊了一聲。「他的妻子！他沒有結婚啊。」

歇洛克・福爾摩斯聳了聳肩。

「拿出證明來！拿出證明來！如果您真的拿出了證明的話——！」她打住了話頭，眼裏的熊熊火光卻比任何言辭都更能說明問題。

「我既然來了，自然拿得出證明，」福爾摩斯一邊說，一邊從口袋裏掏出了幾張紙。「喏，這是他們兩口子四年前在約克＊照的相片，相片下面寫的雖然是『范德勒先生

＊　約克 (York) 為英格蘭北部一座歷史悠久的重要城市。

及太太』，可您肯定能一眼認出他來，他的太太也是一樣，如果您見過她的話。這是三份關於范德勒先生和太太的文字描述，來自三位親眼見過他們夫婦的可靠證人，他們夫婦當時是聖奧利弗公學的東家。讀一讀吧，看看您對他們的身份還有沒有甚麼疑問。」

她掃了一眼那些文件，跟着就抬頭看着我倆，臉上帶着絕望女人那種僵硬決絕的表情。

「福爾摩斯先生，」她說道，「這個男人曾經告訴我，如果我能跟我的丈夫離婚的話，他就會和我結婚。他跟我撒了謊，好一個惡棍，他從來沒對我說過一句實話，謊話倒是說了個遍。可這是為甚麼——為甚麼呢？我本來以為，他的殷勤是因為他看上了我這個人。現在我明白了，我一直都只是他手裏的一枚棋子。他從來不曾以誠相待，我幹嗎要對他忠心耿耿呢？我幹嗎要替他遮遮掩掩、讓他那些歹毒的行為逃脫懲罰呢？您儘管問吧，甚麼我都不會隱瞞。有件事情我可以向您發誓，寫那封信的時候，我絕對沒有傷害那位老紳士的意圖，他可是待我最仁慈的朋友啊。」

「我完全相信您，太太，」歇洛克・福爾摩斯說道。「對您來說，講述那些事情想必是一種莫大的痛苦，不如由我來講給您聽，出入特別大的地方請您指正，這樣的話，您興許會好受一些。您寫那封信，主意是斯泰普頓出的吧？」

「我是照他的口授寫的。」

「照我看，叫您寫信的時候，他給出的理由應該是，

這樣您就可以從查爾斯爵士那裏得到離婚所需的訴訟費，對吧？」

「沒錯。」

「等到您把信寄出去之後，他又勸您不要去赴約，對吧？」

「他跟我說，如果讓其他男人來為這樣的事情提供資助的話，他會覺得面子上過不去。他還說，他本人雖然並不富裕，可他願意花光最後一個子兒來掃清分隔我倆的障礙。」

「看樣子，他的言行倒是非常一致嘛。這之後，直到您在報紙上讀到爵士的死訊之前，您再也沒聽到他的消息吧？」

「沒聽到。」

「然後他就讓您發誓，絕口不提您和查爾斯爵士之間的約定，對吧？」

「是的。他告訴我，爵士死得不明不白，如果約定的事情傳出去的話，我肯定會惹上嫌疑。讓他這麼一嚇，我甚麼都不敢說了。」

「確實如此。不過，您應該也起了一點兒疑心吧？」

她遲疑了一下，眼睛看着地面。

「我知道他是個甚麼樣的人，」她說道。「可是，如果他以誠相待的話，我也會對他忠心耿耿的。」

「依我看，總的說來，您真可以說是幸免於難，」歇洛克‧福爾摩斯說道。「您掌握了他的秘密，而他也知道這一點，可您居然還好端端地活在世上。這幾個月當中，

您一直都是在懸崖邊上晃悠呢。好了，我們得跟您告辭了，萊恩斯太太，十之八九，您很快就會再次收到我們的消息。」

「咱們這件案子已經辦得非常妥帖了，難題一個接一個地在咱們面前迎刃而解，」我倆站在月台上迎候倫敦開來的快車，福爾摩斯開口說道。「用不了多久，我就可以把當代最離奇古怪、最聳人聽聞的一件罪行從頭到尾揭露出來。研究犯罪學的學者應該能記起一些類似的案例，其中之一就是一八六六年發生在小俄羅斯格羅德諾*的那件案子，當然還有美國北卡羅萊納州的安德森多重謀殺案，話說回來，這件案子終歸具有一些獨一無二的特徵。即便到了現在，咱們也拿不出明確的證據來指控這個詭計多端的傢伙。不過，如果咱們的證據到今晚上床的時候都還是不夠明確的話，那我可真要大吃一驚了。」

倫敦開來的快車咆哮着駛入車站，一個短小精悍、長相如同牛頭犬†的男人從一節頭等車廂裏跳了出來。我們三人彼此握手，而我立刻注意到了雷斯垂德打量我同伴的敬重眼神，這樣看來，跟他倆初次合作的時候相比，雷斯垂德已經學乖了很多。我記得非常清楚，他倆剛剛開始合作的時候，這位講求實際的探員還總是拿白眼來對待這位演繹專家的種種理論哩。

---

* 原文如此，不過，「小俄羅斯」(Little Russia) 是今天烏克蘭大部分領土的舊稱，曾經也可以泛指烏克蘭全境，格羅德諾 (Grodno) 卻在今天的白俄羅斯。

† 本系列各處對於雷斯垂德長相的描述並不完全一致，不過，《第二塊血跡》當中也說他有一張「牛頭犬一般的面孔」。

「有甚麼好事嗎？」他問道。

「好些年都不曾有過的大好事，」福爾摩斯説道。「咱們還有兩個小時的空閒，之後就得考慮出發了。依我看，咱們不妨利用這段時間吃頓晚飯，然後呢，雷斯垂德，我們就領你去享受一下達特莫爾荒原純淨的夜間空氣，好把倫敦的煙霧從你的喉嚨裏清出來。你沒來過這兒，是嗎？好極了，要我説，這一次的初游肯定會讓你沒齒難忘。」

第十四章
巴斯克維爾的獵犬

　　歇洛克・福爾摩斯有個毛病，當然嘍，前提是你真覺得這是個毛病，那就是守口如瓶，不到計劃實現的那一刻，他死也不肯向任何人透露自己的全盤計劃。一方面，毋庸諱言，這是因為他自身那種頤指氣使的主子性情，因為他喜歡居高臨下地對待周圍的人、喜歡讓周圍的人目瞪口呆；另一方面，這也是因為他專業上的謹慎態度，因為他必須做到萬無一失。可是，對於他的僚屬和助手來説，他這種做法實在是對耐性的極大折磨。我已經多次領教過這樣的滋味，哪一次卻都不像這次黑暗之中的漫長旅程這麼難熬。前方就是那場極其嚴峻的考驗，我們也終於來到了即將發出最後一擊的緊要關頭，福爾摩斯卻連一句交代也沒有，以致我只能自個兒猜測，他究竟要採取怎樣的行動路線。到最後，寒風撲上了我們的臉龐，黑暗荒蕪的土地出現在了狹窄道路的兩邊，説明我們已經再一次踏進荒原，這時候，我全身的神經都焦灼得震顫起來。馬兒的每一次邁步、車輪的每一次轉向，都讓我們更加逼近那場決定命運的終極冒險。

　　四輪馬車是租來的，我們談話的時候不能不顧忌車夫的存在，這樣一來，我們的神經雖然被激動和焦灼繃得跟

弓弦似的，嘴裏卻只能扯一些雞毛蒜皮的事情。到最後，我總算是從這種極不人道的限制當中得到了解脫，因為我們終於把弗蘭克蘭家的房子甩在身後，由此知道我們正在逼近巴斯克維爾宅邸、逼近展開行動的地點。我們沒有駛進宅邸，而是在庭院大門附近下了車。付過車錢、吩咐車夫立刻返回庫姆・特拉西村之後，我們便徒步走向梅里陂宅邸。

「你帶武器了嗎，雷斯垂德？」

小個子探員笑了起來。

「只要我穿着褲子，屁股後面就有個兜，只要屁股後面有個兜，裏面就總得塞點兒東西。」

「好極了！我和我朋友也都做好了應付緊急情況的準備。」

「這一回，你的口風可真是夠緊的，福爾摩斯先生。眼下該採取甚麼行動呢？」

「伺機而動。」

「說實在的，這可不像是一個特別愜意的好地方，」探員打了個寒戰，一邊說話，一邊打量周圍那些昏暗的山坡，打量格林盆大泥潭上方那片大澤一般的霧氣。「咱們前方有一座房子，我已經瞧見燈光了。」

「那就是梅里陂宅邸，也是咱們這次旅程的終點。我要求你們必須踮起腳尖走路，說話的音量也不能超過耳語。」

我們小心翼翼地沿着小徑往前走，似乎是以那座房子為目的地。離房子還有約摸兩百碼的時候，福爾摩斯卻叫住了我們。

「到這兒就行了，」他説道。「右邊的這些石頭可以給咱們提供絕佳的掩護。」

　　「咱們就在這兒等着嗎？」

　　「是啊，咱們就在這兒設下小小的埋伏。到這片窪地裏來，雷斯垂德。華生，那座房子你進去過，對嗎？你能給我講講裏面的房間是怎麼分佈的嗎？房子這一頭的那些格子窗屬於哪個房間呢？」

　　「我看應該是廚房的窗子。」

　　「旁邊那扇燈火輝煌的窗子呢？」

　　「當然是餐廳嘍。」

　　「餐廳的百葉簾沒有拉上。你最了解這兒的地形，現在就悄悄地摸過去，瞧瞧他們在幹甚麼——不過，看在老天份上，你可千萬別讓他們發現有人監視！」

　　我躡手躡腳地沿着小徑往前走，俯身藏到一堵低矮的圍牆後面，牆裏就是宅子周圍那片病快快的果樹林。我在圍牆的陰影裏悄悄行進，最終找到了一個絕佳的位置，正對着那扇沒掛簾帷的窗子，可以直接看到房裏的情形。

　　房間裏只有兩個人，一個是亨利爵士，一個是斯泰普頓。他倆側對着我，分坐在一張圓桌的兩邊。兩個人都在抽雪茄，面前還擺着咖啡和葡萄酒。斯泰普頓正在侃侃而談，從男爵卻顯得面色蒼白、心不在焉。興許，他這是想到自己將要孤身穿過不祥的荒原，心裏面覺得非常沉重吧。

　　在我的注視之下，斯泰普頓站起身來走出了房間，亨利爵士則把自己的杯子斟滿，靠到椅子背上吞雲吐霧。我

聽到了一道門的吱呀響動，然後就是靴子踩上礫石的清脆聲響。我藏身的這堵牆裏側有一條小徑，腳步聲從我前方經過，沿着小徑漸漸遠去。隔着牆頭望去，我發現博物學家停在了果樹林角落裏一座小屋的門口。他用鑰匙打開屋門，走進小屋，屋裏傳來了一陣奇怪的雜沓聲響。他只在屋裏待了一分鐘左右，跟着我又一次聽見鑰匙轉動門鎖的聲音，聽見他從我前方經過，回到了宅子裏。看到他再一次和客人坐到了一起，我便悄無聲息地摸回同伴們潛伏的地點，把我的見聞告訴了他們。

「你是說，華生，那位女士沒在那裏嗎？」等我報告完畢之後，福爾摩斯問道。

「沒在。」

「除了廚房之外，別的房間都沒有燈光啊，她還能在哪兒呢？」

「我想不出她在哪兒。」

剛才我已經講到，格林盆大泥潭上方懸着一片濃厚的白霧。到這會兒，白霧朝我們這邊慢慢地飄了過來，彷彿是從那個方向推移過來的一堵牆，牆雖然不高，但卻非常厚，輪廓也很清晰。月光照耀之下，白霧就像是一片閃閃發亮的寬廣冰原。遠處的一座座山崖只有峰頂露在白霧之上，宛如冰原之中的一塊塊突起岩石。福爾摩斯轉頭對着那片霧氣，看着它緩緩地飄動，不勝其煩地咕噥了幾句。

「霧正在往咱們這邊飄啊，華生。」

「這事情很嚴重嗎？」

「非常嚴重，真的——世上就這麼一件事情能夠打亂

我的計劃。照眼下看,他應該待不了多久才對,已經十點鐘了呢。咱們能不能成功,甚至是他能不能保住性命,興許都得看他會不會趕在霧氣罩住小徑之前走出屋子。」

頭頂的夜空清朗澄澈,星星閃着明亮的冷光,周遭的一切都籠罩在半圓月亮柔和朦朧的光線之中。我們的前方是那座宅子的駿黑輪廓,參差的屋頂和櫛比的煙囪清晰鮮明地映現在銀光閃爍的天空裏。一道道寬闊的金色光束從底樓的窗子裏透出來,照進了果園和荒原。其中的一道突然熄滅,原來是僕人們離開了廚房。剩下的只有餐廳裏的那盞孤燈,暗藏殺機的主人和懵然不覺的客人還在那裏一邊抽煙一邊閒聊。

毛茸茸的白色地氈遮沒了荒原的一半,一刻不停地飄向那座房子。到這會兒,最前端的稀薄霧氣已經開始裊裊流過餐廳的窗子,流過那個金色的方塊。果園的後牆已經看不見了,果樹四周白氣繚繞。看着看着,縷縷霧氣就從宅子的兩端爬了過來,慢慢地聚成了一道厚厚的雲霧牆垣,宅子的二樓和屋頂浮在雲端,彷彿是航行在昏暝海洋之中的一艘怪船。見此情景,福爾摩斯狠狠地拍了拍我們前方的那塊岩石,焦躁地跺起腳來。

「他怎麼還不出來,一刻鐘之內,霧氣就會蓋住小徑,半個小時之後,這裏就該伸手不見五指了啊。」

「咱們要不要往後退,到地勢高一點兒的地方去呢?」

「好吧,這樣也好。」

這一來,霧牆步步逼近,我們則節節後退,一直退到

了離宅子半英里開外的地方。可是，那片厚重的白色海洋仍然在不依不饒地慢慢湧向我們，月光把海水的上緣鍍成了銀色。

「再走就太遠了，」福爾摩斯說道。「他有可能走不到我們這裏就被那傢伙追上，那樣的風險咱們可承擔不起。不管怎麼樣，咱們必須堅守在目前的這個位置。」說到這裏，他跪了下去，把耳朵貼到了地面。「謝天謝地，我覺得我聽到了他走過來的腳步聲。」

寂靜的荒原裏響起了急匆匆的腳步聲。我們蜷在岩石後面，全神貫注地盯着前方那一堵鑲着銀邊的霧牆。腳步聲越來越響，我們守候的那個人從帷幕一般的霧氣之中走了出來。突然看到了星光璀璨的清朗夜色，他驚訝地四下張望了一番，然後就沿着小徑疾步走來，從我們的近旁走過，開始順着我們後方的那道漫長斜坡往上爬。他一邊走，一邊不停地往兩邊看，顯然是十分慌亂。

「噓！」福爾摩斯喝道，隨之而來的就是他扳動手槍擊鐵的清脆聲響。「注意！它來了！」

緩緩爬行的霧牆中央傳來了一陣又細又脆、連續不斷的啪嗒聲響。到這會兒，霧牆已經推進到了離我們的藏身之所不到五十碼的地方，我們三個直勾勾地盯着霧牆，不知道會有甚麼樣的恐怖物事從裏面蹦出來。我緊挨在福爾摩斯身邊，此時便瞥了一眼他的臉。他那張蒼白的臉龐堆滿喜色，雙眼在月光之中炯炯發亮。突然之間，他猛一瞪眼，死死地盯住前方的甚麼東西，驚愕地張開了嘴巴。與此同時，雷斯垂德發出一聲驚恐的叫喊，一頭栽在了地

上。我一躍而起，僵硬的手抓住了手槍，腦子裏卻一片茫然，因為我看到了從陰沉霧氣之中躥出來的那個可怕影像。那確實是一頭獵犬、一頭通體漆黑的碩大獵犬，同時又跟世上有過的任何獵犬都不一樣。它張開的大嘴噴着火焰，眼睛裏閃着幽幽的暗火，鼻子、頸毛和脖子上的皺褶也映照着搖曳的火光。它駿黑的軀體和獰惡的臉孔衝破霧牆撲入我們的眼簾，即便是在瘋子的癲狂夢境之中，也不會有甚麼東西能比它更加猙獰可怖、更加兇神惡煞、更加怵目驚心。

那頭黑色的大傢伙緊緊跟隨着我們那位朋友的腳步，沿着小徑縱身飛撲，一步就是老遠的距離。一時之間，我們都被這個鬼怪似的畜生嚇得動彈不得，沒等我們回過神來，它已經從我們面前跑了過去。緊接着，我和福爾摩斯同時開火，那頭畜生發出一聲恐怖的哀嚎，說明它至少是吃了一顆子彈。可它繼續撲向前方，並沒有就此止步。我們看到小徑遠處的亨利爵士已經回過頭來，慘白的臉龐灑滿月光，只見他嚇得雙手高舉，直愣愣地瞪着那頭正在追獵自己的可怖畜生，神情無比絕望。

不過，獵犬的痛苦哀嚎已經驅散了我們心裏的所有恐懼。既然槍彈傷得了它，那它必然是凡間的生物，既然我們傷得了它，當然也要得了它的命。一生之中，我從來都沒見過有哪個人跑得像那天晚上的福爾摩斯那麼快。我是大家公認的飛毛腿，可他遠遠地甩開了我，就像我遠遠地甩開了那位小個子官方探員一樣。我們沿着小徑飛速奔跑，前方不斷傳來亨利爵士的尖叫和那頭獵犬的深沉咆

哮。我跑到的時候，剛好看到那頭畜生撲向受害人，把受害人掀倒在地，低頭去撕咬他的喉嚨。轉眼之間，福爾摩斯已經將左輪手槍裏剩下的五顆子彈*悉數打進了那頭畜生的肚子。那頭畜生發出最後一聲痛苦的嗥叫，惡狠狠地衝着空氣咬了一口，滾倒在地，四條腿向着天空瘋狂地蹬了一陣，跟着就身子一側，軟綿綿地倒了下去。我氣喘吁吁地俯下身子，用手槍頂住了它那顆微光閃爍的可怕頭顱。扣動扳機不再有任何必要，巨型獵犬已經一命嗚呼。

亨利爵士不省人事地躺在剛才摔倒的地方。我們扯開他的衣領，福爾摩斯喃喃地向上蒼道了句謝，因為我們發現他脖子上沒有傷口，說明這一次的拯救行動還算及時。到這會兒，我們這位朋友的眼皮已經開始顫抖，身子也有氣無力地動了一下。雷斯垂德趕緊把他的白蘭地酒壺塞到了從男爵嘴裏，從男爵睜開雙眼，驚恐地仰視着我們。

「天哪！」他的聲音低得如同耳語。「那是甚麼東西？老天啊，那究竟是甚麼東西？」

「不管它是甚麼東西，總之已經一命嗚呼，」福爾摩斯說道。「我們已經一勞永逸地消滅了你們家的鬼怪。」

單從個頭和力量來看，攤在我們眼前的這頭畜生就已經可以用恐怖這個詞來形容。它既不是純種的尋血獵犬，也不是純種的獒犬，看樣子倒是兩者結合的產物——瘦削、兇蠻，個頭跟一頭小母獅差不多。即便它已經直挺挺地死在了地上，藍幽幽的火焰似乎還在從它那張大嘴裏面往外流淌，火光也依然在它那雙又小又深的兇殘眼睛周圍

---

* 左輪手槍的彈倉通常分為六格，可以裝六顆子彈。

閃爍。我伸手摸了摸它那個光閃閃的鼻頭，抬起手來的時候，我自個兒的手指也冒起煙來，還在黑暗之中閃出了微微的亮光。

「磷，」我說道。

「經過精心調配的磷，」福爾摩斯一邊說，一邊聞了聞那條死狗。「它沒有任何氣味，因此就不會影響這條狗追蹤氣味的本領。我們讓你受了這麼大的驚嚇，亨利爵士，真該給你賠一萬個不是。我本以為要對付的只是一頭普通的獵犬，沒想到會是這樣的一頭畜生，再加上起了霧，我們一時之間就沒能反應過來。」

「你救了我的命啊。」

「那也是在一手造成你的生命危險之後。你站得起來嗎？」

「再給我來一口白蘭地，我應該就可以徹底緩過來了。行了！好了，麻煩你扶我起來吧。接下來你打算怎麼辦呢？」

「接下來我打算把你一個人留在這兒。以你現在的身體狀況，今晚已經不適合再折騰了。你在這兒等一等，我們當中會有人送你回宅邸的。」

爵士掙扎着想要站起來，可他的臉色仍然白得跟死人一樣，四肢也不停地打着哆嗦。我們把他扶了起來，讓他坐到一塊石頭上。他用雙手捂住了自己的臉，坐在那裏瑟瑟發抖。

「我們必須得走了，」福爾摩斯說道。「剩下的工作必須完成，片刻都不能耽誤。案子已經破了，只需要把犯

人抓來，咱們就算是大功告成。」

「咱們要想在他的宅子裏找到他，機率只有千分之一，」我們沿着小徑疾步走向宅子的時候，福爾摩斯接着說道。「他肯定聽到了剛才的槍聲，知道自個兒的戲已經唱完了。」

「剛剛那會兒，咱們跟宅子之間還有那麼一點兒距離呢，再說了，霧氣也會有隔音的作用。」

「他肯定是跟在獵犬後面，等着把它喚回去，這一點絕不會有甚麼疑問。不成，不成，他這會兒肯定已經跑了！不過，咱們還是去搜搜他的宅子，就當是確認一下吧。」

宅子的前門開着，我們一擁而入，急匆匆地在各個房間裏穿進穿出。過道裏站着一個顫顫巍巍的老年男僕，目瞪口呆地看着我們。除了餐廳以外，別的房間都是黑燈瞎火，即便如此，福爾摩斯還是抄起提燈，把整座宅子搜了個遍。哪裏都沒有我們那個追緝對象的蹤跡，不過，上了二樓之後，我們發現有一間臥室的門是鎖着的。

「裏面有人，」雷斯垂德大聲喊道。「我聽見裏面有動靜。快把門弄開！」

裏面傳來一聲微弱的呻吟和一陣窸窣的響動，福爾摩斯一腳踹在門鎖上方，門一下子開了。我們三個端槍在手，一齊衝進了房間。

我們本以為會看見那個走投無路的兇悍匪徒，房間裏卻沒有他的蹤影。擺在我們眼前的只有一個極其古怪、極其出人意料的物件，驚得我們目瞪口呆，一下子愣在了那裏。

房間裏的陳設跟一座小型博物館差不多，四壁排滿了帶有玻璃頂蓋的櫃子，櫃子裏裝滿了蝴蝶和飛蛾的標本，那個很不簡單的危險人物正是以搜集這些標本作為消遣。房間中央有一根豎直的木樁，木樁顯然是以前的某個時候支起來的，作用則是支撐那根年代久遠的梁木，梁木橫貫屋頂，已經遭了蟲蛀。木樁上捆着一個人，全身上下橫七豎八地綁滿了各種布片，一時之間看不出是男是女。一條毛巾把這人的脖子綁在了木樁上，另一條則捂住了這人的下半邊臉，毛巾上方是一雙黑色的眼睛，正在直愣愣地回視我們，眼睛裏充滿了悲傷和恥辱，還帶着一種咄咄逼人的質問神情。片刻之後，我們已經扯掉捂嘴的毛巾，解開所有的綁縛，出溜到地板上的不是別人，正是斯泰普頓太太。她美麗的頭顱耷拉在了胸前，而我立刻看見，她脖子上有一道清晰的紅色鞭痕。

「好一頭畜生！」福爾摩斯叫道。「喂，雷斯垂德，把你的白蘭地酒壺拿來！扶她到椅子上去！她暈過去了，肯定是虐待和虛脫造成的。」

她重新睜開了眼睛。

「他安全了嗎？」她問道。「他逃脫了嗎？」

「他不可能從我們手裏逃脫的，太太。」

「不，不是，我不是問我丈夫。亨利爵士呢？他安全了嗎？」

「是的。」

「那頭獵犬呢？」

「死了。」

她欣喜地長吁了一口氣。

「謝天謝地！謝天謝地！噢，這個惡棍！瞧瞧他是怎麼對我的吧！」她兩手一伸，兩隻青一塊紫一塊的胳膊從袖管裏露了出來，看得我們驚駭不已。「這還不算甚麼——甚麼也不算！我的心地和靈魂才真正地遭到了他的折磨和污辱。虐待也好、孤獨也好、掩人耳目的生活也好，一切的一切我都可以忍受，只要我心裏還能保存着一點兒希望，只要我還能感覺到他的愛。可是，現在我明白了，就連他的愛也是假的，我不過是他的棋子、不過是他的工具而已。」說着說着，她痛心疾首地啜泣起來。

「既然您已經和他恩斷義絕，太太，」福爾摩斯說道。「那就把他的下落告訴我們吧。如果您曾經幫助他為非作歹，眼下就幫幫我們，算是一種補償吧。」

「他只能往一個地方逃，」她回答道。「泥潭中央的小島上有一個廢棄的錫礦，他平常就把獵犬藏在那裏，還把那裏拾掇成了一個臨時救急的避難所。他肯定是逃到那裏去了。」

外面的霧牆如同一張白色的羊毛掛毯，把窗子捂得嚴嚴實實，福爾摩斯舉起提燈照了照。

「瞧，」他說道。「今天晚上，誰也不可能找到進入格林盆大泥潭的路徑。」

女士拍手大笑，眼睛和牙齒都閃閃發亮，訴說着一種狂野的喜悅。

「他也許能找到進去的路，再想出來就不可能了，」她高聲喊道。「今天晚上，他怎麼看得見那些指引道路的

木棍呢？那些木棍是穿過泥潭的路標，還是我跟他一起插的呢。噢，要是我今天白天把它們都給拔了就好了。那樣的話，他真的只能聽憑你們處置了！」

顯而易見，大霧散去之前，追緝行動不會有任何效果。於是我們就讓雷斯垂德守着宅子，我和福爾摩斯則把從男爵送回了巴斯克維爾宅邸。斯泰普頓夫婦的事情已經無法隱瞞，我們不得不告訴從男爵，他深愛的女人有着怎樣的身世。他倒是勇敢地捱過了這樣的打擊，然而，晚間的恐怖經歷徹底地摧垮了他的神經，當夜他就開始在高燒之中胡言亂語，不得不接受莫蒂默醫生的治療。他倆打算一起去環遊世界，借此幫助亨利爵士恢復入主這座不祥宅邸之前的狀態，讓那個健康熱忱的小伙子回到他的身上。

通過這個離奇的故事，我希望讓讀者諸君看到那些長時間籠罩我們生活的莫名恐懼和曖昧猜疑，看到那個無比慘烈的結局。寫到這裏，故事已經臨近尾聲。獵犬斃命的第二天早上，大霧已經散去，在斯泰普頓太太的引領之下，我們找到了他們夫妻倆以前發現的那條穿越泥潭的小徑。看到這個女人歡天喜地、迫不及待地帶領我們去緝拿自己的丈夫，我們對她的痛苦生活又多了一層體會。我們讓她留在了小徑的起點，那是一片泥炭形成的堅實土地，如同一個狹窄的錐形半島，深深地楔入了寬廣的泥潭。從半島的末端開始，前方出現了東一根西一根的小木棍，為我們標明了那條蜿蜒曲折的小徑。小徑以一塊又一塊長着燈芯草的地面為立腳點，避過了這些讓不識路的人望而卻

步的陷阱，一個個滿是綠色浮渣的泥坑和一片片臭氣熏天的沼地。泥潭裏長滿了蘆葦和黏糊糊的水生植物，腐爛的味道和濃重的沼氣撲面而來。我們不止一次地一腳踏空，結果就是顫悠悠的黑色淤泥沒到了我們的大腿，走出好幾碼之後，淤泥都還是包裹着我們的雙腳，輕輕地甩來甩去。我們行進的時候，淤泥不依不饒地拉扯着我們的腳跟，一旦我們陷了進去，它就會把我們拖向污穢不堪的深處，彷彿是一隻歹毒的手，緊緊地箍着我們，無比冷酷、無比堅定。在這條危機四伏的小徑上，我們只看見了一個有人走過的跡象。一叢羊鬍子草頑強地鑽出了淤泥，草叢之中支棱着一件黑乎乎的東西。福爾摩斯踏出小徑去抓那件東西，淤泥立刻沒到了他的腰間，要不是有我們把他拖出來的話，那他就再也別想踏上堅實的地面了。上來之後，他把一隻黑色的舊靴子高高地舉到了空中，靴子裏面印着「多倫多，邁耶斯鞋廠」的字樣。

「這個泥漿浴不算白洗，」他如是說道。「這就是咱們的朋友亨利爵士丟失的那隻靴子。」

「肯定是斯泰普頓在逃跑途中扔下的。」

「一點兒不錯。他用靴子給獵犬指明了目標，仍然把靴子留在手裏。知道自己沒戲唱了之後，他拔腿就逃，同時卻攥着靴子不放，逃到這個地方才把它扔掉。這樣看來，至少到這個地方為止，他還是安然無恙的。」

然而，可以推想的事情雖然很多，可我們注定無法了解到進一步的情況。要在泥潭裏找出腳印是一件不可能的事情，因為腳印很快就會被汩汩上湧的淤泥吞沒。不過，

泥潭中央的地面相對要堅實一些，等我們最終抵達那裏的時候，大家都急不可耐地找起腳印來，結果是連腳印的影子也沒找着。如果眼前的土地沒有騙人的話，只能說明斯泰普頓昨天夜裏根本就沒能到達這個小島，沒能穿過濃霧跑進這個避難所。由此看來，這個冷酷無情、心狠手辣的傢伙已經被格林盆大泥潭吸了進去，永遠地躺在了這片浩瀚沼澤的中心，躺在了惡臭的淤泥之下。

泥潭中央的這個小島是斯泰普頓藏匿他那個兇殘盟友的地方，我們在島上找到了他留下的許多痕跡。一個巨大的絞盤和一個填了一半垃圾的豎井標明了一個廢棄錫礦的位置，旁邊則是一些已然搖搖欲墜的礦工小屋，毫無疑問，那些礦工是被周圍沼地裏的惡臭趕跑的。其中的一間小屋裏有一個 U 形鐵圈和一根鏈子，還有一堆啃過的骨頭，顯然是他拴那頭畜生的地方。滿屋的垃圾之間擺着一具骸骨，上面還粘着一團亂蓬蓬的褐色毛髮。

「這是條狗！」福爾摩斯說道。「天哪，是一條捲毛的斯班尼犬。可憐的莫蒂默再也見不到他的寵物了。好啦，按我看，這地方也不會有甚麼咱們還不知道的秘密了。斯泰普頓藏得住他的獵犬，但卻藏不住獵犬的聲音，那些大白天聽了也讓人不舒服的叫聲就是這麼來的。緊急情況之下，他還可以把獵犬藏在梅里陂宅邸的庭院小屋裏，可這終歸是一種不太穩當的做法，所以呢，只有在某個至關重要的日子、只有在他認為自己可以發出最後一擊的時候，他才敢這麼做。毫無疑問，這個鐵罐子裏的糊狀物就是他用來塗抹那頭畜生的發光玩意兒。當然嘍，他之

所以想出了這麼一個主意，一是因為那個關於地獄獵犬的家族傳說，二是因為他把查爾斯老爵士活活嚇死的歹毒打算。看到這樣的一頭畜生穿過黑暗的荒原撲向自己，那個倒霉的逃犯當然會嚇得狂奔亂叫，咱們那位朋友的反應跟他一樣，換成是咱們自個兒，反應多半也差不多。他這個辦法確實狡猾，原因在於，這個方法不光可以提高殺死目標的機率，還可以嚇住那些在荒原裏瞧見獵犬的農夫，讓他們不敢湊到近處去調查這樣的一頭畜生，那麼多農夫都看見了它，誰有膽子去調查呢？在倫敦的時候我就說過，華生，眼下我還要再說一遍，到目前為止，咱們曾經參與緝拿的所有罪犯，都沒有躺在那邊的那個傢伙危險」──說到這裏，他揮起長長的胳膊，指向那片綠斑點點的廣闊泥潭，泥潭伸向遠方，最終與荒原裏那些黃褐色的山坡融為一體、交織莫辨。

第十五章
回　顧

　　十一月底，一個霜寒霧重的夜晚，在貝克街寓所的客廳裏，我和福爾摩斯分坐在火焰熊熊的壁爐兩邊。自從我倆那次結局慘烈的德文郡之行以來，他已經偵辦了兩起極其重大的案件。第一個案件涉及「至尊俱樂部」那場著名的紙牌作弊醜聞，其間他一手揭露了厄普伍德上校的醜惡行徑，在第二個案子當中，他為不幸的蒙特彭歇夫人成功地洗脱了謀殺繼女的罪名。夫人的繼女，也就是年輕的卡雷小姐，當時據説是已經死亡，六個月之後，人們卻會發現她好端端地活在紐約，而且還結了婚。圓滿解決這一系列事關重大的疑難案件之後，我朋友興致很高，因此我終於得到機會，可以誘導他談一談巴斯克維爾謎案當中的種種細節。我一直都在耐着性子等待這樣的機會，因為他絕不會允許不同的案件彼此交叉，他條理分明的頭腦也絕不會扔下手頭的工作去緬懷往事。不過，亨利爵士和莫蒂默醫生眼下正在倫敦，準備踏上醫生提議的那趟漫長旅程，以便修復爵士那分崩離析的神經。就在當天下午，他倆還曾經登門拜訪，這樣一來，談論這個話題也算是情理中事。

　　「這一系列事件的整個過程，」福爾摩斯説道，「如

果是讓那個自稱斯泰普頓的傢伙自己來看，只能說是非常簡單、非常直白，換成是咱們來看，當然就顯得極其複雜，一方面是因為咱們沒法從一開始就搞清他這些行為的動機，另一方面是因為咱們只掌握一部分的事實。好在我跟斯泰普頓太太談過兩次話，由此已經把整件案子徹底理清，完全不覺得這當中還有甚麼咱們不知道的秘密。你要想知道的話，可以到我的案件索引裏去查，『B』字頭下面有這件案子的一些記錄。」

「麻煩你，你還是按自己的記憶給我講講前前後後的梗概吧。」

「當然可以，可我不能保證所有的事實都還在我的腦子裏。精神高度集中的狀態有一種古怪的作用，可以把過去的事情從你腦子裏抹掉。善於應對手頭案件的律師往往可以突擊掌握大量的相關知識，足以跟案件所涉行當的專家爭論不休，可是，案子完結之後，再經過一兩個星期的法庭訴訟，他就會把那些知識忘得一乾二淨。我也是這樣，每一件案子都會被新的案子取代，卡雷小姐的事情已經把巴斯克維爾宅邸的記憶弄得有點兒模糊了。到了明天，沒準兒又會有其他的小小問題找上門來，把那位美麗的法國女士和那個臭名昭著的厄普伍德趕出我的腦海。不過，就這件關於獵犬的案子來說嘛，我會盡量給你一個翔實的來龍去脈，如果有甚麼地方我忘了說的話，你可以提醒我一下。

「我的調查已經確切無疑地表明，那幅家族肖像沒有撒謊，這個傢伙確實是巴斯克維爾家的苗裔。他的父

親是查爾斯爵士的弟弟，也就是背着一身罵名逃到南美的羅傑·巴斯克維爾。傳言說羅傑沒有結婚就死在了那裏，事實上他結了婚，還有了一個孩子，也就是咱們碰上的這個傢伙。這傢伙真正的姓名跟他父親一模一樣，娶的是哥斯達黎加的一位佳人，名為柏麗爾·加西亞。這之後，他盜取了一大筆公款，把姓氏改成范德勒，逃到英格蘭，在約克郡*東部辦起了一所學校。他之所以選擇這樣一個行當，是因為他在回國的航程中偶然認識了一個患有肺結核的老師，後來就用上了這個老師的本領，把學校辦得十分紅火。不巧的是，這個名為弗雷澤的老師死掉了，開端不錯的學校就此走上了下坡路，漸漸地從聲譽欠佳墮入了惡名昭彰的田地。到了這個時候，范德勒夫婦發現，把姓氏改成斯泰普頓倒是個不錯的辦法。接下來，他跑到了英格蘭南部，隨身帶上了他剩餘的家當、他對未來的種種計劃，還有他對昆蟲學的愛好。我到大英博物館去打聽過，發現他確實是這個學科的公認權威，范德勒這個姓氏也已經永遠地跟一種飛蛾聯繫在了一起，因為那種飛蛾是他第一個發現的，那時他還在約克郡。

「好了，現在再來看看引起了咱們極大關注的這個部分，也就是他接下來的人生經歷。顯而易見，這傢伙作過一些調查，知道這世上只有兩個人妨礙他取得一份價值不菲的產業。按我看，動身前往德文郡的時候，他的計劃還處於極其朦朧的狀態，與此同時，從他和他妻子兄妹相稱

---

* 約克郡 (Yorkshire) 為當時英格蘭最大的郡，位於英格蘭北部，現已分割為多個行政區。前文中提及的約克市就在這個郡。

的做法來看，他顯然是從一開始就不懷好意。當時他可能還沒有盤算好陰謀的細節，拿她來充當誘餌的打算則已經一覽無遺。他的最終目的是奪取家族產業，為此不惜採用任何手段、不怕承擔任何風險。他的第一個步驟是在盡可能靠近祖宅的地方安家，第二個步驟則是贏得查爾斯·巴斯克維爾爵士以及其他鄰居的友情。

「老爵士親口跟他說起了關於那頭獵犬的家族傳說，等於是給自己鋪設了一條通往死亡的道路。斯泰普頓——姑且就用這個名字來稱呼他吧——知道老人心臟不好，完全可能驚嚇致死。這些他都是從莫蒂默醫生那裏知道的。除此之外，他還知道查爾斯爵士比較迷信，對那個可怕的家族傳說非常當真。這麼着，他那顆機靈的腦袋立刻想出了一個主意，既可以置老爵士於死地，又可以讓真正的兇手逍遙法外、絕不會受到任何追究。

「有了這個主意之後，他立刻付諸行動，手法也相當高明。換作是一名尋常的陰謀分子，找來一頭兇猛的獵犬也就夠了，這傢伙卻靈光閃現，通過人工的手段把那頭畜生打扮成了一個妖魔。那條狗是倫敦富勒姆路的羅斯－曼勾斯商行賣給他的，是那家店鋪裏最強壯也最兇猛的一條狗。為了掩人耳目，他坐德文北線的火車把狗帶了回去，牽着狗在荒原裏走了很遠才到家。在那之前，他已經在搜集昆蟲的過程當中找到了穿越格林盆大泥潭的路徑，由此就為那頭畜生備好了一個安全的藏匿處所。於是乎，他把狗關在泥潭中央，等待着下手的機會。

「不過，機會並沒有立刻來臨。原因在於，甚麼東西

也不能誘使那位老紳士在夜間走出自家庭院的大門。斯泰普頓帶着獵犬在宅邸周圍窺伺了好幾次，每次都是無功而返。就是在這幾次無疾而終的行動當中，一些農夫看見了他，準確說的話，是看見了他的盟友。這樣一來，關於那頭惡魔獵犬的傳說又有了新的證據。他本打算利用他妻子去把查爾斯爵士引上死路，可她在這個節骨眼兒上表現得出乎意料地堅決，怎麼也不肯與那位老紳士發生情感上的糾葛、由此將老紳士引入敵人的埋伏。斯泰普頓對她百般恐嚇，甚而至於，我不得不說，還用上了毆打的手段，可她始終不為所動。因為她死活不肯參與這樣的圖謀，一時之間，斯泰普頓陷入了一籌莫展的窘境。

「到最後，他終於找到了一個解決難題的方法，由頭則是查爾斯爵士把他當成了朋友，讓他代表自己去賑濟那個名為勞拉·萊恩斯的可憐女人。他假稱自己依然單身，使得她對他言聽計從，然後又告訴她，一旦她跟她丈夫成功離婚，他就可以娶她。接下來，莫蒂默醫生建議查爾斯爵士離開宅邸，他自己也假裝贊成，與此同時，這件事情讓他的算盤突然碰上了一個決定成敗的緊要關頭。他必須立刻採取行動，不然的話，目標就會逃出他的控制範圍。於是他逼迫萊恩斯太太寫下了那封信，請求那位老人在動身來倫敦的前夜跟萊恩斯太太見個面，然後又通過一番誇誇其談阻止萊恩斯太太前去赴約，由此得到了等待已久的下手機會。

「那天晚上，坐着馬車從庫姆·特拉西村趕回去之後，他仍然有足夠的行動時間，於是就牽出獵犬，給它

塗上那種十分恐怖的顏料，並且把那頭畜生領到了巴斯克維爾宅邸的邊門附近，因為他知道那位老紳士會在那裏等人。在主人的唆使之下，那頭獵犬跳過邊門撲向不幸的從男爵，從男爵一邊尖叫，一邊沿着紫杉大道瘋狂逃命。那條大道昏暗陰沉，又有那麼一頭通體漆黑、口眼噴火的大傢伙在受害人身後緊緊追趕，想必是一種非常恐怖的景象。到最後，從男爵倒在大道盡頭，心臟病和恐懼奪去了他的生命。從男爵沿着路面奔逃的時候，獵犬一直在路邊的草地上跑，這樣一來，路上有的就只是從男爵的腳印。看到從男爵直挺挺地躺在那裏，那頭畜生興許是湊到近處去聞了聞，發現他已經死了才轉頭離開，莫蒂默醫生看到的那些爪印就是在那個時候留下的。再往後，主人喚回獵犬，趕緊把它送回了格林盆大泥潭裏的窩巢，現場只留下一個神秘莫測的難題，讓警方迷惑不解，讓整片鄉區驚恐不安，最終又讓這件案子進入了咱們的視線。

「這就是查爾斯·巴斯克維爾爵士死亡的真相。你看到了吧，這傢伙的手法真是狡猾得跟惡魔一樣，因為說實在的，咱們幾乎不可能弄到足夠的證據來指控真兇。唯一的一個同謀絕對不可能出賣他，與此同時，他的手法雖然怪誕到了不可思議的程度，手法的效力卻有增無減。與這件案子相關的兩個女人，也就是斯泰普頓太太和勞拉·萊恩斯太太，都對斯泰普頓產生了強烈的懷疑。斯泰普頓太太知道他一直在算計那位老人，也知道獵犬的存在，萊恩斯太太雖說兩件事情都不知道，但卻注意到爵士的死亡正好跟那次未曾取消的約會時間一致，同時還注意到，知道

那次約會的人只有斯泰普頓。話又說回來，兩個女人都在他的控制之下，他根本就用不着畏懼她們。他已經成功地實現了一半的目標，剩下的一半卻比前一半還要困難。

「斯泰普頓興許並不知道，加拿大那邊還有一個巴斯克維爾家族的繼承人。不管他原來知不知道，總之他很快就可以從他朋友莫蒂默醫生那裏知道，後者還把亨利·巴斯克維爾回國行程的所有細節告訴了他。剛開始，斯泰普頓打算在倫敦弄死那個從加拿大來的外鄉小伙子，壓根兒就不讓他到德文郡去。自從他妻子拒絕幫助他陷害那位老人之後，他再也信不過她，因此就不敢讓她長時間離開自己的視線，怕的是以後管不住她。就是因為這個緣故，他才帶着她一起來了倫敦。現在我已經查明，他倆當時住的是克雷文街的米克斯博羅旅館。我那個小伙計也確實到那家旅館去找過證據。他把妻子關在房間裏，自己則戴上假鬍子，跟着莫蒂默醫生來了貝克街，後來又去了車站和諾森伯蘭旅館。他妻子隱約察覺到了他的圖謀，同時又因為他殘忍的虐待而對他產生了極大的恐懼，這一來，她雖然知道那個人面臨危險，但卻不敢直接寫信發出警報。要是信件落到斯泰普頓手裏的話，她自己也有性命之憂。到最後，就像咱們看到的那樣，她採取了一種變通的手法，用報紙上的字詞拼成了一封信，寫收信人姓名地址的時候用的也是偽裝的筆跡。從男爵收到了她的信，這才第一次意識到了自己眼前的危險。

「斯泰普頓必須弄到亨利爵士穿過的某件物品，這樣的話，到了不得不使用獵犬的時候，他始終都會有辦

法驅使獵犬去追趕爵士。他向來是說幹就幹、膽大包天，於是就立刻採取了行動。毫無疑問，他必然是出手闊綽地收買了旅館裏的擦鞋工或者客房女傭，由此拉來了一個幫兇。不巧的是，幫兇弄來的第一隻靴子是新的，對他的計劃沒有幫助。於是乎，他讓幫兇把那隻靴子還了回去，另外偷了一隻。這次事件具有極大的提示作用，因為我當即斷定，咱們的對手確實擁有一頭獵犬，如其不然，他不可能如此急於弄到一隻舊靴子，同時又對新靴子完全不感興趣。一件事情越是古怪離奇，就越是值得仔細推敲，只要咱們用上縝密的思維和科學的分析，看似讓案子迷霧重重的疑點恰恰最有可能成為澄清案子的突破口。

「第二天早上，咱們那兩位朋友登門拜訪，斯泰普頓一直都坐着馬車跟在他倆身後。斯泰普頓認得咱們的住處，還認得我的長相，再考慮到他一貫的行為，我覺得他的罪行絕對不會局限於巴斯克維爾家的這件事情。過去三年當中，西部 * 發生了四起數額巨大的無頭竊案，這一事實可謂發人深省。最後一起是今年五月在福克斯通宅邸發生的，案子當中有一個不同尋常的細節，那就是一名小聽差撞見了那個戴着面罩的孤身竊匪，竊匪立刻衝小聽差開了槍，手段十分殘忍。我可以百分之百地肯定，斯泰普頓就是通過這樣的方法來補充自己日益縮水的財產的，還可以肯定，多年以來，他一直都是個極度危險的亡命之徒。

「就是在那天早上，咱們同時領教了他隨機應變的本

---

* 如題獻注釋所說，這裏的「西部」是對英格蘭西南部一片地區的統稱，其中包括德文郡。

領和他非同一般的膽量，因為他不光是成功地擺脫了咱們的追蹤，還通過車夫用我自己的名字來向我示威。從那一刻開始，他發現我已經接下了這件案子，倫敦不會再有下手的機會，於是就趕回達特莫爾，等着從男爵上那兒去。」

「等一等！」我打斷了他。「毫無疑問，你把事情的來龍去脈說得非常清楚。不過，有一點你沒有給出解釋，主人在倫敦的時候，那頭獵犬怎麼樣了呢？」

「這一點當然非常重要，我已經稍微掂量了一下。毫無疑問，斯泰普頓有一個同謀，與此同時，他不大可能讓那個同謀知曉自己的全盤計劃，怕的是給那個同謀留下要挾自己的機會。梅里陂宅邸有一個名為安東尼的老年男僕，這個男僕已經跟了斯泰普頓夫婦好些年，跟他倆的交道可以追溯到他倆還在辦學校的時候，由此可知，他必然知道自己的男女主人實際上是一對夫妻。這傢伙在破案當時就躲了起來，後來又逃到國外去了。值得注意的是，『安東尼』這個名字在英格蘭並不常見，『安東尼奧』倒是個在西班牙語國家和西語拉美地區十分普遍的名字*。這個人跟斯泰普頓太太一樣，英語說得不錯，但卻帶着一種古怪的含混腔調。我曾經親眼看見這個老傢伙沿着斯泰普頓標出的那條小徑走進格林盆大泥潭，由此可知，主人不在的時候，八成是他負責照管那頭獵犬。當然嘍，他很有可能從頭到尾都不知道，那頭畜生是用來幹甚麼的。

「斯泰普頓夫婦回到德文郡之後，你和亨利爵士很快

---

*　哥斯達黎加屬於西語拉美地區，英語當中的「Anthony」（安東尼）等於西班牙語當中的「Antonio」（安東尼奧）。

也到了那裏。這裏我得補充一句，說說我當時是怎麼考慮的。你興許還記得，研究那封警告信的時候，我曾經仔細檢查承載拼貼字句的那張紙，想看看紙上有沒有水印。在這個過程當中，我把紙舉到了離我的眼睛只有幾英寸的地方，由此聞到了一種淡淡的香水味，來自一種名為『白茉莉』的香水。香水一共有七十五種，辨別它們的氣味是破案專家必須掌握的一項技能，我自己就擁有即刻辨識香水氣味的本領，還曾經不止一次地靠它破案。香水意味着案子涉及一位女士，因此我馬上就把注意力集中到了斯泰普頓家的那兩個人身上。這樣一來，早在咱們動身奔赴西部之前，我不光是斷定了獵犬的存在，還推測到了罪犯的身份。

「我去那裏是為了監視斯泰普頓。不過，如果跟你們待在一起的話，我顯然達不到這個目的，因為他肯定會全神戒備。無奈之下，我騙過了包括你在內的所有人，表面上是留在了倫敦，實際上卻悄悄地趕到了那裏。我吃到的苦頭並不像你想的那麼大，更何況，這一類的瑣細事情根本就不應該成為辦案的障礙。大部分時間我都待在庫姆·特拉西村，只有在必須貼近行動現場的時候才會用上荒原裏的那座石屋。卡特萊特跟着我去了那裏，並且假扮成一個鄉下的孩子，幫了我很大的忙。多虧了他，我才能弄到食物和乾淨的衣服。我監視斯泰普頓的時候，卡特萊特經常都會跑去監視你，這樣一來，我就可以同時掌握所有的線索。

「之前我告訴過你，你的報告我很快就可以收到，

這是因為你的報告一到貝克街，馬上就會被轉到庫姆·特拉西村。你的報告給了我極大的幫助，尤其是斯泰普頓那段碰巧與事實相符的履歷。靠着你那份報告，我才查明了這對男女的真實身份，也才最終看清了眼前的形勢。有了那個逃犯，再加上那個逃犯和巴里莫爾夫婦之間的親戚關係，案子的複雜程度一度大有增加。還好，那個問題也在你手裏得到了極為高效的解決，當然嘍，在那之前，我已經通過自己的觀察得出了同樣的結論。

「等你發現我身在荒原的時候，我已經徹底弄清了所有的事情，只可惜拿不出可以交給陪審團驗看的證據。你找到我的當天晚上，斯泰普頓就對亨利爵士下了手，結果是錯殺了那個倒霉的逃犯，即便如此，咱們仍然沒有拿到甚麼證據，沒法證明咱們的目標犯下了謀殺的罪行。咱們似乎別無良策，只有把他當場捉住才行，要達到這個目的，咱們只能用亨利爵士來充當誘餌，讓爵士獨自待在那裏，表面上處於無人保護的狀態。咱們依計行事，成功地拿到了所有證據，並且迫使斯泰普頓走上了絕路，代價則是讓咱們的主顧受到了極大的驚嚇。我不得不承認，我這次的辦案手法存在瑕疵，不該讓亨利爵士承受如此考驗，話又說回來，咱們確實預料不到，那頭畜生竟然會以那樣一種叫人魂飛魄散的恐怖面目出現，同時也預料不到，那場大霧會讓它出現得如此突然，沒給咱們留下多少反應的時間。咱們完成了自己的任務，與此同時，有關專家和莫蒂默醫生都已經向我保證，亨利爵士付出的代價只是暫時的。長途旅行不光可以修復咱們那位朋友崩潰的神經，還

可以治愈他受創的心靈。他對這位女士的愛既深沉又真摯，對他來說，這位女士的欺騙行徑才是整場慘劇當中最悲哀的情節。

「最後還有一點需要說明，那就是這位女士在整件事情當中扮演的角色。毫無疑問，斯泰普頓擁有左右她的力量，可能是因為愛，也可能是因為恐懼，更大的可能則是兩者兼而有之，因為愛和恐懼絕不是兩種水火不容的感情。不管是甚麼原因，這種力量總歸是絕對有效。遵照斯泰普頓的吩咐，她扮成了斯泰普頓的妹妹，即便如此，斯泰普頓還是發現，自己的控制力終歸有限，沒法把她變成實施謀殺的直接幫兇。只要不牽連她的丈夫，她樂意向亨利爵士發出警告，而且一再嘗試這麼做。看樣子，斯泰普頓這樣的人也存在嫉妒心理，儘管從男爵向這位女士求愛的舉動不過是他計劃之中的事情，他看見之後仍然失去了自控，並且怒火中燒地出面干涉，由此拆穿了他那種自我克制的巧妙偽裝，暴露了他真實的熾烈性情。他極力促成他倆的親密交往，以此確保亨利爵士時常造訪梅里陂宅邸、確保他遲早可以得到下手的機會。然而，在那個生死攸關的日子，他妻子突然跟他唱起了反調，因為他妻子已經對那名逃犯的死亡有所耳聞，同時又知道，在亨利爵士要來赴宴的那個晚上，那頭獵犬被他領進了庭院裏的那間小屋。斯泰普頓太太指責丈夫的罪惡圖謀，兩個人吵得不可開交，其間斯泰普頓破天荒第一次向她表明，自己的愛人不只是她一個。這一來，她的忠誠立刻變成了刻毒的仇恨。斯泰普頓看出她肯定會出賣自己，於是就把她綁了起

來，一方面是為了阻止她向亨利爵士發出警報，一方面也肯定是存着一絲僥倖，滿以為等到整個鄉區的人都把從男爵的死亡歸結為家族詛咒——他們當然會這麼歸結——之後，她就會接受既成的事實，從此回心轉意，絕口不提她知道的那些事情。要我說，斯泰普頓的僥倖心理無論如何也是打錯了算盤，即便咱們沒有在那裏出現，他的毀滅也已經是一件鐵板釘釘的事情，因為西班牙血統的女人絕不會如此輕易地原諒如此巨大的侮辱。好了，親愛的華生，不參考記錄的話，我沒法把這件奇案說得更詳細了。照我看，我應該沒落下甚麼重要的細節。」

「他雖然用那頭惡魔獵犬嚇死了亨利爵士年邁的伯父，可他總不至於以為，獵犬能把爵士本人也活活嚇死吧。」

「那頭畜生非常兇猛，而且已經餓得半死。它那副模樣就算不能把目標活活嚇死，至少也能把目標嚇得喪失反抗能力。」

「這倒不假。最後還有一個難題，作為那座宅邸的潛在繼承人，斯泰普頓一直不聲不響、改名換姓地住在離宅邸近在咫尺的地方，如果他真的得到了繼承權的話，又該怎麼解釋自己之前的行為呢？如果他跑去申領遺產，怎麼能逃脫別人的猜疑和盤問呢？」

「這個問題非常棘手，依我看，你要求我解決這個問題，恐怕有點兒強人所難。過去和現在的事情固然都在我的調查範圍之內，可是，一個人將來要幹些甚麼，這樣的問題實在是不好回答。之前有那麼幾次，斯泰普頓太太聽

她丈夫談起過這個問題。他有三條路可以走：一是跑到南美去申領遺產，在英國駐當地的官方機構面前證明自己的身份，這樣就可以直接拿到遺產，壓根兒不用回英國來；二是在倫敦申領遺產，在辦理手續的短暫過程當中用上一種巧妙的偽裝；除此之外，他還可以把證據和文件交給一個同謀，讓同謀以繼承人的身份去申領遺產，自己則保留分贓的權利。根據咱們對他的了解，這個問題絕對難不住他。好了，親愛的華生，咱們已經辛辛苦苦地工作了好幾個星期，要我說，就這麼一個晚上，咱們不妨把思緒轉到更加令人愉快的方向。今晚要演《胡格諾教徒》，我已經訂了一個包廂。你聽說過德·瑞茨克兄弟嗎？* 那好，麻煩你在半個鐘頭之內做好準備，路上咱們還可以在馬西尼餐廳吃個便飯，不知你意下如何？」

---

* 《胡格諾教徒》(*Les Huguenots*) 是德國作曲家賈科莫·梅耶貝爾 (Giacomo Meyerbeer, 1791–1864) 創作的一部五幕歌劇，於 1836 年在巴黎首演。「胡格諾教徒」指法國的新教徒；德·瑞茨克兄弟是指波蘭人讓·德·瑞茨克 (Jean de Reszke, 1850–1925) 和埃杜瓦德·德·瑞茨克 (Edouard de Reszke, 1853–1917)，前者是歌劇男高音，後者是男低音。他們的妹妹約瑟芬·德·瑞茨克 (Joséphine de Reszke, 1855–1891) 雖然也唱歌劇，但在 1885 年即已因結婚而退出舞台。

The Valley of Fear

恐怖谷

第一部

伯爾斯通慘劇

第一章
警訊

「我在想——」我開口說道。

「接着想吧，」歇洛克·福爾摩斯不勝其煩地接口說道。

我自認擁有全世界數一數二的耐性，可我必須承認，他這句藏針帶刺的插話讓我相當着惱。

「說實在的，福爾摩斯，」我義正詞嚴地說道，「有些時候，你可真有點兒讓人受不了。」

他完全沉浸在自己的思緒之中，沒有立刻回答我的抗議。他一隻手托着下巴，面前的早餐原封未動，眼睛直勾勾地盯着他剛剛從信封裏抽出來的一張紙片。這之後，他把信封拿了起來，舉到光亮的地方，仔仔細細地研究了一下信封的外觀和封口。

「這是波洛克的筆跡，」他若有所思地說道。「波洛克的筆跡我雖然只見過兩次，可我幾乎可以斷定這是他寫的東西。這個希臘式的字母"E"頂端帶點兒花體，恰好是他的特徵。不過，如果這封信真的來自波洛克的話，信裏講的就一定是一件至關緊要的事情。」

他不像是在對我說話，更像是自言自語，可他的話讓我一下子充滿好奇，忘記了剛才的不快。

「那麼，波洛克是誰呢？」我問道。

「華生啊，『波洛克』只是一個筆名、一個身份標記而已，它代表的是一個變化多端、藏頭露尾的人物*。在前面的一封信當中，他坦白地告訴我這不是他的真名，還叫我儘管去試，看看我能不能在這座大都市的百萬人海當中查出他來。波洛克非常重要，不是因為他自己，而是因為跟他有交道的那個大人物。你不妨把他想像成鯊魚身邊的引水魚†，或者是獅子左右的豺狼，總之就是個微不足道的角色，但卻跟某個十分強大的傢伙混在一起。他身邊的那個傢伙不光是強大而已，華生，而且還十分邪惡，邪惡到了無以復加的程度。這就是我對那個傢伙的評價。你聽我提過莫里亞蒂教授嗎？」

「那個著名的科學罪犯，在歹徒當中廣為人知的程度正如——」

「我真替你難為情，華生！」福爾摩斯不以為然地咕噥了一句。

---

* 這篇故事首次發表於 1914 年 9 月至 1915 年 5 月，連載於《斯特蘭雜誌》(*The Strand Magazine*)；「波洛克」的英文是「Porlock」，是英格蘭西南海濱一個村莊的名字。英國詩人柯勒律治 (Samuel Taylor Coleridge, 1772–1834) 在未完成詩歌《忽必烈汗》(*Kubla Khan*, 1816) 的題記當中說，他在夢中得到了整首詩的文字，醒來時也記得非常清楚，之所以沒能全部記錄下來，是因為受到了一個訪客的打擾，這個訪客來自波洛克。自此之後，「person from Porlock」(波洛克來客) 或者「Porlock」(波洛克) 就成了「不受歡迎的不速之客」的代名詞。當然，也有人認為柯勒律治關於「波洛克」的說法不過是沒能寫完這首詩的託詞而已。

† 引水魚 (pilot fish) 亦稱領航魚，學名舟鰤，拉丁學名 *Naucrates ductor*，是一種體型細長的小海魚，喜歡成群跟隨鯊魚之類的大魚，為的是撿食殘渣。

「我要說的是，正如在公眾當中鮮為人知的程度一樣驚人＊。」

「點中了！確實讓你給點中了！†」福爾摩斯叫道。「華生，你顯然是冷不丁地學會了一種本事，懂得開暗藏機關的玩笑了，我可得防着點兒。不過，你把莫里亞蒂叫做罪犯，本身倒是口出誹謗之言，為法律所不容——他的本事高就高在這裏、妙就妙在這裏！有史以來最了不起的陰謀家、所有暴行的策劃者、控制地下世界的神經中樞、左右民族命運的大腦——他就是這麼個人物！可他距離公眾的猜疑是那麼地遙遠，跟外界的非議是那麼地不相干，隱身幕後操控一切的手法又是那麼地令人叫絕，以至於光憑你剛才說的那幾句話，他就可以拖着你去對簿公堂，把你整整一年的年金變成他的名譽損失費。《小行星動力學》一書的理論數學水平達到了唯我獨尊的高度，據說是整個科學輿論界都沒有人能對它提出任何批評，那本奇書的著名作者不就是他嗎？這樣的人是可以隨便中傷的嗎？滿嘴胡言的醫生和清譽受損的教授，這就是你們倆各自扮演的角色！他可真是個天才，華生。不過，只要我沒在那些小陰溝裏翻了船，咱們就必然會有旗開得勝的一天。」

「但願我能夠親眼見證那一天！」我熱忱地高喊一

＊　原文如此。不過，本章下文說「這個故事發生在遙遠的十九世紀八十年代末期」，時間在《最後一案》（故事中給出的時間是1891年）之前，而在《最後一案》當中，福爾摩斯曾經問華生，「莫里亞蒂教授這個人，你也許從來沒聽說過吧？」，華生的回答是「沒聽說過」。

†　福爾摩斯這是在用擊劍術語來打比方，參見《巴斯克維爾的獵犬》第五章當中的注釋。

聲。「不過，你剛才談的可是波洛克這個傢伙的事情。」

「呃，沒錯——所謂的波洛克是鏈條當中的一個環節，離那個了不起的核心稍微有點兒距離。咱倆私下説啊，波洛克這個環節並不是特別牢靠。根據我現有的測試結果來看，他是那根鏈條當中唯一的一個薄弱環節。」

「可是，鏈條的牢靠程度總是由最薄弱的一個環節來決定的啊。」

「一點兒不錯，親愛的華生！就是因為這一點，波洛克才顯得極端重要。這個人總算是良心未泯，加上我時不時地採取一種助人向善的明智舉措、轉彎抹角地送他一張十鎊的鈔票，結果呢，有那麼一兩次，他趕在事發之前給過我一些很有價值的情報——那些情報的價值可以説是無可比擬，因為它們可以幫助我預防犯罪，而不是事後再去討還公道。我敢説，要是能找到解碼方法的話，咱們肯定會發現，眼下這封信也屬於我剛才提到的那個類型。」

福爾摩斯再一次把紙片平攤在他那個未曾使用的碟子上，我站起身來，低下頭去，隔着他的肩膀看到了以下的古怪符號：

> 534 C2 13 127 36 31 4 17 21 41
> Douglas 109 293 5 37 Birlstone
> 26 Birlstone 9 47 171

「你覺得這是甚麼意思呢，福爾摩斯？」

「顯而易見，這是想向咱們提供一份機密情報。」

「可是，不附上解碼的方法，密信能有甚麼用處呢？」

「就這個例子來説，一點兒用處也沒有。」

「你為甚麼要強調『就這個例子來説』呢？」

「原因在於，我可以輕而易舉地解讀很多密碼，就跟解讀報紙私人啟事欄裏的那些天方夜譚一樣簡單：解讀那些粗糙的密碼只是一種有趣的消遣，算不上一種智力上的負擔。眼前的這個例子就不同了，這些符號顯然是代表着某本書某一頁當中的詞語，不知道具體是哪本書哪一頁的話，我是完全奈它們不何的。」

「可是，信裏面為甚麼又有『Douglas』(道格拉斯) 和『Birlstone』(伯爾斯通) 這樣的詞語呢？」

「當然是因為那一頁當中找不出這兩個詞來。」

「那麼，他為甚麼不指明是哪一本書呢？」

「單憑你生來就有的精明，親愛的華生，單憑你那種讓朋友們喜聞樂見的固有智術，你也絕不會把解碼的方法和密信裝進同一個信封。那樣的話，信一旦有了閃失，你這個人也就完蛋了。眼下呢，除非是兩封信都有了閃失，否則就不會造成任何危險。我說，咱們的第二班郵差應該已經到了才對啊，不出意外的話，郵差送來的要麼是一封補充說明的信件，要麼就是與這些數字相關的那本書，書的可能性還要大一些。」

一兩分鐘之內，福爾摩斯的預測就得到了驗證。我們的小聽差比利 * 走進房間，送來了我們正在等待的那封信。

---

* 福爾摩斯系列當中多次提到貝克街的小聽差，「Billy」(比利) 這個名字卻只在三個故事當中出現過，第一次出現就是在這個故事當中。本故事發表之前，美國演員及劇作家威廉・吉列 (William Hooker Gillette, 1853–1937) 的四幕劇《歇洛克・福爾摩斯》(*Sherlock Holmes*, 1899) 當中已經出現了名為比利的貝克街小聽差。1903 年，時年 13 歲的喜劇大師卓別林在這部戲劇當中飾演比利，舞台生涯由是開始。

「同樣的筆跡，」他一邊說，一邊把信拆開，「而且實實在在地署上了名字，」他展開信紙，興高采烈地補了一句。「過來看看，華生，看看咱們的進展。」不過，讀完信之後，他的臉上罩上了一層烏雲。

「天哪，這可真是太叫人失望了！要我說，華生，咱們恐怕是白等了一場。波洛克這傢伙可別出甚麼事兒啊。他的信是這麼寫的：

親愛的福爾摩斯先生：

這事情我不打算接着幹了。太危險了——他對我起了疑心。我看得出來，他對我起了疑心。我剛剛寫好這封信的信封，打算把解碼的線索寄給你，他已經出其不意地出現在了我的面前。好在我把信蓋住了，要是被他瞧見的話，我可就吃不了兜着走啦。可是，我已經看到了他懷疑的眼神。把那封密信燒了吧，眼下你拿着它也沒用了。

弗雷德·波洛克

福爾摩斯皺着眉頭坐了一小會兒，把信拿在手裏揉來揉去，眼睛直勾勾地盯着爐火。

「說來說去，」他終於開了口，「興許他並沒有受到懷疑，不過是自己心虛而已。他清楚自己的叛徒身份，自然會在對方的眼睛裏看到譴責的神色。」

「你說的『對方』，應該就是莫里亞蒂教授吧。」

「如假包換！他們那幫人嘴裏的『他』，不用問你也知道是誰。凌駕於他們所有人之上的，只有這麼一個『他』。」

「可是，他究竟能把波洛克怎麼樣呢？」

「哼！你這個問題問得真好。他擁有全歐洲數一數二的頭腦，所有的黑暗勢力都聽憑他的差遣，有這樣的一個人跟你作對，甚麼樣的事情都有可能發生。不管怎麼樣，咱們的波洛克老兄反正已經被他嚇得靈魂出竅——麻煩你拿信封上的筆跡跟信紙上的筆跡作個對比，按波洛克的說法，信封是在那個喪門星到來之前寫的。前一種筆跡又清晰又肯定，後一種呢，差不多都要沒法認了。」

「那他幹嗎還要寫第二封信呢？索性就此罷手不是更好嗎？」

「他擔心要是不作解釋的話，我就會跑去追查這件事情，沒準兒會讓他惹上麻煩。」

「那倒也是，」我說道。「確實如此。」我已經拿起了最初的那封密信，這會兒便皺着眉頭看了起來。「想到這張紙片承載着一個重大的秘密，又想到紙上的密碼超出了凡人所能破解的範圍，簡直會讓人急出瘋病來呢。」

歇洛克·福爾摩斯已經推開一口沒嘗的早餐，點上了不甚可口的煙斗，那是他專注思考之時的必有良伴。「我看不見得！」他一邊說，一邊往椅子上一靠，目光定在了天花板上。「說不定，儘管你擁有馬基雅維里*一般的頭腦，信裏的一些東西還是逃過了你的注意。好了，咱們不妨通過純粹的演繹來解決這個問題。這個人的密碼鑰匙是一本書，這就是咱們的演繹起點。」

---

* 馬基雅維里 (Niccolò Machiavelli, 1469–1527) 為意大利政治理論家，著有《君主論》(*The Prince*)，首次用客觀科學的方法對獲得及維持政治權力的途徑進行了分析。

「這個起點多少有點兒寬泛啊。」

「那咱們就想想辦法，看看能不能把它收窄一點兒。仔細想來，我覺得它也並不是那麼難於破解。關於這本書，咱們有一些甚麼樣的提示呢？」

「甚麼也沒有。」

「好啦，好啦，情況絕對沒有糟糕到這種地步。密信的開頭是一個大大的『534』，對吧？咱們不妨假定，534就是與密信相關的那一頁的頁碼。由此可知，這本書必然是一部挺像樣的大部頭，這麼着，咱們就算是有了一點兒進展。關於這本大部頭，咱們還有些甚麼提示呢？接下來的標記是『C2』。這你怎麼看呢，華生？」

「意思是第二章，錯不了。」

「多半不是，華生。依我看，你肯定會同意我的看法，既然已經有了頁碼，再指明章節未免有點兒多餘。再說了，如果第 534 頁才到第二章的話，第一章的長度一定達到了讓人忍無可忍的地步。」

「第二欄！ *」我大叫一聲。

「聰明啊，華生，今早上你可真是靈光四射。如果這不是指第二欄的話，那我就算是栽了一個大跟頭。好了，你瞧，咱們眼前已經出現了一本雙欄排印的大部頭，每一欄都相當長，因為密信當中指明了一個序號是二百九十三的詞語。到這個地方，咱們的演繹算不算是到了頭呢？」

「要我看，恐怕是到了頭。」

---

* 英文中的「章」和「欄」分別是「Chapter」和「Column」，都以字母 C 開頭。

「你顯然是低估了自己的能力。再閃點兒靈光出來吧，親愛的華生——再讓你的靈機動一動！如果這本書不太常見的話，他一定會把它寄給我。可他沒有這麼做，在計劃受挫之前，他的打算只是把關於書的線索裝在這個信封裏寄給我。他的信裏就是這麼説的。由此看來，他認為我自個兒也可以輕而易舉地找到這本書。這本書他自己有，並且相信我也有。一句話，華生，這是一本十分常見的書。」

「你這個推測確實很有道理。」

「這一來，咱們就把搜索目標縮小成了一本雙欄排印、十分常見的大部頭。」

「《聖經》！」我發出一聲勝利的叫喊。

「很好，華生，很好！只可惜還沒有，容我補充一句，好到十分！即便我本人當得起你這句美言，可我實在想像不出，還有哪本書比《聖經》更不可能出現在莫里亞蒂黨羽的手邊[*]。再者説，《聖經》的版本千千萬萬，他不可能假定他那本《聖經》的頁碼編排跟我這本一樣。顯而易見，咱們要找的是一本格式統一的書，只有這樣，他才可以斷定，他那本的 534 頁就是我這本的 534 頁。」

「這樣的書很少啊。」

「一點兒不錯。咱們的希望就在這裏。好了，咱們的目標已經進一步縮小，變成了一本人人都會有的標準化書籍。」

---

[*] 這句話隱含的意思是把《聖經》備在手邊的都是好人，可以視作一句戲言。

「《列車時刻表》！*」

「這也是講不通的，華生。《列車時刻表》使用的詞彙固然簡潔有力，數量卻十分有限。它提供的那些詞彙很難用來傳遞其他類型的訊息。咱們得把《列車時刻表》排除在外，詞典嘛，恐怕也不能接受，原因跟《列車時刻表》一樣。還剩甚麼呢？」

「年鑑！」

「好極了，華生！這次你要還沒猜中的話，那我就真是大錯特錯了。年鑑！咱們來考慮一下《惠特克年鑑》†的入選資格吧。它十分常見，頁碼足夠多，雙欄排印，前面部分的詞彙量雖然有限，靠近結尾的部分呢，如果我沒記錯的話，詞彙還是相當豐富的。」他從自己的寫字台上拿起了那本年鑑。「喏，這就是 534 頁，第二欄，我看到了，是一篇字數很多的文章，講的是英屬印度的貿易和資源。把這些詞寫下來，華生！第十三個詞是『Mahratta』（馬拉塔）‡。要我說，這個頭開得不怎麼吉利啊。第一百二十七個詞是『Government』（政府），這個詞總算有點兒意義，話說回來，它似乎跟咱們和莫里亞蒂教授都扯不上甚麼關係。咱們接着往下看吧。馬拉塔政府幹了些

---

* 原文是「Bradshaw」，實指列車時刻表。1839 年，英國人布拉德肖 (George Bradshaw , 1801–1853) 出版了世界上第一本彙編列車時刻表。對維多利亞時代的英國人來說，所有的列車時刻表都可以稱為「Bradshaw」，不管它跟布拉德肖這個人有沒有關係。

† 《惠特克年鑑》(Whitaker's Almanac) 為英國出版的著名年鑑，由約瑟夫·惠特克 (Joseph Whitaker, 1820–1895) 始創於 1869 年，至今猶存。

‡ 馬拉塔 (Mahratta) 是始創於 1674 年的一個印度帝國，1818 年被英國殖民者摧毀。

甚麼呢？哎唷！下一個詞是『pig's-bristles』（豬鬃）。咱們完了，我的好華生啊！沒戲唱啦！」

他說話的口氣雖然輕鬆俏皮，扭結的濃眉卻讓他心裏的失望和懊惱暴露無遺。我無可奈何地坐在那裏，悶悶不樂地盯着爐火。一段漫長的沉默之後，福爾摩斯突然大叫一聲，衝到一個櫥櫃跟前，從裏面拿出了另一本黃色封皮的《惠特克年鑑》。

「咱們趕潮流趕得太快，華生，這回可算是有教訓了！」他高聲說道。「咱們走在了時間的前面，活該受這樣的懲罰。眼下才一月七號，咱們就應時應節地弄來了一本新年鑑。十有八九，波洛克寫信的時候用的還是舊年鑑。毫無疑問，如果能把那封提示信件寫出來的話，他肯定會把這一點講清楚的。好了，咱們來看一看，這一本的 534 頁給咱們準備了一些甚麼貨色。第十三個詞是『There』（今），看着可比上一次的希望大多了。第一百二十七個詞是『is』（有）——『There is』（今有）」——福爾摩斯的眼睛閃出了興奮的火花，纖長有力的手指抖抖索索地數着文章裏的詞彙——「『danger』（禍患）。哈！哈！妙極了！趕緊寫下來，華生。『There is danger——may——come——very——soon——one』（今有禍患，旦夕將臨），然後是『Douglas』這個名字，再往後是『rich——country——now——at——Birlstone——House——Birlstone——confidence——is——pressing』*。

---

* 所有這些詞連成的句子並不完全符合英語規範，加上合理推測，句子的意思是：今有禍患，旦夕將臨，受害者為鄉間富紳道格拉

瞧啊，華生！你説説看，純粹演繹的效果怎麼樣？如果蔬菜鋪子裏有桂冠這種東西賣的話，我這就打發比利去給我買一頂。」

在福爾摩斯解讀密信的過程當中，我把一張富士紙攤在自己的膝蓋上，草草地記下了他的解讀成果。到這會兒，我直愣愣地看着這條古怪的訊息。

「他表達意思的方式可真是稀奇古怪、亂七八糟！」我説道。

「恰恰相反，他把自己的意思表達得非常好，」福爾摩斯説道。「如果你表達意思的詞彙只能從孤零零的一欄文字裏面選擇，當然不可能要甚麼有甚麼，總有一部分的意思得靠收信的人自己去揣摩。這封信的主旨已經是清楚得不能再清楚了。有人陰謀算計某個名為道格拉斯的人，不管這個道格拉斯究竟是何方神聖，總之是一個富有的鄉紳，就住在信裏所説的那個地方。他確信事情萬分緊急，只不過沒有用『confident』（確信）這個詞，用的是『confidence』（信任），因為這一欄當中只有這個詞跟『confident』最為接近。這就是咱們的成果——還有啊，這段小小的演繹確實是有點兒技巧哩！」

跟真正的藝術家一樣，如果自己的作品沒有達到自己的高遠期許，福爾摩斯會表現得痛不欲生，同樣道理，他也會為自己的得意之作表現出一種不帶個人色彩的喜悦。這不，當比利一把推開房門、將蘇格蘭場的麥克唐納督察

斯，現居伯爾斯通村之伯爾斯通宅邸。確信此事十萬火急。

領進房間的時候*，福爾摩斯還在為這一次的成就吃吃地笑個不停呢。

這個故事發生在遙遠的十九世紀八十年代末期，那個時候，亞歷克‧麥克唐納遠不像如今這樣舉國聞名。當時的他還是警隊裏的一名年輕成員，不過也很受重用，因為他在奉命偵辦的幾件案子當中有過突出的表現。他身材高大、骨骼突出，一看就知道膂力過人，而他碩大的腦瓜和炯炯有神的深陷眼睛也以同樣一目瞭然的方式表明，他那兩道濃眉背後閃爍着耀眼的智慧火花。他沉默寡言、一板一眼、脾氣倔犟，説話帶有濃重的阿伯丁†口音。

在此之前，福爾摩斯已經兩次幫助他成功破案，破案的功勞都給了他，福爾摩斯自己的收穫僅僅是解決難題的智力享受。有了這樣的鋪墊，這個蘇格蘭人自然對這位業餘同僚產生了極大的好感和敬重，表現則是他一遇上難題就老實不客氣地跑來向福爾摩斯討教。庸碌凡夫自以為登峰造極，稟賦超卓的人物卻可以一眼看出他人的蓋世天才，麥克唐納擁有相當的職業稟賦，足以讓他明白，向一個天賦和經驗都已經冠絕全歐的人求教，並不是一件有傷顏面的事情。福爾摩斯並不喜歡結交朋友，但卻對這個蘇格蘭大塊頭格外優待，看到他的時候還笑了起來。

「你可真是隻早起的鳥兒，麥克先生，」福爾摩斯説

---

* 蘇格蘭場 (Scotland Yard) 是倫敦警察廳的代稱，按照蘇格蘭場官網的説法，這是因為它原來的辦公地點有一道開在「大蘇格蘭場街」(Great Scotland Yard Street) 的後門；英國的警銜系統與香港大致相同，故書中警銜譯名比照香港警銜，由低到高包括警員、警長、督察、警司等等級別。

† 阿伯丁 (Aberdeen) 為蘇格蘭東北部港口城市。

道。「希望老天爺多賞你幾隻蟲子。要我說，你這麼早來，恐怕是出了甚麼亂子吧。」

「福爾摩斯先生，我是這麼想的，如果您把『恐怕』換成『但願』的話，應該會更加符合事實，」督察回答道，臉上帶着心照不宣的笑容。「呃，稍微來一口也好，可以擋一擋今天早上的刺骨寒氣。不用，我不抽煙，謝謝您。一會兒我就得趕緊上路，因為案發之初的幾個鐘頭再寶貴不過了，這一點您比誰都清楚。不過——不過——」

督察突然打住話頭，直勾勾地盯着桌上的一張紙片，臉上的表情驚愕至極。他看的正是我剛才用過的那張紙，紙上是我草草記下的那一條謎一般的訊息。

「道格拉斯！」他結結巴巴地說道。「伯爾斯通！這是怎麼回事，福爾摩斯先生？嘿，這簡直是巫術啊！我的天，這些名字您究竟是從哪兒搞來的呢？」

「這是一封密信的內容，基於某種理由，我和華生醫生破譯了這封密信。可你為甚麼——這些名字有甚麼問題嗎？」

督察暈頭轉向地來回打量着我倆。「問題僅僅是，」他說道，「昨天夜裏，伯爾斯通宅邸的道格拉斯先生遭到了慘無人道的謀殺！」

第二章
歇洛克·福爾摩斯的妙論

　　這一刻可謂驚心動魄，而我朋友正是為這樣的時刻而生。聽到這個驚人消息之後，他的反應不光不能說是震撼，就說是激動都嫌過份。他的特異性情之中並不包含哪怕是一絲殘忍的成份，毋庸置疑的是，長期以來的過度刺激已經讓他的神經結上了一層繭子。話說回來，即便他的情感確實已經趨於遲鈍，他的理性認知卻只能說是活躍得出奇。這樣一來，督察的這句簡短聲明讓我驚駭不已，而他卻沒有任何表示，臉上只有一種饒有興趣的沉靜表情，彷彿是一位化學家，正在看自己配製的過飽和溶液析出晶體。

　　「不一般！」他說道。「不一般！」

　　「您好像並不覺得驚訝啊。」

　　「關注而已，麥克先生，驚訝可談不上。我有甚麼理由感到驚訝呢？我從某個地方收到了一條我知道十分重要的匿名訊息，由此知道某個人面臨危險。接下來不到一個鐘頭，我得知危險變成了現實，那個人已經死亡。這事情確實引起了我的關注，不過，就像你看到的那樣，並沒有讓我感到驚訝。」

　　這之後，他三言兩語地向督察講清了關於信件和密碼

的種種事實。麥克唐納坐在那裏，雙手托着下巴，濃密的沙色眉毛擰成了一個黃色的結。

「我本打算今早就去伯爾斯通*，」他說道。「來這裏是想問您願不願意跟我一起去——我是說，您和您的朋友。可是，從您剛才說的這些事情來看，咱們還是在倫敦調查比較好。」

「我倒不這麼覺得，」福爾摩斯說道。

「得了吧，福爾摩斯先生！」督察叫道。「一兩天之內，伯爾斯通謎案就會佔滿各家報紙的版面。可是，既然已經有人在倫敦預見了這樁罪行，它還叫甚麼謎案呢？咱們只需要把這個人抓來就行了，其他的問題自然會迎刃而解。」

「你說得對極了，麥克先生。不過，你打算用甚麼方法去抓這個所謂的波洛克呢？」

麥克唐納把福爾摩斯遞給他的信翻了一面。「信是從坎伯維爾街區寄來的，這一點對咱們沒多大幫助。名字嘛，您已經說了是假的。是的，咱們手裏的線索確實不多。可是，您剛才不是說您給過他錢嗎？」

「給過兩次。」

「怎麼給的呢？」

「把鈔票寄到坎伯維爾郵局。」

「您就沒有勞神去看看取鈔票的人嗎？」

「沒有。」

督察的表情有點兒驚訝，甚至可以說是有點兒震撼。

「為甚麼呢？」

---

*　伯爾斯通 (Birlstone) 是作者虛構的一個地名。

「因為我一向說話算話。他第一次寫信給我的時候，我已經答應了他，不會去追查他的身份。」

「您認為他背後還有別人，對嗎？」

「不是認為，我**知道**還有別人。」

「就是您提過的那位教授嗎？」

「還能是誰！」

麥克唐納督察笑了起來，還衝我擠了擠眼睛。「我跟您實說了吧，福爾摩斯先生，我們刑事偵緝處的人都覺得，您對那位教授稍微有那麼一點兒神經過敏。我自個兒也對這件事情進行了一些調查，他似乎是個非常體面、非常淵博、非常有才幹的人。」

「你居然看出了他的才幹，我真是高興極了。」

「咳，想不看出來也不行啊！聽過您對他的看法之後，我打定主意要去會會他。我跟他聊了聊關於日蝕的問題，怎麼聊起來的我記不得了，總之他搬出一台反光燈和一個地球儀，只用了一分鐘就把這個問題講得清清楚楚。他還借了一本書給我，可我不怕跟您說，雖說我也在阿伯丁受過很好的教育，那本書還是有點兒超出了我的智力。他臉龐瘦削、頭髮花白，說起話來講道一樣，準保能成為一位了不起的母（牧）師*。我出門的時候，他把手放到我的肩膀上，感覺就像父親正在祝福即將踏入冷酷社會的孩子。」

---

* 如前文所說，這名探員說話有「阿伯丁口音」，原文中表現為他話語中的個別單詞與正常拼寫有異，譯文中均表現為與括號內正確文字同音異調的別字。

福爾摩斯吃吃地笑了起來，搓了搓自己的雙手。「妙極了！」他説道。「妙極了！據我看，麥克唐納老弟，你們這次愉快感人的會晤應該是發生在教授的書房裏，對不對？」

「對。」

「房間不錯，對吧？」

「非常不錯——實際上是漂亮極了，福爾摩斯先生。」

「你坐在他那張寫字台跟前，對吧？」

「沒錯。」

「陽光照進了你的眼睛，他的臉卻隱藏在陰影裏，對吧？」

「呃，我是晚上去的。可我確實記得，燈光是照在我臉上的。」

「理當如此。教授那把椅子的上方掛着一幅畫，當時你有沒有注意到呢？」

「我這個人可不會漏過太多細節，福爾摩斯先生。説不定，這還是跟您學的呢。是的，我看到了那幅畫，畫的是一個年輕女人，雙手托着腦袋，斜着眼睛看人。」

「那幅畫是讓·巴普蒂斯特·格瑞茲*的作品。」

督察努力裝出一副興致勃勃的模樣。

「讓·巴普蒂斯特·格瑞茲，」福爾摩斯接着説道，雙手的指尖頂在一起，身子深深地倒進了背後的椅子，「是活躍於一七五零至一八零零年間的一位法國畫家，當

---

* 讓·巴普蒂斯特·格瑞茲 (Jean Baptiste Greuze, 1725–1805) 為法國著名畫家，作品多含有道德諷喻。

然嘍，我這裏說的是他的職業生涯。他在世的時候就享有很高的聲譽，當代的評論家更是對他贊不絕口。」

督察的眼神漸漸地迷茫起來。「咱們是不是應該——」他說道。

「不是應該，咱們正在這麼做，」福爾摩斯打斷了他。「我說的所有事情都跟你所說的伯爾斯通謎案存在十分直接、至關緊要的聯繫。事實上，從某種意義上說，我正在談論這件謎案的核心。」

麥克唐納勉勉強強地笑了笑，哀怨無助地看了看我。「對我來說，您的思維跳躍得有點兒太快了，福爾摩斯先生。您少講了一兩個環節，而我自個兒又補不上。說一千道一萬，那個死掉了的畫匠跟伯爾斯通的事情究竟能有甚麼聯繫呢？」

「對於一名偵探來說，世上沒有無用的知識，」福爾摩斯說道。「說不定，即便是以下這件瑣碎事情也可以讓你展開一系列的聯想：一八六五年，名為《少女與羔羊》的格瑞茲作品在波塔利斯拍賣會上賣到了一百二十萬法郎，也就是超過四萬英鎊*。」

顯而易見，這件事情確實引發了一系列的聯想。到這

---

* 據倫敦華萊士藏館 (Wallace Collection) 官方網站所說，該館藏有一幅格瑞茲畫作，係該館創始人於 1865 年自巴黎的波塔萊斯－戈吉耶伯爵 (Comte de Pourtalès–Gorgier) 藏品拍賣會中購得。這幅畫的內容雖然是抱持羊羔的少女，名字卻是《純真》(Innocence)。文中的「波塔利斯」原文是「Portalis」，與這位伯爵的名字略有差異。有一些版本將這裏的畫價改成了「四千鎊」，依據可能是四萬鎊的價格與格瑞茲畫價當時的真實水平相去甚遠，不過，四千鎊的畫價似乎不足以凸顯教授的收入問題。

會兒，督察臉上的興趣不像是裝的了。

「我還可以提醒你一下，」福爾摩斯接着説道，「好幾種可靠的參考書籍都可以幫助我們確定教授的薪資。教授的薪資是一年七百鎊。」

「那他怎麼買得起——」

「可不是嘛！他怎麼買得起呢？」

「沒錯，這件事情確實很不尋常，」督察若有所思地説道。「接着説啊，福爾摩斯先生。我愛聽極了，妙極了！」

福爾摩斯露出了笑容。跟真正的藝術家一樣，真誠的讚美總是會讓他覺得格外愉快。「伯爾斯通的事情怎麼辦呢？」他問道。

「時間還來得及，」督察一邊説，一邊看了看錶。「有輛出租馬車在門口等我，從這兒到維多利亞車站用不了二十分鐘。咱們接着説這幅畫吧：我記得您跟我提過一次，福爾摩斯先生，您從來沒有見過莫里亞蒂教授。」

「是的，我從來沒有見過他。」

「那您怎麼會知道他房間裏的情形呢？」

「這個嘛，當然是另外一回事情。我到他家裏去過三次，前兩次都是找了不同的借口去等着見他，然後又趕在他出現之前溜之大吉。最後一次，呃，這一次可不太方便告訴一位警方的探員。就是這一次，我冒昧地瀏覽了一下他的文件，結果就有了一個極其驚人的發現。」

「您發現他的罪證了嗎？」

「甚麼也沒發現，驚人就驚人在這個地方。不過，眼下你已經看到了那幅畫的意義，意義就是他這個人十分富

有。他的財富是怎麼來的呢？他沒有結婚，弟弟不過是英格蘭西部的一個火車站站長*，自己的教席也只能帶來一年七百鎊的收入，可他竟然擁有一幅格瑞茲的作品。」

「怎樣呢？」

「其中的含義只能說是一目瞭然。」

「您是說他擁有非法取得的巨額收入，是嗎？」

「一點兒不錯。當然嘍，我這個判斷還有其他的依據——那個毒物一動不動地潛伏在網子的中央，幾十條若有若無的纖細絲線把我引到了那裏。我只跟你提到了格瑞茲的畫，不過是因為你親眼看見過那件東西而已。」

「是這樣，福爾摩斯先生，我承認您說的這些都很有趣，豈止是有趣而已，應該說是非常精彩。不過，如果可以的話，您最好再說得明白一點兒。他的錢具體是怎麼來的，是偽造紙鈔、私鑄硬幣，還是入室搶劫呢？」

「你讀過喬納森·懷爾德的事跡嗎？」

「呃，名字聽着倒挺熟的。他是小說裏的人物，對嗎？小說裏的偵探我可不怎麼感冒，那些傢伙從來都不肯讓人看到他們的辦案手法。他們辦案憑的是一時的靈感，並不是踏踏實實的工作。」

「喬納森·懷爾德並不是甚麼偵探，也沒有在小說裏出現過。此人是上世紀的一個罪魁，生活在一七五零年左右†。」

---

* 按照《最後一案》當中的記述，莫里亞蒂還有一個頭銜是上校的兄弟。

† 喬納森·懷爾德 (Jonathan Wild) 確有其人，為十八世紀英國著名罪犯及盜竊團伙首領。不過，此人於 1725 年被處絞刑，時間上與文中所說略有出入。

「這麼說的話，他對我就沒有甚麼用處，我可是講求實效的。」

「麥克先生，你這輩子能做的最有實效的事情就是閉門謝客，踏踏實實地待上三個月，每天花十二個鐘頭的時間來閱讀過往的犯罪記錄。所有的事情都會循環出現，就連莫里亞蒂教授這樣的人物也是如此。喬納森‧懷爾德是倫敦罪犯的幕後主使，他為他們出謀劃策、提供人手，回報則是百分之十五的贓物。時間的輪子周而復始，轉下去的輻條還會轉上來。所有的事情都有先例，將來也會再次發生。我這就給你講一兩件莫里亞蒂的事情，興許能引起你的興趣。」

「這些事情當然能引起我的興趣，錯不了。」

「他那根鏈條，一端是這個走上邪路的拿破崙，另一端是由上百名打手、竊賊、勒索犯、牌桌騙子組成的烏合之眾，中間則是應有盡有的罪行，而我碰巧知道，誰才是那根鏈條當中的第一個環節。他的參謀長是塞巴斯蒂安‧莫蘭上校，那傢伙跟他本人一樣置身事外、一樣戒備森嚴、一樣讓法律鞭長莫及。你知道他給上校多少錢嗎？」

「我很想聽一聽。」

「一年六千鎊。你看到了吧，這就叫『把錢花在腦瓜子上』，用的是美國人的商業準則。完全是機緣巧合，我才了解到了這個細節。這可比首相的薪水還要高啊。聽了這一點，你應該對莫里亞蒂的收入和生意規模有點兒概念了吧。還有一點，最近這段時間，我專門下了一點兒工夫，查到了莫里亞蒂使用的一些支票——不過是他用來支付家

庭開銷的支票而已，普普通通、合理合法，然而，這些支票是從六家不同的銀行開出來的。這件事情，你覺不覺得蹊蹺呢？」

「怪啊，確實是怪！不過，您的結論又是甚麼呢？」

「結論是他不希望別人對他的財富說三道四，不想讓任何人知道他到底有多少錢。我敢肯定他擁有二十個銀行賬戶，十之八九，他大部分的財產都在國外，都在德意志銀行和里昂信貸銀行之類的地方。將來啊，等你有了一兩年空閒時間的時候，我建議你好好地研究一下莫里亞蒂教授。」

對話過程之中，麥克唐納督察表現得越來越感興趣，最後就聽得入了迷。到這會兒，他那顆講求實效的蘇格蘭腦袋「啪」的一聲轉了個方向，回到了手頭的案子上。

「不管怎麼樣，教授的事情可以以後再說，」他說道。「福爾摩斯先生，您這些趣事軼聞已經讓咱們偏離了主題。您說了這麼多，真正的要害不過是那位教授跟這次的罪行脫不了干係，而您之所以這麼說，是因為波洛克這個傢伙給您發來了警訊。就眼下的實際需要而言，咱們還能有甚麼進一步的結論嗎？」

「咱們可以由此推測這起罪案的動機。從你最初的描述來看，這是一起無法解釋、至少是尚未得到解釋的謀殺案。好了，假設罪行的源頭確實符合咱們的推測，犯罪動機就有兩種解釋。首先我得告訴你，莫里亞蒂對他的黨羽實施的是一種鐵腕統治。他的戒條十分恐怖，處罰則

只有一種，那就是死刑。既然如此，咱們不妨假定這個死者——也就是這個道格拉斯，他的臨頭厄運已經傳到了魔頭帳下一名爪牙的耳朵裏——是莫里亞蒂的爪牙，而且以某種方式背叛了自己的首領。處罰隨之而來，而且要讓所有人知道，目的嘛，興許只是為了讓其他的爪牙看到死亡的恐怖。」

「呃，您只說了一種解釋，福爾摩斯先生。」

「另一種解釋就是，這起罪行雖然出自莫里亞蒂的策劃，但卻只是他日常買賣當中的一件。現場有搶劫的跡象嗎？」

「這我還沒聽說。」

「當然嘍，如果有搶劫跡象的話，第二種解釋就比第一種更顯得符合情理。那樣的話，莫里亞蒂既可能是按照某種分贓協議策劃了這起罪案，也可能是預先收到了足夠的策劃費用。兩種情形都有可能。不過，具體是哪一種情形，會不會有第三種情形，咱們只能到伯爾斯通去找答案。我可是非常了解咱們的這個對手，絕不指望他會在倫敦這邊留下甚麼可以追到他頭上的線索。」

「那好，咱們趕緊去伯爾斯通吧！」麥克唐納嚷了一聲，從椅子上一躍而起。「天哪！沒想到這麼晚了，先生們，我只能給你們五分鐘的準備時間，再多就沒有啦。」

「這對我倆來說都是綽綽有餘，」福爾摩斯說道，跟著就跳起身來，急匆匆地脫下睡袍、換上大衣。「咱們上路之後，麥克先生，我得麻煩你給我講講全部的案情。」

事實證明，「全部的案情」實在是少得讓人大失所

望，同時也足以讓我們確信，眼前這件案子完全值得這位探案專家最密切的關注。他搓着瘦骨嶙峋的雙手，容光煥發地傾聽着那些寥寥無幾卻又非比尋常的案情細節。好多個星期百無聊賴的日子就此結束，我們終於迎來了一個配得上他那些非凡本領的目標。跟所有的特殊稟賦一樣，如果沒有用武之地，那些本領就會變成主人的煩惱。閒置不用的話，他剃刀一般鋒銳的腦子就會變得麻木遲鈍、鏽跡斑斑。

聽到了工作的召喚，歇洛克·福爾摩斯兩眼發亮，蒼白的雙頰呈現出了一種更為溫暖的色調，整張臉顯得十分熱切，洋溢着一種由內而外的光彩。他在出租馬車的座位上欠身向前，專注地聽麥克唐納概述在薩塞克斯 * 等待我們的那個難題。據督察解釋，他自己也對案情所知有限，還得參考別人通過當天清早的牛奶列車 † 送來的一份潦草記錄。麥克唐納跟薩塞克斯探員懷特·梅森私交不錯，這樣一來，在當地警方需要蘇格蘭場協助的時候，他收到消息的速度要比正常的官方渠道快得多。正常情形之下，首都警局的專家得在案發許久之後才能收到請求協助的公函。這一次，他念給我們聽的那封信是這麼寫的：

親愛的麥克唐納督察：

請求貴局協助的正式公文另見專函，這封信僅供你私人過目。請電告你坐早晨的哪班火車前來伯爾

---

* 薩塞克斯 (Sussex) 是英格蘭東南部一片歷史悠久的地域，當時雖然分為東西兩部，名義上卻是一個郡，到 1974 年才分為東薩塞克斯和西薩塞克斯兩個郡。

† 牛奶列車 (milk train) 指清早開行運送牛奶的客貨混裝列車。

斯通，我會到車站去接你——或者派人去接你，如果我脫不開身的話。這可是一件了不得的大案子。你趕緊動身吧，一秒鐘也別耽擱。你要能把福爾摩斯先生帶來的話，麻煩你務必這麼辦，這案子肯定能對上他的胃口。要不是死者擺在現場的話，我們簡直會覺得整件事情是一場刻意追求轟動效果的舞台劇呢。相信我！這真的是一件了不得的大案子。

「看樣子，你這位朋友一點兒也不傻嘛，」福爾摩斯如是評論。

「不傻，先生，如果我還算有點兒眼光的話，懷特·梅森可是個非常機靈的傢伙。」

「好吧，你還知道別的甚麼情況嗎？」

「我只知道，咱們跟他見上面的時候，他就會把所有的細節告訴咱們。」

「那你怎麼知道死者是道格拉斯先生，又怎麼知道這是一起慘無人道的謀殺呢？」

「這是附在信裏的正式報告上說的。報告裏倒沒有『慘無人道』這個字眼兒，因為這不是一個普遍通行的官方術語。報告給出了約翰·道格拉斯這個名字，說了他傷在頭部，兇器是一把霰彈槍，還說了報案的時間是昨天夜裏將近十二點。報告裏又說，這案子毫無疑問是一起謀殺，目前還沒有拘捕任何嫌犯，案子當中有一些非常讓人迷惑的離奇細節。目前我們只知道這些，再沒有別的了，福爾摩斯先生。」

「既然如此，麥克先生，你不反對的話，咱們的討論

不妨到此為止。資料不夠的時候，咱們可不能急急忙忙地拿出假設，這是咱們這一行的大忌。到目前為止，我能確定的只有兩樣東西，一樣是待在倫敦的一顆聰明腦袋，另一樣是躺在薩塞克斯的一名死者。兩樣東西之間的因果鏈條，便是咱們此行的追查目標。」

第三章
伯爾斯通慘劇

　　故事講到這裏，我得向讀者諸君告個假，暫時讓我自己飾演的卑微角色從情節當中消失，轉而敍述我們到達兇案現場之前的種種事件，敍述的依據則是我們後來才了解到的一些情況。只有通過這種辦法，我才能讓讀者們看清涉入此案的各個人物、看清決定他們命運的那個離奇背景。

　　伯爾斯通是薩塞克斯郡北端一個歷史悠久的小小村落，村裏只有一些磚木結構的農舍。它一成不變地度過了幾百年的歲月，前些年才憑借如畫的風景和優越的地理位置引來了不少富裕的住戶，村子周圍的林地之中也才有了這些住戶建起的一座座別墅。廣袤的「大林地」*向着北部的白堊山丘延伸，越是往北，林木越是稀疏。按照當地人的看法，伯爾斯通的林地正是「大林地」最靠北的邊緣部分。人口增多之後，各式各樣的小商鋪應運而生，由此看來，伯爾斯通很快就會從一個古老的村落演變成一個現代化的城鎮。伯爾斯通是周圍一大片鄉區的神經中樞，原

---

* 「大林地」(Weald) 指的是英格蘭東南部兩條平行丘陵之間的一大片林地，《黑彼得》當中也講到了這個地方。從文中的敍述來看，虛構的伯爾斯通村應該離《黑彼得》當中的弗雷斯特勞村很近，離倫敦也不遠，所以有「地理位置優越」之說。

因在於，離它最近的重要城鎮也得到十至十二英里之外的地方去找，那個城鎮就是它東邊的坦布里奇維爾斯，已經進入了肯特郡的地界*。

離村子半英里左右的地方有一片以巨型山毛櫸樹聞名的古老庭園，庭園之中矗立着源遠流長的伯爾斯通宅邸。這座氣度端嚴的建築有一部分可以追溯到第一次十字軍東征時期，那時候，「紅王」將這片土地賞給了雨果·德·卡布斯，後者就在土地的中央建起了一座城堡。卡布斯的城堡在一五四三年付之一炬，到了詹姆斯一世時代†，有人又在這座封建城堡的廢墟之上建起了一座磚砌的鄉間宅邸，還把那些熏得黢黑的基石用了起來。

山牆林立的宅子裝的是菱形窗格的小玻璃窗，很大程度上還保留着十七世紀早期剛剛落成時的模樣。宅子周圍有兩圈城壕，曾經為宅子那個更為軍事化的前身提供了屏障。外面的一圈已經自然乾涸，眼下扮演的是菜園子這個卑微平凡的角色。裏面的一圈則依然存在，包圍着整座宅子，深度雖然已經下降到區區幾英尺，寬度卻足足有四十英尺。城壕裏的水來自一條穿壕而過的小河，雖然說混濁不堪，但卻與普通的溝中死水絕不相同，並不會危及

* 　肯特郡 (Kent) 為英格蘭東南部的一個郡，緊鄰倫敦；坦布里奇維爾斯 (Tunbridge Wells) 為肯特郡西邊毗鄰薩塞克斯郡的一個鎮子。

†　十字軍東征是西歐封建領主及騎士向地中海東岸國家發動的一系列宗教戰爭的統稱，斷斷續續地打了將近 200 年，第一次十字軍東征的時間是 1096 至 1099 年；「紅王」(Red King) 即 1087 至 1100 年間在位的英格蘭國王威廉二世 (William II,1056 ？ –1100)，「紅王」之稱可能是因為他的紅臉膛；詹姆斯一世時代即英王詹姆斯一世在位的時代，亦即 1603 至 1625 年；雨果·德·卡布斯 (Hugo de Capus) 為虛構人物。

健康。宅子底樓的窗子離水面還不到一英尺。

進入宅子的唯一一條通道是一座吊橋，吊橋的鐵鏈和絞盤早就已經鏽蝕斷裂。不過，宅邸的新主人已經憑着慣有的幹勁把吊橋修復如初，到眼下，吊橋不光是拉得起來，每天晚上也實實在在地拉了起來，要到第二天早上才會放下去。這一來，宅子又恢復了封建時代的舊貌，一到晚上就會變成一座孤島——這樣的一個事實，對即將轟動全英的那件謎案造成了十分直接的影響。

道格拉斯一家入主宅邸的時候，宅邸已經荒廢多年，眼看着就要土崩瓦解、變成一堆驚心怵目的斷壁殘垣。這家人只有兩個成員，一個是約翰·道格拉斯，另一個就是他的妻子。道格拉斯是個外表和性格都不一般的人物，他年紀五十上下，下巴寬大、面容粗獷、髭鬚花白，灰色的眼睛極其銳利，瘦削結實的身板充滿活力，分毫不少地保持着年輕時代的強健和機敏。他在所有人面前都是興高采烈、一團和氣，舉止卻多少有點兒唐突簡慢，給人的印象是他曾經體驗過另一個階層的生活，那個階層的社會等級要比薩塞克斯鄉紳低得多。

然而，儘管那些較為文雅的鄰居看他的眼神裏透着一點兒驚訝和不以為然，他還是迅速贏得了村民們的熱愛，因為他出手闊綽地支持村裏的所有公益事業，積極參加吸煙音樂會＊之類的社交活動，同時又擁有一副異常渾厚的

＊ 吸煙音樂會 (smoking concert) 為維多利亞時代常見的一種氛圍輕鬆隨意的音樂會，參與者可以在現場演奏的陪伴之下一邊吸煙、一邊高談闊論。

男高音，隨時樂意用一首十分悅耳的歌曲為參加聚會的人們助興。他似乎非常有錢，錢據說是從加利福尼亞的金礦裏賺來的，從他和他妻子的言論來看，他確實是在美國生活過一段時間。

他慷慨大方的秉性和平易近人的作派已經贏得了人們的好感，履險如夷的膽色則讓他聲望倍添。他的騎術十分蹩腳，可他卻一次不落地參加了所有的賽馬會，並且打定主意要跟最好的騎手比個高低，不顧自己一次又一次地摔得落花流水。教區牧師家裏着火的時候，他也表現出了過人的勇氣，因為當地的救火隊已經無計可施、放棄撲救，他卻毫無懼色地再一次衝進房子去搶救財物。這樣一來，遷居伯爾斯通還不到五年，宅邸主人約翰·道格拉斯就已經變成了一個響當當的人物。

道格拉斯的妻子也很受各位相識的歡迎，當然，她的相識並不多，因為按照英格蘭人的習俗，很少有人會在未經正式引見的情形之下去拜訪遷居本郡的外鄉人。她對此不以為意，因為她天性恬退，與此同時，從方方面面的情況來看，她心裏只有丈夫和家務。根據大家的了解，她出身於英格蘭良家，是在倫敦與時為鰥夫的道格拉斯先生相識的。她長得非常漂亮，身材修長，膚色較深，年紀則比她丈夫小了二十歲左右。不過，懸殊的年齡似乎並沒有對夫妻倆和和美美的家庭生活造成絲毫影響。

不過，有些時候，跟這對夫妻走得最近的人們會說，他倆之間似乎並沒有完全的信任。做妻子的很少談論丈夫的過去，這可能是因為她主動選擇守口如瓶，更大的可能

則是她本來就對丈夫的過去不甚了了。除此之外，道格拉斯太太有時會顯得十分緊張，趕上丈夫回家特別晚的時候，她更會流露出極為強烈的不安，這些情況也讓一些目光敏銳的人看在了眼裏、掛在了嘴上。在這種寧靜安閒的鄉村地區，閒言碎語總是格外受人歡迎，宅邸女主人的這種怪癖自然逃不過人們的議論。後來的種種事件讓她的怪癖有了一層十分特殊的含義，到那個時候，關於她這種怪癖的記憶便格外清晰地浮現在了人們的腦海之中。

還有個人需要提一提，他雖然只是個來來往往的過客，並不在宅邸之中長住，可他來的時候剛好趕上了下文之中的離奇事件，結果就讓自己的名字赫然出現在了公眾眼前。這個人就是瑟希爾·詹姆斯·巴克爾，住在漢普斯蒂德街區*的哈爾斯公寓。

瑟希爾·巴克爾那個晃晃悠悠的高大身影是伯爾斯通村那條主要街道上的常見風景，因為他經常來伯爾斯通宅邸作客，而且很受主人的歡迎。人們對他格外留意，因為他一方面是道格拉斯先生在那段不為人知的往昔歲月當中結交的朋友，一方面又是道格拉斯先生英格蘭新生活當中的一個成員，同時具備這兩種身份的人只有他一個。巴克爾本人無疑是英格蘭的土產，不過，他自己說得非常清楚，他是在美國認識道格拉斯的，他倆在那邊有過十分親密的交往。他似乎非常富裕，據說還是個單身漢。

巴克爾比道格拉斯先生年輕不少，充其量不過四十五

---

*　漢普斯蒂德街區 (Hampstead) 為倫敦西北部的一個街區，參見《查爾斯·奧古斯都·米爾沃頓》。

歲。他身材高大挺拔，胸膛寬闊，刮得乾乾淨淨的臉活像個職業拳手，烏黑的雙眉濃密勁挺，黑色的眼睛咄咄逼人。瞧他那雙眼睛，他興許不需要強悍雙手的幫助，單憑目光就可以在敵視自己的人群當中清出一條路來。他既不騎馬也不打獵，成天都叼着煙斗在古老的村子周圍晃盪，或者是跟主人一起坐着馬車欣賞美麗的鄉野，主人不在就跟女主人一起出游。「他是一位脾氣隨和、出手闊綽的紳士，」宅邸管家埃姆斯如是評論。「不過，說真的！我可不敢惹他動火！」他跟道格拉斯非常親密，對待道格拉斯太太的態度也是同樣友善，友善得不止一次地引起了道格拉斯的明顯疑慮，就連僕人們都看得出來。災難降臨的時候，這家人當中的第三個成員就是這麼一個人物。

說到這座古老建築當中的其他住客嘛，住客雖然不少，提一提其中兩個也就夠了，一個是莊重體面、治家有方的埃姆斯，另一個則是體態豐腴、開朗樂觀的艾倫太太，她幫道格拉斯太太分擔了不少家務。除開他倆之外，宅子裏還有六名僕人，不過，那些僕人都跟一月六號夜間的種種事件沒有甚麼關係。

伯爾斯通當地的小警局是在當晚十一點三刻接到報案的，值班的人是薩塞克斯警隊的威爾遜警長。那時候，瑟希爾・巴克爾火急火燎地衝到警局門口，瘋了似的把門鈴拉得山響。他上氣不接下氣地說了一大通，要點則是伯爾斯通宅邸發生了可怕的慘劇，約翰・道格拉斯遭到了謀殺。說完之後，巴克爾急匆匆地趕回了宅邸，警長則立刻將大案發生的消息發往郡裏的警局，幾分鐘之內就跟了過

去，趕到兇案現場的時間是十二點多一點兒。

　　趕到宅邸的時候，警長發現吊橋已經放下，窗子裏燈火通明，所有的人都驚惶失措，亂成了一鍋粥。僕人們在大廳裏擠作一團，一個個臉色慘白，驚駭不已的管家則在門廳裏絞着自己的雙手。仍然能夠保持自控的似乎只有瑟希爾·巴克爾，因為他已經打開了離入口最近的那道門，示意警長跟他一起去看現場。與此同時，手腳麻利、醫術高明的全科醫師伍德也從村裏趕到了伯爾斯通宅邸。他們三個一起走進了發生兇案的那個房間，驚恐萬狀的管家也跟了進去，並且隨手關上了房門，免得女僕們看到房間裏的可怕景象。

　　死者仰面躺在房間中央，四肢攤開，身上只穿了一套睡衣，外面罩着一件粉色的睡袍，腳上沒穿襪子，趿拉着一雙絨面拖鞋。醫生跪到死者身邊，把桌上的提燈拿下來照了照。一眼看過去，醫生就知道自己已經回天乏術。死者傷得慘不忍睹，橫在他胸膛上的是一件奇特的武器。那是一把雙筒霰彈槍，扳機前方的槍管被鋸掉了一英尺。顯而易見，兇手開火的距離非常近，所有的彈藥結結實實地傾瀉到了死者的臉上，幾乎把他的腦袋炸成了碎片。兇手還用鐵絲把兩個扳機綁在了一起，目的正是讓兩筒彈藥同時發射，造成更大的殺傷效果。

　　面對這份突如其來的重大責任，鄉村警員覺得惶惑不安。「咱們甚麼也別動，等我的上級來吧，」他驚駭地緊盯着形容可怖的死者，壓低嗓門兒說了一句。

　　「我們甚麼都沒動過，」瑟希爾·巴克爾說道。「這

一點我可以保證。您眼下看到的情形跟我剛發現的時候一模一樣。」

「您是甚麼時候發現的呢？」警長已經把自己的記事本掏了出來。

「剛好是十一點半的時候。聽到槍聲的時候，我坐在自個兒臥室的壁爐旁邊，還沒有脫衣上床。槍聲並不是特別響，聽着像是被甚麼捂住了似的。我趕緊衝下樓來，依我看，最多不過半分鐘，我已經衝進了這個房間。」

「這道門當時開着嗎？」

「是的，門是開着的。可憐的道格拉斯就躺在眼下的這個位置，他從自個兒臥室裏拿來的蠟燭還在桌子上燃燒。過了幾分鐘，我才把這盞提燈點上。」

「您沒有看見甚麼人嗎？」

「沒有。我聽見道格拉斯太太跟着我下了樓，趕緊衝出去攔她，免得她看見這種可怕的景象。女管家艾倫太太跑了過來，攙着她離開了。埃姆斯這時已經到場，我們倆就一起跑回了這個房間。」

「可我確實聽說，吊橋整夜都是收在上面的。」

「沒錯，確實是收在上面，是我把它放下去的。」

「這麼說的話，兇手怎麼跑得掉呢？根本就不可能嘛！道格拉斯先生肯定是自殺的。」

「剛開始的時候，我們也是這麼想的。可是您瞧！」巴克爾拉開窗簾，窗簾後面那扇狹長的菱形格子窗已經開到了最大的限度。「再瞧瞧這個！」他用提燈照了照，木

頭窗台上有一塊形如靴印的血跡。「有人從窗子往外逃，所以才踩到了這上面。」

「您是說有人趟過城壕跑掉了嗎？」

「沒錯！」

「可是，既然您案發之後不到半分鐘就跑進了這個房間，肯定能看到他在水裏啊。」

「肯定能看到。老天在上，我要是一進來就往窗子跟前衝就好了！可是，您也看見了，窗子上還拉着窗簾呢，所以我壓根兒就沒往這上面想。接着我就聽見了道格拉斯太太的腳步聲，一心只想着不能讓她走進這個房間。這裏面的景象確實是太慘了。」

「是夠慘的！」醫生接口說道，眼睛看着那顆粉碎的腦袋和腦袋周圍的可怖印跡。「自從伯爾斯通火車相撞事件以來，我還沒見過這麼可怕的傷情呢。」

「慢着，聽我說，」警長說道，他那個鄉村風格的遲鈍頭腦仍然在圍着那扇敞開的窗子打轉。「您當然可以說有人趟過城壕跑掉了，可我倒想問問您，既然吊橋收在上面，當初他究竟是怎麼進來的呢？」

「呃，這還真是讓您給問着了，」巴克爾說道。

「吊橋是甚麼時間收上去的呢？」

「將近六點的時候，」管家埃姆斯說道。

「我聽說，」警長說道，「你們通常都是在太陽落山的時候收吊橋。眼下這個時節，太陽應該是在四點半左右落山，可不會等到將近六點。」

「道格拉斯太太請了一些客人來喝茶，」埃姆斯說

道。「客人不走我是不能收吊橋的。他們走了以後，我親手把吊橋拉了起來。」

「既然如此，咱們可以這麼說，」警長說道，「如果有人從外面進來的話，我是說**如果**，那麼，這個人必須得在六點之前通過吊橋，然後還得在宅子裏躲到十一點鐘以後，直到道格拉斯先生走進這個房間為止。」

「一點兒不錯！每天晚上回房之前，道格拉斯先生的最後一項工作就是把宅子巡查一遍，看看各處的燈火是否正常。他巡查到這個房間的時候，等在房間裏的兇手衝他開了槍，然後就從窗子逃了出去，把槍留在了這兒。我只能這麼解釋，因為其他的解釋都跟事實對不上。」

警長從死者身邊的地板上撿起了一張卡片，卡片上有兩行十分潦草的墨水字跡，上面一行是字母縮寫「V.V.」，下面一行是數字「341」。

「這是甚麼東西？」他舉着卡片問道。

巴克爾好奇地看了看。「之前我還真沒注意到這張卡片，」他說道。「肯定是兇手留下的吧。」

「V.V.──341。我完全想不出這是甚麼意思。」警長的一雙大手把卡片翻來翻去。「『V.V.』是甚麼意思呢？某個人的姓名縮寫，也許吧。您在那邊找到甚麼了呢，伍德醫生？」

醫生在壁爐跟前的毯子上找到了一把大號的錘子，分量十足、工藝精湛。看到錘子之後，瑟希爾·巴克爾指了指壁爐台上的一盒銅頭釘。

「就在昨天，道格拉斯先生把牆上的畫挪了挪位

置，」他説道。「我親眼看見他站在那把椅子上，把椅子上方的那幅大畫往牆上釘。錘子就是這麼來的。」

「咱們最好把它放回毯子上的原位吧，」警長一邊説，一邊迷惑不解地抓撓自己的腦袋。「要把這件事情查個水落石出，恐怕得用上警隊裏最好使的腦瓜子。倫敦的專家不來，這案子是結不了的。」説到這裏，他舉起提燈，慢慢地在房裏走了一圈兒。「嘿！」他突然把窗簾扒拉到一邊，興奮不已地嚷了一聲。「宅子裏的窗簾是甚麼時候拉上的呢？」

「掌燈的時候，」管家回答道。「應該是四點剛過不久。」

「之前確實有人躲在這兒，錯不了。」警長把提燈移向地面，牆角裏有幾個清清楚楚的泥巴靴印。「我不得不承認，巴克爾先生，這跟您的推測完全吻合。看情形，這個人闖進宅子的時間是在四點鐘拉上窗簾之後，同時又在六點鐘收起吊橋之前。他躲進了這個房間，因為這是他看到的第一個房間。房間裏沒有藏人的地方，所以他鑽到了這道簾子後面。這些事實似乎都很清楚。他主要的目的興許是偷東西，沒想到讓道格拉斯先生給撞見了，於是他殺死了道格拉斯先生，然後就逃之夭夭。」

「我也是這麼看的，」巴克爾説道。「不過，要我説，咱們這不是白白浪費寶貴的時間嗎？咱們幹嗎不趁着這個傢伙還沒跑遠，把周圍的鄉區搜查一遍呢？」

警長思索了片刻。

「早上六點之前是沒有火車的，他不可能坐火車逃

走。他要是拖着滴答淌水的雙腿走大路的話，肯定會引起別人的注意。不管怎麼説，沒有人來接手的話，我是絕對不能離開這兒的。還有啊，照我看，在我們把所有人的情形調查清楚之前，你們也通通不能離開。」

醫生已經把提燈拿了過去，這會兒正在近距離地驗看屍體。「這個記號是怎麼回事？」他問道。「它會跟這樁罪行有甚麼關聯嗎？」

死者的右臂從睡袍裏支棱出來，手肘以下的部位露在了外面。靠近前臂中央的位置有一個古怪的褐色標記，圖案是一個圓圈套着一個三角形。標記像浮雕一般從牛脂色的胳膊上凸了起來，看上去格外扎眼。

「這可不是刺上去的，」醫生一邊説，一邊眯縫起眼睛，透過眼鏡仔細察看，「我從來沒見過這樣的記號。這個標記肯定是以前的某個時候烙上去的，手法跟烙牲口一樣。這是甚麼意思呢？」

「是甚麼意思我倒説不好，」瑟希爾·巴克爾説道，「不過，前面這十年當中，道格拉斯身上的這個標記我看見過好多次。」

「我也是，」管家説道。「這個標記我看見過很多次，都是在東家捲起袖管的時候。以前我經常都在琢磨，這到底是甚麼意思。」

「這麼説的話，它跟這樁罪行怎麼也扯不上關係，」警長説道。「話又説回來，這終歸是一件非常古怪的事情。這件案子當中的事情全都是非常古怪。我説，這又是怎麼啦？」

管家剛剛發出了一聲驚叫，這會兒正指着死者那隻伸得長長的手。

「他們拿走了他的結婚戒指！」他倒吸了一口涼氣。

「甚麼！」

「真的，錯不了。東家一直都把素面的金結婚戒指戴在左手的小指上，再把鑲有天然塊金的那枚戒指戴在結婚戒指的上面，盤蛇形狀的戒指則戴在中指上。眼下呢，塊金戒指和盤蛇戒指都還在，結婚戒指卻不見了。」

「他說得沒錯，」巴克爾說道。

「你難道是說，」警長說道，「結婚戒指在另一枚戒指**下面**嗎？」

「一直都在！」

「也就是說，這個兇手，或者是別的甚麼人，先把你說的塊金戒指取了下來，再把結婚戒指取了下來，然後又把塊金戒指套了回去。」

「就是這樣！」

可敬的鄉村警員開始大搖其頭。「要我看，我們必須得讓倫敦方面來接手這件案子，越快越好，」他說道。「懷特·梅森是個聰明人，本地還沒出過懷特·梅森辦不了的案子呢。要不了多久，他就會到這兒來幫我們。可我還是覺得，沒有倫敦方面的幫助，這件事情完不了。不管怎麼樣，說出來也不怕你們笑話，對於我這樣的人來說，這件活計真的是太複雜啦。」

第四章
暗夜難明

接到伯爾斯通村威爾遜警長的緊急請求之後，薩塞克斯的首席探員坐上一輛輕便馬車，凌晨三點就從總部趕到了現場，車前的馬兒已經跑得上氣不接下氣。他通過凌晨五點四十的火車向蘇格蘭場發出了求援報告，中午十二點的時候就在伯爾斯通車站跟我們碰上了頭。懷特·梅森貌不驚人、和顏悅色，身穿一套鬆鬆垮垮的花呢西裝，紅潤的臉龐刮得乾乾淨淨，身材略顯臃腫，強壯的羅圈腿上打着綁腿，看着又像是一個小本經營的農場主，又像是一個退休的獵場看守，像甚麼都說得過去，唯獨不像一個外郡探員之中的模範人物。

「真真正正是一件了不得的大案子，麥克唐納先生！」他翻來覆去地說道。「那些記者知道之後，馬上就會像聞見味兒的蒼蠅一樣撲到這裏來。要我說，咱們得趕緊把工作做完，別等他們伸着鼻子到處亂拱，把所有的線索弄得亂七八糟。按我的印象，以前還從來沒有發生過這樣的案子呢。我沒搞錯的話，福爾摩斯先生，這裏面有些東西特別對您的胃口。還有您，華生醫生，沒有醫學界的意見，咱們肯定是結不了案的。你們的房間在威斯特維爾紋章旅館，別的選擇也沒有啦，不過我聽說，那家

旅館還算是乾淨舒適。這個人可以幫你們拿行李。這邊請，先生們。」

這位薩塞克斯探員可真是個忙忙叨叨、和藹可親的人物。十分鐘之後，我們就找到了各自的住處。又過了十分鐘，我們已經坐進了旅館的客廳，開始聽他飛快地給我們概述前一章當中講過的那些事情。麥克唐納時不時地做着筆記，福爾摩斯則全神貫注地坐在那裏，臉上帶着一種虔敬的驚嘆，神情十足是一位正在鑑賞奇花異草的植物學家。

「不一般！」探員的故事講完之後，福爾摩斯開口説道，「太不一般了！我簡直想不起來，還有哪件案子比這件更奇特。」

「我就知道您會這麼説，福爾摩斯先生，」懷特·梅森欣喜萬分地説道。「這一回，我們薩塞克斯也算是趕上時代啦。好了，我是在今早三四點之間從威爾遜警長手裏接過這件案子的，在那之前的事情，我已經全部講完了。嘻！我把我那匹老母馬趕得跟甚麼似的！後來我才發現，我壓根兒就用不着趕那麼急，因為我一時之間甚麼也幹不了。威爾遜警長已經掌握了所有的事實，我只是核對了一下，然後又掂量了一下，興許還往裏面加了點兒我自個兒的東西。」

「加的是甚麼東西呢？」福爾摩斯迫不及待地問道。

「是這樣，我首先對那把錘子進行了一番檢查，伍德醫生也在那兒，可以幫我的忙。結果呢，我們並沒有在錘子上找到暴力的痕跡。我本來是想，如果道格拉斯先生曾

經用錘子自衛的話，錘子興許就會在兇手的身上留下一點兒印記，然後才落到毯子上。不過，錘子上壓根兒就沒有血跡。」

「當然嘍，你這個發現證明不了任何東西，」麥克唐納督察說道。「用錘子殺了人，錘子上又沒留下任何痕跡，這樣的兇案多得是。」

「的確如此。這證明不了死者沒有用過那把錘子。不過，萬一能找到血跡的話，咱們的事情就好辦了。事實呢，我們沒有找到血跡。這之後，我檢查了一下那把槍。那把槍用的是大號鉛彈，還有呢，正像威爾遜警長所說的那樣，兩個扳機是用鐵絲綁在一起的，一旦扣動後面那個扳機，兩筒彈藥就會同時發射出去。不管把槍弄成這樣的人究竟是誰，他總歸是打定了主意，絕不給目標留下任何機會。那把槍是鋸過的，長度還不到兩英尺，攜帶非常方便，藏在大衣下面就可以。槍上面沒有完整的廠商名字，兩根槍管之間的凹槽裏還剩着『P—E—N』三個字母，名字的其餘部分都讓鋸子給鋸掉了。」

「"P"這個字母比較大，而且是花體的，"E"和『N』則比較小，對嗎？」福爾摩斯問道。

「沒錯。」

「賓夕法尼亞小型火器製造公司*，美國的槍械名廠，」福爾摩斯說道。

懷特·梅森直勾勾地盯着我朋友，神情就像是一名小

---

* 賓夕法尼亞州的英文是「Pennsylvania」。

村診所的坐店郎中正在膜拜一位哈萊街 * 的醫學專家，後者可以一語道破他無法辨別的疑難雜症。

「這一點非常有用，福爾摩斯先生。毫無疑問，您說得一點兒不錯。太妙了！太妙了！難道說，您把世界上所有槍械廠商的名字都裝進了自己的腦子嗎？」

福爾摩斯把手一擺，打住了這個話頭。

「毫無疑問，那是一把來自美國的霰彈槍，」懷特 · 梅森接着說道。「我似乎在哪裏讀到過，美國有些地方的人就愛拿鋸短的霰彈槍來當武器。拋開槍管上的名字不說，當時我確實想過，那把槍有可能來自美國。這樣的話，咱們就可以說，有證據表明，闖進宅子殺死主人的是一個美國人。」

麥克唐納搖了搖頭。「伙計，你走得有點兒太快了吧，」他說道。「到現在為止，我連可以證明真的有生人闖進宅子的證據都還沒有聽見呢。」

「敞開的窗子、窗台上的血跡、古怪的卡片、牆角的靴印，還有那把槍！」

「你說的那些東西全都可以偽造出來。道格拉斯先生是個美國人，要不就是在美國生活過很長時間，巴克爾先生也是一樣。就算是為了解釋現場的美國作派，也不是非得從外面進口一個美國人不可吧。」

「還有埃姆斯，那個管家——」

「他能說明甚麼問題呢？他靠得住嗎？」

「他曾經在查爾斯 · 昌多斯爵士身邊待了十年，為

---

* 　哈萊街 (Harley Street) 是當時倫敦的醫家麕集之所。

人跟岩石一樣可靠。從道格拉斯五年前租下宅邸的時候開始，他一直都跟着道格拉斯。他從來沒在宅邸裏看見過那樣的槍。」

「槍的主人本來就想把它隱藏起來，為了這個目的才鋸短了槍管。隨便哪個箱子都裝得下那把槍，他怎麼能斷定宅邸裏沒有那樣的槍呢？」

「呃，不管怎麼說，他反正是從來沒看見過。」

麥克唐納又一次搖起了他那顆頑固不化的蘇格蘭腦袋。「直到現在，我仍然不能確信，真的有生人進過宅子，」他說道。「請你靠（考）慮一下，」（全身心投入爭論之後，他的阿伯丁口音變得越發濃重）「請你靠（考）慮一下，如果那把槍真的是從外面帶進去的，如果那些怪事真的都是某個外來人幹的，那該是怎樣的一種局面。噢，伙計，那種局面壓根兒就沒法想像！完全違反常識！您來評評理吧，福爾摩斯先生，您來根據咱們剛才聽見的情況作個公斷。」

「好吧，先說説你的理由，麥克先生，」福爾摩斯説道，擺出了他最為天公地道的架勢。

「就算是真有那麼個人，這個人也絕不是甚麼竊匪。戒指和卡片都可以證明，這是一起出於私怨的蓄意謀殺。很好。有那麼個人偷偷地溜進了一座宅子，意圖是實施謀殺。只要不是傻子，這個人就會知道宅子周圍都是水、自己逃跑的時候會遇上捆（困）難。他會選擇甚麼武器呢？換了你們也會説，他會選擇這世上聲音最小的武器。那樣的話，他才能指望着完事之後趕緊爬出窗子，趟過城壕，

然後再從容不迫地溜之大吉。這也算可以理解。可是，他竟然千挑萬選地帶上了一把聲音大得不能再大的武器，明知道它會讓宅子裏所有的人以最快的速度趕到現場、明知道自己必定會在趟過城壕之前被人看見，這還算可以理解嗎？您覺得這樣的情形可能嗎，福爾摩斯先生？」

「呃，你這些理由非常充分，」我朋友若有所思地回答道。「這樣的情形顯然是非常不合邏輯。懷特‧梅森先生，麻煩您告訴我，當時您有沒有立刻檢查城壕的對岸、有沒有看到甚麼人趟水上岸的痕跡呢？」

「岸上沒有任何痕跡，福爾摩斯先生。話又說回來，岸是石頭砌的，本來也留不下甚麼痕跡。」

「沒有腳印，也沒有其他印跡嗎？」

「沒有。」

「哈！懷特‧梅森先生，咱們這就上宅邸去看一看，您沒有甚麼意見吧？說不定，咱們還能有一點兒啟迪思維的小小發現哩。」

「我正打算這麼提議呢，福爾摩斯先生，剛才我只是想，在咱們過去之前，最好先讓您先了解所有的事實。要我說，如果您有了甚麼發現的話──」懷特‧梅森猶猶豫豫地看着這位業餘同行。

「我跟福爾摩斯先生有過合作，」麥克唐納督察說道。「他這個人是很守規矩的。」

「至少是很守我自個兒訂的規矩，」福爾摩斯笑着說道。「我參加查案是為了伸張正義，同時也是為了協助警方的工作。要說我甚麼時候撇開過警方的話，那也是因

為警方先撇開我。我從來也不曾有過拿警方當墊腳石的打算。與此同時，懷特‧梅森先生，我要求按我自個兒的方式查案，在我自個兒認為合適的時間交出我的成果——我指的是完整的成果，階段性的匯報我可不想做。」

「毫無疑問，跟您一起辦案是我們的榮幸，在您面前，我們一定會知無不言，」懷特‧梅森懇切地說道。「請吧，華生醫生，到時候，我們都想在您的書裏佔據一席之地哩。」

我們沿着風貌古雅的村中街道往前走，路兩邊都是打過頂的榆樹。街道盡頭是兩根風雨剝蝕、苔痕點點的古老石柱，高踞柱頭的曾經是象徵伯爾斯通領主卡布斯家族的舞爪雄獅，眼下則已經不成形狀。石柱前方就是蜿蜒曲折的馬車道，馬車道周圍的橡樹和草坪幽姿獨具，都是只有在英格蘭鄉野之中才能見到的東西。我們沿着馬車道走了一小段，轉過一道急彎，眼前就出現了一座詹姆斯一世時代的房屋。房屋又長又矮，暗紅色的磚牆沾滿煤煙，房屋兩側是一座由紫杉樹籬構成的老式花園。走到近處，木製的吊橋和寬廣美麗的城壕同時映入眼簾，城壕的水面平靜無波，在冷冷的冬日陽光之下泛着水銀一般的光澤。

古老的領主宅邸經歷了三個世紀的風風雨雨，見證了無數次的呱呱墜地、無數次的重歸故里、無數次的鄉村舞筵、無數次的獵狐競技。如今它垂垂老矣，這樁黑暗的勾當竟然會在它古樸莊嚴的牆壁上投下陰影，簡直是豈有此理！話又說回來，它那些奇異的尖頂和突兀的古雅山牆確實可以為陰沉可怖的詭計提供合適的蔭蔽。看着那些深

深嵌入牆壁的窗子，看着水流輕輕拍打宅子正面的黯淡長牆，我禁不住覺得，要上演這樣的一齣慘劇，再沒有比眼前更合適的佈景了。

「就是那扇窗子，」懷特・梅森説道，「吊橋右邊的第一扇。窗子是開着的，跟昨天夜裏發現的時候一模一樣。」

「窗子看着挺窄的，鑽過去可能不太容易吧。」

「呃，再怎麼説，兇手肯定不是個胖子。我們也明白這一點，福爾摩斯先生，用不着您的演繹。不過，您跟我都能擠過去，不會有甚麼問題。」

福爾摩斯走到城壕邊緣，往對面看了看，然後就開始檢查石砌的堤岸和岸邊的草坪。

「我已經仔仔細細地檢查過了，福爾摩斯先生，」懷特・梅森説道。「這裏甚麼也沒有，看不到有人爬上岸來的痕跡——再説了，他幹嗎要留下甚麼痕跡呢？」

「説得對，他幹嗎要留下痕跡呢？溝裏的水一直都這麼渾嗎？」

「通常都是這個顏色。流過這裏的小河把上游的泥沙帶了下來。」

「水有多深？」

「岸邊大概是兩英尺深，中間是三英尺。」

「這麼説的話，咱們就徹底排除了那個人淹死在趟水途中的可能性。」

「是的，這條溝連小孩子都淹不死。」

我們走過吊橋，一個蒼老乾瘦、骨節嶙峋的人招呼我

們進了門，正是管家埃姆斯。可憐的老人臉色蒼白、抖抖索索，顯然是驚魂未定。本村的警長仍然守在災禍降臨的那個房間裏，醫生則已經去了別處。警長身材高大，看起來一本正經、鬱鬱不樂。

「有甚麼新情況嗎，威爾遜警長？」懷特・梅森問道。

「沒有，先生。」

「那好，你回家去吧。你已經夠辛苦的了。有事的話，我們會派人去找你的。最好讓管家在門外等着。你叫他去跟瑟希爾・巴克爾先生、道格拉斯太太和女管家說一聲，我們很快就會找他們談話。好了，先生們，首先請你們聽聽我的看法，然後呢，你們也可以拿出你們自個兒的高見。」

這位鄉下專家給我留下了深刻的印象。他能夠牢牢地把握事實，並且擁有冷靜清晰、富於常識的頭腦，應該可以在他的行當裏有所成就。福爾摩斯經常都對官方探員的陳述感到不勝其煩，這一次卻聽得十分專注，完全沒有厭倦的表示。

「自殺還是謀殺，這就是擺在咱們眼前的第一個問題，對吧，各位？如果是自殺的話，咱們就必須相信，這個人首先取下自己的結婚戒指，把它藏了起來，然後就穿着睡袍下了樓，走進這個房間，在牆角踩上幾個泥腳印，以便讓別人認為有人在那裏打他的埋伏，再往後，他打開窗子，把血塗在——」

「毫無疑問，咱們可以排除這種可能，」麥克唐納說道。

「我也這麼覺得。自殺既然不可能，眼前的事情就只能是一起謀殺。需要確定的是，兇手究竟是來自宅邸內部，還是來自宅邸之外。」

「沒錯，說說您的高見吧。」

「兩種說法都有很多講不通的地方，其中卻必有一種符合事實。咱們不妨先假定兇手是宅邸裏的某個人或者某些人，他們把受害人弄進了這個房間，選的是一個所有人都已安歇同時又尚未入眠的時間。然後呢，他們用世上最古怪、聲音也最大的武器實施了罪行，為的是讓所有人都知道發生了甚麼事情。與此同時，他們用的武器從來都沒有在宅邸裏出現過。這樣的開頭好像不太可能，對吧？」

「是的，確實不太可能。」

「很好，然後呢，所有人一致同意，槍聲響起之後，最多不過一分鐘，宅子裏的全體人員就趕到了現場，不光是瑟希爾·巴克爾先生，雖然他自稱是是第一個趕到的人，還有埃姆斯和其他所有的人。這麼短的時間裏面，兇手得在牆角留下腳印、打開窗子、在窗台上留下血跡、取走死者的結婚戒指，還得完成其他種種事情，您覺得這可能嗎？壓根兒就不可能！」

「您分析得非常透徹，」福爾摩斯說道。「我傾向於贊同您的看法。」

「這樣的話，咱們不得不重新撿起先前的假設，也就是說，兇手是個外來人。這種假設也存在很大的破綻，可它好歹不是絕無可能。兇手闖進宅子的時間是四點半到六點之間，也就是太陽落山之後、吊橋收起之前。宅子裏當

時有客人，門是開着的，不會對他構成障礙。他可能是一名尋常的竊匪，也可能跟道格拉斯先生有甚麼私怨。鑑於道格拉斯先生大半輩子都生活在美國，這把霰彈槍又似乎是從美國來的，看樣子，還是私怨的說法更有可能。闖進宅子之後，他首先看到了這個房間，於是就溜了進來，躲到窗簾後面。他一直等到夜裏十一點之後，等到道格拉斯先生走了進來。他倆如果聊了聊的話，肯定也沒聊多久，因為道格拉斯太太說，她聽到槍聲的時候，她丈夫只跟她分開了幾分鐘。」

「道格拉斯的蠟燭也可以説明這一點，」福爾摩斯説道。

「沒錯。蠟燭是新的，只燒了不到半英寸。遭到襲擊之前，他一定是先把蠟燭放在了桌子上，要不然，蠟燭當然會跟着他跌到地上。這樣看來，他並不是一進房間就遭到了襲擊。巴克爾先生趕到的時候，蠟燭還在燃燒，提燈則處於熄滅的狀態。」

「這些都可以説是非常清楚。」

「好了，咱們不妨根據這些事實來復原當時的情形。道格拉斯先生走進房間，放下蠟燭，有個人從窗簾後面跑了出來，手裏拿着這把霰彈槍。他要求道格拉斯交出結婚戒指——天知道他為甚麼要提這種要求，可咱們別無選擇，只能這麼解釋。道格拉斯先生交出了戒指。接下來，他開槍把道格拉斯打成了這副慘不忍睹的模樣，或者是因為他本來就有這種歹毒的打算，或者是因為他倆打了起來——道格拉斯興許是抄起了咱們在毯子上找到的這把錘

子。這之後，他把槍扔在這裏，這張古怪的卡片多半也是他留下的，不管卡片上的『V.V. 341』到底是甚麼意思。就在瑟希爾‧巴克爾即將發現罪行的那個時刻，他鑽出窗子，趟過城壕，就這麼跑掉了。您覺得怎麼樣，福爾摩斯先生？」

「非常有趣，只可惜稍微有點兒不讓人信服。」

「伙計，要不是其他的説法都更加講不通的話，你這些話就純屬胡説八道！」麥克唐納叫道。「確實是有人殺死了這個人，可是，不管兇手是誰，我都可以清清楚楚地向你證明，他肯定不會採用你説的這種方法。他幹嗎要這樣自絕後路呢？不弄出聲響才是他成功逃脱的唯一希望，他幹嗎要用霰彈槍呢？説説吧，福爾摩斯先生，您既然説懷特‧梅森先生的假設不能讓人信服，那就給我們指條明路吧。」

漫長的討論過程之中，福爾摩斯一直全神貫注地坐在那裏，耳朵一字不落地傾聽着所有人的言論，鋭利的眼睛不停地左右掃視，皺眉蹙額，顯然是正在沉思。

「要拿出一個假設，我還得多了解一些情況才行，麥克先生，」他一邊説，一邊跪到了屍體旁邊。「天哪！這樣的傷痕可真是怵目驚心。咱們能把管家叫進來問問嗎？……埃姆斯，我聽説你經常看見道格拉斯先生前臂上這個十分奇特的烙印、這個套着圓圈的三角形，對嗎？」

「經常看見，先生。」

「關於它的意義，你從來沒有聽到過任何説法嗎？」

「沒有，先生。」

「烙這個標記的時候，他肯定經受了巨大的痛苦。毫無疑問，這是燒灼造成的痕跡。好了，埃姆斯，我看到道格拉斯先生的下巴尖端有一塊小小的橡皮膏。他還活着的時候，你看見過這塊東西嗎？」

「是的，先生，昨天早上刮鬍子的時候，他把臉給刮破了。」

「你以前看見過他刮破臉嗎？」

「很久沒看見過了，先生。」

「有意思！」福爾摩斯説道。「這當然可能只是一種巧合，同時也可能説明他精神緊張，進而説明他看到了甚麼值得擔憂的危險信號。埃姆斯，根據你的觀察，昨天他有沒有甚麼反常的舉止呢？」

「按我看，他顯得有點兒激動不安，先生。」

「哈！這麼説，這次的襲擊並不是完全出乎他的意料。看樣子，咱們確實有了一點兒小小的進展，對吧？你是不是更願意親自盤問證人呢，麥克先生？」

「不用，福爾摩斯先生，這件工作已經落到了比我更高明的人手裏。」

「好吧，那麼，咱們來説説這張卡片——V.V. 341。這是張非常粗糙的卡紙，你們這座宅子裏有這樣的東西嗎？」

「我看是沒有。」

福爾摩斯走到寫字台跟前，從每個墨水瓶裏蘸了點兒墨水，塗在吸墨紙上試了試。「卡片不是在這個房間裏寫的，」他説道，「這裏只有黑墨水，卡片上的字跡卻有點

兒發紫。卡片上的字是用粗筆寫的，這裏的筆都很細。沒錯，我認為卡片是在別的地方寫的。你知道這些字是甚麼意思嗎，埃姆斯？」

「不知道，先生，完全沒有概念。」

「你怎麼看呢，麥克先生？」

「我感覺這張卡片來自某個秘密的幫會，跟他前臂上的標記一樣。」

「我也是這麼想的，」懷特·梅森說道。

「呃，咱們不妨暫時這麼假定，看看這個假定能幫咱們解決多少問題。某個秘密幫會的爪牙闖進了這座宅子，等着道格拉斯先生出現，然後就用上這把武器，幾乎是整個兒轟掉了道格拉斯的腦袋。接下來，他趟過城壕逃之夭夭，逃跑之前還把一張卡片放在了死者身邊，這一來，等報紙上說到這張卡片的時候，其他的幫會成員就可以知道復仇的工作已經完成。這些都可以說得通。可是，世上的武器這麼多，他幹嗎要用這麼一把槍呢？」

「是啊。」

「失蹤的戒指又怎麼解釋呢？」

「確實不好解釋。」

「還有啊，為甚麼沒抓到人呢？眼下已經是下午兩點多了啊。我敢肯定，從天亮到現在，方圓四十英里之內的所有警察都在搜尋一名全身上下濕淋淋的外鄉人，對不對？」

「的確如此，福爾摩斯先生。」

「那麼，除非他有一個近便的巢穴，或者是準備了一

身替換的衣服，不然的話，他們肯定能抓到他。事實呢，到現在**還是**沒有抓到！」說話間，福爾摩斯已經走到了窗邊，這會兒正在用放大鏡檢查窗台上的血跡。「這顯然是一個鞋印。這個人的腳寬得出奇，又寬又扁，用『大鴨蹼』這個字眼兒來形容都可以。這可就怪了，原因嘛，要是你真的能在這個沾滿泥污的牆角裏認出甚麼腳印的話，那你肯定會說，這個人的腳應該沒有那麼難看。話說回來，牆角裏的腳印確實是非常模糊。邊桌底下的這個玩意兒是甚麼呢？」

「道格拉斯先生的啞鈴，」埃姆斯說道。

「啞鈴——只有一隻啊。另一隻在哪兒呢？」

「我不知道，福爾摩斯先生，說不定本來就只有一隻呢。前面好幾個月，我一直都沒留意這樣東西。」

「單獨的一隻啞鈴——」福爾摩斯的口氣十分鄭重。可是，沒等他把話說完，我們就聽見了一陣急促的敲門聲。

一個身材高大、膚色黝黑、模樣精幹、臉蛋光溜的男人站在門口看着我們，一望而知，他就是我已有耳聞的那個瑟希爾·巴克爾。他那雙咄咄逼人的眼睛飛快地掃視着我們的臉，眼神之中帶着疑問。

「抱歉打斷你們的討論，」他說道，「不過，你們確實應該聽聽最新的消息。」

「抓到人了嗎？」

「哪裏去找那麼好的運氣。不過，他們已經找到了他的自行車。那傢伙把自個兒的自行車給扔下了。一起去看看吧，就在離宅子大門不到一百碼的地方。」

我們看到馬車道上站着三、四個人，有的是宅邸的馬夫，有的是看熱鬧的閒人。那些人正在圍觀一輛自行車，車子本來被人藏在一叢常綠灌木裏面，眼下已經被拖了出來。那是一輛成色很舊的拉吉－惠特沃思牌＊自行車，車身濺滿泥濘，似乎是剛剛跑完了一段很長的路程。自行車後座上掛着一個袋子，裏面有一個扳手和一個油罐，車主的身份則沒有任何線索。

「要是這些東西全都編過號登過記的話，」督察說道，「警方可就省事兒多啦。話又說回來，能夠有這樣的發現，咱們也應該謝天謝地了。再怎麼說，咱們就算查不出他去了哪裏，查出他來自何處還是有可能的。可是，說一千道一萬，那個傢伙幹嗎要扔下這件東西呢？沒了這件東西，他到底是怎麼跑掉的呢？這件案子簡直是一團漆黑，咱們好像連一點兒光線都看不見啊，福爾摩斯先生。」

「看不見嗎？」我朋友若有所思地回答道。「不見得吧！」

＊　拉吉－惠特沃思 (Rudge–Whitworth) 為當時的一個英國自行車品牌，今已不存。然而，上文說故事發生在「十九世紀八十年代末期」，而拉吉－惠特沃思自行車公司是在 1894 年才由考文垂的拉吉自行車公司和伯明翰的惠特沃思自行車公司合併而成的，時間上略有出入。

第五章
劇中人

「書房裏還有甚麼要看的嗎？」我們再次走進宅子的時候，懷特・梅森問道。

「暫時沒有了吧，」督察說道，福爾摩斯也點了點頭。

「那麼，你們不妨去聽聽幾名宅邸住客的證詞。我們就在餐廳裏問，埃姆斯。麻煩你第一個來，給我們講講你知道的事情吧。」

管家的敍述簡單明瞭，說話的口吻也誠懇可信。他是五年前來這裏幹活的，正是道格拉斯剛來伯爾斯通的時候。據他所知，道格拉斯先生在美國發了財，是一位富有的紳士。道格拉斯是個和善體貼的東家，興許跟埃姆斯習以為常的那種東家不太一樣，不過，誰也不可能指望樣樣都好。他從來沒見過道格拉斯先生為甚麼事情擔心，恰恰相反，他這輩子從來沒見過像東家那麼無所畏懼的人。東家吩咐僕人每晚收起吊橋，僅僅是為了維持古老的風俗，因為這座老宅向來就是這樣的。

道格拉斯先生很少去倫敦，也很少離開村子。不過呢，就在出事之前的那一天，東家到坦布里奇維爾斯去買了點兒東西。那一天，他注意到東家有點兒激動不安，因為東家表現得焦灼暴躁，跟平常很不一樣。事發當晚，

鈴聲大作的時候，他正在宅子背面的餐具室裏拾掇銀器，還沒有上床睡覺。他沒有聽見槍聲，實際上也不太可能聽見，因為餐具室和廚房在宅子最靠裏的位置，跟書房之間隔着好幾道關着的門，還隔着一條長長的過道。他跑出去的時候，女管家已經從她自己的房間裏跑了出來，因為她也聽見了狂亂的鈴聲。這麼着，他倆就一起跑到了宅子的前屋。

他倆跑到樓梯腳下的時候，他看到道格拉斯太太正在下樓。不，她走得並不匆忙，按他的感覺，她的神態說不上特別驚慌。她剛剛走下樓梯，巴克爾先生就從書房裏衝了出來。巴克爾先生攔住了道格拉斯太太，懇求她轉頭回去。

「看在上帝份上，回你自個兒的房間去吧！」巴克爾先生叫道。「可憐的傑克*已經死了！你去了也沒有甚麼用。看在上帝份上，回去吧！」

巴克爾先生勸了一陣，道格拉斯太太就回樓上去了。太太沒有尖叫，自始至終都沒有大喊大鬧。女管家艾倫太太攙着太太上了樓，陪着太太在臥室裏待着。這之後，他和巴克爾先生一起走進了書房，看到的情形跟警方後來看到的情形一模一樣。那個時候，蠟燭已經熄滅，提燈倒是亮着的。他和巴克爾先生往窗子外面看了看，只可惜當晚非常黑，甚麼都看不見，甚麼也聽不見。接下來，他倆從書房跑進了大廳，等他轉動絞盤放下吊橋之後，巴克爾先生就急匆匆地報警去了。

大致說來，以上這些就是管家的證詞。

---

* 道格拉斯的名字是「John」（約翰），暱稱是「Jack」（傑克）

女管家艾倫太太的敘述也沒有甚麼新鮮內容，作用不過是確證了她那位僕役同事的説辭。女管家的房間遠比埃姆斯幹活的餐具室靠前，鈴聲大作的時候，她正準備上床就寝。她的耳朵有點兒背，沒聽見槍聲的原因興許就在這裏，當然嘍，再怎麼説，她的房間也跟書房隔着一大段的距離。她記得自己聽見過一個聲音，按她的感覺是有人重重地摔上了房門。不過，那個聲音要比鈴聲早得多，至少要早半個小時。埃姆斯先生往宅子前屋跑的時候，她就跟着埃姆斯一起去了。她看見巴克爾先生從書房裏衝了出來，臉色慘白、十分激動。巴克爾先生截住了正在下樓的道格拉斯太太，懇求太太回去。太太回答了一句，可她聽不見太太説的是甚麼。

　　「扶她上去！陪着她！」巴克爾先生這麼吩咐她。

　　於是乎，她扶着太太回了房間，竭盡全力地安慰太太。太太非常激動，渾身顫抖，但卻再也沒提過下樓的事情。太太穿着睡袍，就那麼坐在臥室的壁爐跟前，雙手抱着腦袋。她大半夜都跟太太待在一起。至於其他的僕人嘛，他們都已經睡覺了，直到警察快來的時候才知道出了事情。他們都睡在宅子最靠裏的地方，甚麼動靜也聽不見。

　　講完這些之後，女管家再也不能為我們的訊問記錄增添任何內容，形諸言辭的不過是她哀痛和震驚的情緒而已。

　　排在艾倫太太之後的證人是瑟希爾·巴克爾。關於昨天夜裏的情形，他已經向警方作過陳述，眼下也沒有甚麼可以補充的東西。他個人深信不疑，兇手是從窗子逃走

的。按他的看法，窗台上的血跡就是蓋棺論定的證據。除此之外，既然吊橋收在上面，兇手也就沒有其他的逃跑途徑。他想不出兇手去了哪裏，也想不出兇手為甚麼撇下自行車，如果那輛自行車確實屬於兇手的話。兇手不可能淹死在了城壕裏，因為城壕裏沒有水深超過三英尺的地方。

關於這起謀殺案，他腦子裏有一種非常篤定的假設。道格拉斯口風很嚴，絕口不提自己過往生涯當中的某些片斷。道格拉斯年紀輕輕就去了美國，而且混得非常不錯。他是在加利福尼亞跟道格拉斯相識的，他倆合伙在一個名為本尼托峽谷的地方開礦，事業風生水起。不過，道格拉斯突然賣掉了自己的產業，跟着就來了英格蘭。那個時候，道格拉斯已經成了一個鰥夫。再往後，他自己也把產業變成現錢，遷居到了倫敦。這一來，他倆又續上了往日的交情。

按他的印象，道格拉斯一直都面臨着某種威脅，而他也總是覺得，道格拉斯突然離開加利福尼亞，又把房子租在英格蘭一個如此偏僻的地方，這些事情都跟那種威脅脫不了干係。照他的看法，某個秘密幫會一直在追蹤道格拉斯，那個組織不依不饒，非得把道格拉斯殺死才會甘心。他這種看法的依據是道格拉斯說過的一些話，只不過，道格拉斯從來沒跟他說過那是個甚麼樣的幫會、自己又是怎麼得罪了它。他只能估摸着說，那張卡片上的文字跟那個秘密幫會存在一定的關聯。

「您跟道格拉斯一起在加利福尼亞待了多久呢？」麥克唐納督察問道。

「總共五年。」

「您剛才説他當時是個單身漢，對吧？」

「是個鰥夫。」

「他的前妻是哪裏人，您有沒有聽説過呢？」

「沒有，我只記得他説過她有德國血統，也見過她的相片。她長得非常漂亮，是在我跟他認識的前一年得傷寒死的。」

「到加利福尼亞之前，他還在美國的哪個地方待過，您知道嗎？」

「我聽他説起過芝加哥，他對那個城市非常熟悉，還曾經在那裏工作。我還聽他説起過那些採煤煉鐵的礦區。他這輩子去過的地方可不少。」

「他搞過政治嗎？那個秘密幫會跟政治有聯繫嗎？」

「沒有，他對政治毫無興趣。」

「您覺得這會不會是因為他犯了甚麼罪呢？」

「恰恰相反，我這輩子從來都沒見過比他更正派的人。」

「他在加利福尼亞的生活有甚麼古怪之處嗎？」

「我們的礦區在山裏，他最喜歡窩在那裏工作。如果不是非去不可的話，他從來不去熱鬧的地方。就是因為他這種習慣，我才開始懷疑有人在追蹤他。等到他突然遷居歐洲的時候，我的懷疑就得到了確證。按我看，當時他肯定是收到了某種警告。他剛走的那個星期，有那麼六七個人跑來打聽他的事情。」

「都是些甚麼樣的人呢？」

「呃，是一幫模樣十分兇惡的人。他們跑到我們的礦區，想要知道他的下落。我跟他們説，他已經到歐洲去了，我也不知道該到哪裏去找他。他們找他沒甚麼好事兒，一眼就可以看得出來。」

「那些人是不是美國人——是不是加利福尼亞人？」

「呃，我不知道加利福尼亞人該是甚麼模樣，可他們確實是美國人，錯不了。不過，他們並不是採礦的。不知道他們是幹嗎的，總之我巴不得他們趕緊離開。」

「那是六年前的事情了吧？」

「差不多七年了。」

「再算上你們一起待在加利福尼亞的那五年，這件事情的由頭少説也得追溯到十一年前，對吧？」

「確實如此。」

「過了這麼多年都還是這麼鍥而不捨，他跟那些人之間肯定得有不共戴天的仇恨。這麼大的仇恨，起因也不會是甚麼雞毛蒜皮的事情。」

「按我看，那件事情糾纏了他一輩子，始終都在他的腦子裏打轉。」

「可是，您説説看，一個人既然面臨危險，而且知道危險來自何方，難道不應該向警方尋求保護嗎？」

「沒準兒那是一種沒法讓別人代為防範的危險，誰知道呢。有件事我得告訴您，他去哪兒身上都帶着武器，他那把左輪手槍時時刻刻都在他的兜裏。不幸的是，昨晚他只穿了一件睡袍，把手槍落在了臥室裏。依我看，當時他肯定是覺得，吊橋既然已經收起，自己也就安全了。」

「我想把事情的年月理得清楚一點兒，」麥克唐納說道。「六年多以前，道格拉斯離開了加利福尼亞，第二年您就跟了來，對嗎？」

「對。」

「他結婚是五年前的事情，這樣看來，您一定是在他結婚前後回來的。」

「在他結婚之前一個月左右。我還是他的伴郎呢。」

「道格拉斯太太結婚之前，您認識她嗎？」

「不，不認識。回英格蘭來的時候，我已經在國外待了十年。」

「可是，打那以後，您倒是經常見到她。」

巴克爾惡狠狠地瞪了探員一眼。「打那以後，我經常見到的是**他**，」他回答道。「就算我見到了她，理由也非常簡單，你既然上門拜訪一個做丈夫的人，認識他的妻子就是不可避免的事情。您要是覺得這當中有甚麼瓜葛——」

「我甚麼也不覺得，巴克爾先生。只要事情與案子有關，我都得問一問，可我並沒有冒犯您的意思。」

「有些問題本身就是一種冒犯，」巴克爾氣沖沖地回答道。

「我們想要的只是事實。澄清事實對您有好處，對大家都有好處。您和道格拉斯太太的友情，道格拉斯先生完全贊成嗎？」

巴克爾的臉色白了一層，一雙強壯的大手猛一下扣在了一起。「您沒有權利問這樣的問題！」他大聲說道。「這

跟您正在調查的事情有甚麼關係？」

「我必須重覆我的問題。」

「很好，我拒絕回答。」

「您可以拒絕回答，可您必須明白，您的拒絕本身也是一種回答，原因很簡單，如果沒有甚麼事情需要藏着掖着的話，您肯定不會拒絕回答。」

巴克爾板着臉站在那裏，烏黑的濃眉低低地壓住了眼睛。苦思片刻之後，他抬起眼睛，臉上露出了笑容。「呃，依我看，說來說去，在座諸位只不過是在履行自己的應盡之責，而我並沒有權利妨礙你們。我只想請求你們別拿這件事情去驚擾道格拉斯太太，因為她眼下的折磨已經是夠大的了。我可以告訴你們，可憐的道格拉斯只有一個缺點，那就是喜歡嫉妒。他對我非常喜愛，誰的友情也不可能超過他對我的友情。與此同時，他對他的妻子也是死心塌地。他非常歡迎我來作客，不停地向我發出邀請。可是，要是我跟他妻子一起聊天，或者是跟他妻子表現得比較投契的話，他就會醋意大發、火冒三丈，一下子說出一些完全不成體統的話來。為了這個緣故，我不止一次發誓再也不上這兒來，可他又會寫來一些誠心悔改、苦苦哀求的信件，致使我不得不來。可是，先生們，你們只管相信我，到死我也是這麼說，世上從來不曾有過比她更真摯、更忠誠的妻子——我還可以說，也不曾有過比我更忠實的朋友！」

他的話說得慷慨激昂、十分動情，麥克唐納督察卻不肯善罷甘休。

「死者戴在手上的結婚戒指被人給取走了，」他説道，「這您應該知道吧？」

「好像是吧，」巴克爾説道。

「『好像』是甚麼意思？您應該知道這是事實啊。」

巴克爾似乎有點兒困惑，同時又有點兒猶豫。「我説『好像』，意思是説，戒指也有可能是他自個兒取下來的。」

「不管是誰取的，戒指總歸是不見了。單憑這個事實，誰都會想到這場慘劇跟婚姻有關，不是嗎？」

巴克爾聳了聳寬闊的肩膀。「我倒不知道這個事實意味着甚麼，」他回答道。「不過，您要是非得在那裏含沙射影，説它有可能以某種方式影響這位女士的清譽」——他眼睛裏閃出了憤怒的火光，片刻之後又控制住了自己的情緒，顯然是費了不小的力氣——「呃，那您就選錯了查案的方向，僅此而已。」

「就目前來説，我沒有甚麼要請教您的事情了，」麥克唐納冷冰冰地説道。

「還有個小問題，」歇洛克‧福爾摩斯説道。「您走進那個房間的時候，桌子上只點着一支蠟燭，對嗎？」

「是的，確實是這樣。」

「借着燭光，您看到房間裏發生了可怕的事情，對嗎？」

「沒錯。」

「您立刻就拉鈴叫其他的人了嗎？」

「是的。」

「其他的人來得非常快，對嗎？」

「不到一分鐘就來了。」

「可是，其他的人趕到的時候，看到的情形卻是蠟燭已經熄滅，提燈也已經點燃。這似乎非常不合情理啊。」

巴克爾又一次露出了猶豫不決的神情。「我倒不覺得這有甚麼不合情理，福爾摩斯先生，」他停了片刻才開口作答。「燭光非常微弱，所以我第一個念頭就是把房間裏弄得亮一點兒。桌子上剛好有盞提燈，我就把它給點上了。」

「並且吹滅了蠟燭，對嗎？」

「沒錯。」

福爾摩斯沒有再問甚麼問題，巴克爾慢條斯理地挨個兒看了看我們，按我的感覺，他的眼神之中帶着幾分挑釁。接下來，他轉身走出了餐廳。

這之前，麥克唐納督察曾經給道格拉斯太太寫了張便條，意思是他打算上太太的房間去拜望她，太太卻回覆說，她可以到餐廳來見我們。眼下她走了進來，出現在我們眼前的是一個年約三旬的漂亮女人，身材高挑，舉止出奇地沉靜自持，完全不是我想像的那種哀慟欲絕、六神無主的模樣。她的臉固然蒼白憔悴，確實像一個剛剛遭受了沉重打擊的人，可她的神態十分鎮靜，放在桌子邊緣的纖纖素手也跟我自個兒的手一樣穩定。她那雙哀婉動人的眼睛挨個兒看了看我們，帶着一種異乎尋常的探詢意味。突然之間，她收起疑問的目光，猛一下打開了話匣子。

「你們有甚麼發現了嗎？」她問道。

她問話的口氣不像是充滿期待，倒有點兒恐懼我們有所發現的意思，莫非是我聽錯了嗎？

　　「我們已經採取了所有的措施，道格拉斯太太，」督察說道。「您儘管放心，我們絕不會放過任何細節。」

　　「別怕花錢，」她的語調平靜得無以復加。「我希望你們不遺餘力地追查這件案子。」

　　「您應該可以給我們提供一點兒線索吧。」

　　「恐怕不能，不過我一定知無不言。」

　　「我們聽瑟希爾·巴克爾先生說，您並沒有親眼看見——這麼說好了，您還沒有去過發生慘劇的那個房間，對吧？」

　　「沒去過，他在樓梯上截住了我，懇求我回我自己的房間去。」

　　「確實如此。當時您聽見了槍聲，馬上就下了樓。」

　　「我先是穿上了睡袍，然後才往樓下走。」

　　「從您聽見槍聲開始，到巴克爾先生在樓梯上截住您為止，中間經過了多長時間呢？」

　　「大概是兩分鐘吧，趕上這樣的情況，你很難正確地估計時間。他勸我不要過去，還跟我說去也沒用。接下來，女管家艾倫太太就攙着我回樓上去了。整件事情就像是一場可怕的夢魘。」

　　「您能不能大致說說，您聽見槍聲的時候，您的丈夫下樓有多久了呢？」

　　「不知道，我說不好。他是從他的更衣室下樓的，我沒聽見他出去的聲音。他每天晚上都會把宅子巡查一遍，

因為他對火災有點兒神經過敏。據我所知，這是唯一的一件讓他神經過敏的事情。」

「我正打算跟您打聽這方面的事情呢，道格拉斯太太。您是在您丈夫到英格蘭之後才跟他認識的，對吧？」

「是的，我倆結婚是五年之前的事情。」

「還在美國的時候，他有沒有遇上過甚麼可能讓他面臨危險的事情，他有沒有跟您提過呢？」

道格拉斯太太認認真真地想了好一會兒。

「有的，」她終於開了口，「我一直都覺得他面臨着某種危險，可他不願意跟我談論這件事情。這倒不是因為他對我不夠信任，我倆之間的感情和信任稱得上完美無缺，而是因為他想讓我遠離一切憂慮。他怕我知道全部真相之後心裏會有包袱，所以才守口如瓶。」

「那您又是怎麼知道的呢？」

一抹笑容從道格拉斯太太的臉上一掠而過。「做丈夫的怎麼可能把一個秘密捂一輩子，愛他的女人又怎麼可能不起疑心呢？我之所以知道，是因為他拒絕談論美國生活當中的一些片斷，因為他採取的某些防範措施，因為他無意之中的一些話語，還因為他打量不速之客的那種眼神。我心裏完全明白，他有一些勢力很大的敵人，他認為那些人在追蹤他，所以才會時刻戒備。我對這件事情十分肯定，以至於這些年來，一旦他沒有按時回家，我就會覺得心驚肉跳。」

「我能不能問一問，」福爾摩斯問道，「他的甚麼話引起了您的注意呢？」

「恐怖谷，」女士回答道。「我問他的時候，他曾經用過這麼一個字眼兒，説的是『我在恐怖谷裏呆過，到現在還出不來呢。』趕上他表現得比平常還要擔心的時候，我曾經問過他，『難道説，咱們永遠都逃不出恐怖谷嗎？』他的回答則是，『有時候我確實覺得，咱們永遠也出不去啦。』」

「『恐怖谷』究竟是甚麼意思，您肯定問過他吧？」

「問過，可我一問，他就會把臉拉得老長，搖着頭跟我説，『咱倆當中有一個籠罩在它的陰影之下，已經是夠糟糕的了。上帝保佑，永遠也別讓它的陰影落到你的頭上！』他説的是一座真實存在的山谷，他曾經在那裏生活、在那裏遇上了可怕的事情。這一點我可以肯定，別的我就不知道了。」

「他從來沒提到過甚麼人名嗎？」

「提到過，那是三年前的事情，他打獵的時候出了意外，後來就發起燒來，燒得説起了胡話。我記得，當時他反復地念叨同一個名字，語氣又是憤怒又是恐懼。那個名字是『麥金提』，會首麥金提。等他恢復健康之後，我就問他，會首麥金提是誰，究竟是甚麼會的首領。可他只是笑着回答，『反正不是我的首領，謝天謝地！』不管我怎麼問，他也不肯再往下説了。不過，會首麥金提肯定跟那個恐怖谷有甚麼關係。」

「還有個問題，」麥克唐納督察説道。「您是在倫敦的一家寄宿公寓裏認識道格拉斯先生的，也是在那裏跟他訂的婚，對吧？你們的婚事有沒有甚麼非比尋常的地方，

有沒有甚麼遮遮掩掩或者神秘莫測的地方呢？」

「非比尋常，當然是非比尋常，但卻沒有甚麼神秘莫測的地方。」

「他沒有情敵嗎？」

「沒有，那時我完全是自由之身。」

「他的結婚戒指被人給取走了，這您肯定聽說了吧。這件事情您怎麼看呢？要說是他的某個仇敵找上門來下了毒手的話，那個仇敵幹嗎要拿走他的結婚戒指呢？」

我可以百分之百地肯定，聽到這個問題的那個瞬間，道格拉斯太太的唇邊掠過了一絲若有若無的笑意。

「這我可說不上來，」她回答道。「這件事情確實是古怪極了。」

「好吧，我們不耽擱您了。趕在這樣的時間來給您添麻煩，我們給您賠個不是，」督察說道。「毫無疑問，以後我們還會有別的問題需要問您，不過，還是等問題來了的時候再說吧。」

她站起身來，而我立刻察覺到，跟剛剛進來的時候一樣，她又用探詢的目光迅速地掃了我們一眼，簡直就像是正在發問，「你們覺得我的證詞怎麼樣啊？」這之後，她躬身施禮，飄然走出了房間。

「這個女人挺漂亮的，非常漂亮，」她帶上房門之後，麥克唐納若有所思地說道。「巴克爾這個傢伙肯定是沒少往這兒跑，而他又是個興許能討女人喜歡的男人。他說死者喜歡嫉妒，說不定，他自個兒最清楚死者為甚麼嫉妒。還有那枚失蹤的結婚戒指，這件事情也繞不過去。那

個人取走了結婚戒指，而且是從死者的——這事情您怎麼看呢，福爾摩斯先生？」

我朋友一直坐在那裏苦思冥想，雙手托着腦袋。聽到問話之後，他站起身來，拉響了喚人鈴。

「埃姆斯，」他對應聲趕來的管家說道，「瑟希爾·巴克爾先生眼下在哪兒呢？」

「我去看看好了，先生。」

片刻之後，他跑回來告訴我們，巴克爾在花園裏。

「昨晚你跟巴克爾先生一起走進書房的時候，他穿的是甚麼鞋子，你想得起來嗎？」

「想得起來，福爾摩斯先生。他穿的是一雙臥室裏用的拖鞋。他要去報警的時候，我才替他取來了他的靴子。」

「那雙拖鞋眼下在哪兒呢？」

「還在門廳裏的那把椅子下面。」

「很好，埃姆斯。當然嘍，我們得弄清楚哪些腳印是巴克爾先生的，哪些又是那個外來人的，這一點非常重要。」

「是的，先生。不過我得說明一下，我發現那雙拖鞋沾上了血跡，說實在的，我自個兒的也是一樣。」

「考慮到書房裏的情況，這也沒甚麼不正常的。很好，埃姆斯。需要你的時候，我們會再拉鈴的。」

幾分鐘之後，我們一起走進了書房。福爾摩斯已經從門廳裏取來了巴克爾的絨面拖鞋，埃姆斯說得沒錯，兩隻鞋的鞋底都有黑黲黲的血跡。

「怪事！」福爾摩斯嘀咕了一句。他站在窗邊的亮

處，仔仔細細地檢查着那雙拖鞋。「咄咄怪事！」

他縱身撲向前方，把一隻拖鞋跟窗台上的血跡對在了一起，動作像靈貓一樣迅捷。鞋子和血跡完全吻合。緊接着，他轉頭對着各位同事，無聲無息地笑了起來。

督察的臉興奮得變了形，濃重的阿伯丁口音連珠炮似的迸了出來，聽着就像是一根手杖掃過了一排欄杆。

「伙計，」他高聲說道，「這下子就沒有疑問了！窗台上的腳印是巴克爾自己摁上去的，因此就比普通的靴印寬得多。我還記得您當時說那人的腳是『大鴨蹼』，現在可算是找到原因了。可是，這到底是甚麼把戲，福爾摩斯先生——到底是甚麼把戲呢？」

「是啊，到底是甚麼把戲呢？」我朋友若有所思地附和了一句。

懷特·梅森一邊吃吃地笑個不停，一邊揉搓他那雙胖乎乎的手，顯然是產生了極大的成就感。

「我就說這件案子了不得吧！」他叫了起來。「它還真是不得了！」

第六章
一線曙光

三位偵探還有許多細節需要調查，於是我獨自回到了鄉村旅館當中的簡陋住處。不過，回去之前，我到宅子側翼那座別具一格的古代花園裏散了散步。花園周邊是一排排十分古老的紫杉樹叢，全部都被修剪得奇形怪狀，中心則是一片美麗的草坪，草坪中央立着一個古老的日晷。整個兒的環境十分地恬靜寧神，剛好可以安撫我多少有點兒煩亂的心情。

置身於如此靜謐的氛圍之中，你會不由自主地忘記那間幽暗的書房，忘記書房地板上那個四仰八叉、血肉模糊的人形，即便想了起來，也只會把它當作一場怪誕的夢魘。可是，此時我緩步園中，努力將自己的心神融入淡淡的草木清香，突然卻碰上了一件十分離奇的事情，不光是想起了那場慘劇，心裏還產生了一種非常惡劣的印象。

剛才我已經說過，花園周邊裝點着一排又一排的紫杉樹。在花園距離宅子最遠的那一側，密集的紫杉樹形成了一道連綿的樹籬。樹籬背後有一張石頭椅子，從宅子這邊是看不見的。走近那個地方的時候，我聽到了說話的聲音，一個低沉的男聲說了句甚麼，隨之而來的則是一個女人銀鈴般的輕笑聲。

片刻之後，我繞到了樹籬後面。道格拉斯太太和那個名為巴克爾的傢伙赫然出現在了我的眼前，他倆卻沒有立刻注意到我的存在。看到她的模樣，我着實吃了一驚。在餐廳裏的時候，她顯得又莊重又矜持，如今卻徹底撕下了哀悼的偽裝，閃閃發光的眼睛裏充滿了生的喜悅，臉上也笑意盈盈，顯然是聽到了她同伴的甚麼妙語。她的同伴則欠身向前，雙手扣在一起，胳膊架在膝頭，英俊粗獷的臉膛上掛着回應的笑容。看到我之後，他倆立刻把那副莊嚴蕭穆的面具戴了回去，這個轉變在我看到他倆的一瞬之間便告完成，只可惜晚就晚在這一瞬之間。他倆急匆匆地商量了一兩句，這之後，巴克爾站起身來，走到了我的面前。

「打擾一下，先生，」他說道，「您就是華生醫生吧？」

我冷冷地欠了欠身，毫無疑問，我的態度已經將我心裏的感覺詮釋得淋漓盡致。

「我們猜您就是，因為您跟歇洛克・福爾摩斯先生的交情可謂盡人皆知。您能不能過去跟道格拉斯太太說幾句話呢？」

我沉着臉跟在他的後面，地板上那個支離破碎的人形清清楚楚地浮現在了我的眼前。慘劇發生才幾個小時，他的妻子和他最親近的朋友就一起跑進曾經屬於他的花園，躲在灌木叢後面有說有笑。我不鹹不淡地跟那位女士打了個招呼。在餐廳裏的時候，我曾經為她的悲痛深感同情，眼下呢，我卻用無動於衷的眼神回應着她哀懇的凝視。

「依我看，您恐怕會覺得我是個無情無義、鐵石心腸的人吧，」她說道。

我聳了聳肩膀。「這不關我的事，」我說道。

「說不定，有一天您會還我一個公道。只要您能夠知道——」

「華生醫生並不需要知道，」巴克爾趕緊插了一句。「他自個兒也說了，這不關他的事。」

「沒錯，」我說道，「那麼，我這就跟兩位告辭，接着散我的步。」

「等一等，華生醫生，」女的叫住了我，聲音裏帶着求懇。「有這麼一個問題，您比世上任何人都更有資格回答，與此同時，問題的答案可能會對我造成莫大的影響。這世上沒有人能比您更了解福爾摩斯先生，也沒有人能比您更了解他和警方之間的關係。假設有人秘密地告訴了他甚麼事情，他是不是必須得通知警方的探員呢？」

「對啊，就是這個問題，」巴克爾急不可耐地補充道。「他是按自個兒的判斷行事，還是跟他們完全不分彼此呢？」

「我真的覺得，我不應該談論這樣的問題。」

「我請您——我求您務必談一談，華生醫生！您一定得相信，如果您能在這個問題上指點一二的話，就算是幫了我們——幫了我一個大忙。」

這個女人的聲音如此誠懇，致使我一下子把她的輕佻舉止忘得一乾二淨，再也不能不為所動，只好滿足她的請求。

「福爾摩斯先生是一位獨立的偵探，」我説道。「他自己作主，自行其是。與此同時，他也會用理所應當的坦誠態度來對待偵辦同一件案子的警方探員，不會向他們隱瞞任何可能協助他們將罪犯繩之以法的情報。別的我就不能説了，如果您還想知道更多情況的話，我建議您去問福爾摩斯先生本人。」

説到這裏，我抬抬帽子表示告辭，跟着就繼續前行，由得他倆在樹籬遮蔽的那個隱秘處所坐會。轉過樹籬遠端的時候，我回頭看了看，發現他倆還在那裏熱火朝天地談論着甚麼。他倆的目光朝着我離開的方向，談論的主題顯然是剛剛結束的這次偶遇。

「我可不需要他倆的信任，」聽過我的報告之後，福爾摩斯説道。整個下午他都在宅邸那邊跟兩位同事商量事情，五點鐘左右才回到旅館，開始狼吞虎咽地大嚼我替他叫來的點心。「一點兒也不需要，華生。原因嘛，等到咱們用合謀殺人的罪名去逮捕他倆的時候，他倆就該覺得自己的信任非常可笑了。」

「你覺得事情會發展到這種地步嗎？」

他的興致高得不能再高，心情也好得不能再好。「親愛的華生啊，這是我一口氣吃的第四隻雞蛋，消滅掉它之後，我就會向你介紹一下整個兒的形勢。倒不是説我們已經看穿了這場把戲——還差得遠呢——不過，一旦我們找到了那隻失蹤的啞鈴——」

「啞鈴！」

「天哪，華生，這件案子的關鍵就是那隻失蹤的啞

鈴，你總不至於到現在都還沒看出來吧？好啦，好啦，你用不着垂頭喪氣，咱倆私下説吧，據我看，麥克督察和那位非常不錯的本地行家都跟你一樣，也沒有看出這件事情的莫大意義。單獨的一隻啞鈴，華生！想想吧，只用一隻啞鈴鍛煉的運動員會是甚麼模樣！自個兒想想他半邊發達半邊萎縮的軀體，想想他那根隨時都會彎曲的脊柱。嚇人哪，華生，真夠嚇人的！」

他坐在那裏觀察我搜腸刮肚的狼狽模樣，嘴裏塞滿麵包、眼裏閃着惡作劇式的光芒。光看他饕餮一般的胃口，我就知道他已經勝券在握，因為我清清楚楚地記得他那些廢食忘餐的日日夜夜，那樣的時候，他的心智飽受難題的煎熬，他那張瘦削熱切的臉龐也在殫精竭慮的苦行之中日益憔悴。眼下呢，他終於點起煙斗，坐到這家鄉村古棧的壁爐跟前，開始漫不經心地慢慢講述他對這件案子的看法，神情不像是發表甚麼精心準備的聲明，更像是自言自語。

「謊言哪，華生——龐然巨大、漫無邊際、觸目驚心、徹頭徹尾的謊言——這就是這家人給咱們準備的東西！咱們的調查就是這麼開始的。巴克爾的全部説辭都是謊言。還有啊，道格拉斯太太既然證實了巴克爾的説辭，只能説明她也在撒謊。他倆都在撒謊，而且是事先串通好的。這一來，咱們就看到了一個十分明顯的問題，他倆為甚麼要撒謊，他倆拼命掩蓋的真相又是甚麼呢？咱們不妨試一試，華生，你和我不妨試一試，看看能不能找出謊言背後的真相。

「我怎麼知道他倆在撒謊呢？原因是他倆的謊言編得非常拙劣，壓根兒就沒法讓人相信。想想吧！按照他倆的說法，實施謀殺之後，兇手只有不到一分鐘的時間，其間他先得從死者手上取走藏在另一枚戒指下面的結婚戒指，跟着又得做一件兇手絕對不會做的事情，把另一枚戒指套回去，最後還得把那張古怪的卡片擺在死者身邊。要我說，他倆的說法顯然屬於天方夜譚。

「你可能會說，兇手可以先拿戒指後殺人。當然嘍，華生，我對你的判斷力非常敬重，絕不會真的認為你會這麼說。可是，蠟燭只燃了很短的一段時間，説明兇手和死者之間的會面也長不到哪裏去。根據咱們聽説的情況，道格拉斯是一個無所畏懼的人物，他這樣的人會在這麼短的時間裏面乖乖交出自己的結婚戒指嗎？進一步說，他這樣的人竟然會乖乖交出自己的結婚戒指，這樣的事情可能嗎？不，不對，華生，兇手一定是迅速殺人，然後又在現場單獨待了一段時間，靠的是提燈照明。這一點我有百分之百的把握。

「話又說回來，受害人顯然是被槍打死的。由此看來，真正的開槍時間一定比他們告訴咱們的那個時間早一些。可是，像開槍時間這樣的事情是不可能弄錯的，這樣一來，咱們就只能認為，聽到了槍聲的那兩個人串通起來撒了謊，撒謊的就是那個名為巴克爾的男人和那個名為道格拉斯的女人。除此之外，我還證明了窗台上的血印是巴克爾故意摁上去的，目的是給警方留下一條虛假的線索，這時你就不能不承認，形勢已經對巴克爾十分不利。

「到了現在，咱們必須問問自己，兇案究竟發生在甚麼時間。直到十點半的時候，僕人們都還在宅子裏跑來跑去，由此可知，謀殺必然發生在那個時間之後。十點四十五分，僕人們回到了各自的住處，只有埃姆斯還在餐具室裏忙活。今天下午你走了之後，我做了一些實驗，結果就發現，如果各個房間的門都關着的話，不管麥克唐納在書房裏弄出多大的動靜，我在餐具室裏也不可能聽見。

「不過，如果是在女管家的房間裏，情形就不一樣了。她的房間也在過道裏，離書房卻比較近。在她房間裏的時候，即便書房裏只是有人高聲說話，我都可以模模糊糊地聽見聲音。開火距離非常近的時候，霰彈槍的槍聲就會有所減弱，毫無疑問，這一次的情形正是如此。槍聲應該不會太響，不過，案發當時夜深人靜，槍聲肯定會傳進艾倫太太的房間。按她自己的說法，她耳朵有點兒背，即便如此，作證的時候她還是告訴咱們，警報響起半小時之前，她聽到了一個類似於摔上房門的聲音。警報響起半小時之前，剛好就是十點四十五分。我完全肯定，她聽到的那個聲音就是槍聲，那個時間就是真正的案發時間。

「果真如此的話，咱們就必須搞清楚，假定巴克爾和道格拉斯太太並不是兇手，那麼，從聽到槍聲下樓的十點四十五分開始，到拉鈴喚來僕人的十一點十五分為止，他倆究竟幹了些甚麼事情。他倆當時在幹甚麼，為甚麼沒有立刻發出警報呢？這就是擺在咱們面前的問題，搞清楚這個問題之後，咱們肯定能離破案更近一步。」

「我自個兒也完全確信，」我說道，「那兩個人之間

存在某種默契。丈夫慘遭殺害才幾個小時，她就可以笑呵呵地坐在那裏聽俏皮話，肯定是個無情無義的東西。」

「一點兒不錯。就從她自個兒敍述的事情經過來看，她的妻子形象也說不上光彩照人。華生啊，你是知道的，我這個人向來都不是特別地崇拜女性，即便如此，根據我的生活經驗，只要對自個兒的丈夫有一點兒起碼的恩愛之情，很少有哪個妻子會聽了別人的話就止步不前，不去看看丈夫的遺體。萬一我真的結了婚的話，華生，我一定得跟我妻子培養一點兒感情，免得到頭來，我的屍身就躺在幾碼之外的地方，她卻讓女管家攙着自己揚長而去。這場戲編得太假了，即便是最缺乏經驗的調查人員也會覺得奇怪，奇怪自己為甚麼沒有聽見女性慣有的哀號。就算沒有別的疑點，單是這一件事情也足以讓我察覺，他倆是在串謀撒謊。」

「如此說來，你已經斷定兇手就是巴克爾和道格拉斯太太，對嗎？」

「華生啊，你提的問題總是這樣，直接得駭人聽聞，」福爾摩斯一邊說，一邊衝我晃動他的煙斗。「簡直就像是衝我發射的一顆顆子彈。你應該這麼說，道格拉斯太太和巴克爾知道兇案的真相，眼下正在串謀掩蓋真相，這樣的話，我就可以毫無保留地表示贊同，因為我斷定他倆確實是這麼幹的。至於你那個更加要命的假設嘛，暫時還不是那麼肯定。這樣吧，咱們這就抽出一點兒時間，看看你那個假設面臨着哪些問題。

「咱們不妨假定，這對男女已經勾搭成奸，而且決意

除掉他倆之間的那塊絆腳石。這種假定十分大膽，因為我們已經仔細盤問過那些僕人，再加上其他的一些人，他們的說法完全不支持這種假定。恰恰相反，為數眾多的證據表明，道格拉斯夫婦十分恩愛。」

「我敢肯定，他倆的恩愛不可能是真的，」說這話的時候，我想起了花園裏那張笑吟吟的美麗臉龐。

「呃，不管真的假的，別人的印象反正是這樣的。不說這個，咱們假定這對男女極其狡猾，在這件事情上瞞過了所有的人，並且合謀殺害那個做丈夫的人。事有湊巧，做丈夫的剛好籠罩在某種危險之中——」

「這只是他倆的說辭而已。」

福爾摩斯露出了若有所思的神情。「我看出來了，華生，你的結論是他倆從一開始就沒有一句真話。按你的看法，潛藏的威脅也好，秘密幫會也好，恐怖谷也好，那個名叫麥甚麼的幫會頭領也好，其他甚麼也好，通通都是子虛烏有的東西。怎麼說呢，你這種籠而統之的結論確實具有橫掃一切的力量。咱們這就來看一看，它會把咱們引到甚麼地方。為了給兇案找個原因，他倆編出了這麼一個故事，於是就把那輛自行車擺到庭園裏，以便證明兇案是外來人幹的。窗台上的血跡服務於同樣的目的，屍體旁邊的卡片也是一樣。卡片是他倆在宅子裏鼓搗出來的，這種可能性完全存在。這些都跟你的結論對得上，華生。不過，咱們馬上就會看到，有幾塊板子非常地招人討厭，不方不圓、不聽使喚，怎麼拼也拼不進你設計的那張拼圖。世上的武器那麼多，他倆為甚麼偏偏要用一把鋸短了的霰彈

槍，而且是一把美國製造的槍呢？他倆怎麼能那麼肯定，槍聲不會把別人引來呢？從實際的情形來看，僅僅是因為偶然，艾倫太太才把槍聲當成了摔門的聲音，沒有立刻衝過去看個究竟。你心目當中的這對狗男女為甚麼要這麼幹呢，華生？」

「說實在的，這我確實解釋不了。」

「還有啊，如果某個女人跟情夫合謀殺害了自己的丈夫，他們會耀武揚威地取走死者的結婚戒指、替自己的罪行打廣告嗎？你真的覺得這樣的舉動很合情理嗎，華生？」

「不，不合情理。」

「除此之外，即便你想到了在宅子外面藏一輛自行車的主意，你真的會覺得這樣的主意值得一試嗎？照常理看，最蠢笨的偵探也會說這是個顯而易見的煙幕彈，原因嘛，自行車可是亡命之徒最需要的逃跑工具啊。」

「我完全想不出任何解釋。」

「話也不能這麼說，世上不可能會有讓人想不出任何解釋的因果鏈條。我來給你提供一條可行的思路吧，只當是一次思維訓練，且不管正確與否。我並不否認這僅僅是我的想像，不過，想像孕育真相，例子不是數不勝數嗎？

「咱們不妨假定，道格拉斯這個傢伙的人生之中有一個罪惡的秘密、一個十分可恥的秘密。這個秘密導致他死於非命，兇手呢，咱們不妨假定，是一個外來的仇人。這個仇人從他的屍身上取走了結婚戒指，原因嘛，我承認我到現在也解釋不了。可想而知，他們之間的仇恨可以追溯

到他第一次結婚的時候，拿走戒指的舉動多半與此有關。

「仇人還沒來得及逃走，巴克爾和那個做妻子的已經跑進了房間。兇手言之鑿鑿地告訴他倆，如果他倆打算逮捕他，某件駭人聽聞的醜事就會公之於眾。他倆相信了兇手的說辭，覺得放他走才是上算。為了放跑兇手，他倆很可能放下了吊橋，然後又重新拉了起來，收放吊橋的過程是可以做到無聲無息的。出於某種考慮，兇手覺得徒步逃跑會比騎車安全，於是就把自行車扔在了一個他跑遠之後才會被人發現的地方。到現在為止，咱們還沒有越出情理的疆界，對吧？」

「呃，毫無疑問，這些都還在情理之中，」我嘴裏這麼說，心裏卻並不十分信服。

「咱們必須牢記，華生，這次的事情不論真相如何，總之是十分不同凡響。好了，咱們順着剛才的假設往下推，兇手跑了之後，這對男女——倒不一定是一對狗男女——意識到自己辦了件作繭自縛的蠢事，因為他倆很難洗脫自己的兇嫌，也很難證明自己沒有包庇兇手。他倆應變神速，同時也十分笨拙。巴克爾用他那雙沾了血的拖鞋在窗台上摁了個鞋印，打算讓人相信兇手是從窗子逃走的。顯而易見，他倆不可能裝作沒有聽見槍聲，因此就只能按正常的做法發出警報，只不過是遲了整整半個鐘頭而已。」

「可是，你打算怎麼證明這些事情呢？」

「這個嘛，如果外來的兇手確有其人的話，咱們就可以把他緝拿歸案，這是最有效的一種證明方法。這要是行

不通的話——怎麼說呢，科學的破案手段還多得很呢。依我看，如果能在書房裏單獨待一個晚上的話，應該會對我大有幫助。」

「單獨待一個晚上！」

「我打算一會兒就到那裏去。我已經跟可敬的埃姆斯商量好了，他對巴克爾的態度可怎麼也算不上衷心擁護。我準備坐在那個房間裏，看看那裏的氛圍能不能帶給我一點兒靈感。我這個人是相信地方有靈的 *。笑甚麼笑，華生老兄。好啦，咱們走着瞧吧。對了，你把你那把大雨傘帶來了嗎？」

「帶來了。」

「很好，麻煩你借我一用。」

「沒問題——可是，這算是哪門子武器！要是遇上了甚麼危險——」

「沒甚麼大不了的危險，親愛的華生，要不我一定會請你出馬的。不過，我還是要借用你的雨傘。眼下我只是在等咱們的同事從坦布里奇維爾斯回來，他們正在那邊查訪，想知道誰才是那輛自行車的主人。」

天黑的時候，麥克唐納督察和懷特·梅森總算是遠征歸來。看他倆那副興高采烈的模樣，我們的調查工作顯然是大有進展。

「伙計，我承人（認）我之前還懷疑過外來人的存在，」麥克唐納說道，「不過，那些懷疑都已經煙消雲散

---

* 「地方有靈」的原文是「genius loci」（地精），地精是古羅馬傳說當中守護某個特定處所的精怪，類似於我國神話當中的土地公。

了。有人認出了那輛自行車，還跟我們描述了目標的外貌特徵，這一來，咱們就算是邁出了一個大步。」

「聽你說話的口氣，我怎麼感覺馬上就要結案了啊，」福爾摩斯說道。「說真的，我誠心誠意地向兩位表示祝賀。」

「是這樣，我首先注意到了這樣一個事實，道格拉斯先生的不安舉止似乎是從出事的前一天開始的，與此同時，他那天剛好去了一趟坦布里奇維爾斯。這樣看來，他是在坦布里奇維爾斯意識到禍事臨頭的。隨之而來的是一個顯而易見的結論，如果有人騎着自行車來找他的晦氣，多半就是從坦布里奇維爾斯來的。我們帶着自行車去了那裏，讓當地那些旅館裏的人來認。『老鷹商旅客棧』的掌櫃一眼就認了出來，自行車的主人名叫哈格雷夫，是在兩天前住進客棧的，全部的行李就是那輛自行車和一個手提箱。登記住宿的時候，他沒有留下具體的地址，只是說自己來自倫敦。那個手提箱的確產自倫敦，箱子裏裝的也都是英國貨，主人卻毫無疑問是個美國人。」

「好啊，好啊，」福爾摩斯樂呵呵地說道，「你們已經完成了一些扎扎實實的工作，我卻跟我朋友坐在這裏編造空洞的理論！這可真是個教訓，告誡咱們必須腳踏實地，麥克先生。」

「是啊，您說得對極了，福爾摩斯先生，」督察的口吻十分滿意。

「這些都跟你的理論並不矛盾啊，」我插了一句。

「矛不矛盾還不一定呢。先把你們的發現講完吧，麥

克先生。這個人是甚麼身份，你們沒找到甚麼線索嗎？」

「這方面的線索少之又少，這個人顯然是在千方百計地隱藏自己的身份。他的物品當中沒有文件和信函，衣服上面也沒有標記，臥房的桌子上則擺着一張本郡的自行車路線圖。他是在昨天早飯之後騎車離開客棧的，此後就杳無音訊，到我們去查問的時候依然如此。」

「就是這一點讓我想不通，福爾摩斯先生，」懷特·梅森說道。「這傢伙既然不想惹上嫌疑，按理說就該跑回去，待在客棧裏冒充老實本分的游客。他不可能不知道，如果是現在這種情況，客棧掌櫃一定會向警方報告他失蹤的事情，警方也一定會把他失蹤的事情跟兇案聯繫起來。」

「按理說是這樣。可是，不管怎麼說，既然他依舊逍遙法外，說明他的選擇到現在為止還算明智。對了，他的外貌特徵——他長甚麼樣呢？」

麥克唐納翻了翻自己的記事本。「他們能提供的全部情況都在這裏。看樣子，他們對這個人並不是特別留意，不過，客棧的門房、賬房和客房女傭一致同意，這個人的外貌特徵大致是這樣的：他身高大約五英尺九英寸，年紀五十上下，頭髮略見斑白，花白髭鬚，鷹鈎鼻，面容嘛，他們的形容都是猙獰可畏。」

「咳，除了面容之外，這些特徵倒跟道格拉斯先生本人非常吻合呢，」福爾摩斯說道。「他也是剛過五十，也長着斑白的頭髮和髭鬚，身高也大致是這個數字。你們還有別的發現嗎？」

「這個人穿着一套厚實的灰色衣服，上身是海員式的雙排扣外套，外加一件黃色的短大衣和一頂便帽。」

「那把霰彈槍呢？」

「那把槍還不到兩英尺長，很容易就可以塞進他那個手提箱。帶着槍出門的時候，他完全可以把它藏在大衣下面。」

「按你的看法，這些發現對咱們的破案工作有甚麼幫助呢？」

「這個嘛，福爾摩斯先生，」麥克唐納說道，「逮到犯人的時候，咱們肯定能有一個更加清楚的評判，而我可以跟您保證，聽到這些特徵之後不到五分鐘，我就用電報通知了各處的警局。不過，即便只看現在的情況，咱們也顯然是取得了很大的進展。咱們已經知道，兩天之前，有個自稱哈格雷夫的美國人跑到了坦布里奇維爾斯，隨身帶着自行車和手提箱。這個人的手提箱裏藏着一把鋸短的霰彈槍，犯罪意圖昭然若揭。昨天早上，他騎着自行車來到這裏，霰彈槍就藏在他的大衣下面。根據目前掌握的情況，沒有人看見他來到這裏。不過，他不用經過村子就可以到達庭園的大門，與此同時，那條大路上有的是騎自行車的人。可想而知，進入庭園之後，他立刻把自行車藏了起來，地點正是人們後來發現自行車的那片月桂樹叢。很有可能，他自個兒也埋伏在那片樹叢裏，眼睛盯着宅子，等着道格拉斯先生從裏面出來。用在宅子內部，霰彈槍當然是一種不合常情的武器，可他本來的打算是在宅子外面下手，那樣的話，霰彈槍就具有非常明顯的優勢，一是因

為它不可能打不中，二是因為英格蘭的鄉區狩獵風行，槍聲實屬司空見慣，並不會引起人們的警覺。」

「這些都可以說是非常清楚，」福爾摩斯說道。

「然後呢，道格拉斯先生始終沒有現身。接下來他又該怎麼辦呢？他撇下自行車，借着暮色的掩護摸到宅子跟前，跟着就發現吊橋還架在城壕上，周圍也沒有人。他抓住機會闖進宅子，無疑還提前備好了一套說辭，被人撞見也可以蒙混過關。他甚麼人也沒撞見，順順當當地溜進了他看見的第一個房間，藏到了窗簾後面。躲在那個地方，他可以看見吊橋被人收了上去，因此就知道自己只能趟過城壕往外逃。他一直等到十一點十五分，那個時候，照常進行夜間巡查的道格拉斯先生走進了那個房間。他開槍打死了道格拉斯，然後就按他之前看好的路線逃之夭夭。他意識到自行車會成為一條追查自己的線索，因為客棧裏的人會向警方描述自行車的特徵，所以他扔下自行車，通過其他的方法逃往倫敦，或者是他預先準備的某個可供藏匿的安全地點。您覺得我的推測怎麼樣，福爾摩斯先生？」

「呃，麥克先生，你這個推測本身可以說是非常好，而且非常清楚。話又說回來，這僅僅是你對這個故事的解讀。我的解讀是這樣的，兇案發生的真實時間要比證人說的早半個小時，道格拉斯太太和巴克爾串謀掩蓋了某些事情，他倆曾經幫助兇手逃走，至少也是在兇手逃走之前趕到了兇案現場。還有啊，他倆捏造了兇手從窗子逃走的證據，實際呢，兇手十有八九是經由他倆親手放下的吊橋逃走的。這就是我對前半部分案情的解釋。」

兩位探員搖起頭來。

「呃，福爾摩斯先生，如果您說得沒錯的話，咱們就僅僅是把舊的謎團換成了新的而已，」倫敦警局的督察說道。

「從某些方面來說，新的還比舊的更難解釋，」懷特‧梅森補充道。「那位女士一輩子都沒去過美國，怎麼可能跟一名來自美國的兇手扯上關係，進而向他提供庇護呢？」

「我完全承認，我這個解釋存在種種破綻，」福爾摩斯說道。「今晚我打算獨自進行一次小小的調查，趕巧了的話，就能對咱們的共同事業有所貢獻。」

「需要我們幫忙嗎，福爾摩斯先生？」

「不，不用！我需要的東西非常簡單，一件是黑暗的環境，另一件是華生醫生的雨傘。還有埃姆斯，忠心耿耿的埃姆斯，毫無疑問，他會給我行個方便的。條條思路都讓我回到了同一個基本的問題，鍛煉身體的時候，一名體育愛好者幹嗎要選用一件如此不合常理的器械，幹嗎要選用一隻不成對的啞鈴呢？」

深更半夜，單獨行動的福爾摩斯終於調查歸來。我倆合住的那個房間有兩張床，已經是這家鄉村小旅館條件最好的房間了。他走進房間的時候，我迷迷糊糊地醒了過來。

「呃，福爾摩斯，」我咕噥了一句，「有甚麼發現嗎？」

他拿着一支蠟燭，不言不語地站在我的床邊。接下來，他衝我俯下了又高又瘦的身子。「我說，華生啊，」他低聲説道，「如果跟你同住的人是個瘋子，是個腦子裏一塌糊塗的傢伙，還是個六神無主的白癡，你會不會覺得害怕呢？」

「一點兒也不怕，」我驚愕地回答道。

「哦，那就好，」説完這話之後，當夜他就此噤聲，再也不曾開口。

第七章
答案

　　第二天吃過早飯之後，我倆在本村的警局找到了麥克唐納督察和懷特‧梅森。他倆坐在警長的小會客室裏，一邊私下商討，一邊小心翼翼地整理堆在桌子上的一些信函和電報。其中的三封函電已經被他倆單獨擱在了一邊。

　　「還在追查那個騎自行車的滑頭嗎？」福爾摩斯興高采烈地問道。「那個惡棍有甚麼新消息嗎？」

　　麥克唐納恨恨不已地指了指自己面前的那堆函電。

　　「到這會兒，萊斯特、諾丁厄姆、南安普敦、德比、伊斯特厄姆、里奇蒙＊和其他十四個地方都發來了他的消息。其中的三個地方──也就是伊斯特厄姆、萊斯特和利物浦──還找到了指控他的確鑿證據，並且實實在在地逮捕了他。看樣子，咱們國家到處都是穿黃大衣的逃犯啊。」

　　「我的天！」福爾摩斯滿懷同情地嘆了一聲。「好了，麥克先生，還有您，懷特‧梅森先生，我打算給你們提一條十分誠懇的建議。你們肯定還記得，剛剛跟你們一起介入這件案子的時候，我提了一個條件，也就是說，我

＊　萊斯特 (Leicester)、諾丁厄姆 (Nottingham)、南安普敦 (Southampton)
　　和德比 (Derby) 都是英格蘭城市名，伊斯特厄姆 (East Ham) 和里奇
　　蒙 (Richmond) 當時分別屬於埃塞克斯郡和薩里郡，今天都是倫敦
　　的一部分。

不會向你們發表未經充分核實的推斷，一定要把它們留在心裏，按自個兒的思路繼續查證，直到我斷定它們正確無誤為止。基於這個理由，眼下我還不打算把我全部的想法告訴你們。另一方面，我也答應過要跟你們講規矩，依我看，如果我毫無必要地聽任你們在徒勞無益的事情上浪費哪怕是一分一秒的時間，那就算不上是講規矩。所以呢，今早我特意來給你們提個建議。簡單說來，我給你們的建議可以概括為三個字——別查了。」

麥克唐納和懷特·梅森目瞪口呆地看着這位聲名卓著的同事。

「您覺得這事情沒希望了！」督察叫道。

「我只是覺得你們的辦案手法沒希望，可我並不覺得，查明真相也沒希望。」

「可是，那個騎自行車的人總不是無中生有的東西吧。我們掌握了他的外貌特徵，還找到了他的手提箱和自行車。那傢伙肯定是躲了在某個地方。您為甚麼認為我們抓不到他呢？」

「是的，是的，他肯定是躲在某個地方，咱們也肯定能抓到他。可我不能眼睜睜地看着你們把力氣浪費在伊斯特厄姆或者利物浦。我敢肯定，咱們能找到一條結案的捷徑。」

「您有事情瞞着我們。這可算不上講規矩啊，福爾摩斯先生，」督察生起氣來。

「我的工作方法你是知道的，麥克先生。不過，我會盡量縮短瞞着不說的時間。我只是想通過一種非常簡便的方法來驗證一下細節，然後就會辭別你們返回倫敦，把我

全部的成果留給你們。我要不這麼做的話，那可就太對不起你們了，因為我還從來沒碰上過比這更奇特、更有趣的案子呢。」

「這我就想不明白了，福爾摩斯先生。昨晚從坦布里奇維爾斯回來之後，我們見到了您，當時您還是大致贊成我們的看法的。後來又發生了甚麼事情，讓您對這件案子產生了截然不同的看法呢？」

「呃，既然你這麼問，那我就告訴你，昨晚我把你們聽我說過的那個計劃付諸實施，上宅子裏去待了幾個小時。」

「那麼，發生了甚麼事情呢？」

「哦，這個問題嘛，我暫時只能給你一個非常籠統的回答。順便提一句，我一直在讀一篇關於這座老宅的記述，記述雖然簡短，但卻稱得上又清晰又有趣。這東西便宜極了，花一個便士就可以從本地的煙草鋪子裏買來。」

說到這裏，福爾摩斯從馬甲口袋裏掏出了一本小冊子，小冊子的封皮上印着一幅粗糙的版畫，畫的正是那座古老的宅邸。

「親愛的麥克先生，如果能對周遭的歷史氛圍心領神會，調查的熱情就會空前高漲。別顯得那麼不耐煩嘛，我可以跟你打包票，即便是如此枯燥無味的記述也可以在某種程度上重現往昔的影像。容我給你舉個例子，『伯爾斯通宅邸建於詹姆斯一世在位的第五個年頭＊，矗立在一座遠較自身古老的建築舊址之上，為同時期圍塹住宅的絕佳存世樣版之一——』」

＊　即 1607 年，參見前文注釋。

「您這是要我們呢,福爾摩斯先生!」

「嘖,嘖,麥克先生!——我看見了,你已經表現出了脾氣發作的苗頭。好吧,既然你們對這個話題反應這麼強烈,那我就不打算一個字一個字地往下念了。不過,根據這篇記述,一六四四年,議會黨的一名上校攻佔過這座宅邸,內戰期間,查理一世曾經在宅子裏躲了幾天,後來呢,喬治二世也訪問過這座宅邸*。聽了這些事情,你們想必會承認,這座老宅確實有一些引人入勝的地方。」

「這一點我絕不懷疑,福爾摩斯先生。可是,這跟咱們沒甚麼關係。」

「沒關係?真的沒關係?親愛的麥克先生,要幹咱們這行,寬廣的視野可是一項必備的素質啊。很多時候,咱們都格外需要舉一反三、旁徵博引的手段。我說這些話你可別見怪,因為我雖然只是個研究罪案的業餘行家,歲數卻終歸比你大得多,經驗嘛,興許也比你豐富一些。」

「您這些話我第一個就會同意,」探員懇切地說道。「您的意思非常清楚,這我絕不否認,只不過,您的表達方式確實是非常地拐彎抹角。」

「好啦,好啦,我這就拋開過去的歷史,開始剖析眼前的事實。剛才我已經說了,昨晚我上宅子裏去了一趟。我沒有去找巴克爾,也沒有去找道格拉斯太太,因為我覺得,打擾他們是一件毫無必要的事情。不過,我倒是非常

---

* 1642 至 1651 年間,英國的議會黨和保皇黨之間發生了一系列武裝鬥爭,是為英國內戰,其間英格蘭國王查理一世於 1649 年遭到議會審判,隨即因叛國罪被處斬首之刑;喬治二世 (George II, 1683–1760) 為 1727 至 1760 年間在位的英格蘭國王。

欣慰地聽說，這位女士並沒有日益憔悴的跡象，晚飯也吃得相當不錯。我去那裏是為了拜訪好心的埃姆斯先生，並且跟他進行了一些非常愉快的交流，以至於他沒有徵求其他任何人的意見、自作主張地允許我在書房裏獨處了一段時間。」

「甚麼！跟那東西待在一起嗎？」我脫口而出。

「不，不是那樣，房間已經拾掇好了。我聽說是你同意他們這麼做的，麥克先生。在那個已然恢復正常狀態的房間裏面，我度過了極富教益的一刻鐘時間。」

「您在那裏幹甚麼呢？」

「呃，我並不打算拿這麼簡單的事情來弄甚麼玄虛，這就告訴你們，我在那裏尋找那隻失蹤的啞鈴。琢磨案情的時候，我始終覺得那隻啞鈴特別重要，結果呢，我把它找了出來。」

「在哪兒找到的呢？」

「噢，你這個問題已經把咱們推到了已知領域的邊界，再往前就是未知領域啦。容我再往前走一小步，再走非常非常小的一步，我答應你們，之後我就會把一切和盤托出。」

「好吧，我們只能由着您自行其是，」督察說道，「不過，您剛才叫我們『別查了』，究竟是為了甚麼理由，您不讓我們接着往下查呢？」

「理由非常簡單，親愛的麥克先生，你們壓根兒就不知道自己在查甚麼。」

「我們在查伯爾斯通宅邸約翰・道格拉斯先生遇害的案子啊。」

「是啊，是啊，你們確實在查這件案子。不過，請你們別再費神去查那位騎自行車的神秘紳士了。我可以跟你們打包票，那樣做一點兒用也沒有。」

「那麼，您覺得我們應該怎麼做呢？」

「如果你們願意照辦的話，我這就毫不含糊地告訴你們。」

「呃，說老實話，根據我以往的經驗，您那些古怪行動都是有理由的。好吧，您怎麼說我就怎麼做。」

「您呢，懷特・梅森先生？」

鄉村探員來來回回地看着我們幾個，眼神之中一片茫然，因為他既不了解福爾摩斯這個人，也不了解福爾摩斯的辦案手法。「呃，督察先生沒意見的話，我也沒意見，」他終於應了一句。

「好極了！」福爾摩斯說道。「這樣的話，我建議兩位來一次曠性怡情的鄉間散步。我聽他們說，站在伯爾斯通山梁上俯瞰『大林地』，景色真是美不勝收。需要吃午飯的話，你們肯定能找到一家不錯的客棧，當然嘍，這一帶我完全不熟，沒法向你們推薦一家。黃昏時分，你們帶着疲憊的身體和愉快的心情——」

「伙計，這個玩笑可有點兒過頭了！」麥克唐納一邊嚷嚷，一邊氣沖沖地站了起來。

「好啦，好啦，那你就按你自個兒的心意來打發這個白天吧，」福爾摩斯一邊說，一邊樂呵呵地拍了拍督察

的肩膀。「你們愛幹甚麼就幹甚麼，愛去哪兒就去哪兒，總之要趕在天黑之前上這兒來找我，不得有誤——不得有誤，麥克先生。」

「這話聽着還像那麼回事。」

「我那些話全都是非常不錯的建議，可我也不會硬逼着你們接受，只要求你們在我需要的時間趕到這兒來。還有啊，咱們分開之前，你得寫張便條給巴克爾先生。」

「寫甚麼呢？」

「你沒意見的話，我來念，你來寫。準備好了嗎？

親愛的先生：

我覺得我們有責任排乾城壕，希望能找到——

「這件事情根本辦不到，」督察說道。「我已經調查過了。」

「嘖，嘖！親愛的先生，只管按我說的寫吧。」

「好吧，你接着念。」

——希望能找到一些與本次調查相關的證物。我已經安排妥當，工人將會從明天清早開始疏導水流——

「根本辦不到！」

——疏導水流。既有此等情況，我認為還是提前打個招呼比較好。

「好了，簽上你的名字，下午四點左右派人送過去。到了那個時間，咱們就在這間屋子裏碰頭。在那之前，咱們可以自由活動，因為我可以跟你們保證，咱們別無選擇，只能讓調查工作暫時告一段落。」

我們再次碰面的時候，天漸漸地黑了下來。福爾摩斯的神情十分嚴肅，我的臉上寫滿了好奇，兩位探員則顯然是心有不甘、滿腹怨言。

「好啦，先生們，」我朋友鄭重其事地說道，「現在我請你們跟我一起去驗證所有的事情，請你們自個兒判斷一下，我觀察到的那些情況能不能證明我得出的結論。今天晚上天氣很冷，而我並不知道這次探險要持續多長的時間，所以我懇請你們穿上最保暖的衣服。咱們必須在天黑之前各就各位，這一點十分重要，你們沒意見的話，咱們就立刻出發。」

我們沿着包圍宅邸庭園的柵欄走了一陣，從一個缺口溜進庭園，然後就在越來越濃的暮色之中跟着福爾摩斯往前走，最終走到了一叢月桂樹跟前，差不多是在正對宅子大門和吊橋的位置。吊橋還沒有收上去。福爾摩斯伏下身子，躲在了月桂樹叢後面，我們三個也照此辦理。

「呃，接下來該怎麼辦呢？」麥克唐納沒好氣地問了一句。

「耐心等待，盡量不要發出聲音，」福爾摩斯回答道。

「咱們到這兒來，到底是為了甚麼？依我看，您真的應該對我們坦誠一點兒。」

福爾摩斯笑了笑。「華生老是說，我這個人喜歡給現實生活增添一點兒戲劇色彩，」他說道。「我身上確實有那麼一點兒藝術家的氣質，它一刻不停地督促我去追求完美的舞台效果。當然嘍，麥克先生，如果咱們不能隔三岔五地弄點兒排場來烘托辦案成果的話，咱們的行當肯定會

變得又乏味又淒慘。直截了當的指控、不由分說地衝上去拍人家的肩膀——這樣的結局有甚麼意思呢？反過來，敏捷的演繹、巧妙的陷阱、對未來事件的機靈預測，對大膽假設的成功驗證——這些東西，不正是咱們畢生工作的榮耀和酬報嗎？此時此刻，懸疑的形勢和等待獵物的焦灼讓你激動不已。如果我表現得跟列車時刻表一樣一目瞭然，那還有甚麼可激動的呢？我只需要你拿出一丁點兒的耐性，麥克先生，所有的事情馬上就會水落石出。」

「好吧，我只是希望，榮耀、酬報和其餘種種都能在我們大家活活凍死之前降臨，」倫敦探員無可奈何地說了句俏皮話。

我們都有充分的理由與倫敦探員產生共鳴，因為這一次的守望實在是又漫長又難熬。暗影慢慢地罩住了老宅正面的陰沉長牆，城壕裏湧出的冰冷潮氣讓我們寒徹骨髓、牙齒打戰。宅子的門廊上方懸着一盞孤燈，厄運縈繞的書房裏也有一團穩定的光暈，除此之外，我們的周圍一片黑暗、闃寂無聲。

「咱們得等多久呢？」督察終於開口發問。「還有啊，咱們這是在等甚麼呢？」

「究竟要等多久，我並不比你們更清楚，」福爾摩斯回答道，語氣多少有點兒尖刻。「當然嘍，我倒是巴不得，所有的罪犯都能給自己的罪行排上火車時刻表一樣的日程，這樣的話，咱們大家確實可以省點兒事。要說咱們等的是甚麼嘛——喏，咱們等的就是**這個**！」

他話音未落，書房裏的明亮黃光就被一個在燈前來回

走動的人給擋住了。我們藏身的月桂樹叢正對着書房的窗子，距離窗子還不到一百碼。片刻之後，窗子「吱呀」一聲打開了，我們依稀看到了一個男人頭部和肩部的黝黑輪廓，看到他正在往黑暗的窗外張望。他鬼鬼祟祟地窺視了幾分鐘，似乎是想確定自己沒有被人看見。這之後，他探出身來，緊張的寂靜之中傳來了水流動盪的輕柔聲響。看情形，他正在用手裏的甚麼工具攪動城壕裏的水。突然之間，他把甚麼東西拖了上去，動作就像是漁人釣起了一條魚。他拖上去的是個圓不溜秋的大東西，那東西穿窗而入的時候，書房裏的燈光被它擋了個嚴嚴實實。

「快！」福爾摩斯叫道。「快！」

他飛快地跑過吊橋，把門鈴拉得山響，我們不約而同地一躍而起，拖着僵硬的雙腿，跌跌撞撞地跟了上去。門裏面傳來了拔去門閂的刺耳聲音，轉眼之間，大驚失色的埃姆斯出現在了門口。福爾摩斯二話不說，一把推開埃姆斯，率領我們衝進了我們的監視對象適才所在的那個房間。

書房裏的桌子上擺着一盞油燈，我們從外面看見的光暈就是這麼來的。我們衝進房間的時候，瑟希爾·巴克爾已經拿起油燈，衝着我們照了過來。燈光映出了他那張刮得乾乾淨淨的剛毅臉龐，還有他那雙氣勢洶洶的眼睛。

「該死的，這都是怎麼回事？」他大聲喝問。「你們究竟想找甚麼？」

福爾摩斯飛快地掃視了一遍房間，跟着就猛然撲向寫字台的下面，有人把一個繩子捆紮的包袱塞在了那裏，包袱浸透了水。

「我們想找的就是這個，巴克爾先生，就是這個墜上了一隻啞鈴的包袱，也就是您剛剛從城壕水底撈上來的東西。」

巴克爾緊盯着福爾摩斯，表情十分驚訝。「天哪，您怎麼會知道有這麼一件東西呢？」他問道。

「道理非常簡單，它是我放進水裏的。」

「您放進水裏的！您！」

「興許我應該説，『它是我重新放進水裏的』，」福爾摩斯説道。「麥克唐納督察，你肯定還記得吧，少了隻啞鈴的事情讓我多少有點兒疑惑。我曾經提醒你注意這件事情，不過呢，你光顧着應付其他事情，沒工夫好好考慮，所以就沒能從這件事情演繹出甚麼東西。考慮到水流近在咫尺，眼前又少了一件重物，咱們如果推測有人把某件東西沉到了水裏，並不能算是特別地牽強吧。再怎麼説，這種推測終歸值得檢驗一下。於是乎，昨天夜裏，我靠着埃姆斯的幫助進入了這個房間，再用上華生醫生的傘把，終於把這個包袱撈上來檢查了一遍。

「不過，至關重要的事情是，咱們得設法證明，究竟是誰把包袱沉到了水裏。咱們已經辦到了這件事情，方法也十分粗淺，無非是宣佈要在明天排乾城壕。當然嘍，聽到這個消息之後，藏包袱的人十之八九會把它撈上去，天一黑就動手。我們有至少四名目擊證人，都看見了利用這個機會打撈包袱的人究竟是誰，所以呢，巴克爾先生，我覺得您應該給我們一個解釋。」

歇洛克・福爾摩斯把濕漉漉的包袱擺到桌上的油燈

旁邊，解開了捆紮包袱的繩子。他先從包袱裏掏出一隻啞鈴，把它扔到角落裏去跟另一隻啞鈴作伴，然後就拽出了一雙靴子。「你們瞧，美國產的，」他指着靴尖説了一句。接下來，他把一柄模樣兇險的帶鞘長刀放在了桌子上，最後又打開一個包裹，包裹裏面是一整套衣物，包括內衣、襪子、一身灰色的花呢衣服和一件黃色的短大衣。

「這些衣物都很普通，」福爾摩斯如是指出，「只有這件大衣是個例外，它包含着許多很有意思的特點。」他輕輕地把大衣舉到了燈光旁邊*。「喏，你們瞧它的內袋，內袋在襯裏下面延伸了很長的距離，完全容得下那把鋸短了的鳥槍。大衣的衣領上繡着裁縫的標記——『美國維爾米薩鎮，尼爾成衣鋪』。今天我在教區牧師的圖書室裏度過了一個富於教益的下午，由此了解到維爾米薩是美國的一個欣欣向榮的谷口小鎮，所在山谷是美國最負盛名的煤鐵礦區之一。巴克爾先生，我還記得您曾經提過，道格拉斯先生的前妻跟煤礦有點兒聯繫。既然如此，咱們當然可以得出一個不算十分牽強的推論，屍體旁邊那張卡片上的『V.V.』多半就是『Vermissa Valley』(維爾米薩山谷)，還可以進一步推測，這個派出殺手的山谷剛好就是咱們已有耳聞的那個『恐怖谷』。這些都可以説是相當清楚。好啦，巴克爾先生，我覺得自己説得太多，已經妨礙到了您的解釋工作。」

在這位大偵探發表上述見解的過程當中，瑟希爾·巴克爾那張表情豐富的臉龐真是值得一看。憤怒、驚愕、恐

---

* 　有一些版本當中，這句話後面還有一句，「又長又細的手指在衣服上指指點點」。

慌、躊躇，種種表情次第浮現。到最後，他決定用一種多少有點兒刻薄的嘲諷神態來替自個兒扯個圓場。

「您既然知道了這麼多情況，福爾摩斯先生，倒不如接着給我們講好了，」他冷笑着説道。

「毫無疑問，巴克爾先生，我還有很多事情可以講給您聽。只不過，您自個兒來講可能會體面一些。」

「噢，您是這麼考慮的，是嗎？好吧，我只能這麼説，即便這件事情當中隱藏着甚麼秘密，那也不是我的秘密，不是我有權公佈的東西。」

「呃，巴克爾先生，如果您選擇這種立場的話，」督察平心靜氣地説道，「那我們只能先把您看管起來，逮捕令一到就實施正式的拘捕。」

「你們愛他媽的怎麼着就怎麼着吧，」巴克爾毫不示弱地説道。

顯而易見，我們對他的盤問已經無以為繼。只需要看看他那張花崗石一般的面孔，誰都會立刻明白，再嚴厲的處罰也不能迫使他做出違心的事情。還好，一個女人的聲音打破了眼前的僵局。説話的是道格拉斯太太，她已經站在虛掩的房門旁邊聽了一陣，這會兒便走了進來。

「你已經盡力了，瑟希爾，」她説道。「不管將來會發生甚麼事情，總之你已經盡了力。」

「不光是盡了力，實際上還做過了頭，」歇洛克·福爾摩斯鄭重其事地説道。「夫人，我十分同情您的處境，並且懇請您對我國司法系統的判斷力寄予信任，主動向警方坦白所有的事情。之前我沒有理會您通過我朋友華生醫

生轉達的暗示，興許是有點兒考慮不周，話又說回來，當時我有充分的理由相信您直接捲入了犯罪活動。眼下呢，我已經斷定事實並非如此，與此同時，我們還有很多細節需要澄清，因此我強烈建議，您還是把**道格拉斯先生**請出來，讓他自己給我們講講他的故事吧。」

聽了福爾摩斯的話，道格拉斯太太不由得驚叫一聲。我和兩位探員多半也有同樣的反應，因為我們突然發現，一個男的似乎是一下子從牆裏面冒了出來，眼下正在從他現身的那個黑暗角落走向我們。道格拉斯太太轉過身去，跟着就一把抱住了他，與此同時，巴克爾也跟他握起手來。

「還是這樣好，傑克，」他的妻子開始反復念叨，「我敢肯定，還是這樣比較好。」

「確實如此，沒錯，道格拉斯先生，」歇洛克·福爾摩斯說道，「我可以跟您保證，還是這樣比較好。」

他站在那裏，衝我們眨巴着眼睛，顯然是因為剛剛從黑暗之中走到了亮處，一時之間有點兒眼花繚亂。他的長相真可謂引人注目，灰色的眼睛勇敢無畏，花白的髭鬚又短又濃，突出的下巴方方正正，嘴巴則顯得開朗風趣。他仔細地打量了一下我們，接着就採取了一個讓我驚訝萬分的舉動，徑直走到我的面前，把一卷紙遞給了我。

「久聞大名，」他的嗓音既不完全像英國人，也不完全像美國人，但卻深沉圓潤、悅耳動聽。「您是咱們這伙人當中的歷史作家。好了，華生醫生，我敢用我手頭的最後一個美元跟您打賭，我交給您的這個故事絕對是您聞所

未聞的東西。您可以按您自個兒的方式來講，不過呢，事實都在這捲東西裏面，手頭有了這些事實，您根本不用擔心讀者不感興趣。我已經關了兩天的禁閉，並且利用光線好的時間——我是說，我藏身的那個老鼠洞裏僅有的那點兒光線好的時間——把這些事情寫成了文字。歡迎您來讀一讀，還有您的讀者。我寫的這些文字，講的就是恐怖谷的故事。」

「那都是過去的事情，道格拉斯先生，」歇洛克・福爾摩斯平靜地說道。「眼下呢，我們只想聽您講講現在的故事。」

「我馬上就講，先生，」道格拉斯說道。「我可以一邊抽煙一邊講嗎？好的，謝謝您，福爾摩斯先生。如果我沒記錯的話，您自個兒也有抽煙的習慣，所以您可以想像，乾巴巴地坐上兩天，兜裏有煙也不敢抽，怕的是煙味兒洩露秘密，那是一種甚麼樣的滋味。」他靠到壁爐台上，貪婪地抽起了福爾摩斯遞給他的雪茄。「我聽說過您的大名，福爾摩斯先生，可我還真沒想到，居然能跟您見上面。這麼說吧，不等把那些東西讀到結尾，」他衝着我手裏的紙卷偏了偏腦袋，「您保準兒就會說，我的故事還是挺新鮮的。」

麥克唐納督察一直在直勾勾地注視這個突然冒出來的人，神情驚訝得無以復加。「喂，這可真叫我想不明白！」他終於叫了起來。「您如果是伯爾斯通宅邸的約翰・道格拉斯先生的話，那麼，前兩天我們是在調查誰的死因，您這又是打哪兒冒出來的呢？照我的感覺，您簡直是跟那種裝在盒

子裏的彈簧小人一樣，一下子就從地板裏面鑽了出來。」

「噢，麥克先生，」福爾摩斯一邊說，一邊不以為然地晃起了食指，「我叫你讀一讀本地人關於查理一世藏身宅邸的那段精彩記述，可你就是不聽。那些年月的人要想藏起來，那就必須得有一個非常隱秘的藏身之處，還有啊，以前的人用過的藏身之處，現在的人當然可以再用。所以呢，我早就已經斷定，咱們可以在這座宅子裏找到道格拉斯先生。」

「那您倒是說說，福爾摩斯先生，您在我們面前弄了多久的玄虛？」督察氣沖沖地說道。「又讓我們為一件您明知道愚蠢可笑的調查工作浪費了多長的時間？」

「一秒鐘也沒讓你們浪費，親愛的麥克先生。直到昨天夜裏，我才對這件案子有了一個成形的結論。我的結論要到今天晚上才能得到驗證，所以我才建議你和你的同事暫且放一天假。請問，我還能怎麼做呢？我從城壕裏撈起這套衣服的時候，事情已經一目瞭然，咱們發現的死者根本不可能是約翰·道格拉斯先生，只可能是從坦布里奇維爾斯騎車過來的那個人，其他的說法都講不通。既然如此，我必須設法查明約翰·道格拉斯先生本人的下落，與此同時，宅子既然為逃犯提供了這樣的一種方便，他多半是在妻子和朋友的縱容之下躲在了宅子裏，打算在風聲不那麼緊的時候展開最後的逃亡。」

「呃，您的推測基本正確，」道格拉斯讚許地說道。「那個時候，我一方面是覺得自己應該避開你們英國法律的糾纏，因為我不知道它會怎樣看待我的行為，一方面又

看到了一個機會，可以一勞永逸地甩掉那些追蹤我的惡狗。您一定得記着，我自始至終都沒有幹過甚麼丟人現眼的事情，也沒有幹過甚麼我不願意再幹的事情。當然嘍，聽了我的故事之後，你們也可以有你們自己的判斷。您用不着警告我，督察＊，我已經打定了主意，要把真相原原本本地說出來。

「我不打算從頭說起，之前的事情那裏面都有，」他指了指我手裏的紙卷，「你們肯定會發現，那裏面的故事算得上匪夷所思。總而言之，那些事情造成了這麼一個結果：世上有些人對我懷有理所當然的仇恨，即便是傾家盪產也要把我抓住。只要我跟他們都還活在世上，我就不會有太平的日子。他們從芝加哥攆到加利福尼亞，跟着又把我攆出了美國。不過，後來我結了婚，又搬到了這麼個偏僻的地方，那時我心裏想，這下子該有一個安安穩穩的餘年了吧。

「我從來沒跟我妻子說起過這些情況。幹嗎要把她扯進來呢？她要是知道了的話，以後就再也不會有心裏踏實的時刻，肯定會成天提心吊膽。我覺得她已經知道了一些事情，因為我可能會時不時地說漏嘴。不過，直到昨天為止，直到你們諸位見到她的時候，她仍然不了解事情的真相。她已經把她知道的所有事情告訴了你們，巴克爾也是一樣，因為那天晚上的事情發生得非常突然，我沒有時間跟他們解釋。現在她甚麼都知道了，而我覺得我應該早點

兒告訴她，那樣才是明智的做法。不過，親愛的，以前我真的覺得你的問題不好回答，」他握了握她的手，「我的隱瞞完全是一片好心。

「是這樣，先生們，出事之前的那一天，我去了一趟坦布里奇維爾斯，在大街上瞥見了一個人的身影。雖然說只是匆匆一瞥，可我認人認得非常準，絕對不會弄錯那個人的身份。那是我那些仇人當中最兇惡的一個，前些年一直對我窮追不捨，就好像餓狼在追趕馴鹿。我知道禍事臨頭，於是就回家做了一些準備。當時我覺得，我可以單槍匹馬地解決這個麻煩。怎麼說呢，一八七六年左右，我的好運氣可是在整個美國都出了名的。所以我深信不疑，這一次的運氣也差不到哪裏去。

「到了第二天，我整天都留神戒備，始終沒到庭園裏去。幸虧我沒出去，要不然的話，等不到我撲到他跟前，他那把霰彈槍已經要了我的命。傍晚吊橋收起之後，我心裏總是會覺得踏實一些，所以呢，等到他們收起了吊橋，我就把這件事情置之腦後。可我萬萬沒有想到，那個人竟然溜進了宅子，正在打我的埋伏。還好，當晚我雖然像平時一樣穿着睡袍巡查宅子，可我一進書房就察覺到了危險的存在。依我看，經歷過危險的人——我這輩子經歷過的危險可比大多數人都要多哩——會產生一種第六感，它會在危險逼近的時候發出警報。當時我清清楚楚地看到了危險的訊號，只不過說不出到底是甚麼原因。緊接着，我瞥見了露在窗簾下面的一隻靴子，到這個時候，原因當然是一目瞭然。

「房間裏的光源只有我手上的蠟燭，可房門是開着的，門廳裏的燈把書房照得很是亮堂。我放下蠟燭，衝過去抓我留在壁爐台上的那把錘子。與此同時，那個人也朝我撲了過來。我看見刀光一閃，便把手裏的錘子向他掄了過去。我應該是打中了他，因為他的刀子咣噹一聲掉在了地上。他繞着桌子左躲右閃，動作快得跟鰻魚一樣。轉眼之間，他已經把他的槍從大衣下面掏了出來。我聽見他扳起了擊鐵，可我沒等他開火就抓住了槍管。我倆拼死拼活地爭搶了一兩分鐘，誰要是鬆了手，誰就是死路一條。

「他倒是始終沒有鬆手，就是不該老是讓槍管衝着上面。興許是我扣動了扳機，興許是我倆的扭打讓那把槍走了火，總而言之，兩筒彈藥都打在了他的臉上，而我站在那裏，直愣愣地看着地板上那個殘缺不全的特德·鮑德溫。那天在鎮上的時候，我一眼就認出了他，之前他朝我撲過來的時候，我同樣認出了他，可是，照我當時看見的那副模樣，即便是他媽媽也沒法把他認出來。血腥的場面我見得不少，他那時的模樣卻讓我差一點兒就吐了出來。

「巴克爾衝進房間的時候，我還在桌子邊上靠着。我聽到我妻子跑了過來，趕緊跑到門口去攔住了她，那樣的景象可不適合女人。我跟她說我一會兒就去找她，又跟巴克爾說了幾句，巴克爾已經一眼看清了面前的形勢。這之後，我倆就待在書房裏等其他的人過來。其他的人始終沒有出現，我倆這才反應過來，其他的人甚麼也沒聽見，這一次的事情只有我們三個人知道。

「就是在那個時刻，我突然想出了一條妙計，一時間十分得意，簡直有點兒忘乎所以。那個人的袖管滑到了胳膊上面，烙在前臂上的幫會標記露了出來。瞧瞧這個！」

據我們所知名為「道格拉斯」的這個人把自己的袖管擼了上去，露出了一個圓圈套三角形的褐色標記，跟我們在死者身上看到的標記一模一樣。

「就是因為看到了這個標記，我才想出了那條妙計。剎那之間，一切似乎豁然開朗。那傢伙的身高、頭髮和體形都跟我自個兒差不多，而他的臉又已經無法辨認，算他倒霉！我從樓上取來了我現在穿的這套衣服，不到一刻鐘，我和巴克爾就把我的睡袍套到他身上，把他打扮成了你們發現時的模樣。我倆把他的東西打成一個包袱，我又把當時能找到的唯一一件重物塞了進去，然後就把包袱扔進了窗外的城壕。那張卡片本來是他打算擺在我屍體旁邊的東西，結果是擺在了他自個兒的屍體旁邊。

「衣服之外，我還把自己的戒指套到了他的手指上，可是，輪到結婚戒指的時候，」他伸出了一隻強健的手，「你們自己看吧，我遇上了一道無法逾越的障礙。這枚戒指從我結婚開始就一直戴在我的手上，不用上銼刀是取不下來的。再者說，我本來也不願意捨棄這枚戒指，當然嘍，這事情終歸沒法辦到，就算我願意也不行。這一來，我倆只能任由這個破綻留在那裏，愛怎麼樣就怎麼樣吧。另一方面，我倒是從樓上取來了一塊橡皮膏，把它貼在了那傢伙的臉上，因為我自個兒的臉上也有一塊。福爾摩斯先生，您雖然精明過人，這個地方還是看走了眼，原因嘛，

您要是能想到把那塊橡皮膏揭下來看看的話，就會發現下面並沒有傷口。

「好了，當時的情況就是這樣。我本打算躲上一段時間，然後再跑到某個地方去等我的『遺孀』，那樣的話，我倆應該可以得到一個求之不得的機會，餘生之中可以過上太平的日子。只要我還在人世，那些惡魔就會讓我不得安寧，反過來，如果他們在報紙上看到鮑德溫已經得手的話，我的麻煩就會徹底消失。之前我一直沒時間跟巴克爾和我妻子詳細解釋，可他們已經對真相有了足夠的了解，都願意幫我的忙。我早就已經對宅子裏的那個藏身之處瞭如指掌，埃姆斯也是一樣，只不過，他始終都沒有把藏身之處跟這次的事情聯繫起來。就這樣，我躲進了那個地方，剩下的事情都交給巴克爾去處理。

「依我看，巴克爾幹了些甚麼事情，你們自己也能夠想像出來。他打開窗子，在窗台上摁了個鞋印，為的是讓別人知道兇手是怎麼逃走的。從窗子逃走並不怎麼符合情理，可吊橋是收着的，要逃就只有這條出路。安排好所有事情之後，他鉚足了勁兒拉起鈴來。後來的事情嘛，你們都已經知道了。好啦，先生們，你們想怎麼辦就怎麼辦吧，反正我已經把真相告訴了你們，而且是全部的真相，老天可以作證！現在我只想問問你們，英國的法律會怎樣看待我的行為呢？」

房間裏一下子鴉雀無聲，到最後，歇洛克·福爾摩斯終於打破了沉默。

「總體說來，英國的法律算得上公平合理。您絕不會

因此受到甚麼有欠公允的處罰，道格拉斯先生。不過，我倒想問一問您，那個傢伙怎麼會知道您住在這裏，怎麼會知道該如何闖進您的宅子，又怎麼會知道該躲在哪兒等您呢？」

「這我可一點兒也説不上來。」

福爾摩斯臉色蒼白，神情十分嚴峻。

「要我説，這件事恐怕還不算完呢，」他説道。「您面臨的危險不光比英國法律可怕，甚至還比您那些美國仇人可怕。依我看，道格拉斯先生，您的麻煩可不小啊。您一定要接受我的建議，絕不能就此放鬆警惕。」

在我們這段變故迭生的旅程行將結束的時候，這個自稱約翰・道格拉斯的人向我們講述了以上的怪異故事。好了，耐性十足的讀者諸君，現在我要請你們跟我一同上路，暫時遠離薩塞克斯郡的伯爾斯通宅邸、遠離我們踏上旅程的這個年頭。我想請你們把時間回撥二十來年，把地點西移幾千英里，以便我向你們呈上一個離奇恐怖的故事。這個故事無比離奇、無比恐怖，儘管我言之鑿鑿、儘管它確曾發生，你們依然會覺得它難以置信。

千萬不要以為，我這是拿另一個故事來岔開一個尚未講完的故事。再往下讀一讀，你們就會發現事實並非如此。等到我講完那些遙遠的往事，等到你們澄清了關於過去的種種疑惑，咱們就會在貝克街的寓所裏再次聚首，到那個時候，跟其他許多次精彩紛呈的奇遇一樣，這一次的奇遇也會落下帷幕。

第二部

掃魂幫 *

第一章
某人

　　時間是一八七五年二月四日。這個冬天十分嚴酷，吉爾莫頓山脈的道道溝谷之中堆起了深深的積雪。不過，靠着蒸汽掃雪車的幫助，鐵道依然暢通無阻。在那條連接各個煤鐵礦區的漫長鐵路上，喘息不止的晚班火車正在慢慢地爬上一道陡峻的斜坡。斜坡的底部是地處平原的斯德格維爾鎮，頂部則是這一帶的中心城鎮，坐落在維爾米薩山谷谷口的維爾米薩鎮。經過該鎮之後，鐵路急轉直下，伸向巴騰斯道口和赫姆戴爾，以及單一從事農業的默頓縣。這雖然只是一條單軌鐵路，沿途卻有無數條支線，每條支線上都有一列又一列滿載煤炭和鐵礦石的長長貨車，訴說着此地豐富的礦藏。正是因為豐富的礦藏，熙熙攘攘的粗野人群和熱火朝天的生活場景才出現在了全美國最荒涼的這個角落 *。

　　這個角落着實荒涼！最早穿越此地的拓荒者怎麼也不會想到，這片黑崖聳峙、密林如織的陰沉土地竟然會讓那些最為美麗的草原和水草最為豐美的牧場顯得一錢不值。這片土地的兩側都是白雪皚皚、怪石嶙峋的荒蕪山峰，高高地聳立在幾乎無法穿越的黑暗叢林之上，中央則是一道

---

* 這一段當中的所有地名皆為虛構。

蜿蜒曲折的漫長山谷。此時此刻，這列小小的火車正在山谷之中慢慢攀升。

打頭的一節載客車廂剛剛點起了油燈，長長的車廂裏沒有任何裝飾，乘客也只有二三十個。大多數乘客都是下班回家的礦工，剛剛在山谷的低處辛辛苦苦地工作了一天。礦工少說也有十二個，沾滿煤灰的臉龐和隨身攜帶的安全提燈表明了他們的身份。他們坐在一起，一邊抽煙，一邊輕聲交談，時不時還會衝車廂對面的兩個人瞥上一眼。那兩個人穿着制服，佩着徽章，一看就知道是警察。

車廂裏還有幾個工人階層的婦女，以及一兩個看着像是當地小店主的乘客，此外就只有一個獨自坐在角落裏的小伙子。這個人就是我們關注的焦點。好好看看他吧，因為他值得我們多看兩眼。

這個小伙子容光煥發，中等身材，年紀大約三十歲。他那雙灰色的大眼睛顯得又敏銳又風趣，時不時地隔着眼鏡掃視周圍的人群，閃出滿含好奇的光芒。顯而易見，他這個人喜好交際，興許還有點兒頭腦簡單，急於向所有的人表白自己的友善態度。隨便哪個人都可以一眼看出，他喜歡熱鬧、天生健談、口齒伶俐、逢人便笑。不過，看得仔細一點兒的話，你興許會發現他的下巴帶着一種剛毅，嘴唇也顯得冷峻果決。這樣一來，你就會心生警惕，意識到這個討人喜歡的愛爾蘭褐髮青年並不像表面看起來那麼簡單，不管是好是歹，也不管接納他的是一個甚麼樣的圈子，他總歸會在圈子當中留下自己的印記。

這名乘客跟坐得最近的那個礦工搭訕了幾句，得到

的只是簡短粗暴的回答，於是便心不甘情不願地陷入了沉默，悶悶不樂地衝着越來越暗的窗外景色發起呆來。

窗外的景色並不讓人心情愉悦。山坡上的一座座煉鐵高爐在越來越濃的暮色之中閃着紅光，鐵路兩邊都是堆積如山的礦渣和煤渣，比這些垃圾堆還要高的則是煤場裏的一座座高塔。沿線散佈着一片又一片擠作一團的粗陋木屋，次第點亮的燈火剛剛開始把木屋窗子的輪廓勾勒出來。火車頻繁靠站，每個站點都擠滿了黑炭似的居民。

維爾米薩地區的煤鐵山谷絕不是有閒階層或者風雅之士的休養勝地，這裏處處都是各式各樣的陰沉印跡，印跡來自最為原始的生存鬥爭，來自種種粗蠻的活計，來自以此為業的那些粗蠻壯健的工人。

年輕的乘客凝視着窗外這片淒慘的土地，臉色又是厭惡又是好奇，顯然是頭一次看到這種景象。他時不時地從兜裏掏出一封厚厚的信，一邊翻看，一邊在信紙邊緣寫下一些潦草的筆記。其間有一次，他從背後掏出了一樣東西。那東西跟他那副無比溫文的神態格格不入，竟然是一把最大號的「海軍」左輪手槍*。當他讓手槍側對光線的時候，彈倉裏那些黃銅彈殼的邊緣閃出了光芒，説明手槍裏裝滿了子彈。他飛快地把手槍放回了背後那個隱秘的口袋，但卻還是被鄰座的一個工人看在了眼裏。

---

* 「海軍」左輪手槍 (navy revolver) 不詳所指。為了向「孤星共和國」的得克薩斯海軍示好，美國的柯爾特專利火器製造公司 (Colt's Patent Fire–Arms Manufacturing Company) 曾在 1851 至 1873 年間製造過名為「海軍」的左輪手槍，不過都是點三六口徑，似乎沒有大小之分。

「喂，老兄！」工人說道。「你好像帶了傢伙嘛。」

小伙子笑了笑，神情有點兒尷尬。

「是啊，」他說道，「在我來的那個地方，有時候用得着這種東西。」

「那個地方是哪裏呢？」

「我的上一站是芝加哥。」

「沒來過這邊吧？」

「沒來過。」

「在這邊你也用得着它的，」工人說道。

「啊！真是這樣嗎？」小伙子似乎非常關心這個問題。

「你沒聽說過這邊的事情嗎？」

「沒聽說過甚麼出格的事情。」

「是嘛，我還以為這邊的事情已經傳遍全國了哩。不過不要緊，你很快就會聽說的。你來這兒幹嗎呢？」

「我聽人家說，只要你願意幹，這地方總是有活計可幹的。」

「你是工會的會員嗎？」

「當然。」

「這樣的話，我看你應該能找到活計。你在這兒有朋友嗎？」

「暫時沒有，可我有辦法交到朋友。」

「是嗎，甚麼辦法呢？」

「我是『尊貴自由人會』的會員，隨便哪個鎮子都有這個會的分會，只要有分會，我就能交到朋友。」

聽了這句話，小伙子的旅伴產生了一種古怪的反應，

疑神疑鬼地看了看車廂裏的其他乘客。礦工們仍然在低聲交談，兩名警察也仍然在打瞌睡。於是他走了過來，坐到小伙子的身邊，伸出了一隻手。

「伸過來，」他說道。

兩個人按一種奇特的方式握了握手。

「我知道你沒說假話，」工人說道。「只不過，確定一下也沒甚麼不好。」他把右手舉到了右邊的眉梢，小伙子立刻把左手舉到了左邊的眉梢。

「黑夜不宜，」工人說道。

「是的，生人行路，」小伙子應道。

「這就行了。我是維爾米薩山谷三百四十一分會的斯甘藍兄弟，很高興在這邊見到你。」

「謝謝你。我是芝加哥二十九分會的約翰‧麥克默多兄弟，會首是 J.H. 斯科特。一來就碰上了會裏的兄弟，我的運氣可真是不錯。」

「怎麼說呢，這邊的兄弟多極了。咱們會在維爾米薩山谷發展得特別好，全美國也沒有哪個地方能跟我們這兒比。不過，你這樣的伙計我們還是歡迎的。我真是想不通，在芝加哥那種地方，一個身手利落的工會會員竟然找不到活計。」

「我找到的活計多着呢，」麥克默多說道。

「那你幹嗎要離開呢？」

麥克默多衝警察的方向偏了偏腦袋，笑了起來。「依我看，我離開的原因，那些傢伙肯定很想知道，」他說道。

斯甘藍滿懷同情地嘆了一聲。「遇上麻煩啦？」他悄聲問道。

「大麻煩。」

「抓住了就得進班房？」

「還不止呢。」

「你不會是殺了人吧！」

「現在談這些還早了點兒，」麥克默多說道，看架勢是有點兒後悔，後悔自己被人猝不及防地問出了一些本來不想說的事情。「總之我有一些非常充足的私人理由，不得不離開芝加哥，其他的你就別問了吧。你到底是幹嘛的，幹嗎要死乞白賴地打聽這些事情呢？」突然之間，他那雙灰色的眼睛從眼鏡後面射出了憤怒的兇光。

「好啦，老兄，我沒有甚麼惡意。不管你幹過些甚麼，兄弟們都不會對你有甚麼看法的。眼下你打算上哪兒去呢？」

「維爾米薩鎮。」

「第三站就是，你打算住哪兒呢？」

麥克默多掏出一個信封，把它湊到了昏暗的油燈旁邊。「喏，這上面就是地址——謝里丹街，雅各布·沙夫特。這是一家寄宿公寓，是我在芝加哥的一個熟人介紹給我的。」

「呃，我不知道這個地方。怎麼說呢，維爾米薩本來就不是我的地盤。我住在霍布森帕奇，下一站就是。對了，咱倆分別之前，我想給你一個小小的建議：如果你在維爾米薩遇上了麻煩的話，直接到『團結會館』去找麥金提頭領好了。他是維爾米薩分會的會首，這邊的所有事情都得

經過『黑傑克』*麥金提的同意。再見，老兄！說不定哪個晚上，咱們就能在會裏見上面呢。不過，你一定得記住我的話：要是遇上了麻煩，只管去找麥金提頭領。」

斯甘藍下了車，麥克默多再一次開始獨自沉思。夜幕已經降臨，比比皆是的高爐火焰在黑暗之中嘶吼跳躍。鮮紅的火光映出了一些黑黢黢的身影，身影隨着轆轤或者絞盤的律動或屈或伸、或扭或轉，應和着鏗鏘聲與轟鳴聲交織而成的無盡節拍。

「依我看，地獄裏應該就是這種景象吧，」一個聲音說道。

麥克默多轉過頭去，看到一名警察已經在自個兒的座位上換了個姿勢，這會兒正在觀望外面那片烈火熊熊的蠻荒之地。

「你說那個啊，」另一名警察說道，「我同意你的看法，地獄裏**就是**這種景象。要說地獄裏還有甚麼妖魔比咱們知道的那些更可怕的話，那我可真是不敢相信。要我說，你應該是新來的吧，小伙子？」

「呃，新來的又怎麼着？」麥克默多沒好氣地回答道。

「不怎麼着，先生，我只是想勸你一句，交朋友的時候得小心一點兒。我要是你的話，交朋友的時候就不會從邁克‧斯甘藍和他那幫子人開始。」

「我跟誰交朋友，關你甚麼屁事？」麥克默多吼了起來，聲音大得把車廂裏所有的人都變成了這場口角的見

---

* 黑傑克 (Black Jack) 是撲克牌當中的黑桃 J，也是美國西部著名匪徒托馬斯‧科恰姆 (Thomas Ketchum, 1863–1901) 的綽號。《博斯庫姆溪谷謎案》當中的約翰‧特納也曾有這個綽號。

證。「我請你給我提建議了嗎，還是你覺得我是個三歲小孩，沒有你的建議就寸步難行呢？別人沒搭理你的時候，你不要自討沒趣，可你要想等我搭理你的話，老天爺，那你就等得久了！」他探出頭去，衝着兩名警察齜牙咧嘴，活像一頭猖狂狂吠的惡狗。

兩名警察都是性情溫和的大老粗，看到自己的友好搭訕換來了如此暴烈的拒斥，一時間有點兒摸不着頭腦。

「別見怪，外鄉人，」其中一個說道。「我們的忠告也是為你好，原因嘛，從你自個兒的表現來看，你顯然是不了解這個地方。」

「我確實不了解這個地方，可我了解你們，了解你們這種貨色！」麥克默多叫道，似乎是好不容易才壓住了心頭的熊熊怒火。「要我說，你們這種貨色到了哪兒都是一樣，就知道腆着臉兜售你們那些沒人要的忠告。」

「說不定，咱們很快就會再次碰面的，」一名警察說道，咧開嘴笑了笑。「我要沒看錯的話，你可真是個百里挑一的主兒。」

「我看也是這樣，」另一名警察說道。「咱們肯定會再次碰面的。」

「我可不怕你們，想嚇唬我，門兒都沒有！」麥克默多叫道。「我名叫傑克·麥克默多，記清楚了嗎？我住的是雅各布·沙夫特開的那家寄宿公寓，公寓就在維爾米薩鎮的謝里丹街，要來你們儘管來。瞧啊，我沒想躲着你們，對不對？白天晚上我都不怕跟你們這種貨色眼對眼——你們可得記好了！」

看到這個新來者的大膽舉動，礦工們發出了滿懷同情與欽佩的低聲咕噥，與此同時，兩名警察聳了聳肩膀，顧自交談起來，退出了這場口角。

幾分鐘之後，火車駛入了燈光昏暗的維爾米薩車站。車上的人紛紛下車，因為維爾米薩是這條線路上迄今為止最大的一個鎮子。麥克默多拎起自己的小皮箱，正準備踏進黑乎乎的站台，一名礦工卻跟他搭起話來。

「我的天，老兄！你可真會跟警察說話，」礦工的聲音充滿了敬佩。「聽你說話可真帶勁兒。我來幫你拿箱子，幫你指路吧。我準備回我自個兒的破屋，正好要從沙夫特家經過。」

他倆走出站台的時候，其他的礦工齊聲道了一句親切友好的「晚安」。這麼着，雙腳還沒踏上維爾米薩鎮的土地，「搗蛋鬼」麥克默多就已經變成了鎮上的一號人物。

之前路過的鄉野已經稱得上陰沉可怖，眼前的鎮子卻具有一種更加讓人壓抑的特色。下方那道長長的山谷點綴着升騰的火焰和飄舞的濃煙，人類在山裏掘出了一個個碩大無朋的洞穴，又在洞穴旁邊為自己的力量和勤勉樹起了一座座恰如其分的紀念碑，那樣的景象至少還有一種蒼涼的壯美。相形之下，這個鎮子卻將卑賤、醜陋、骯髒和貧窮詮釋得淋漓盡致。行人和車輛將積雪覆蓋的寬闊大街攪成了一片轍印縱橫、污穢不堪的泥濘，狹窄的人行道崎嶇不平，旁邊則是一長溜露台臨街的木屋。街上雖然點着無數的煤氣燈，作用卻只是將這些骯髒凌亂的木屋映照得格外鮮明。

他倆走近鎮子中心的時候，一排燈火通明的店鋪為陰沉的景象增添了一點兒生氣。更顯得生機勃勃的則是幾家連成一片的酒廊和賭館，那些地方就是礦工們的銷金窟，他們的工錢雖然來之不易，卻也為數不菲。

「那就是團結會館，」嚮導指着一間高度幾乎可以跟旅館媲美的酒廊說道。「會館的頭領是傑克．麥金提。」

「他是個甚麼樣的人呢？」麥克默多問道。

「甚麼！這位頭領你都沒聽說過嗎？」

「你也知道我剛剛才從外地來到這裏，怎麼可能聽說過他呢？」

「呃，我還以為全國都知道他的名字呢。他的名字經常都會上報啊。」

「為甚麼上報呢？」

「呃，」礦工壓低了嗓門兒──「因為一些事情。」

「甚麼事情？」

「我的天，先生！我沒有冒犯你的意思，可你這個人確實有點兒怪。我們這邊只有一種事情可以上報，那就是掃魂幫的事情。」

「還真是，我在芝加哥也好像聽說過掃魂幫這個名字。他們是一伙殺人兇手，對吧？」

「噓，小心你的性命！」礦工叫道，一動不動地站在那裏，驚慌失措地盯着自己的同伴。「伙計，你要是把這種話拿到大街上去宣揚的話，那你在這兒可活不了多久。好些個被他們打死的人，惹下的禍事還沒有你這麼嚴重呢。」

「呃，我對他們一無所知，剛才的話也只是從報上讀來的。」

「我倒不是說，你說的不是實情，」礦工一邊說，一邊慌裏慌張地東張西望，使勁兒地窺視那些黑暗的地方，似乎是擔心暗處潛藏着甚麼危險。「如果殺了人就算兇手的話，老天爺可以作證，這兒的兇手多的是。可是，外鄉人，你可千萬別把這些事情跟傑克·麥金提扯在一起，因為所有的悄悄話都會傳進他的耳朵，而他並不是一個聽過就算完的人。好了，那就是你要找的房子，就是跟街道稍微有點兒距離的那一座。去了你就知道了，公寓的東家老雅各布·沙夫特非常正派，不比鎮上的任何一個人差。」

「謝謝你，」麥克默多說道，跟這位新相識握手作別，然後就拎過皮箱，沿着積雪覆蓋的小徑吃力地走向那座住宅。走到門口的時候，他把門拍得山響。

完全出乎他意料的是，出來應門的是一個漂亮得出奇的年輕女子。她看着像是日耳曼血統，膚色白皙，頭髮金黃，色彩跟她那雙美麗的黑眼睛形成了鮮明的對比。她上下打量着眼前的陌生人，神情有一點兒驚訝，又有一點兒惹人憐愛的腼腆，蒼白的臉龐也泛起了一抹亮色。她的身影映現在燈火輝煌的門廊之中，麥克默多頓時覺得，自己從來都沒有見過比這更美的圖畫，這樣的圖畫出現在污穢陰鬱的背景之中，更是讓人心向神往。即便是礦區某一堆黑黢黢的礦渣裏長出了一枝嬌豔的紫羅蘭，效果也不會比此時此刻更讓人驚嘆。他看得出了神，只知道目瞪口呆地站在那裏，還得靠她來打破現場的沉默。

「我還以為是我父親回來了呢，」她說話帶着一點兒討人喜歡的德國口音。「您是來找他的嗎？他這會兒在鎮上，隨時都會回來。」

麥克默多繼續盯着她看，毫不掩飾自己的傾慕之情，看得她垂下了眼睛，不知道該怎麼應付這個張狂跋扈的訪客。

「不是，小姐，」麥克默多終於開了口，「我並不急着見他。只不過，有人向我推薦了你們家的寄宿公寓。本來嘛，我覺得你們的公寓應該合適——現在我知道了，肯定合適。」

「您的主意拿得也太快了吧，」姑娘微笑着說道。

「只要眼睛不瞎，誰都可以拿這麼快，」對方這麼回道。

這句恭維逗得姑娘笑了起來。「請進，先生，」她說道。「我是沙夫特先生的女兒，名叫伊蒂·沙夫特。我母親已經過世了，我負責料理家務。您就在前屋的爐子邊上坐着吧，等我父親回來——啊，他已經回來了！您可以直接跟他談租房子的事情。」

小徑上出現了一個身材高大的老人，吭哧吭哧地走了過來。麥克默多三言兩語地講明了自己的來意。在芝加哥的時候，一個名叫墨菲的人給了他這個地址，墨菲又是從別的某個人那裏聽說的。老沙夫特非常樂意承攬這筆生意，外鄉人也是一點兒都不挑，立刻答應了所有的條件，一看就知道手頭十分闊綽。具體的條件呢，一個星期七塊錢，管吃管住，租金預付。

就這樣，自承不諱的逃犯麥克默多住進了沙夫特的公寓，由此引出了一連串陰沉可怕的事件，種種事件綿亙多年，最後才在遙遠的異鄉寫下終篇。

第二章
會首

麥克默多是個出風頭出得很快的人物，不管他到了哪兒，周圍的人都會迅速意識到他的存在。不到一個星期，他已經變成了沙夫特的公寓裏最最重要的人物，地位與其他的住客不可同日而語。公寓裏還有十來個租客，可他們要麼是老老實實的工頭，要麼就是普普通通的店員，作派跟這個愛爾蘭小伙子大不相同。大家晚上聚在一起的時候，他的笑話總是最現成，他的口齒總是最伶俐，他的歌喉也總是最動聽。他生來就適合跟人交朋友，身上帶着一種磁力，足以吸引身邊所有人的好感。

美中不足的是，就像在來時的火車裏那樣，他一次又一次地讓大家認識到，他可能會在突然之間大發雷霆，迫使那些跟他有交道的人不得不對他禮讓三分，甚而至於心生畏懼。還有呢，對於法律本身，再加上法律行當的各色人等，他表現出了一種恨之入骨的輕蔑，這樣的態度讓一些租客喜聞樂見，又讓另一些租客驚恐不已。

從一開始，他就通過公開的讚美向大家表明，第一眼看到房東女兒的綽約豐姿，他的心就不再屬於自己。他可不是那種羞羞答答的追求者。住進公寓的第二天，他迫不及待地向姑娘挑明了自己的愛意，打那以後，他總是不厭

其煩地重覆同樣的表白，完全不管姑娘會説些甚麼樣的話來掃他的興。

「還有別人？」他總是這麼嚷嚷。「是嗎，叫那個別人見鬼去吧！讓他給我小心點兒！這是我一生一次的機會，是我這輩子最大的願望，難道我會拱手讓人嗎？你只管接着説『不』好了，伊蒂，總有一天你會説『好』的，反正我年輕，等得起。」

他擁有愛爾蘭人的伶牙俐齒，而且特別擅長哄人開心，着實是個難以抵擋的追求者。除此之外，他見多識廣、神秘莫測，這樣的魅力足以贏得女人的注意，最終還可以贏得她們的愛情。他會談起他家鄉莫納亨郡*的迷人山谷，談起那個遠在天邊的可愛島嶼，談起那些低矮的山丘和葱綠的牧場。身處眼下這片滿佈煤灰的冰天雪地，想像力自然會讓那些地方顯得格外美麗。

接下來，他又會滔滔不絕地談起北方那些城市的生活場景，談起底特律，談起密歇根州的那些伐木營地，最後還有芝加哥，他在那裏的一家木材加工廠上過班。再下來，他開始渲染傳奇氛圍，隱隱約約地暗示他在那個大城市裏遇上了一些怪事，那些事情十分古怪、十分私隱，以至於他提都不應該提。這邊廂，他鬱鬱不樂地說起自己突然離開，斬斷過去的種種紐帶，遁入一片陌生的土地，最終來到了這麼一個荒涼陰鬱的山谷，那邊廂，伊蒂凝神細聽，閃閃發亮的黑眼睛裏裝滿了惋惜與同情——這兩種情

---

* 莫納亨郡 (County Monaghan) 是愛爾蘭東北部的一個郡。後文中的「可愛島嶼」應該是指愛爾蘭島。

愫都可以衍生愛情，需要的只是一個十分短暫、十分自然的轉變過程。

麥克默多受過很好的教育，很快就找到了一份幫人記賬的臨時工作。這一來，白天他大多數時間都在外面上班，一直沒工夫去尊貴自由人會的分會會首那裏報到。不過，一天晚上，邁克·斯甘藍跑來找他，提醒他不應該這麼大意。斯甘藍就是他在火車上遇到的那個同門兄弟，身材矮小、尖臉龐、黑眼睛，為人有點兒大驚小怪。看到他之後，斯甘藍顯得非常高興。一兩杯威士忌下肚之後，斯甘藍挑明了自己的來意。

「我說，麥克默多，」他說道，「我記住了你的地址，所以才冒昧過來找你。你居然沒去找會首報到，真是讓我吃驚。你幹嗎還不去見麥金提頭領呢？」

「呃，我得先找工作啊。這一陣，我一直都沒有工夫。」

「別的你都可以沒工夫，找他的事情必須得有工夫。我的天，伙計！你居然沒有趕在剛來的第一天早上到團結會館去掛個號，簡直是缺心眼兒！你要是讓他給撞見了——呃，你肯定是沒讓他撞見，撞見就完啦！」

麥克默多顯得有些驚訝。「我入會已經兩年多了，斯甘藍，可我從來都沒聽說過，會裏的義務有你說的這麼刻不容緩。」

「芝加哥的情況可能不同吧。」

「可是，這裏的不也是同一個會嘛。」

「是嗎？」斯甘藍盯着他看了好一陣子，眼神之中帶着威脅。

「不是嗎？」

「過上一個月，你再來告訴我是不是吧。聽人說，我下車之後，你跟那兩個警察談了談。」

「這你是怎麼知道的呢？」

「咳，這事兒已經傳開了啊。在咱們這個地方，不管是好是歹，事情反正是傳得特別快。」

「哦，好吧。我只是跟那些狗腿子說了說我對他們的看法。」

「我的天，麥金提就喜歡你這樣的人！」

「怎麼，他也恨警察嗎？」

斯甘藍放聲大笑。「你去見見他吧，我的小伙計，」他一邊說，一邊起身告辭。「你要是不去的話，那他就不恨警察，改成恨你啦！好了，聽聽我這個朋友的忠告，趕緊去見他吧！」

事有湊巧，同一天晚上，麥克默多又趕上了另一次會面，這次會面以更為緊迫的方式驅使他按照斯甘藍的建議行事。事情的起因可能是他對伊蒂的好感比以前還要一目瞭然，也可能是他的好感漸漸觸動了好心腸的德國房東那根不太敏感的神經，不管是甚麼原因吧，房東反正是把小伙子叫進了自個兒的房間，直截了當地談起了這件事情。

「依我看，先生，」他說道，「你好像盯上了我的伊蒂。有這回事嗎，該不會是我弄錯了吧？」

「是的，有這回事，」小伙子回答道。

「那麼，我現在就告訴你，你這完全是白費心思。有人已經搶在了你的前頭。」

「她也是這麼跟我說的。」

「那你只管相信，她的話一點兒也不假。不過，她跟你說過那個人是誰嗎？」

「沒有，我問過她，可她不願意告訴我。」

「我看她也不願意告訴你，可憐的小東西！興許她是怕把你嚇跑了吧。」

「嚇跑我！」麥克默多的火氣一下子躥了上來。

「唉，是啊，我的朋友！嚇跑了也很正常，並不是甚麼丟臉的事情。那個人就是特德·鮑德溫啊。」

「那個該死的究竟是幹嗎的呢？」

「他是掃魂幫的一個頭目。」

「掃魂幫！以前我也聽說過他們。到處都有人說起掃魂幫，說的時候都跟講悄悄話似的！你們大家都在怕甚麼？掃魂幫究竟是幹嗎的呢？」

房東本能地壓低了嗓門，說到這個恐怖幫會的時候，所有的人都是如此。「掃魂幫，」他說道，「就是尊貴自由人會！」

小伙子瞪大了眼睛。「甚麼，我也是自由人會的會員啊。」

「你！早知道你也是的話，我絕對不會讓你住進我的房子，就算你一個星期給一百塊也不行。」

「這個會有甚麼不對嗎？它的宗旨可是博愛和友誼啊，會規就是這麼說的。」

「它在有些地方也許是這樣吧，在這裏可不是！」

「在這裏是甚麼樣呢？」

「不是甚麼別的，就是個殺手幫會。」

麥克默多笑了起來，彷彿是聽到了天方夜譚。「你這種說法有證據嗎？」他問道。

「證據！五十件兇案不是明明白白地擺在那裏嗎？米爾曼和范·肖斯特、尼科爾森一家、海亞姆老先生、年輕的比利·詹姆斯，還有其他的那些人，他們都是怎麼死的呢？證據！這些事情，這個山谷裏的男男女女有哪個不知道呢？」

「聽我說！」麥克默多一板一眼地說道。「我希望你收回剛才的話，要不就給我一個確切的證明。在我走出這個房間之前，兩樣之中你必須選一樣。你站在我的立場上想想吧。我是個初來本鎮的外鄉人，屬於一個據我所知無可指責的幫會，全美國到處都有它的分會，哪裏的分會都是無可指責。眼下呢，我正打算上本鎮的分會去報到，可你竟然告訴我，它跟一個名為掃魂幫的殺手幫會是一回事。照我看，你要麼得給我賠個不是，要麼就得跟我說個明白，沙夫特先生。」

「我可以告訴你一個人人都知道的事實，先生。這個會的頭目就是那個會的頭目，如果你得罪了這個會，那個會就會來找你算賬。這樣的事情我們見得太多了。」

「那些都只是傳言，我要的可是證據！」麥克默多說道。

「你在這兒待得久了，自然就會看到證據。對啊，我倒是忘了，你自個兒也是他們當中的一員嘛。用不了多久，你就會變得跟其他的人一樣壞。不過呢，你還是換個

地方住吧，先生，我這兒沒法留你了。他們當中的一個纏上了我的伊蒂，而我又不敢回絕，難道說這還不夠糟糕，我非得再招一個來當房客嗎？沒錯，只能這樣，今晚之後，你就請便吧！」

這些話等於是宣判了麥克默多的流放之刑，他不光要失去舒適的住處，還得失去心愛的姑娘。

同一個晚上，他看到姑娘獨自坐在起居室裏，於是就向她傾訴了心裏的苦悶。

「真的，你父親已經向我下了逐客令，」他說道。「房子的事情我倒無所謂，可是說真的，伊蒂，我認識你雖然只有一個星期，可你已經是我賴以為生的空氣，沒有你我根本沒法活啊！」

「噢，別這麼說，麥克默多先生，別這麼說話！」姑娘說道。「我告訴過您，您已經來晚了，不是嗎？另外還有一個人，我雖說沒有答應馬上跟他結婚，總歸也沒法答應別人。」

「要是我先來的話，伊蒂，你會給我一個機會嗎？」

姑娘用雙手捂住了臉。「老天在上，我真希望先來的是您啊！」她抽泣起來。

麥克默多立刻跪倒在她的面前。「看在上帝份上，伊蒂，就當先來的是我好了！」他大聲說道。「你難道願意為了那個承諾毀掉你我的生活嗎？照你自個兒的心意辦吧，小心肝兒！* 跟那些你根本沒想清楚的承諾比起來，

---

* 　這個稱呼的原文是愛爾蘭語「*acushla*」，原義為「心跳」，轉義為「愛人」。

還是你自個兒的心意更靠得住啊。」

他那雙強健有力的褐色大手已經抓住了伊蒂那隻雪白的小手。

「告訴我，你是我的人，咱倆可以一起闖過所有的難關！」

「不會是在這兒吧？」

「是的，就在這兒。」

「不，不行，傑克！」他的雙臂已經環住了她。「在這兒是不行的。你能帶我去別的地方嗎？」

矛盾的神色從麥克默多的臉上一閃而過，跟着就變成了花崗岩一般的堅定表情。「不，就在這兒，」他說道。「就算整個世界都跟我作對，我也要跟你在一起，伊蒂，就在這個地方，哪兒也不去！」

「咱們幹嗎不一起離開呢？」

「不行，伊蒂，我不能離開這兒。」

「為甚麼呢？」

「要是我覺得自己被人趕了出去的話，那我一輩子都會抬不起頭的。還有啊，咱們有甚麼可害怕的呢？咱們難道不是自由國家裏的自由公民嗎？你愛我，我也愛你，誰敢來阻擋咱們呢？」

「你還不了解情況，傑克。你來這裏的時間太短了。你不了解這個鮑德溫，也不了解麥金提，還有他那個掃魂幫。」

「是的，我確實不了解他們，可我並不害怕他們，也不相信他們能把我怎麼着！」麥克默多說道。「以前我也

在暴徒當中待過，親愛的，到頭來都不是我怕他們，而是他們怕我——哪一次也不例外，伊蒂。一眼看上去，這裏的事情簡直是荒唐透頂！如果像你父親説的那樣，那些人在這個山谷裏製造了一件又一件罪行，所有的人又都説得出他的名字，為甚麼他們通通逍遙法外、沒有哪個受到制裁呢？你跟我説説是怎麼回事，伊蒂！」

「因為誰也不敢出面指證他們，如果出面的話，這人就活不過一個月。還因為他們總是會讓其他的同伙去發誓作證，證明那個遭到指控的同伙跟犯罪現場離着十萬八千里。當然嘍，傑克，我説的事情你肯定都讀到過。據我所知，全國所有的報紙都報道過這些事情。」

「呃，説真的，我倒是讀到過一些報道，不過呢，以前我覺得這都是虛構的故事。説不定，那些人的行為也有一定的理由，説不定，他們是受了甚麼冤屈，走投無路才這麼幹的吧。」

「噢，傑克，這些話我可不愛聽！他就是這麼説的——另外那個！」

「你是説鮑德溫——他也這麼説，對嗎？」

「就是因為這個，我才這麼討厭他。噢，傑克，到了現在，我可以跟你説説心裏話了。我打心眼兒裏討厭他，同時又害怕他，怕他害我，最主要是怕他害我父親。我心裏明白，如果我膽敢説出自己的真實感受的話，我們家就會遇上巨大的災禍，所以我才半推半就地敷衍着他。説真的，在這之前，我們家只有這麼一條活路。現在呢，傑克，你要願意跟我一起走的話，咱們就可以帶上我父親，遠遠

離開那些惡人的勢力範圍，一輩子也不回來。」

矛盾的神色再一次浮現在麥克默多的臉上，跟着又再一次變成了花崗岩一般的堅定表情。「我不會讓你受到傷害的，伊蒂，還有你的父親。至於那些惡人嘛，在咱們闖過難關之前，你一定會發現，他們當中最惡的人也惡不過我。」

「不，不會，傑克！我絕不相信你是那樣的人。」

麥克默多露出了苦澀的笑容。「我的天！你真是不了解我！你的心那麼純潔，親愛的，我心裏的一些事情你連猜都猜不到。我説，嘿，剛來的這位是誰呢？」

房門突然打開，一個小伙子大搖大擺地走了進來，整個兒是一副主人回家的架勢。他長相英俊、打扮時髦，年紀和身材都跟麥克默多相去不遠。他戴着一頂黑色的寬邊呢帽，帽子下面是一張俊秀的臉龐、一雙盛氣凌人的獰惡眼睛和一個鷹鈎鼻子。進來之後，他並沒有勞神摘掉帽子，只是惡狠狠地打量着火爐旁邊的這對男女。

伊蒂已經跳了起來，神色十分慌亂。「很高興見到您，鮑德溫先生，」她説道。「您來得可比我想的早啊，過來坐吧。」

鮑德溫雙手叉腰，站在那裏緊盯着麥克默多。「這個人是誰？」他毫不客氣地問道。

「是我的一個朋友，鮑德溫先生，一個剛剛住進來的房客。麥克默多先生，容我向您介紹一下鮑德溫先生，可以嗎？」

兩個小伙子沒好氣地衝對方點了點頭。

「我們倆是甚麼關係，伊蒂小姐興許已經告訴你了吧？」鮑德溫說道。

「我倒不知道你們倆有甚麼關係。」

「不知道嗎？很好，那你現在就算是知道了。不怕告訴你，這位小姐是我的，你呢，今晚上天氣好得很，趕緊散步去吧。」

「謝謝你，可惜我沒有散步的心情。」

「沒有嗎？」鮑德溫的獰惡眼睛裏騰起了熊熊的怒火。「我看你是有打架的心情吧，房客先生！」

「說得對！」麥克默多大喊一聲，一下子跳了起來。「你說了這麼多，就這一句說到了我的心坎兒裏。」

「看在上帝份上，傑克！噢，看在上帝份上！」可憐的伊蒂驚慌失措地叫了起來。「噢，傑克，傑克，他會傷到你的！」

「噢，這位原來是『傑克』，對嗎？」鮑德溫說道，不乾不淨地罵了一句。「你們已經熟到了這種程度，對嗎？」

「噢，特德，講講道理吧——發發慈悲吧！就當是為了我，特德，如果你真的愛我的話，那就大度一點兒，別跟他計較吧！」

「依我看，伊蒂，你不如讓我們倆單獨待一會兒，這件事情自然可以解決，」麥克默多平靜地說道。「要不然，鮑德溫先生，興許你可以跟我一起到街上去走一趟。今晚上天氣不錯，隔壁街區前面就有一片空場。」

「用不着弄髒自個兒的手，我就可以幹掉你，」他的

仇敵說道。「等不到我把賬跟你算清楚，你就會希望自己從來沒有踏進過這座房子！」

「眼下就是算賬的好時候，」麥克默多叫道。

「我的時候我自己挑，先生。你慢慢等着好了。瞧瞧這個！」他突然捲起袖管，露出了前臂上的一個古怪標記，圖案是一個圓圈套着一個三角形，看着像是烙上去的。「你知道這是甚麼意思嗎？」

「我不知道，也不想知道！」

「是嗎，你會知道的，我可以跟你打包票。知道的時候，你的年歲也不會比現在大多少。說不定，伊蒂小姐可以跟你說說它的意思。至於你，伊蒂，你會跪着爬回我身邊的——聽見了沒，小妞？——跪着爬回來——然後我才會告訴你，你該接受甚麼樣的懲罰。你們既然撒了種子——老天作證，我會讓你們有收穫的！」他怒不可遏地掃了他倆一眼，轉過身去，片刻之後就「砰」的一聲摔上了大門。

麥克默多和姑娘默不作聲地站了一會兒，接下來，她伸出雙臂抱住了他。

「噢，傑克，剛才你可真是勇敢！只可惜勇敢也沒有用，你一定得馬上逃走！今晚就走——傑克——今晚！這是你唯一的一條活路。他一定會要你的命，他那雙可怕的眼睛就是這麼說的。他們有十幾個人，背後還有麥金提頭領和整個幫會的勢力，你怎麼鬥得過呢？」

麥克默多掙脫她的懷抱，親了親她，輕輕地把她推到一把椅子上。「好啦，小心肝兒，好啦！用不着為我擔驚

受怕。我自己也是自由人會的會員，這我已經跟你父親說過了。說不定，我跟他們也沒甚麼兩樣，所以呢，你千萬不要把我想成一個聖人。聽我說了這件事情，你會不會連我一起恨呢？」

「恨你嗎，傑克？這輩子我也不會恨你的！我聽人說過，除了這裏之外，其他地方的自由人會會員都不是甚麼壞人。所以啊，我幹嗎要為這件事情怪罪你呢？不過，傑克，既然你是他們的會員，幹嗎不去跟麥金提頭領交個朋友呢？噢，趕緊去，傑克，趕緊去吧！你得搶先跟他說個明白，要不然，那些惡狗就要來追你了啊。」

「我正在這麼打算呢，」麥克默多說道。「我現在就去解決這件事情。你跟你父親說一下，今晚我還在這兒住，明早就另找地方。」

麥金提那家酒廊的酒吧間跟往常一樣人山人海，因為鎮上所有的歹徒惡棍都喜歡到這兒來消磨時間。這傢伙很受眾人的擁戴，因為他有一種粗枝大葉的快活勁兒，像面具一樣蓋住了他身上的許多東西。除了受人擁戴之外，他帶來的恐懼籠罩了整個鎮子，實際上還籠罩了長達三十英里的整個山谷，再加上山谷兩邊的地區。單是這樣的恐懼就足以讓他的酒吧間人滿為患，只因為誰也承擔不起怠慢他的後果。

大家都知道他掌握着一些隱秘的權力，而且會毫不留情地行使這些權力。與此同時，他還是一名地位顯赫的官員，頂着地方議會議員和路政專員的頭銜，選他的都是些指望從他手裏換到好處的惡棍。在這個地方，苛捐雜税名

目繁多，公共事業的荒廢情狀臭名遠揚，收了黑錢的審計人員對賬目不聞不問，正派的居民被迫繳納打着公益旗號的勒索款項，同時還不敢口出怨言，怕的是惹上更大的禍殃。

就這樣，年復一年，麥金提頭領的鑽石領針越來越醒目，越來越華麗的馬甲上垂掛着越來越沉重的黃金錶鏈，名下的酒廊也越來越大，眼看着就要把集市廣場的一側整個兒地攬入懷中了。

麥克默多推開酒廊的擋板門，擠過人群往裏走。酒廊裏煙霧瀰漫、酒氣熏天，四壁都是鍍了厚厚一層金的巨大鏡子，將極盡奢華的輝煌燈火映照得越發地紙醉金迷。一圈兒閒人圍在黃銅鑲邊的寬大吧台四周，幾個光穿襯衫的酒保正在給他們調酒，忙得不亦樂乎。

吧台的遠端站着一個又高又壯、身材健碩的男人，身子靠在吧台上，嘴角斜斜地支棱着一支雪茄，不會是別的甚麼人，只可能是大名鼎鼎的麥金提。這是一頭披着黑色鬃毛的巨獸，絡腮鬍子蔓延到了顴骨的位置，蓬亂的黑髮也耷拉到了衣領上。他的膚色跟意大利人一樣黝黑，眼睛則是一種死沉沉的古怪黑色，再加上他還稍微有點兒斜視，整張臉就顯得格外邪惡。

這個人身上的其他特徵，勻稱的體形也好，俊秀的五官也好，率直的作派也好，倒都跟他假裝出來的那種樂樂呵呵的誠摯性情十分吻合。看到他的時候，你興許會説，這是個大大咧咧的老實人，不管他説起話來多麼粗野，心眼兒終歸是不錯的。要到他用那雙漆黑無光、深邃無情的

眼睛緊盯着你的時候，你才會心裏發緊，覺得自己面對的是一個深藏不露、無惡不作的魔頭，力量、膽色和智謀一樣也不缺，百倍地增添了他的歹毒。

把目標打量清楚之後，麥克默多拿出那種膽大包天的慣有架勢，推推搡搡地穿過人群，又從一小群獻媚討好的馬屁精當中擠了過去，那群人正在賣力地奉承這位顯赫的頭領，頭領最最無聊的笑話也能讓他們哄堂大笑。擠到近前之後，看到那雙歹毒的黑眼睛陡然轉到了自己身上，外鄉青年那雙張狂的灰色眼睛無所畏懼地透過鏡片迎了上去。

「呃，年輕人，你這張臉我好像沒有見過哩。」

「我是新來的，麥金提先生。」

「雖說是新來的，應該也知道用恰當的頭銜來稱呼一位紳士吧。」

「這位是麥金提議員，年輕人，」一名馬屁精說道。

「對不起，議員，我還不清楚這邊的規矩。不過，有人建議我來見您。」

「是嗎，你已經見到了，整個人都擺在你的眼前呢。你覺得我怎麼樣呢？」

「呃，現在說還有點兒早。如果您的肚量跟身量一樣寬大、心地也跟長相一樣受看的話，那我就沒甚麼可挑的了，」麥克默多說道。

「我的天！不管怎麼說，你腦袋上確實長了一張愛爾蘭人的快嘴，」酒廊東家嚷嚷起來，說不好是在附和這個膽大包天的訪客，還是在竭力維護自己的威嚴。「這麼說，

你已經大人大量地認可了我的長相嘍？」

「那是當然，」麥克默多說道。

「有人叫你來見我？」

「是的。」

「誰叫你來的呢？」

「維爾米薩三百四十一分會的斯甘藍兄弟。這一杯祝您身體健康，議員，也祝我們更多地了解對方。」他把其他人遞過來的一隻酒杯舉到唇邊，喝酒的時候還把小指翹了起來。

麥金提一直在仔仔細細地打量他，這會兒便揚起了烏黑的濃眉。「嗯，看着倒挺像那麼回事，不是嗎？」他說道。「我還得再看仔細一點兒，這位——」

「麥克默多。」

「還得再看仔細一點兒，麥克默多先生，我們這裏可不會隨隨便便地接收新人，也不會聽到甚麼就信甚麼。進去待一會兒吧，就在吧台後面。」

吧台後面有一個小房間，牆邊上擺滿了酒桶。麥金提小心翼翼地關上房門，然後就坐到一隻酒桶上，若有所思地咬着雪茄，眼睛在同伴的身上轉來轉去，一聲不吭地坐了足足兩分鐘。麥克默多樂呵呵地接受了對方的目測，一隻手揣在大衣口袋裏，另一隻手捻着自個兒的褐色髭鬚。突然之間，麥金提猛一貓腰，掏出了一把惡形惡狀的左輪手槍。

「聽着，小傢伙，」他說道，「要是我覺得你跟我們要花招的話，那你的花招可要不了太久。」

「自由人會的分會會首用這種方法來歡迎外來的兄弟，」麥克默多忿忿不平地回答道，「還真是挺新鮮的呢。」

「是嗎，可你必須證明你的確是外來的兄弟，」麥金提説道，「證明不了的話，願上帝保佑你吧！當初你加入的是哪個分會？」

「芝加哥二十九分會。」

「甚麼時間？」

「一八七二年六月二十四日。」

「會首是誰？」

「詹姆斯·H. 斯科特。」

「你們的地區總會首是誰？」

「巴索洛繆·威爾遜。」

「嗯！你答題答得還挺順溜的嘛。來這裏幹甚麼呢？」

「幹活唄，跟您一樣，只不過差事沒您那麼好而已。」

「你回嘴倒回得挺快的。」

「是啊，我嘴巴一直都挺快的。」

「動起手來也快嗎？」

「了解我的人都這麼説。」

「那好，考驗你這句話的時刻興許會來得比你想像的快。你聽説過關於這個分會的甚麼傳言嗎？」

「我聽説它只接收真正的男子漢。」

「算你説對了，麥克默多先生。你為甚麼離開芝加哥呢？」

「我要是告訴你，那可就真是見了鬼啦！」

麥金提瞪大了眼睛。居然有人用這種方式來回答他的問題，他不光覺得新鮮，而且覺得有趣。

「你為甚麼不肯告訴我呢？」

「因為兄弟之間是不能說假話的。」

「也就是說，真話糟糕得沒法說，對嗎？」

「您願意這麼想的話，那就這麼想好了。」

「聽着，先生，我是這兒的會首，你可別指望我接收一個連自個兒的來歷都說不清楚的兄弟。」

麥克默多顯得很是為難。接下來，他從衣服的內袋裏掏出了一張破破爛爛的剪報。

「您不會去告發我吧？」他說道。

「你要是再敢對我說這種話，那我就賞你幾個嘴巴！」麥金提氣沖沖地嚷了一聲。

「您教訓得是，議員，」麥克默多低聲下氣地說道。「我應該給您賠個不是，剛才的話沒經過腦子。好吧，我知道我可以放心地把秘密交託給您。瞧瞧這張剪報吧。」

麥金提大致掃了一眼，剪報上說的是一個名叫喬納斯‧品托的人遭到槍殺的事情，事情發生在芝加哥市集市街的湖畔酒廊，時間則是一八七五年新年前後的那個星期。

「你幹的？」他問道，把剪報還了回去。

麥克默多點了點頭。

「你為甚麼要殺他呢？」

「以前我一直在幫着山姆大叔鑄造美元金幣，我鑄的成色興許沒有他鑄的那麼好，看起來卻一樣好使，鑄造的

成本也比較便宜。這個名叫品托的傢伙本來在幫我花這些怪錢——」

「幫你做甚麼？」

「呃，意思就是幫我把我鑄的美元弄到市面上去。後來呢，他說他要去告發我。不知道他是不是真的告發了我，總之我沒有等着看下文，直接結果了他，然後就撒開雙腿跑到煤區來了。」

「為甚麼要往煤區跑呢？」

「因為我看報紙上說，這邊的人不那麼愛挑毛病。」

麥金提笑了起來。「你本來就是個造假幣的，後來又殺了人，眼下卻跑到我們這裏來，還覺得我們會對你表示歡迎。」

「差不多就是這麼回事，」麥克默多回答道。

「呃，我看你前途無量啊。對了，眼下你還能造出美元來嗎？」

麥克默多從口袋裏掏出了六枚金幣。「這些就不是從費城造幣廠 * 出來的，」他說道。

「不會吧！」麥金提伸出像猩猩爪子一樣的多毛大手，把金幣舉到了燈前。「要我看，這可跟真的一模一樣啊。我的天！你這樣的兄弟對我們大有幫助，我就是這麼想的！我們這裏容得下一兩個壞蛋，麥克默多老弟，因為有些時候，我們自己也不得不犯點兒壞。要是不把那些逼過來的人推回去的話，我們很快就會被人逼上絕路的。」

---

* 費城鑄幣廠 (Philadelphia Mint) 成立於 1792 年，是美國歷史最悠久、規模也最大的鑄幣廠。

「呃，按我看，我也可以出點兒力，幫着大伙兒一起推。」

「看樣子，你的膽量挺大的嘛。剛才我用這把槍指着你，你居然動都不動。」

「剛才那個時候，面臨危險的人並不是我。」

「不是你又是誰呢？」

「是您，議員，」麥克默多穿的是一件雙排扣短大衣，這會兒就從側兜裏掏出了一把扳好擊鐵的手槍。「剛才我一直都瞄着您呢，按我看，我開槍的速度應該不會比您慢。」

「我的天！」麥金提氣得滿臉通紅，跟着就爆發出了一陣響亮的笑聲。「咳，我們可有好些年沒見過你這樣的壞小子啦。依我看，本地的分會肯定會以你為榮的……喂，你究竟想幹甚麼？你有甚麼事情非得闖進來，就不能讓我跟一位紳士清清靜靜地聊幾分鐘嗎？」

酒保手足無措地站在那裏。「對不起，議員，是特德·鮑德溫叫我來的。他說他一定要馬上見您。」

酒保的通報完全是多餘的，因為鮑德溫本人正在隔着酒保的肩膀往房間裏看，面容又陰沉又冷酷。他一把將酒保搡了出去，跟着就重重地摔上了房門。

「這麼說，」他一邊說，一邊惡狠狠地瞪了一眼麥克默多，「你倒是搶在了頭裏，對嗎？我想跟您說點兒事，議員，關於這個人的事。」

「那就趁眼下這個機會，當着我的面說唄，」麥克默多叫道。

「我要在我自個兒覺得合適的時間按我自個兒的方法來說，輪不到你來多嘴。」

「嘖！嘖！」麥金提一邊說，一邊從酒桶上跳了下來。「這樣子可不行。這是個新來的兄弟，鮑德溫，咱們可不能用這種方式來歡迎他。把你的手伸出來，伙計，就這麼拉倒吧！」

「沒門兒！」鮑德溫怒不可遏地吼道。

「就算他覺得我對不住他，可我已經說了要跟他決鬥了，」麥克默多說道。「我可以憑拳頭跟他決鬥，他要是不滿意的話，我還可以按他挑選的任何一種方式跟他決鬥。好了，議員，眼下就請您以會首的身份給我倆作個裁決吧。」

「那麼，究竟是甚麼事情呢？」

「由頭是一位年輕的女士，她是有選擇愛人的自由的。」

「她有嗎？」鮑德溫吼道。

「如果雙方都是本會兄弟的話，我看她是有的，」頭領說道。

「是嗎，這就是您的裁決，對嗎？」

「沒錯，這就是我的裁決，特德·鮑德溫，」麥金提說道，惡狠狠地瞪了鮑德溫一眼。「難不成，你還有甚麼異議嗎？」

「為了一個你這輩子頭一次見的人，你就要拋棄一個跟了你整整五年的兄弟嗎？你不可能當一輩子會首的，傑克·麥金提，還有啊，老天作證！等到選舉的時候——」

議員像猛虎一般撲到鮑德溫的身上，一隻手緊緊地扼住他的咽喉，把他搡到了一隻酒桶上。要不是麥克默多出手干預的話，議員保準兒會在狂怒之中把鮑德溫活活扼死。

「算了，議員！看在老天份上，算了吧！」麥克默多一邊叫喊，一邊把議員往後拖。

麥金提鬆了手，鮑德溫直挺挺地坐到了頂在他身後的那隻酒桶上，整個人嚇得魂不附體，大口大口地喘着粗氣，四肢也瑟瑟發抖，一看就是剛剛在鬼門關上走了一遭。

「好些天以來，你一直在自找這種沒趣，特德‧鮑德溫——眼下你算是找着了！」麥金提吼道，寬闊的胸膛不停起伏。「你興許以為，我要是沒選上會首的話，你自個兒就可以坐上我這把交椅。這事兒得由會裏說了算。不過我告訴你，我一天當着會首，一天就不會允許任何人扯着嗓子反對我本人，反對我的裁決也不行。」

「我可沒有反對您的意思，」鮑德溫摸着自己的咽喉咕嚕了一句。

「那麼，很好，」會首叫道，立刻恢復了先前那種大大咧咧的快活模樣，「這件事情到此為止，咱們接着做咱們的好朋友。」

他從架子上拿過一瓶香檳，撬開了瓶塞。

「好了，」他給三隻高腳杯斟上了酒，接着說道。「咱們這就按照本會的和好規矩乾一杯。你們兩個肯定知道，乾完這杯之後，誰也不能懷恨在心。好了，把左手伸

到我的喉結上來。我來問你，特德・鮑德溫，因何得罪，先生？」

「烏雲蓋頂，」鮑德溫回答道。

「雖然蓋頂，終將消散。」

「終將消散，我可起誓！」

兩個人乾了一杯，接下來，鮑德溫和麥克默多又把同樣的儀式重覆了一遍。

「好極了！」麥金提搓着雙手叫道。「之前的怨恨就算是一筆勾銷。你要是懷恨在心，那就是破壞了本會的規矩，這邊的規矩可比較嚴，鮑德溫兄弟是知道的——你自個兒也是一眨眼就會發現，麥克默多兄弟，如果你自找麻煩的話！」

「您放心好了，我並不急着自找麻煩，」麥克默多說道。接下來，他把一隻手伸到了鮑德溫的面前。「我這個人火氣來得快，心裏的疙瘩也去得快，人家告訴我，這是因為我身上流着愛爾蘭人的熱血。好啦，這事情在我這兒就算是過去了，我不會記着的。」

面對可怕頭領的兇惡目光，鮑德溫不得不握住了麥克默多的手。不過，他那張鐵青的臉說得明明白白，對方的話壓根兒就沒有對他造成絲毫觸動。

麥金提拍了拍他們兩個的肩膀。「嘖！這些姑娘！這些姑娘可真是的！」他叫道。「想想吧，這些穿裙子的小東西竟然能讓我的兩個哥們兒鬧起架來！真是活見了鬼！好啦，還是讓這些小妞自個兒拿主意吧，這種事情可不歸會首管——謝天謝地！咱們的事情夠多的了，用不着讓女

人來添亂。你必須加入三百四十一分會，麥克默多兄弟。我們有我們自個兒的規矩和辦法，跟芝加哥不太一樣。星期六晚上是我們開會的時間，你要願意來的話，我們就會讓你終身享有維爾米薩山谷的所有特權。」

第三章
維爾米薩三百四十一分會

　　經歷過晚間的諸多奇遇之後,麥克默多第二天就搬出了老雅各布·沙夫特的公寓,在寡婦麥克納馬拉那座位於鎮子最邊緣的房子裏找了個住處。沒隔多久,他在火車上認識的斯甘藍也因為某種緣故要搬到維爾米薩鎮來住,兩個人就住到了一起。房子裏沒有其他租客,房東又是個生性隨和的愛爾蘭老婦人,完全不干涉他倆的事情,這一來,他倆說話做事都不用有甚麼顧忌,對於兩個擁有共同秘密的人來說,這倒是再合適不過了。

　　老沙夫特十分厚道,竟至於允許麥克默多隨時上自己家裏去吃飯,這樣一來,麥克默多和伊蒂之間的交往完全沒受任何影響。恰恰相反,日子一週一週地過去,他倆走得越來越近,關係也越來越親密了。

　　麥克默多覺得新居非常安全,於是就把鑄造金幣的模具拿了出來,堂而皇之地擺在自個兒的臥室裏。有了無數個守秘誓言的擔保之後,他還允許會裏的一些兄弟到他的臥室裏來看模具,每個人走的時候都揣上了幾枚假幣。他的假幣鑄造得十分精美,用的時候從來沒遇上過哪怕是一丁點兒障礙或者危險。同伴們總是迷惑不解,身懷如此絕技,麥克默多幹嗎還要委屈自己,幹嗎還要上甚麼班呢;

不過，只要有人提出這個問題，麥克默多總是說得非常清楚，要是他沒有看得見的收入來源的話，很快就會被警察盯上的。

千真萬確，有個警察已經盯上了他。幸運的是，這件事情非但沒有損傷到這個膽大妄為的傢伙，反倒是給他帶來了莫大的好處。見過第一次面之後，他差不多天天都上麥金提的酒廊去報到，為的是跟那些「哥們兒」打成一片。在這個肆虐本地的危險幫派當中，成員之間用的就是「哥們兒」這個親熱的稱呼。他舉手投足鋒芒畢露，說起話來也是無所顧忌，所有人都覺得他討人喜歡。除此而外，他又在一次「全武行」的酒吧格鬥當中乾脆利落地放倒了對手，由此贏得了這個粗野群體的尊敬。這還不算完，因為另外一件事情，他在這幫人心目當中的地位進一步水漲船高。

一天晚上，正好是人最多的時候，酒廊的門突然開了，進來的是一名身穿暗藍色制服、頭戴大簷帽的礦警。礦警是鐵路當局和煤礦主合力組建的一支隊伍，為的是向地方上的警察部隊提供支援，因為地方警察已經束手無策，只能聽任各種有組織暴力活動在本地製造恐怖氣氛。礦警進門之後，酒廊裏一下子靜了下來，大家紛紛向礦警投去了好奇的目光。不過，在美國的有些地方，警察和罪犯之間的關係有點兒異乎尋常，這樣一來，看到警察跑來光顧自己的酒廊，站在吧台後面的麥金提並沒有流露出絲毫驚訝。

「來一杯不加水的威士忌，擋一擋今天晚上的寒氣，」警官說道。「咱們以前沒見過面吧，議員？」

「你就是新來的隊長嘍？」麥金提說道。

「沒錯。為了維持本鎮的法律和秩序，議員，我們都指望着您和其他的頭面人物出手相助呢。我的名字叫做馬文。」

「沒有你們的話，我們還能維持得更好，馬文隊長，」麥金提冷冷地說道，「本鎮有自己的警察，並不需要甚麼進口貨。你們不就是資本家花錢買來的工具，不就是他們僱來用棍棒和槍支對付窮苦市民的走狗嗎？」

「好啦，好啦，咱們用不着爭論這個問題，」警官和顏悅色地說道。「依我看，咱們都會按自己的理解來履行職責，只不過，咱們對職責的理解不可能完全一樣。」他已經喝乾了杯裏的酒，正準備轉身離去，卻在突然之間瞥見了傑克·麥克默多的臉。麥克默多就在他的身邊，正在衝他怒目而視。「嘿！嘿！」他一邊吆喝，一邊上上下下地打量麥克默多。「這還有一位老熟人哩！」

麥克默多往後退了一步。「我可不是你的朋友，這輩子也沒跟任何一個該死的警察交過朋友，」他說道。

「熟人也不一定是朋友嘛，」警察隊長說道，咧開嘴笑了起來。「你就是芝加哥的傑克·麥克默多，錯不了，你可別想抵賴！」

麥克默多聳了聳肩。「我本來就沒想抵賴，」他說道。「難道你以為，我會為自個兒的名字覺得丟人嗎？」

「不管怎麼說，你確實應該覺得丟人。」

「你這句屁話是甚麼意思？」麥克默多大吼一聲，雙手攥成了拳頭。

「行啦，行啦，傑克，跟我咋唬是沒有用的。鑽進這

座該死的煤窯之前，我在芝加哥當過警察，芝加哥的惡棍可逃不過我的眼睛。」

麥克默多臉色一沉。「你可別告訴我，你就是芝加哥中央警局的那個馬文！」他嚷了一聲。

「正是您以前認得的那個特迪‧馬文，隨時為您效勞。喬納斯‧品托被人槍殺的事情，我們那邊的人都還記着呢。」

「他可不是我殺的。」

「真的不是？你這是一句天地良心的可靠證詞，對嗎？哼，對你來說，他的死可真是不一般地及時啊，要不然，他們就能以花怪錢的罪名把你逮起來。好啦，那件事情過了也就過了，原因嘛，咱倆私下說吧——當然嘍，這麼說興許跟我的職責有點兒衝突——他們弄不到指控你的明確證據，明天你就可以回芝加哥去了。」

「我在這兒待得挺舒服的。」

「是嗎，我好心好意地提醒你，你要連句謝謝都不說的話，那可就真是隻亂咬一氣的瘋狗了。」

「呃，我看你確實是好意，我真該謝謝你才是，」麥克默多的口氣並不怎麼友好。

「只要你不走歪道，我就不會再說你甚麼不是，」隊長說道。「不過，老天作證！你要是還敢亂來的話，那可就不一樣了！好了，晚安——晚安，議員。」

走出酒吧間的時候，警官已經為本地增添了一位英雄人物。在這之前，大家一直在悄悄談論麥克默多在遙遠的芝加哥做下的種種事情，而他本人總是微笑着避開與此

相關的所有問題，神態就跟那些不想往自個兒臉上貼金的人一樣。眼下呢，他的事跡已經得到了官方的確認。酒吧裏的閒人把他團團圍住，熱情地跟他握手，就從這一刻開始，他徹底變成了這幫人當中的一員。他本來非常能喝，而且面不改色，這天晚上呢，幸虧他同屋的斯甘藍也在現場，可以領他回家，如其不然，這個領受眾人款待的英雄肯定得在吧台下面過夜了。

某個星期六的晚上，麥克默多正式加入了本地的分會。他本來以為，自己既然在芝加哥入過會，這一次就用不着甚麼儀式，沒想到，維爾米薩分會自有一套引以為豪的典禮，所有的新會員都得走完這個過場。團結會館有一個專門用來舉辦這類典禮的大房間，分會的會員就在這裏聚集。參加維爾米薩分會集會一共有大約六十人，可這遠遠不能反映這個幫會的真正實力。山谷裏的其他地方還有幾個分會，山谷兩邊那些山峰的背面也有。要辦甚麼大事情的時候，分會之間往往會交換會員，這樣一來，實施罪行的人往往都是當地人不認識的外來人。算在一起的話，散佈在煤區各處的會員至少也有五百人。

集會的房間裏沒有甚麼陳設，所有的人圍坐在一張長桌的四周。牆邊上還有一張長桌，上面擺滿了酒瓶和杯子，有一些與會者已經瞄上了那些東西。麥金提坐在上首，蓬亂的黑髮上面扣着一頂扁平的黑絲絨帽子，脖子上搭着一條紫色的綬帶，看起來倒像是一名祭司，正在主持某種邪惡的儀式。坐在他左右兩側的是一些地位較高的會員，特德·鮑德溫那張冷酷無情的英俊面孔也在其中。這

些人都佩戴着各式各樣的綬帶或者徽章，以此標明各自的地位。

　　大多數高級會員已經步入中年，其餘會員則都是十八歲到二十五歲之間的小伙子，他們會忠實地執行高級會員的命令，既有本領，也有決心。中年人當中有很多都是面目猙獰，足以表明他們目無法紀的虎狼之性。可是，看一看在場的普通會員，你實在沒法相信，這些熱切坦盪的小伙子確確實實是一幫可怕的兇手，是非觀念已經全然顛倒，不光對自己的作惡本事產生了一種令人咋舌的自豪，更對那些以他們所說的「乾淨活計」著稱的傢伙佩服得五體投地。

　　天性既已扭曲，他們就把自告奮勇地完成殺人任務當成了一種彰顯英雄氣概的俠義行為，殺害的對象全都是從來沒有得罪過他們的人，很多情形之下還是他們從來沒有見過的人。實施罪行之後，他們會為到底是誰發出致命一擊的問題爭論不休，還會把死者掙扎哀號的慘狀掛在嘴邊，用作相互戲謔、娛樂會眾的笑料。

　　剛開始的時候，他們用的還是遮遮掩掩的手法，到了故事當中的這個時節，他們的犯罪活動已經發展到了明目張膽、令人側目的程度，因為他們眼看着法律一再失靈，由此便認識到，一方面，沒有人敢於出面指證他們的罪行，另一方面，他們不光擁有無數名隨傳隨到的鐵杆證人，還擁有一個塞得滿滿的錢袋，足以買來本州最優秀的法學天才。長達十年的漫長歲月當中，無惡不作的掃魂幫從來不曾有哪怕一名成員得到有罪的判決，唯一能對他們

構成威脅的只有受害人自己——受害人雖然寡不敵眾、猝不及防，終歸還是有可能讓殺手嘗到一點兒苦頭，偶爾也實實在在地做到了這件事情。

有人已經警告過麥克默多，入會儀式當中存在某種考驗，與此同時，誰也不肯告訴他，考驗究竟是甚麼形式。眼下，兩名神色肅穆的兄弟把他領進了會場的外屋。他聽見許多人在隔壁的會場裏交談，聲音嗡嗡嗡地響成了一片，有一兩次還提到了他的名字，想來是正在討論他入會的問題。接下來，一名斜挎金綠兩色綬帶的內場警衛走進了外屋。

「會首有令，給他加上綁縛，蒙住他的雙眼，然後再將他帶入會場，」警衛說道。

三個人一齊動手，脫去他的大衣，挽起他右手的袖管，又把一根繩子繞到他的身上，牢牢地綁在了他雙肘上側的位置。接下來，他們用一頂厚實的黑帽子扣住他的腦袋和上半邊臉，確保他甚麼也看不見，這才把他領進了會場。

戴着這樣的一頂帽子，他眼前一片漆黑，心裏也十分壓抑。他聽見了周圍人群的窸窣響動和竊竊私語，緊接着，麥金提的低沉聲音透過帽子傳進了他的耳朵，聽起來十分遙遠。

「約翰‧麥克默多，」那聲音說道，「你已經是尊貴自由人會的會員了嗎？」

他欠身表示「是」。

「你屬於芝加哥二十九分會嗎？」

他再一次欠了欠身。

「黑夜不宜，」那聲音說道。

「是的，生人行路。」他回答道。

「烏雲蓋頂。」

「是的，風暴將臨。」

「兄弟們滿意了嗎？」會首問道。

會場裏響起了一片贊同的嗡嗡聲。

「兄弟，既然你對上了切口，我們已經知道你確實是自己人，」麥金提說道。「不過，我們必須讓你知道，本縣以及本地區的其他縣份有一些特殊的儀式，還有一些好漢才能擔當的特殊義務。你準備好接受考驗了嗎？」

「準備好了。」

「你的心是否堅如磐石？」

「是的。」

「往前跨一大步，證明給我們看看。」

會首話音剛落，他立刻感覺到，有兩個堅硬的尖頭緊緊地頂住了自己的雙眼，似乎是他一旦往前挪動，雙眼就必然會被戳瞎。儘管如此，他依然鼓起勇氣，毅然決然地邁步向前，頂在眼睛上的東西瞬間消失，會場裏響起了一陣低低的喝彩聲。

「他的心的確堅如磐石，」那個聲音說道。「你能忍受痛苦嗎？」

「別人能忍的我都能忍，」他回答道。

「試試他！」

一陣摧肝裂膽的痛楚貫穿了他的前臂，他用盡全部的

自制力才沒有叫出聲來。突然襲來的劇痛差點兒讓他暈了過去，可他咬住嘴唇、握緊拳頭，硬生生地把極度的疼痛憋在了心裏。

「比這更厲害的我也忍得了，」他如是說道。

這一次的喝彩聲響亮震耳。在這個分會的歷史上，從來沒有哪個會員的初次亮相比他這次更加精彩。大家紛紛伸手去拍他的後背，還有人幫他摘掉了帽子，他站在那裏眨巴着眼睛，微笑着接受兄弟們的祝賀。

「最後一句話，麥克默多兄弟，」麥金提說道。「你已經宣誓保守秘密、效忠本會，同時也已經知道，違背誓言的處罰就是立刻兌現、絕無寬貸的死亡，是嗎？」

「是的，」麥克默多說道。

「你願意無條件服從在任會首的命令嗎？」

「願意。」

「那麼，我代表維爾米薩三百四十一分會歡迎你分享本會特權、參與本會事務。把酒端到桌子上來吧，斯甘藍兄弟，我們來為這位可敬的兄弟乾一杯。」

有人替麥克默多拿來了大衣。穿上大衣之前，他看了看仍然痛得鑽心的右臂。烙鐵在他的前臂上留下了一個深深的紅色印記，圖案是一個圓圈套着一個三角形。坐在他旁邊的一兩個人撸起了自己的袖管，把自己胳膊上的分會標記亮給他看。

「所有人的胳膊上都有這個標記，」其中一個說道，「只不過，烙上這個標記的時候，並不是所有的人都表現得像你這麼勇敢。」

「咳！這可不算甚麼，」他嘴裏說得輕描淡寫，胳膊卻仍然疼得火燒火燎。

入會儀式之後的飲酒慶典終於結束，其他的會務隨即提上日程。麥克默多只見識過芝加哥分會的枯燥議程，接下來的事情便讓他聽得雙耳直豎、暗自心驚，只不過不敢完全表露出來而已。

「現在進入第一項議程，」麥金提說道，「宣讀默頓縣二百四十九分會區域會首溫德爾寫來的信函。溫德爾是這麼說的：

親愛的先生：

　　眼下有一件活計，目標是此地左近雷－斯特馬什煤礦的礦主安德魯·雷。你們想必記得，貴會尚欠我會一個人情，此因去年秋季，我會曾有兩名兄弟協助貴會處理警察一名。請貴會派來兩名好手，由本會司庫希金斯負責接應，希金斯的地址，貴會諒已知悉。他會把行動的時間地點通知貴會兄弟。

　　　　　　　　　　　　你們的同門兄弟，

　　　尊貴自由人會區域會首 J.W. 溫德爾

「咱們需要借用一兩個幫手的時候，溫德爾從來沒有拒絕過咱們，所以呢，咱們也不能駁他的面子。」麥金提頓了一頓，用他那雙暗淡無光的歹毒眼睛掃視着整個會場。「誰願意主動承攬這件活計？」

幾個小伙子把手舉了起來，會首看着他們，臉上露出了讚許的笑容。

「你可以去，『老虎』科馬克。你要是能辦得跟上次

一樣漂亮的話，事情就不會有甚麼岔子。你也可以，威爾遜。」

「我還沒有手槍呢，」說話的是那名自告奮勇的會員，一個還不到二十歲的孩子。

「這是你的第一件活計，對嗎？很好，反正你遲早也要接受鮮血的洗禮。對你來說，這肯定會是一個了不起的開端。手槍的事情嘛，如果我沒弄錯的話，它正在等着你呢。你們星期一去那邊報到，時間可以說是非常充裕。回來的時候，大家會隆重地歡迎你們的。」

「這一次有甚麼獎賞嗎？」科馬克問道。這是個大塊頭、黑臉膛、長相兇蠻的小伙子，靠着殘忍的手段掙來了「老虎」的諢名。

「別去想甚麼獎賞，你們做這件事情僅僅是為了榮譽。事成之後，興許會有那麼幾塊壓箱底兒的賞錢吧。」

「這個人幹了些甚麼呢？」年輕的威爾遜問道。

「這個人幹了些甚麼，顯然不是你這樣的人該問的問題。那邊的人已經對他作出了裁決，輪不到咱們來管。咱們要做的事情僅僅是執行他們的裁決，就跟他們執行咱們的裁決一樣。說到這個問題嘛，下星期就會有兩個默頓分會的兄弟來找咱們，要在咱們這裏辦點事。」

「來的是誰呢？」有人問了一句。

「說真的，你最好不要問。如果你甚麼都不知道，作證的時候就甚麼也不用說，甚麼麻煩也不會有。不過，他倆幹起活來都是很利落的。」

「而且很及時！」特德·鮑德溫叫道。「這一帶的人

已經有點兒不聽管教了。就在上個星期，工頭布雷克還開除了三個咱們的人。他早就該嘗點兒厲害了，這回得給他嘗點兒實在的。」

「嘗點兒甚麼？」麥克默多悄聲問自己的鄰座。

「一顆大號的鉛彈唄！」鄰座嚷了一句，大聲地笑了起來。「你覺得我們的辦法怎麼樣，兄弟？」

看情形，麥克默多雖說是剛剛加入這個邪惡的幫會，會裏的氣氛卻已經深深地觸動了他身上的犯罪神經。

「我覺得挺不錯的，」他說道。「有膽量的小伙子就該上這兒來。」

周圍的幾個人聽見了他的話，紛紛喝起彩來。

「甚麼事情？」桌子的盡頭傳來一聲喝問，發話的正是那位頂着黑色鬃毛的會首。

「是咱們這位新來的兄弟，先生，他覺得咱們的辦法很對他的胃口。」

麥克默多站起身來，開口說道，「尊貴的會首，我想說的是，如果會裏需要用人，獲得委派就是我的榮幸。」說完之後，他重新坐了下去。

這句話博得了滿堂大彩。恍惚之間，一輪新鮮的太陽已經從地平線上冉冉升起，一些年長的會員甚至覺得，這輪太陽躥升的速度快得有點兒過了頭。

「我的意見是，」坐在主席近旁的哈拉維說道。哈拉維是個鬍鬚斑白、一臉貪相的老傢伙，眼下擔任着分會的書記。「麥克默多兄弟應該耐心一點兒，等到分會樂於起用他的時候再說。」

「當然，我完全聽從分會的差遣，剛才的話也是這個意思，」麥克默多說道。

「會有你施展的機會的，兄弟，」主席說道。「我們已經記住了，你是一名踴躍效勞的兄弟，與此同時，我們相信你在這裏大有可為。今晚就有一件小事情，只要你樂意，裏面就有你的一席之地。」

「我可以等待更值得一幹的活計。」

「不管怎麼樣，今晚你還是去吧，去了你就會知道，本會有一些甚麼樣的主張。這件事情我等一會兒再來宣佈。與此同時，」他瞥了一眼手上的議程表，「我還有一兩件事情要在會上說一說。首先，我要請司庫講一講咱們的存款狀況。咱們得給吉姆·卡納威的寡婦準備一筆救濟金。卡納威因公殉難，咱們有責任把他的妻子照顧好。」

「上個月，吉姆跟別人一起去殺馬雷溪谷的切斯特·威爾考克斯，沒想到反遭毒手，」鄰座告訴麥克默多。

「眼下，咱們的資金非常充足，」司庫說道，銀行賬簿就擺在他的面前。「最近這段時間，各家公司都比較大方。馬克斯·林德爾公司交了五百塊，只求咱們饒過他們。沃克爾兄弟公司交了一百，不過我已經自作主張把錢退了回去，讓他們按五百來交。如果我到星期三還沒有聽見信兒的話，他們的升降機多半會出故障。去年他們就不聽話，非得等咱們燒掉了他們的碎煤機才肯講道理。還有，西區煤業公司也把他們的年度捐贈交了上來。咱們手頭有足夠的錢來應付所有的開銷。」

「阿契·斯文登怎麼樣呢？」一名兄弟問道。

「他已經賣掉產業，離開了這個地區。這個老混蛋還給咱們留了張字條，説他寧肯在紐約自由自在地掃大街，也不願意當一個任由黑幫敲詐的大礦主。我的天！算他跑得快，趕在字條送到之前就溜掉了！按我看，他再也不會在這個山谷裏露面啦。」

一個慈眉善目、和顏悦色、臉刮得乾乾淨淨的老人從正對主席的桌子下首站了起來。「司庫先生，」老人問道，「我能不能問一問，這個人被咱們趕跑之後，他的產業叫誰給買走了呢？」

「沒問題，莫里斯兄弟。買主是州縣聯營默頓鐵路公司。」

「去年，托德曼家和李家的兩座礦以同樣的方式流到了市面上，當時的買主是誰呢？」

「也是這家公司，莫里斯兄弟。」

「前不久，曼森、舒曼、范‧德爾和阿特伍德都把自個兒的煉鐵廠給賣了，買主又是誰呢？」

「買主是西吉爾莫頓礦業總公司。」

「我可看不出來，莫里斯兄弟，」主席説道，「買主是誰跟咱們有甚麼關係，不管他們是誰，總不可能把礦產搬到別處去吧。」

「恕我冒昧，尊貴的會首，我覺得這跟咱們有很大的關係。到現在，這樣的兼併過程已經持續了整整十年的時間。咱們正在一步一步地把所有的小礦主趕出這個行當。結果是甚麼呢？咱們已經看到，取而代之的都是像默頓鐵路公司和礦業總公司這樣的巨頭，他們的董事要麼是在紐

約，要麼就在費城，根本不在乎咱們的威脅。咱們確實可以從他們的本地經理手中得到好處，可這只會驅使他們打發新的經理來接管本地的生意。除此之外，咱們這是在自找麻煩。小礦主無財無勢，壓根兒就奈何不了咱們。只要咱們不把他們榨得太狠，他們就會留在咱們的勢力範圍之內。反過來，那些巨頭要是發現咱們妨礙了他們賺錢，肯定會不遺餘力、不惜工本地追蹤咱們，直到把咱們告上法庭為止。」

聽了這番不祥的言論，會場裏一下子鴉雀無聲，所有的人都沉下臉來，開始交換沮喪的眼神。他們一直都是無所不能、所向披靡，以至於已經徹底忘記，自己有可能遭到報應。然而，看到這種可能性之後，即便是他們當中最無所顧忌的人也覺得身上發冷。

「我的建議是，」莫里斯接着說道，「咱們不妨對那些小礦主寬大一些。一旦把他們悉數趕跑，本會的勢力就會盪然無存。」

真相若是令人不快，那就注定不會受人青睞。莫里斯坐回原位之後，會場裏響起了憤怒的吼聲。麥金提站起身來，臉上堆滿了烏雲。

「莫里斯兄弟，」他說道，「你向來就是個烏鴉嘴。只要本會兄弟團結一心，整個美國也找不出能夠奈何咱們的勢力。難道說，法庭咱們還去得少嗎？按我看，那些巨頭跟小公司一樣，也會發現交錢比打官司省事。好了，兄弟們，」說到這裏，麥金提摘下了他的黑絲絨帽子和綬帶，「今晚的議程到此結束，剩下的只有一件小事，可以留到

咱們分別的時候再說。時間到啦，兄弟們都來開懷痛飲、暢敘友情吧。」

人性可真是一種奇怪的東西。瞧瞧這些人，他們把殺人當作家常便飯，曾經撂倒一個又一個跟他們無冤無仇的一家之主，面對受害者哭泣的妻子和無助的兒女，他們從來都沒有絲毫的歉疚或者同情，儘管如此，溫柔哀婉的樂聲卻可以讓他們感動得熱淚盈眶。麥克默多天生一副男高音的好嗓子，即便他此前還沒有贏得這個分會的好感，他即席獻上的《瑪麗，我坐在梯子上等你》和《艾倫河畔》*也讓眾人深受感動，不得不對他青眼相看。

入會的頭一個晚上，這個新會員不光把自己變成了最受大家歡迎的兄弟之一，還得到了頭領們的賞識，隨時可能躋身高位。不過，除了兄弟們的喜愛之外，一名值得尊敬的自由人會會員還需要具備其他的一些素質。究竟需要甚麼素質，這個晚上還沒過完，麥克默多就看到了一個可以說明問題的例子。威士忌瓶子傳了無數圈之後，大家都已經面紅耳赤，做好了為非作歹的充分準備。這時候，會首再一次站了起來，開始對眾人講話。

「各位哥們兒，」他說道，「本鎮有個傢伙需要收拾，你們有責任滿足他這方面的需要。我說的是《先驅報》的詹姆斯·斯坦格爾。他又在衝咱們亂噴唾沫星子，你們都知道是怎麼回事了吧？」

---

* 這兩首都是哀歌，《瑪麗，我坐在梯子上等你》(*I'm Sitting on the Stile, Mary*) 是美國愛爾蘭移民當中的流行民謠，《艾倫河畔》(*On the Banks of Allan Water*) 據說是英格蘭作家馬修·劉易斯 (Matthew Lewis, 1775–1818) 的作品，艾倫河是蘇格蘭中部的一條河流。

會場裏響起了一片贊同的嗡嗡聲，還有許多人嘟嘟囔囔地罵了起來。麥金提從馬甲的口袋裏掏出了一張剪報，開口念道：

法律何在！秩序何存！

「這就是他用的標題。

恐怖主宰煤鐵礦區

十二年前，首批暗殺事件證明本地確有黑幫活動。自彼時迄於今日，此等暴行從未停息，目下更已登峰造極，令我等淪為文明社會之可恥污痕。泱泱吾國海納百川，慨然容留此輩不堪歐洲暴政之外來移民，莫非竟為此等回報？此輩自我等手中獲得棲身之所，翻以暴行凌虐我等，世間可有是理？此土居於自由之星條旗幟神聖庇佑之下，乃有此等恐怖肆虐、法紀淪亡之情狀，致令我等觸目心驚，恍如置身腐朽至極之東方王朝，世間可有是理？此輩之名非屬隱秘，所在幫會亦屬人所共知。我等隱忍，須至何日？我等豈能永遠置身——

　　「行了，這篇廢話我不想再往下念了！」主席大吼一聲，把剪報扔到了桌子上。「他就是這麼說咱們的。我要問你們的是，咱們該怎麼回答他呢？」

　　「宰了他！」十幾個兄弟發出了怒吼。

　　「我反對這種做法，」和顏悅色、臉刮得乾乾淨淨的莫里斯兄弟說道。「聽我說，兄弟們，咱們用在這個山谷裏的手段有點兒太狠了。總有一天，僅僅是為了自衛，所有的人也會聯合起來消滅咱們的。詹姆斯·斯坦格爾已經

上了年紀，整個鎮子乃至整片地區的人都很尊敬他。在這個山谷裏，他那張報紙就是所有真相的象徵。要是把他幹掉的話，整個州都會騷動起來，最後的結局只能是咱們的毀滅。」

「他們能靠甚麼方法來毀滅咱們呢，縮頭先生？」麥金提吼道。「靠警察嗎？大家都知道，一半的警察拿着咱們的薪水，另一半害怕咱們。不然的話，靠法庭和法官嗎？打官司的事情咱們還見得少嗎，哪一次不是不了了之呢？」

「他們興許會請一個名叫『私刑』的法官來審理這件案子*，」莫里斯兄弟說道。

這句話引來了滿堂的怒吼。

「只需要動動指頭，」麥金提叫道，「我就可以調來兩百號人，把這個鎮子殺個雞犬不留。」接下來，他突然提高嗓門兒，烏黑的濃眉擰成了一個可怕的結，「聽着，莫里斯兄弟，我已經盯上了你，而且不是一天兩天了！你自個兒沒種也就算了，還想讓別的人跟你一樣沒種。莫里斯兄弟，等你自個兒的名字上了咱們的議程之後，那你就知道日子不好過了，眼下我覺得，確實應該把你的名字列進去。」

莫里斯已經臉色煞白，這會兒便雙膝一軟，癱倒在了

---

*　「私刑」的英文是「Lynch」，按通常的說法是源自美國農場主及獨立運動分子查爾斯·林奇 (Charles Lynch, 1736–1796)，此人於美國獨立戰爭期間在家鄉弗吉尼亞自組法庭，以非常規手段懲治罪犯。林奇所用手段並非十分過激，但他的姓氏卻從此成為不由程序私自「執法」的代名詞。莫里斯這麼說，實際的意思是鎮上的人可能會聯合起來以暴制暴。

自個兒的椅子上。他抖抖索索地舉起酒杯喝了一口，這才有了開口作答的力氣。「如果我說了不該說的話，我這就向您道歉，尊貴的會首，也向會裏的所有兄弟道歉。我是個忠心耿耿的會員，大家都知道這一點，我說了這麼些憂心忡忡的話，僅僅是因為我擔心本會遇上禍事。不過，尊貴的會首，我相信您比我高瞻遠矚，我跟您保證，再也不犯這樣的錯誤。」

聽了這番低聲下氣的話語，會首的怒色漸漸緩和。「很好，莫里斯兄弟。要是非得給你一個教訓的話，真正痛心的還得說是我本人。不過，只要我還坐在這把椅子上，咱們就必須團結一致，不管是說話還是做事。好了，各位哥們兒，」他接着說道，掃視着會場裏所有的人，「我的意見是這樣，如果斯坦格爾把他該吃的果子全部吃完的話，興許會惹來一些不必要的麻煩，因為這些編報紙的全都是一伙，本州的所有報紙都會為這件事情嚷嚷起來，要求警察和軍隊出面干預。話又說回來，我看你們完全可以給他一個相當嚴厲的警告。你能辦好這件事情嗎，鮑德溫兄弟？」

「沒問題！」小伙子熱切地應道。

「你要帶多少個兄弟？」

「六個，其中兩個負責把門。你跟我去，高爾，還有你，曼瑟爾，還有你，斯甘藍，再加上威勒比兩兄弟。」

「剛才我已經答應了，新來的這位兄弟也得去，」主席說道。

特德·鮑德溫看了看麥克默多，眼神裏説得明明白

白，他並沒有忘記以前的事情，諒解更是無從談起。

「呃，他想去就去吧，」他沒好氣地説道。「這樣人就夠了。咱們幹活去吧，越早越好。」

伴隨着大呼小叫，還有醉意醺醺的斷續歌聲，眾人一哄而散。酒吧裏仍然擠滿了縱酒狂歡的客人，不少兄弟便在那裏停住了腳步。奉命執行任務的這個小組上了大街，沿着人行道往前走，三三兩兩地分成了幾個小隊，免得引起別人的注意。這天晚上冷得要命，半圓的月亮在繁星點點的霜凍夜空之中大放光華。這群人在一個院壩裏停了下來，重新聚到了一起。院壩對面是一座高大的建築，燈火輝煌的窗子上打着「維爾米薩先驅報社」幾個金字，窗子裏面傳來了印刷機運轉的咣啷聲。

「聽着，你，」鮑德溫對麥克默多説道，「你就在樓下把門，保證我們退路暢通。亞瑟·威勒比跟你一起。其他人都跟我一起去。用不着害怕，各位哥們兒，咱們有十幾個證人，個個都可以證明，咱們這會兒是在團結會館的酒吧裏。」

時間已經將近午夜，大街上冷冷清清，有的只是一兩個正在回家的酒鬼。這幫人跑到街道對面，推開報社的大門，鮑德溫帶着幾個人衝了進去，順着正對他們的那段樓梯往上爬，麥克默多和另一個人留在了樓下。樓上的房間裏傳來一聲怒吼，一聲求救的呼喊，跟着就是一陣腳步雜沓、椅子翻倒的聲音。片刻之後，一個頭髮花白的男人衝到了樓梯頂端的平台上。

那個人還想繼續跑，歹徒們已經抓住了他，他的眼鏡

丁零當啷地滾到了麥克默多腳下。只聽得一記悶響、一聲呻吟，他已經栽倒在地，五根棍棒同時落到他的身上，碰得咔嗒亂響。他扭來扭去，又瘦又長的四肢在重擊之下不停顫抖。到最後，其他人都已經住了手，鮑德溫卻還在拼命地抽打那個人的腦袋，冷酷的臉上凝着一個魔鬼一般的笑容。那個人抬起雙臂想護住自己的腦袋，只可惜無濟於事。受害人的白髮已經血跡斑斑，鮑德溫仍然俯身衝着受害人，看見露在雙手外面的部位就又快又狠地來上一下，直到麥克默多衝上樓梯把他拖開為止。

「你這樣會打死人的，」他說道。「停手吧！」

鮑德溫萬分驚訝地盯着他。「你去死吧！」他吼道。「你算甚麼東西，也敢來干涉——就憑你這麼一個剛剛加入分會的傢伙嗎？給我閃開！」他揮起手裏的棍子，麥克默多卻搶先一步，「唰」的一聲掏出了屁股兜裏的手槍。

「你才要給我閃開！」麥克默多叫道。「你要敢動我一個指頭，我就一槍崩掉你的腦袋。你還有臉提甚麼分會，會首不是吩咐過不能殺他嗎——你這麼幹，不是想殺他又是想幹嗎呢？」

「他說得對，」另一個人說道。

「我的天！你們最好快一點兒！」守在樓下的人叫道。「所有的窗子都開始亮燈了，用不了五分鐘，整個鎮子的人都會跑到這兒來的。」

千真萬確，大街上已經傳來了喊叫的聲音，樓下的大廳裏也聚起了一小群排字工和印製工，正準備鼓起勇氣採取行動。見此情景，這幫歹徒把一動不動的報社主編

撤在了樓梯口，急匆匆地衝下樓梯，順着大街飛快地跑了起來。其中的幾個跑回團結會館，混到麥金提酒廊的人群之中，悄聲地向吧台裏面的頭領通報了任務圓滿完成的消息。包括麥克默多在內的其他幾個人則轉進小街，七拐八彎地繞回了各自的家裏。

第四章
恐怖谷

　　第二天早上醒來的時候，麥克默多完全有理由記起昨夜的入會儀式。酒精讓他的腦袋隱隱作痛，烙了標記的右臂也已經腫了起來，疼得火燒火燎。既然擁有一個獨特的收入來源，他的班自然是可上可不上。這麼着，他吃了一頓遲來的早飯，一上午都待在家裏，給一個朋友寫了一封長信。接下來，他開始閱讀《每日先驅報》，報上有一篇最後一刻才加進版面的特別報道，標題是這樣的：

先驅報社慘遭塗炭——報社主編身負重傷

　　這篇報道非常簡短，撰稿人對相關事實的了解程度也絕對比不上麥克默多自己。報道的末尾是以下一段文字：

此事雖已移交警方，若望警方成效勝於往日，究屬渺茫之事。部分兇徒身份已得確認，此案或可定讞。不問可知，暴行主使正是長期奴役此地民眾之某等社團，該社團惡名昭彰，本報與之勢不兩立。斯坦格爾先生雖遭令人髮指之野蠻毆打，頭部傷勢嚴重，所幸並非生命垂危，此訊當可令斯坦格爾先生之眾多友好倍感欣慰。

報道中接着説，警方已經為報社配備了一隊持有溫徹斯特步槍*的警衛。

　　麥克默多放下報紙，抬起被昨夜的種種嚴峻考驗弄得抖顫不已的手臂，剛開始點煙斗，卻聽見外面有人敲門。接下來，女房東把一張便條交給了他，說是一個少年剛剛送來的。便條沒有署名，內容如下：

　　我想跟你談一談，但卻不想在你的屋裏談。你可以到米勒山上的旗杆旁邊來找我。麻煩你現在就來，有一些要緊事情，我應該說一說，而你也應該聽一聽。

　　麥克默多反復讀了兩遍，心裏驚訝至極，因為他完全想不出便條的意義，也想不出便條出自誰的手筆。假設便條的筆跡嬌柔纖細的話，他興許會覺得，過往生活中屢見不鮮的風流韻事又一次露出了端倪。然而，從筆跡上看，便條的作者是個男人，還是個受過良好教育的男人。猶豫再三之後，他最終決定如約前往，看看到底是怎麼回事。

　　米勒山是一個疏於維護的公園，坐落在鎮子的正中央，夏天是很受大家青睞的遊賞之地，冬日裏卻十分荒涼。站在山頂，你不光可以將污穢凌亂的鎮子盡收眼底，還可以看到下方的蜿蜒山谷，看到那些黑黝黝的礦場和工廠散佈在山谷兩側的積雪之中，看到拱衛山谷的那兩列林木蓊鬱、白雪皚皚的山脈。

　　麥克默多沿着常青樹籬之中的曲折小徑慢慢上行，一直走到了餐館跟前，那座餐館是夏日歡宴的中心場所，眼

---

* 溫徹斯特步槍 (Winchester rifle) 是由美國溫徹斯特連發火器公司製造的一種步槍，為世界上最早的連發步槍之一。

下則空無一人。餐館旁邊立着一根光禿禿的旗杆，旗杆底下站着一個男人，帽簷壓得低低的，大衣的領子也豎了起來。那人轉過臉來，麥克默多發現他不是別人，正是昨夜惹得會首大發雷霆的莫里斯兄弟。見面之後，兩人對了一下分會的暗號。

「我找你是想跟你談一談，麥克默多先生，」老人說話的口氣猶猶豫豫，顯然是有所顧忌。「謝謝你賞臉過來。」

「你的便條為甚麼不署名呢？」

「不小心不行啊，先生。眼下這種時候，你根本沒法判斷事情的後果，也沒法判斷哪些人值得相信、哪些人不值得。」

「會裏的兄弟總是值得相信的吧。」

「不，不，那可不一定，」莫里斯萬分激動地叫了起來。「咱們說過的所有事情，甚至是咱們腦子裏想的事情，似乎都會傳到麥金提那個傢伙的耳朵裏去。」

「聽着！」麥克默多厲聲說道。「你自己也非常清楚，就在昨天晚上，我剛剛宣誓要效忠會首。難不成，你要我現在就自食其言嗎？」

「你要是這麼來看問題的話，」莫里斯悲哀地說道，「那我只能說，對不起，我不該麻煩你跑來見我。兩個自由的公民都不能彼此交流思想，這樣的世道可真是糟糕透了。」

麥克默多一直在仔仔細細地打量對方，這會兒便換上了比較緩和的態度。「當然嘍，我剛才的話只針對我自

己，」他說道。「你也知道，我初來乍到，甚麼事情都不了解。有資格說話的人並不是我，莫里斯先生，你要是想跟我說點兒甚麼的話，我倒是願意洗耳恭聽。」

「聽了就跑去告訴麥金提頭領！」莫里斯痛心疾首地說道。

「說實在的，你這麼說可就冤枉了我，」麥克默多叫道。「我自個兒忠於分會，剛才也坦白跟你說了，可我要是把你私下告訴我的事情傳給別人的話，那可就真是禽獸不如啦。我不會往外傳的，不過我必須警告你，你可別指望從我這兒得到幫助和同情。」

「別人的幫助和同情，我早就已經不指望了，」莫里斯說道。「我要說的話多半會把我自個兒的性命交到你的手裏，不過，你雖然不是甚麼好人——從你昨天晚上的表現來看，我覺得你正在朝最壞的方向發展——可你終歸是新來的，心腸還不會像他們那麼狠毒。所以我才覺得，我可以跟你談一談。」

「那麼，你到底要談甚麼呢？」

「你要是出賣我的話，老天會詛咒你的！」

「放心吧，我說了我不會的。」

「那麼，我想問你一句，你在芝加哥加入自由人會、宣誓踐行博愛與忠誠的時候，心裏面有沒有想過，這個團體會讓你走上犯罪的道路呢？」

「如果你稱之為犯罪的話，」麥克默多回答道。

「稱之為犯罪！」莫里斯大叫一聲，激動得嗓音發顫。「雖然你見得還少，可你倒是說說，不是犯罪又是甚

麼。昨天晚上，你們動手毆打一個老得可以做你父親的老人，直到他的鮮血染紅了白髮，是不是犯罪呢？這是不是犯罪——不是的話，你還能稱之為甚麼呢？」

「有些人可能會稱之為戰爭，」麥克默多說道，「兩個階級之間的戰爭，雙方都得賭上一切，雙方都會竭盡全力。」

「可是，在芝加哥加入自由人會的時候，你想到過這種事情嗎？」

「沒有，說老實話，當時我沒想到。」

「我在費城入會的時候也沒想到。那裏的自由人會只是一個互助組織、一個朋友聚會的場所。後來我聽說了這個地方——願老天詛咒這個地名傳進我耳朵的那個時辰！——還跑到這個地方來尋找更好的生活！天哪，尋找更好的生活！我的妻子和三個孩子都跟着我來了這裏，我在集市廣場開了一家布店，生意做得非常不錯。我是自由人會會員的事情傳開之後，我不得不加入了本地的分會，跟你昨天晚上的情況一樣。我的胳膊烙上了醜惡的標記，心裏的烙印則更加可恥，因為我發現自己聽命於一個卑劣的惡棍、受困於一張罪行的羅網。我能怎麼辦呢？我的每一句規勸都被他們看成了背叛，就像你昨晚看到的那樣。我不能離開這裏，因為我僅有的家當就是我的店鋪，而且我非常清楚，退出幫會對我來說意味着遭人謀殺，對我的妻兒來說意味着甚麼，那就只有老天爺才知道了。噢，伙計，這真是太糟糕了——糟糕極了！」他雙手掩面，禁不住啜泣起來，身子一陣一陣地抽搐。

麥克默多聳了聳肩。「你這個人心腸太軟，幹不了會裏的活計，」他說道。「你這類人本來就不適合這類工作。」

「我有良心，也有信仰，他們卻把我變成了跟他們一樣的罪犯。有一次，他們派給我一件活計，而我心裏明白，拒絕的後果會是甚麼。沒準兒，我天生就是個膽小鬼，也沒準兒，我心裏牽掛着我那個可憐的小婦人、牽掛着我的孩子，所以就變成了膽小鬼，總而言之，我聽從了他們的吩咐。依我看，那件事情會糾纏我一輩子的。

「幹活的地方是一座孤零零的房子，就在那座山的背面，離這兒有二十英里。他們叫我把門，也跟你昨天晚上的情況一樣。他們信不過我，覺得我幹不好那樣的活計。其他的人都進了屋，出來的時候，他們一個個都是雙手血紅，一直紅到了腕子上。我們離開的時候，一個小孩子從屋裏跑了出來，追着我們哭號不止。那是個五歲的小男孩，親眼目睹了自己的父親被人殺害的過程。我驚駭得差一點兒就暈了過去，但卻不得不裝出一副滿不在乎的笑臉，因為我非常清楚，如果我不這麼做的話，下一次他們就會帶着血淋淋的雙手從我的屋子裏出來，為自己的父親哭號的就該是我的小弗雷德了。

「可是，我從此就變成了一名罪犯，變成了殺人的幫兇，今生和來世都沒了指望。我是個虔誠的天主教徒，神父卻再也不肯和我交談，還把我逐出教會，就因為他聽說我是個掃魂幫。這就是我的遭遇。眼下我看到你走上了同一條道路，所以就想問一問你，盡頭會是甚麼模樣。你是

打算變成跟他們一樣的冷血兇手，還是打算跟我一起、想點兒辦法來阻止這些事情呢？」

「你打算怎麼做？」麥克默多突然問道。「該不會是想去告密吧？」

「這話可不能說！」莫里斯叫道。「毫無疑問，光是這樣的念頭就足以讓我性命不保。」

「那就好，」麥克默多說道。「我是這麼覺得的，你這個人太過軟弱，對這些事情有點兒小題大做。」

「小題大做！待久一點兒你就知道了。瞧瞧下面的山谷！瞧瞧無數煙囪噴吐在山谷上空的那層陰雲吧！我可以告訴你，籠罩在人們頭上的殺氣比那層陰雲還要濃重、還要迫近。這是一座恐怖之谷、死亡之谷。從黎明到黃昏，人們的心裏時時刻刻裝滿了恐懼。等着瞧吧，年輕人，你自己也能看明白的。」

「好吧，等我看得更明白之後，我會告訴你的，」麥克默多滿不在乎地說道。「非常明白的事情是，你並不適合這個地方，你最好賣掉鋪子離開這裏，越早越好，別管你是不是只能賣到十分之一的價錢。你說的話絕不會從我這裏傳出去，不過，老天在上！如果我發現你是個叛徒的話——」

「不，不是！」莫里斯可憐巴巴地喊道。

「好吧，我相信你不是。我會記着你說的話，沒準兒哪天會再想想。按我看，你跟我說這些也是一片好心。好了，我準備回家去了。」

「等一等，還有一句話，」莫里斯說道。「咱倆見面

的事情可能會被人看見，他們興許會問，咱倆談的是甚麼事情。」

「哈！幸虧你想到了這一點。」

「他們問的話，我就說我想請你當店員。」

「而我沒有答應，咱倆談的就是這件事情。好了，再見，莫里斯兄弟，祝你以後的日子越來越順當。」

同一天下午，麥克默多坐在起居室的爐子旁邊，一邊抽煙一邊沉思。房門突然開了，麥金提頭領的碩大身形把門框塞了個滿滿當當。對完暗號之後，他在小伙子對面坐了下來，一瞬不瞬地看了小伙子一陣，小伙子也一瞬不瞬地回應着他的注視。

「我並不怎麼上門拜訪別人，麥克默多兄弟，」頭領終於開了口。「要我說，光是上門拜訪我的人就已經夠我應付的了。不過，這次我倒是覺得，我不妨破個例，看看你在你自個兒家裏是個甚麼模樣。」

「您的光臨讓我非常自豪，議員，」麥克默多懇切地回答道，從碗櫥裏拿出了一瓶威士忌。「真沒想到，我能有這樣的榮幸。」

「胳膊怎麼樣啦？」頭領問道。

麥克默多做了個鬼臉。

「呃，一時半會兒還忘不了疼，」他說道，「不過，這也是值得的。」

「沒錯，對於那些忠誠不改、襄助本會的兄弟來說，」對方回答道，「這的確是值得的。今天上午在米勒山上，你跟莫里斯兄弟聊了些甚麼呢？」

這個問題來得猝不及防，幸虧他已經有了現成的答案。於是乎，他爆發出了一陣爽朗的笑聲。

「莫里斯不知道，我用不着出門就可以維持生活，不知道也好，因為他良心過剩，肯定受不了我這樣的人。話又說回來，這個老伙計的心眼兒倒是挺好的。他以為我找不到活計，所以想給我一點兒照顧，請我到一家布店去當店員。」

「哦，就是這件事情嗎？」

「是的，就是這件事情。」

「你沒答應他嗎？」

「那是當然。我待在自個兒的臥室裏，只需要花四個鐘頭的時間就可以掙來十倍的錢，不是嗎？」

「的確如此。不過，換了是我的話，我是不會老跟莫里斯攪在一起的。」

「為甚麼呢？」

「呃，不為甚麼，就因為我叫你別這麼做。對於咱們這邊的大多數人來說，有這個理由也就夠了。」

「大多數人興許會覺得夠了，可我覺得還不夠，議員，」麥克默多大着膽子說道。「您要是懂得看人的話，那就肯定能看出這一點。」

黑大漢惡狠狠地瞪着麥克默多，毛茸茸的爪子攥緊了玻璃酒杯，似乎是打算把杯子攢到麥克默多的腦袋上。片刻之後，他拿出那種慣有的作派，裝模作樣、咋咋呼呼地大笑起來。

「你可真是個古怪傢伙，如假包換，」他說道。「好

吧，你非要知道理由的話，那我就說給你聽聽好了。你們倆見面的時候，莫里斯沒說甚麼反對本會的話嗎？」

「沒有。」

「也沒說反對我的話嗎？」

「沒有。」

「呃，那是因為他對你不放心。不過，他從骨子裏就不是一個忠誠的兄弟。我們非常清楚這一點，所以才監視他的行動，準備找個合適的日子給他一點兒教訓。依我看，這個日子很快就要來了。咱們的隊伍可容不下害群之馬。如果你老是跟一個有貳心的傢伙攪在一起的話，我們興許會覺得，你自個兒也有貳心，明白了嗎？」

「我可不會老是跟他攪在一起，因為我不喜歡他這個人，」麥克默多回答道。「至於說我有貳心嘛，這話也就是您說，要是從別的任何人嘴裏說出來，那他絕對沒機會在我面前說第二遍。」

「好啦，這樣就行了，」麥金提說道，喝乾了杯裏的酒。「我來是為了給你提個醒兒，話到這兒就算是說完了。」

「我倒想知道，」麥克默多說道，「我跟莫里斯談話的事情，您究竟是怎麼知道的呢？」

麥金提笑了起來。「知道這個鎮子裏出了些甚麼事情，正好是我的本分，」他說道。「我看你最好記清楚，所有的事情都逃不過我的耳目。好了，時間差不多了，我這就——」

就在這時，一件十分出人意料的事情打斷了頭領的

道別言語。突然之間，房門「咣」的一聲被人撞開，三個眉頭緊鎖的大簷帽怒衝衝地盯住了房間裏的兩個人。麥克默多一躍而起，左輪手槍掏到一半，胳膊卻僵在了半空之中，因為他發現，兩支溫徹斯特步槍已經平平地對準了自己的腦袋。一個身穿制服的人走進房間，手裏端着一把左輪手槍，不是別人，正是曾經隸屬芝加哥警局、眼下供職於礦警部隊的馬文隊長。他衝着麥克默多搖起頭來，臉上帶着一種不陰不陽的怪笑。

「我就知道你準保會惹上麻煩，芝加哥的麥克默多不老實先生，」他説道。「不惹麻煩你活不下去，對吧？戴上你的帽子，跟我們走吧。」

「依我看，你會為這件事情付出代價的，馬文隊長，」麥金提説道。「你竟敢以這種方式闖進民宅來騷擾正直守法的市民，我倒想知道，你到底算是哪門子人物？」

「您這完全是多管閒事，麥金提議員，」警察隊長説道。「我們來抓這個名叫麥克默多的傢伙，不是來抓您的。您只能協助我們執行公務，可不能從中作梗。」

「他是我的朋友，他的行為我可以負責，」頭領説道。

「種種跡象表明，麥金提先生，過不了多久，您就得為您自個兒的行為負責，」隊長回答道。「這個麥克默多來這裏之前就是個歹徒，眼下也仍然是個歹徒。拿槍瞄着他，警員，我來繳他的械。」

「我的槍就在這兒，」麥克默多鎮定自若地説道。「要我説，馬文隊長，如果你我兩個單獨碰面的話，興許你是沒這麼容易抓住我的。」

「你的逮捕令在哪兒呢？」麥金提問道。「我的天！維爾米薩有了你這樣的警察頭目，大家還不如到俄國去生活呢。這是一起資本家主使的暴行，要我說，這件事情到這兒還不算完。」

「您只管盡力履行您自個兒心目當中的本職，議員，我們也要切實履行自己的職守。」

「我的罪名是甚麼呢？」麥克默多問道。

「罪名是毆打先驅報社的老主編斯坦格爾。你僥倖逃過了謀殺的罪名，可這並不是因為你沒有殺人的歹意。」

「是嗎，如果你們抓他就為這件事情的話，」麥金提笑了笑，大聲說道，「那你們倒不如就此打住，免得給自己找一大堆麻煩。這個人昨晚在我的酒廊裏跟我打牌，一直打到半夜，我可以找十幾個人來證明這件事情。」

「隨您的便，依我看，明天您可以上法庭去解決這件事情。好了，跟我們走，麥克默多，你最好給我們放老實點兒，免得我們拿槍托朝你的腦袋上招呼。麻煩您讓開，麥金提先生，我可要警告您，我絕不會允許任何人妨礙我執行公務！」

隊長的神情無比堅決，麥克默多和他的頭領不得不俯首聽命。分開之前，頭領瞅準機會跟犯人嘀咕了幾句。

「有沒有問題——」他猛然豎起大拇指，表明他指的是鑄造假幣的工具。

「沒問題，」麥克默多悄聲說道。他已經在地板下面闢出了一塊隱秘的地方，把工具藏了起來。

「我這就跟你道別，」頭領握着麥克默多的手說道。

「我會去找雷利律師，還會親自上庭替你辯護。你只管放心，他們定不了你的罪的。」

「我倒覺得不一定。你們兩個把犯人看好，他要敢耍花樣，你們就朝他開槍。離開之前，我得搜一搜這座房子。」

他把房子搜了一遍，但卻顯然是沒有發現那座地下工廠的痕跡。於是他走下樓來，跟兩名警員一起把麥克默多押回警局。夜幕已經降臨，外面狂風暴雪，大街上幾乎空無一人。即便如此，還是有幾個閒人跟在這群人的後面，借着夜幕的掩護大聲詛咒麥克默多。

「直接弄死這個天殺的掃魂幫！」他們高聲叫喊。「直接弄死他算了！」警察把麥克默多推進警局的時候，他們哈哈大笑、冷嘲熱諷。值班的督察按規矩對麥克默多進行了一番簡短的訊問，然後就把他關進了公共牢房。鮑德溫和另外三名參與昨晚暴行的歹徒也在裏面，他們都是下午被捕的，審訊的時間則是明天上午。

然而，自由人會的手伸得很長，甚至可以伸進執法機構內部的這座森嚴壁壘。夜深之後，一名獄卒拿來了一捆稻草，說是供他們鋪床之用，裏面卻藏着兩瓶威士忌、幾隻酒杯和一副撲克牌。他們興高采烈地過了一夜，完全沒有為第二天上午的嚴峻考驗感到擔憂。

從審訊的結果來看，他們確實沒有理由感到擔憂。僅憑現有的證據，地方法官根本不能把他們送交更高一級的法庭。一方面，那些排字工和印製工不得不承認現場光線昏暗，他們自己也相當慌亂，儘管他們相信幾名被告都曾

經參與行兇，但卻不能完全確定兇手的身份。面對麥金提僱來的那名狡猾律師的交叉質詢，他們的證詞便顯得更加地不足為憑。

按照傷者本人預先提交的證詞，兇手的襲擊來得猝不及防，以至於他甚麼也說不上來，只知道帶頭打他的是個蓄着小鬍子的人。傷者補充說，他知道兇手都是掃魂幫的人，因為鎮子裏其他的人都不會對他懷有任何敵意，與此同時，他那些直言不諱的社論早就已經惹來了掃魂幫的恫嚇。

另一方面，包括本鎮高官麥金提議員在內的六位市民眾口一詞、斬釘截鐵、清清楚楚地指出，當天晚上，幾名被告都在團結會館打牌，牌局散場的時間遠遠晚於暴行發生的時間。

不用說，幾名被告都是當庭獲釋，法官還為他們所受的騷擾發表了一些非常接近於道歉的話語，並且對馬文隊長和警方多管閒事的躁進行為提出了含蓄的批評。

聽完法官的判決，旁聽席上傳來了高聲的喝彩。旁聽席上有許多麥克默多熟識的面孔，會裏的兄弟一個個笑容滿面、頻頻揮手。不過，也有一些人緊繃着嘴唇坐在那裏，目光陰鬱地看着這幫人魚貫走出被告席。那些人當中有一個蓄着黑須、面容堅毅的小個子，在這些剛剛獲釋的囚犯從他面前走過的時候，他把自己和同事們的心聲說了出來。

「你們這些該死的兇手！」他說道。「我們遲早會要你們的好看！」

第五章
最黑暗的時辰

　　如果説傑克・麥克默多在會裏的聲望還需要一點兒助力的話，他先是被捕繼而獲釋的事情便可謂適逢其會。一名兄弟在入會當夜就做下了一件上庭受審的事情，在分會的歷史上還是一項前無古人的紀錄。他本來就已經名頭響亮，大家都知道他友善熱忱、快活豪爽，而且脾氣火爆，連勢焰熏天的頭領本人也不能給他氣受。眼下呢，他又讓兄弟們產生了這樣一種印象，那就是他比他們當中的任何人都更善於制訂血腥殘忍的計劃，也比他們當中的任何人都更有能力實施計劃。「他肯定能成為一個擅長『乾淨活計』的哥們兒，」會裏的各位長者交口稱贊，準備在時機成熟的時候讓他一試身手。

　　麥金提雖然爪牙眾多，但卻在這個小伙子身上看到了高人一等的本領，覺得自己帳下多了一頭兇猛的獵犬。小活計可以讓那些小狗去完成，不過，有朝一日，他終究會悄悄鬆開這頭猛獸，讓它撲向合適的獵物。包括特德・鮑德溫在內的幾名會員覺得這個新來的兄弟躥得太快，為此還恨上了他，可他們都不敢去招惹他，因為他的拳頭來得跟他的笑臉一樣快。

　　不過，他雖然贏得了兄弟們的擁戴，但卻失去了另一

個圈子的歡心，對他來說，那個圈子的重要性已經超過了他的幫會。伊蒂・沙夫特的父親不想再跟他有任何往來，也不允許他踏進自家的門檻。伊蒂本人雖然深陷愛河，沒辦法跟他一刀兩斷，與此同時，理智卻警告她三思而行，讓她不得不仔細掂量，嫁給一個眾人眼裏的罪犯會有甚麼樣的後果。

一天早上，徹夜未眠的伊蒂拿定了主意，就算是最後一次，自己也得去看看他，竭盡全力地拉他一把，讓他擺脫那些正在將他拖向深淵的邪惡勢力。他經常都央求伊蒂到他家裏去，這一天，伊蒂便來到他的寓所，徑直走進了他用作起居室的那個房間。他背對着門坐在桌子跟前，面前擺着一封信。見此情景，年方十九的伊蒂陡然產生了女孩子的那種淘氣念頭。伏案而坐的他沒有聽見她推開房門的聲音，於是她躡手躡腳地走上前去，輕輕地拍了拍他的肩膀。

要說她打算嚇唬嚇唬他的話，那她可真算是如願以償，只不過，轉眼之間，受到驚嚇的人就變成了她自己。他像猛虎一樣撲向了她，右手伸向她的咽喉，左手則將面前的信紙揉成了一團。他橫眉怒目地站在那裏，一眨眼的工夫，驚訝和喜悅浮上了他的臉龐，取代了先前那種讓他面容扭曲的獰惡表情。伊蒂一直過着溫良純善的日子，從來沒有見過那樣的獰惡表情，這會兒已經嚇得退了回去。

「是你啊！」麥克默多一邊說，一邊擦拭額上的汗水。「想想吧，我的心肝寶貝，你特意上門來看我，我怎麼歡迎不好，竟然想把你給扼死！過來吧，親愛的，」他伸出了自己的雙臂，「讓我來給你一點兒補償。」

可是，伊蒂依然心有餘悸，因為在剛才的那個瞬間，她從這個男人的臉上看到了心虛和恐懼。女人的全部直覺都在提醒她，那絕不僅僅是受到驚嚇之後的自然反應。錯不了，那是心虛，心虛和恐懼！

「你這是怎麼啦，傑克？」她大聲說道。「你為甚麼會被我嚇成那個樣子呢？噢，傑克，要是心裏沒有鬼的話，你肯定不會像剛才那樣看我的！」

「沒甚麼，剛才我正在想別的事情，可你的腳步像仙女一樣輕盈，走過來的時候沒有任何動靜——」

「不，不對，事情沒有那麼簡單，傑克。」接下來，她心裏突然產生了一種懷疑。「你剛才在寫甚麼信，拿給我看一看。」

「噢，伊蒂，這我可不能給你看。」

她的懷疑得到了確證。「信是寫給其他女人的，」她嚷嚷起來。「肯定是這樣！要不然，你幹嗎不讓我看信呢？你是在給你的妻子寫信嗎？我怎麼知道你有沒有結婚呢——你是個外鄉人，誰都不知道你的底細，我又怎麼能知道呢？」

「我沒有結婚，伊蒂。聽我說，我可以發誓！你是我在這世上唯一的一個女人，我可以憑着耶穌基督的十字架起誓！」

他激動得臉色慘白，語氣也十分懇切，伊蒂沒法不相信他的話。

「好吧，那麼，」她叫道，「你幹嗎不願意讓我看信呢？」

「我這就告訴你原因，小心肝兒，」他說道。「我曾經發誓不透露這封信的內容，因此我必須遵守對別人的承諾，就跟我不會違背對你的誓言一樣。信上講的都是會裏的事情，即便是對你也必須保密。剛才我感覺到有人拍我，一下子嚇得夠嗆，可是，拍我的人很有可能是一名偵探啊，這你難道不明白嗎？」

她覺得他沒說假話，於是他把她攬入懷中，用親吻驅散了她心裏的恐懼和疑問。

「挨着我坐下吧，這樣的座席配不上像你這麼尊貴的女王，只可惜，你這個時運不濟的愛人提供不了更好的東西。要我說，有朝一日，他肯定會給你更好的生活的。好啦，現在你心裏踏實了吧，對嗎？」

「傑克，我明知道你是個罪犯，跟一幫罪犯混在一起，說不定哪天就會聽到你因為殺人受到審判的消息，你叫我怎麼心裏踏實呢？就在昨天，我們那裏的一個住客還把你叫做『掃魂幫麥克默多』呢，那個稱呼像刀子一樣扎到了我的心窩裏。」

「沒甚麼的，再難聽的話也不能讓人傷筋動骨。」

「可他們說的都是真話啊。」

「呃，親愛的，掃魂幫也沒有你想的那麼壞。我們不過是一幫窮人，不過是在按自己的方式爭取權利而已。」

伊蒂伸出雙臂摟住了愛人的頸項。「退出吧，傑克！看在我的份上，也看在上帝份上，退出吧！我今天來找你，就是為了勸你退出的。噢，傑克，這樣吧——我給你跪下啦！我跪在你面前求你，求你趕緊退出吧！」

麥克默多把她扶了起來，讓她把腦袋靠在自己的胸膛上，竭力地安慰她。

「說真的，親愛的，你並不知道你求的是甚麼。退出就等於違反誓言、背棄同事，你叫我怎麼退出呢？你要能看清我的處境，肯定就不會這麼勸我啦。再說了，就算我自個兒願意，那又該怎麼退出呢？你該不會以為，掃魂幫會任由一名會員帶着會裏所有的秘密一走了之吧？」

「這我已經想過了，傑克。我全都盤算好了。父親攢下了一些錢，而且對這個地方深惡痛絕，因為那些人把我們的生活弄得充滿恐懼、暗無天日。他已經做好了離開的準備，咱們可以一起逃到費城去，去紐約也行，那樣就不怕他們的暗算了。」

麥克默多笑了起來。「掃魂幫的手長着呢。你難道以為，咱們跑到了費城或者紐約，他們就夠不着了嗎？」

「那麼，咱們可以逃到西部去，還可以去英國，去德國也可以，父親就是從那兒來的——只要能逃離這座恐怖之谷，去哪兒都可以！」

聽到這句話，麥克默多不由得想起了年邁的莫里斯兄弟。「說真的，這已經是我第二次聽人用這個字眼兒來形容這座山谷了，」他說道。「看樣子，對你們當中的一些人來說，頭上的陰雲確實是非常濃重啊。」

「陰雲時時刻刻地籠罩着我們，讓我們的生活暗淡無光。你以為特德·鮑德溫會放過咱們嗎？要不是因為他怕你的話，你覺得咱們能有甚麼活路呢？他看我的那種貪婪邪惡的眼神，你要能親眼看見就好了！」

「老天作證！要是我逮到他這麼幹的話，那我一定得教教他甚麼叫做禮貌！好了，聽我説，小姑娘。我不能離開這兒，不為別的，就是不能——你只管相信我，以後也別再問了。不過，如果你由着我自己安排的話，我就會努力為咱們鋪下一條離開這兒的體面出路。」

「這樣的事情哪有甚麼體面可言。」

「好啦，好啦，這只是你的看法而已。不過，只要你能給我六個月的時間，我就可以把出路安排好，走的時候也可以理直氣壯地迎接眾人的目光。」

姑娘開心地笑了起來。「六個月！」她叫道。「這話算數嗎？」

「呃，也可能需要七八個月。總而言之，最多只要一年，咱們就可以離開這座山谷。」

他能給伊蒂的承諾不過如此，可它好歹是個承諾。這一抹希望之光雖然遙遠，終歸也可以照亮眼前的黑暗。回家的時候，伊蒂的心情格外地輕鬆，傑克‧麥克默多闖進她的生活之後，她還從來沒有這麼輕鬆過呢。

大家興許會覺得，麥克默多既然入了會，自然可以知曉會裏的所有事情。可他很快就發現，這個組織十分龐大、十分複雜，絕不只是一個普普通通的分會。有很多事情就連麥金提頭領都不知道，因為山谷裏還有一個號稱「縣特派員」的頭領，此人住在鐵路線低處的霍布森帕奇，按一種任性無常、專橫跋扈的方式統轄着幾個分會。麥克默多只見過他一次，那是個獐頭鼠目、頭髮斑白的小個子，走起路來鬼鬼祟祟，乜斜的眼睛閃着兇光。此人名

為埃文斯·波特，面對他的時候，即便是那位不可一世的維爾米薩頭領也會產生厭惡和恐懼的感覺，就像大塊頭的丹東見到了矮小卻兇險的羅伯斯庇爾＊一樣。

有一天，跟麥克默多同住一屋的斯甘藍收到了麥金提的一張便條，裏面附有埃文斯·波特寫來的信。波特在信裏通知麥金提，他差了兩名好手到這一帶來執行任務，一個名叫羅勒，另一個名叫安德魯斯。為求穩妥，他不能透露他倆承擔着甚麼樣的任務，不過，會首能不能幫他倆安排合適的住處、照應他倆的生活，直到行動開始呢？麥金提在便條裏補充說，鑑於團結會館人多眼雜，誰來了都難免走漏風聲，他希望麥克默多和斯甘藍幫個忙，讓那兩個外鄉人在他們的寄宿公寓裏暫住幾天。

那兩個人當天晚上就來了，一人拎着一個小皮箱。羅勒已經上了年紀，長相精明、沉默寡言、深沉內斂，穿的是一件破舊的黑色禮服大衣，再加上軟頂的呢帽和蓬亂的花白鬍鬚，整個兒的模樣就像是一名巡回講道的教士。跟他同來的安德魯斯則是個剛剛成年的孩子，面容坦率開朗，神態輕鬆愉快，讓人覺得他來這裏是為了度假，而且打定主意要玩個痛快，一分鐘也不放過。他倆都是滴酒不沾，從各方面看都算得上這個社會的模範成員，不夠模範的只有一個小小的方面，也就是說，他倆都是殺手，曾經多次用事實證明，他倆都是這個殺人組織最能幹的爪牙。

＊　丹東 (Georges Jacques Danton, 1759–1794) 為法國大革命 (1789–1799) 領袖之一，因反對羅伯斯庇爾的「恐怖專政」而遭斬首；羅伯斯庇爾 (Robespierre, 1758–1794) 亦為法國大革命領袖之一，同時也是「恐怖專政」的始作俑者，最終自食其果，亦遭斬首；丹東和羅伯斯庇爾的身材如文中所述。

羅勒已經執行過十四次類似的任務，安德魯斯也有三次的經驗。

麥克默多發現，他倆都非常樂意談論自己過去的所作所為。說起那些事情的時候，他倆又是自豪又是忸怩，神情就跟那些曾經為社會作出無私貢獻的人一樣。不過，關於此行的任務，他倆卻不肯透露半點風聲。

「他們之所以派我倆來，就是因為我和這個孩子都不喝酒，」羅勒解釋道。「因為他們知道，我倆不會把不該說的事情說出來。你們可別有甚麼誤會，我們不肯說，只是在執行縣特派員的命令而已。」

「說來說去，咱們不都是一伙的嘛，」四個人坐在一起吃夜宵的時候，麥克默多的室友斯甘藍說道。

「這話當然沒錯，所以我們可以聊殺死查理·威廉姆斯的活計，也可以聊殺死西蒙·伯德的活計，以前的所有活計都可以聊，聊到你們盡興為止。不過，還沒幹完的活計我們可不能說。」

「這一帶有五六個我看不順眼的人，」麥克默多說道，惡狠狠地罵了一句。「依我看，你們該不會是打算收拾鐵山的傑克·諾克斯吧。要是能看見他遭到報應的話，讓我跑斷腿我也願意。」

「不是，還沒輪到他呢。」

「要不，是赫爾曼·施特勞斯嗎？」

「不，也不是他。」

「呃，你們不願意說，我們也不能勉強。只不過，我真的挺好奇的。」

羅勒微笑着搖了搖頭，激他是沒有用的。

儘管兩位客人守口如瓶，斯甘藍和麥克默多卻打定了主意，一定要到現場去看看他們這幫人所說的「樂子」。這一來，一天凌晨，聽到兩位客人偷偷下樓之後，麥克默多趕緊把斯甘藍叫了起來，兩個人開始急急忙忙地穿衣服。穿戴整齊之後，他倆發現兩位客人已經悄悄地走出了屋子，連門都沒有關。天色尚未破曉，借着街燈的光線，他倆看到兩位客人已經順着大街走出了一段距離。這麼着，他倆小心翼翼地跟了上去，踩着深深的積雪悄悄前行。

寄宿公寓貼近鎮子的邊緣，沒過多久，兩位客人就走到了鎮子外面的十字路口。三個男人在路口等候，羅勒和安德魯斯跟他們火急火燎地商量了幾句，五個人便一起展開了行動。顯而易見，這是一件需要眾多人手的重要活計。路口有幾條通往不同礦區的小路，那幫外鄉人走的是通往烏鴉山的那一條。烏鴉山是一座巨大的煤礦，經理約西亞·H. 鄧恩是一個幹勁十足、無所畏懼的新英格蘭人*。在恐怖肆虐的漫長歲月之中，多虧了他的鐵腕管理，烏鴉山煤礦的秩序和紀律才在一定程度上得到了維持。

天色漸漸放亮，一溜礦工正在沾滿煤灰的黑色小路上緩緩前進，有的人踽踽獨行，也有的三五成群。

麥克默多和斯甘藍混在人群之中，踟踟躕躕地往前走，始終沒讓跟蹤的對象走出視線。濃濃的霧氣罩到了

---

*　新英格蘭 (New England) 是美國東北角的一片地區，包括緬因、新罕布什爾、馬薩諸塞、康涅狄格等六個州。

前方那些人的身上，霧氣的中央突然傳來了汽笛的尖叫。汽笛聲是預備上工的信號，再過十分鐘，罐籠就會降入礦井，一天的勞作也會隨之開始。

他倆走進了礦井周圍的開闊地，已經有上百名礦工等在了那裏。天氣冷得要命，礦工們一邊跺腳，一邊往手上呵氣。那幫外鄉人單獨站在升降機房的陰影下面，斯甘藍和麥克默多則爬到了一堆煤渣頂上，從那裏可以完整地看到現場的情景。在他倆的注視之下，一個蓄着大鬍子的蘇格蘭大塊頭從機房裏面走了出來。那人名叫孟席斯，是礦上的工程師。這會兒他吹響哨子，指揮工人把罐籠往下放。

與此同時，一個身材高大、瘦骨伶仃的小伙子急匆匆地走向礦井。小伙子神情嚴肅，臉刮得乾乾淨淨，正是這座煤礦的經理。走着走着，他瞥見了機房屋簷下那幫一聲不吭、一動不動的人。那幫人把帽簷壓得很低，還把衣領豎了起來，為的是掩藏自己的面目。見此情景，死亡的惡兆像一隻冰冷的手攥住了煤礦經理的心。儘管如此，他轉眼就甩掉了心裏的恐懼，只知道自己有責任詰問這些不請自來的外人。

「你們是幹嗎的？」他一邊問，一邊走向他們。「為甚麼要在這兒遊盪？」

誰也沒有回答他的問題，只有那個名叫安德魯斯的小伙子搶前一步，一槍打在了他的肚子上。上百名等着下井的礦工眼睜睜地站在那裏一動不動，一個個都跟嚇癱了似的。經理用雙手捂住傷處，身子彎了下去，踉踉蹌蹌地想

要逃開。另一名殺手開了槍，他側身倒進了一堆煤渣，雙腳亂蹬、雙手亂舞。見此情景，蘇格蘭人孟席斯怒吼一聲，抄起一把鋼鐵扳手，朝着那些兇手衝了過去。然而，兩顆子彈打在了他的臉上，他當場死去，就倒在兇手的腳邊。

一些礦工開始湧向兇手，同情與憤怒的喊聲響成一片。可是，兩個外鄉人衝着人群的頭頂開了火，打空了手裏的六發左輪手槍，礦工們立刻四散奔逃，有一些還瘋狂地逃回了維爾米薩鎮上的住處。等到最勇敢的幾名礦工重整旗鼓回到礦上的時候，那幫兇手已經消失在了晨霧之中。他們當着上百人的面製造了一起雙重謀殺，能夠確切指認他們的證人卻連一個都沒有。

斯甘藍和麥克默多開始往回走，斯甘藍的情緒多少有點兒萎靡不振，因為這是他第一次親眼目睹殺人的活計，場面似乎並不像別人讓他相信的那麼有趣。他倆急匆匆地走向鎮子，經理遺孀的淒慘哭號一直縈繞在他倆的耳邊。麥克默多悶聲不響地沉思着甚麼，但卻對同伴的軟弱表現一點兒也不同情。

「説真的，這就像一場戰爭，」他反復強調。「這不是別的，就是我們跟他們之間的一場戰爭，我們必須反擊，不放過任何機會。」

當天晚上，團結會館的分會會場一片歡騰，不光是因為那幫外鄉人殺死了烏鴉山煤礦的經理和工程師，那座煤礦勢必效法其他的一些本地公司、在恐懼之中乖乖納貢，還因為本分會親自出馬，在遙遠的地方取得了一場勝利。

情形似乎是，縣特派員派了五名好手到維爾米薩來實施懲戒，同時也要求維爾米薩分會作出回報，暗中挑選三名兄弟去刺殺斯戴克洛尤煤礦的威廉‧哈爾斯。威廉‧哈爾斯是吉爾莫頓地區名氣最大、最受擁戴的礦主之一，據說是在普天之下沒有任何仇敵，因為他從各方面來看都當得起模範僱主的稱號。然而，他毫不手軟地要求工作的效率，因此就遣散了一些酗酒成性的懶惰員工，那些人又剛好屬於這個勢焰熏天的幫會。掛在他家門外的死亡警告沒能動搖他的決心，結果呢，在一個自由的文明國度當中，他竟然因為解僱員工的舉動攤上了死刑的判決。

分會慶祝勝利的時候，威廉‧哈爾斯的死刑判決已經執行完畢。行刑隊的頭目是特德‧鮑德溫，眼下正四仰八叉地坐在會首身旁的榮耀席位之上。他的臉漲得通紅，充血的眼睛目光呆滯，說明他曾經熬更受夜，酒也沒少喝。頭天夜裏，他和兩名同志是在山裏度過的。他們儀容邋遢、風霜滿面，然而，隨便哪位絕境生還的英雄也不能像他們這樣，受到同志們如此熱烈的歡迎。

伴隨着眾人的歡呼與狂笑，他們把自己的英雄事跡講了一遍又一遍。他們埋伏在一道陡峻山坡的頂上，等待目標在黃昏時分趕車回家，原因是爬坡的時候，目標的馬車肯定走得很慢。為了抵擋寒氣，目標給自個兒裹上了厚厚的皮衣，結果是連手槍都掏不出來。他們把他拖出馬車，衝他開了一槍又一槍。事發當時，目標尖叫着向他們求饒，這會兒呢，他們便把他求饒的叫喊學給兄弟們聽，給兄弟們找點兒樂子。

「再讓我們聽聽他是怎麼叫的吧，」兄弟們喊道。

兄弟們都跟死者素不相識，可他們就是覺得，殺人是一件妙趣無窮的事情，更何況，這件事情還可以向吉爾莫頓的掃魂幫證明，維爾米薩的同志是靠得住的。

刺殺哈爾斯的過程當中，他們遇上了一點兒意外，因為一對夫婦趕着馬車爬上了山坡，那時候，他們還在衝着無聲無息的屍體開槍。有人提議把那對夫婦一塊兒幹掉，不過呢，那對夫婦跟煤礦毫不相干，不會造成甚麼妨害，所以他們只是疾言厲色地警告他倆，叫他倆繼續趕路、以後也不許聲張，要不然就會大禍臨頭。接下來，三位高貴的復仇使者撇下那具血肉模糊的屍體，以此警告那些跟死者一樣鐵石心腸的僱主，然後就急匆匆地進了山。荒無人煙的群山連綿不斷，一直延伸到了一座座高爐和一堆堆礦渣的邊緣。眼下呢，他們平平安安地回到了這裏，心裏裝滿了不辱使命的自豪，耳邊則縈繞着同志們的高聲喝彩。

對於掃魂幫來說，這是個值得紀念的大日子。這一天，籠罩這座山谷的陰雲比以往任何時候都要濃重。不過，聰明的將領都懂得乘勝追擊，不給敵人留下捲土重來的喘息之機，所以呢，麥金提頭領那雙老謀深算的歹毒眼睛已經投向了未來的戰場，心裏也盤算好了又一次打擊敵人的行動。當天晚上，半醉的人群紛紛散去的時候，他捅了捅麥克默多的胳膊，領着麥克默多走進了他倆初次晤談的那間裏屋。

「聽着，小伙計，」頭領說道，「我終於找到了一件值得你出手的活計。你必須親手完成這件任務。」

「聽您這麼說，我覺得十分自豪，」麥克默多回答道。

「你可以帶上兩個兄弟，曼德斯和雷利，他倆都已經收到了準備行動的通知。不把切斯特‧威爾克斯處理掉，咱們就別想在這個地區過上稱心如意的日子。你要能把他撂倒的話，煤區裏所有的分會都會感激你的。」

「不管行與不行，我肯定會盡力的。他是幹嗎的，我該到哪裏去找他呢？」

麥金提的嘴角永遠都叼着一支雪茄，一半是為了咬、一半是為了抽。到這會兒，他把雪茄拿了下來，從自己的記事本上撕了一頁紙，開始在紙上畫一張簡略的地圖。

「他是艾榮戴克公司的總領班，非常不好對付，內戰期間是一名護旗軍士*，滿身傷疤、鬚髮斑白。我們已經對他下過兩次手，兩次都沒有得手，吉姆‧卡納威還因此送掉了性命。眼下呢，這個任務就由你來接手。喏，這就是他的房子。就像你在地圖上看到的這樣，他的房子孤零零地戳在艾榮戴克十字路口，槍聲所及的範圍之內沒有任何鄰居。白天下手是不行的，他身上帶着武器，槍法又快又準，而且是一上來就開槍，不問任何問題。不過，到了晚上嘛——是這樣，他的房子裏住着他和他的妻子，他的三個孩子，還有他請的一個女備。你沒法挑着來，要麼不幹，要幹就只能全部幹掉。你可以在他家的前門擺上一包炸藥，再配上一根慢燃的引信——」

「這個人幹了些甚麼呢？」

---

* 護旗軍士 (colour sergeant) 職責為護衛軍旗，為軍士之中的榮耀頭銜。

「他槍殺了吉姆・卡納威，我不是剛剛才跟你說過嗎？」

「他為甚麼要槍殺卡納威呢？」

「我的天，這跟你究竟有甚麼關係？卡納威在夜裏跑到了他的房子附近，他就衝卡納威開了槍。對於你我二人來說，知道這一點也就夠了。你一定得替卡納威討還公道。」

「房子裏還有兩個女人和三個孩子，他們也得一塊兒報銷嗎？」

「他們只能一塊兒報銷，要不然，咱們怎麼幹掉他呢？」

「這對他們有點兒太狠了吧，他們甚麼也沒幹啊。」

「你說的這是甚麼蠢話？你是要打退堂鼓嗎？」

「別急，議員，別急！您竟然覺得我膽敢違抗自己分會會首的命令，可我究竟說了甚麼話、做了甚麼事呢？這事情對也好，錯也好，總歸都得由您說了算。」

「那麼，你會去幹嗎？」

「我當然會去幹。」

「甚麼時候動手？」

「呃，您最好給我一兩個晚上的時間，我好去看看那座房子，把事情計劃好，然後——」

「很好，」麥金提說道，跟他握了握手。「這件事情就交給你來處理。你哪一天送來喜報，哪一天就會成為咱們的一個大日子。有了這最後一擊，他們全都會向咱們俯首稱臣。」

突如其來地接到這件任務之後，麥克默多進行了長時間的周密考慮。切斯特‧威爾考克斯那座孤零零的住宅坐落在附近的一座山谷裏面，離鎮子大約五英里。當夜他就獨自展開了行動之前的偵查工作，天亮之後才回到家裏。接下來的一天，他跟曼德斯和雷利談了談。這兩個助手都是無法無天的青年人，兩個都表現得興高采烈，就跟這一次是要去獵鹿一樣。

兩天之後的夜裏，他們在鎮子外頭碰了面，三個人都帶了武器，有一個還帶了一包採石場用來開山的炸藥。凌晨兩點，他們來到了這座孤零零的住宅旁邊。當天夜裏颳着大風，絲絲縷縷的雲朵飛快地掠過滿了七分的月亮。他們事先得到了警告，必須提防這家人豢養的獵犬，這時就小心翼翼地摸向前方，手裏端着扳好了擊鐵的手槍。可是，除了耳邊的呼嘯狂風和頭頂的搖擺枝條之外，周遭再沒有甚麼別的動靜。

麥克默多站在這座荒僻住宅的門前，仔仔細細地聽了一陣，裏面卻沒有任何聲息。接下來，他把炸藥包靠在門上，用刀子在包上挖了個洞，把引信連了進去。點燃引信之後，他和兩名同伙拔腿就跑，安然無恙地躲進了遠處的一條水溝。緊接着，他們聽見了震耳欲聾的爆炸聲和房屋垮塌的低沉轟響，由此知道自己已經大功告成。在他們血漬斑斑的幫會歷史上，還沒有哪件活計做得比這件更「乾淨」呢。

真叫人想不到，策劃得如此細心、執行得如此大膽的一件活計竟然是白費力氣！看到了那些受害人的悲慘命

運，又知道自己變成了暗殺的目標，切斯特·威爾考克斯已經有所警覺。剛好是在他們動手的前一天，威爾考克斯帶着全家搬到了一個更加安全、更加隱秘的所在，還有一隊警察為他們提供保護。炸藥摧垮的只是一座空屋，那位上過戰場、性格倔強的老護旗軍士依然故我，依然用嚴明的紀律管束着艾榮戴克公司的礦工。

「把他交給我好了，」麥克默多這麼告訴大家。「他是我的人，哪怕得花上一年的工夫，我也要讓他栽在我的手裏。」

全體會員都向他表示感謝，相信他言出必行，這件事情就此告一段落。幾個星期之後，報紙上傳來消息，威爾考克斯遭到伏擊，飲彈身亡。聽到這個消息，所有的人都心知肚明，麥克默多並沒有讓自己的活計半途而廢。

以上就是自由人會的做事方法，就是掃魂幫的所作所為，通過諸如此類的行徑，他們的恐怖統治漸漸覆蓋了這個幅員遼闊的富饒地區，致使這個地區長期籠罩在他們的可怕陰影之下。幹嗎還要用更多的罪行來玷污這些紙張呢？關於這些人，還有這些人的手段，我不是說得夠明白的了嗎？

他們的罪行已經寫進了歷史，罪行的細節也有相關的記載可供查閱。你可以讀到警員亨特和埃文斯遭到槍殺的事件，這起雙重謀殺出自維爾米薩分會的策劃，兇手冷酷無情地對兩個已經放下武器的無助者下了毒手，只因為他倆曾經斗膽逮捕兩名幫會成員。你也可以讀到拉爾比太太遭到槍擊的事件，只因為麥金提頭領指使暴徒把她的丈夫

打得半死，而她居然敢照料他。此外還有詹金斯兄弟接踵被殺的事件、詹姆斯‧默多克被人弄得四肢不全的事件、斯德普豪斯一家被人炸死的事件，以及斯騰達爾夫婦雙雙遇害的事件，這些暴行一件挨着一件，全都發生在上文之中這個可怕的冬季。

沉沉暗影籠罩着這座恐怖之谷。春天已經來臨，溪水喧騰，花滿枝頭。長久遭受鐵鉗禁錮的自然萬物充滿了希望，生活在這個恐怖牢籠之中的男男女女卻看不到哪怕是一丁點兒盼頭。一八七五年初夏，陰雲依然壓在他們的頭頂，前所未有地黑暗，前所未有地令人絕望。

第六章
危機

　　恐怖統治達到了登峰造極的程度。麥克默多已經被委任為分會的內堂執事，大有日後接替麥金提出任會首的希望，眼下更是同志們心目當中不可或缺的謀臣策士，所有的會務都得到了他的幫助與建議。可是，自由人會的會員對他越是歡迎，他在維爾米薩街道上吃到的冷眼就越是惡毒。市民們雖然膽戰心驚，但卻漸漸地鼓起了勇氣，開始聯合起來反抗那些壓迫自己的人。分會已經聽到傳言，說有些市民在先驅報社舉行秘密集會，還說有人在向那些守法的市民分發槍支。不過，麥金提和他的爪牙對這些傳聞不以為意。他們人多勢眾、意志堅定、武器精良，對手卻一盤散沙、不成氣候。到頭來，市民的反抗行動肯定會跟以前一樣，不過是一堆不着邊際的空話，頂多再加上幾次定不了罪的逮捕，僅此而已。麥金提是這麼說的，麥克默多和所有那些膽子比較大的會員也是這麼說的。

　　星期六晚上向來是掃魂幫集會的時間，五月裏一個星期六的傍晚，麥克默多正要出門參加集會，立場不穩的莫里斯兄弟卻突然找上門來。他的額頭佈滿了憂慮的皺紋，和善的臉龐也顯得憔悴枯槁。

　　「我可以跟你敞開了說嗎，麥克默多先生？」

「當然可以。」

「我曾經跟你說過一次心裏話，而你替我守住了秘密，就連頭領本人也沒能從你嘴裏問出來，這件事情我是不會忘記的。」

「既然你那麼信任我，我還能怎麼做呢？可這並不意味着我贊同你上次說的那些話。」

「這一點我非常清楚。即便如此，你仍然是唯一的一個讓我說話沒有顧慮的兄弟。我這兒藏着一個秘密，」他把手放在了自己的胸口，「這個秘密弄得我心如湯煮。真希望知道這個秘密的是你們當中的隨便哪個人，只要不是我就好。如果我說出來，這事情必然會以謀殺告終，如果我不說，它興許會讓我們全體滅亡。上帝啊，幫幫我吧，這事情真要把我逼瘋了！」

麥克默多目不轉睛地打量着這個人。看到他四肢都在打顫，麥克默多便斟上一杯威士忌，遞到了他的手裏。

「這就是最適合你這種人的良藥，」他說道。「好了，說來聽聽吧。」

莫里斯喝了一口，蒼白的臉上有了一點兒血色。

「我這個秘密一句話就可以說完，」他說道。「有個偵探正在調查我們。」

麥克默多萬分驚訝地望着他。

「咳，伙計，你可真是瘋了，」他說道。「這地方哪兒不是警察和偵探，甚麼時候傷到過咱們的汗毛呢？」

「不，不是，他不是本地人。你說得沒錯，本地的偵

探我們都知道，他們甚麼也幹不了。可是，你聽說過平克頓的偵探*嗎？」

「我在報上讀到過一個姓平克頓的傢伙。」

「是嗎，你只管相信我說的話，一旦他們盯上了你，你的戲就算是唱完了。這可不是一個成不成都無所謂的政府機構，而是一家真拿買賣當回事的商號，他們出手就要看到結果，而且不擇手段，不達目的絕不罷休。如果平克頓的人盯上了這件事情，咱們就都是死路一條。」

「咱們必須宰了他。」

「唉，果不其然，這就是你的第一個念頭！這麼說，你肯定是要向會裏報告了吧。我剛剛才說這事情會以謀殺告終，眼下不就應驗了嗎？」

「得了吧，謀殺算得了甚麼呢？在這些地方，這樣的事情不是家常便飯嗎？」

「沒錯，確實是家常便飯。不過，我可不想幫你們指出謀殺的目標。那樣的話，我一輩子都不會安心的。話說回來，面臨威脅的可是咱們自個兒的脖子啊。上帝啊，我該怎麼辦呢？」他心裏充滿了矛盾，痛苦得前俯後仰。

不過，他的話已經讓麥克默多深有觸動。一望而知，麥克默多完全贊同他的看法，承認這是一場必須設法應對的危機。情急之下，麥克默多抓住了莫里斯的肩膀，使勁兒地搖晃起來。

---

* 　平克頓 (Pinkerton) 即平克頓全國偵探事務所 (Pinkerton National Detective Agency)，為美國著名安保公司，由蘇格蘭裔美國人阿蘭·平克頓 (Allan Pinkerton, 1819–1884) 於 1850 年創立，曾經是全世界最大的私立執法機構。

「聽着，伙計，」他激動得拔高了嗓門兒，幾乎是在尖叫了，「你不能像個哭喪的老寡婦似的坐在這裏哀號，這樣是沒有用的。把事實說來聽聽吧。這個傢伙究竟是誰？眼下在甚麼地方？你是怎麼知道他的？為甚麼要來找我？」

「我來找你，是因為只有你可以給我一些指點。我曾經跟你說過，來這裏之前，我在東部開着一家店鋪。我在那邊還有一些好朋友，其中一個在電報局工作。喏，這就是他寫給我的信，我昨天收到的。我要說的事情就寫在這頁信紙的頂上，你自己看吧。」

以下就是麥克默多讀到的信件內容：

你那邊的那個掃魂幫近況如何？我們在報紙上看到了很多關於他們的報道。咱倆私下說吧，按我的估計，你很快就會寫信來報告他們的消息。五家大企業和兩個鐵路公司已經攬下了這件事情，決心也非常之大。他們打定主意要解決這個問題，而你只管放心，他們肯定解決得了！他們已經實實在在地幹了起來。平克頓接受了他們的委託，他最得力的手下博迪·愛德華茲正在採取行動。這件事情馬上就會得到遏止。

「再看看附言吧。」

當然，我告訴你的事情都是我從工作當中知道的，你可不能往外傳。要是你天天經手大段大段的密碼電文，但卻完全猜不出其中的含義，那種密碼才真叫怪哩。

麥克默多一言不發地坐了一會兒，雙手有氣無力地捧着那封信。迷霧雖然得到了片刻的澄清，呈現在他眼前的卻是一道萬丈深淵。

「還有人知道這件事情嗎？」他問道。

「我沒跟別人說過。」

「可是，這個傢伙，我是說你這個朋友，他會不會寫信告訴別的甚麼人呢？」

「呃，依我看，他應該認識一兩個別的人。」

「會裏的嗎？」

「很有可能。」

「我這麼問，是因為他有可能跟別人形容過這個博迪・愛德華茲的長相。那樣的話，咱們就可以把這個傢伙查出來。」

「呃，是有這個可能。不過，我倒覺得他並不認識這個傢伙。他無非是跟我說說他從工作當中得來的消息而已。他怎麼會認識這個平克頓偵探呢？」

麥克默多猛一激靈。

「老天作證！」他叫道，「我知道這個傢伙是誰了。我可真是個傻子，以前竟然沒有察覺這件事情。我的天！不過，咱們的運氣真是不錯！咱們很快就可以把他處理掉，不會讓他有時間製造麻煩。聽着，莫里斯，你願意把這件事情交託給我嗎？」

「當然願意，我巴不得推掉這個包袱呢。」

「那就交給我好了。你可以徹底撇清自己，一切都由我來處理。我甚至可以不提你的名字，把整件事情算到我自己頭上，就跟這封信是我收來的一樣。這樣的話，你覺得滿意嗎？」

「正合我意。」

「好吧，你不要再管這件事情，提都不要再提。我這就到會裏去，我們很快就可以煞一煞平克頓這個老東西的威風。」

「你們不會殺死這個人吧？」

「你知道得越少，莫里斯老兄，心裏的包袱就越小，睡得也就越好。別問甚麼問題，這些事情不妨聽其自然。到現在，這件事情已經歸我了。」

告辭的時候，莫里斯悲哀地搖起頭來。

「我覺得，我的手上已經沾滿了他的鮮血，」他唉聲嘆氣地說道。

「不管你怎麼算，自衛也不能算是謀殺，」麥克默多獰笑着說道。「他不死，咱們就得死。按我看，如果任由這傢伙在山谷裏長期活動的話，他準保會把咱們趕盡殺絕。咳，莫里斯兄弟，我們真該選你當會首才是，你可是實實在在地挽救了整個幫會啊。」

話雖然說得輕描淡寫，麥克默多的舉動卻清清楚楚地表明，他把這個新情況看得相當嚴重。可能是因為作賊心虛，也可能是因為平克頓偵探事務所的威名，還可能是因為他聽說那些財雄勢大的公司已經將鏟除掃魂幫的事情引為己任，不管是甚麼原因吧，他的舉動說明他已經做好了最壞的打算。出門之前，他銷毀了所有那些可能構成罪證的文件。這之後，他覺得自己可保無虞，不由得心滿意足地長吁了一口氣。可是，他肯定是沒能完全抹去禍事臨頭的感覺，因為在前往分會的路上，他特意到老沙夫特的家裏去了一趟。這座房子已經變成了他無權踏足的禁地，不

過他敲了敲窗子，伊蒂便從屋裏來到了他的身邊。她愛人的眼睛裏不再有愛爾蘭人那種眉飛色舞的頑皮勁頭，面對他正經八百的凝視，她意識到他遇上了危險。

「一定是出了甚麼事情！」她叫道。「噢，傑克，你遇上危險了！」

「你放心，事情並不是特別地糟糕，親愛的。不過呢，咱們最好趕在局面惡化之前挪挪地方。」

「挪挪地方？」

「我曾經答應過你，有朝一日會離開這裏。眼下我覺得，離開的時間已經到了。今晚我聽到了一點兒消息，不妙的消息，照我看，麻煩很快就要上門。」

「警察嗎？」

「呃，是一個平克頓的偵探。當然嘍，小心肝兒，你保準兒不知道那是甚麼東西，也不知道它對我這樣的人來說意味着甚麼。我在這件事情當中陷得太深了，興許得趕緊抽身才行。你以前說過，如果我走的話，你會跟我一起走的。」

「噢，傑克，你要是肯走，那就等於是得救了啊！」

「在有些事情上，我也算是個誠實的人，伊蒂。不管這世道拿甚麼東西來引誘我，我都不會讓你那顆漂亮的腦袋上少一根頭髮。還有啊，在我的心目當中，你的位置永遠都是雲端的那個黃金寶座，我絕不會把你往下拽，哪怕是一英寸也不會。你相信我嗎？」

她沒有說話，只是把自己的手放進了他的手心。

「好吧，那你就要聽我說，還要照我說的去做，說實

在的，咱們只有這麼一條出路。這座山谷裏馬上就要出大事了，我從骨子裏就有這種預感。說不定，我們當中有很多人都得多加小心才是。不説別人，我不小心是不行的。我要走的時候，不管是白天還是晚上，你都必須跟我一起走！」

「你走的話，我馬上就會跟過去，傑克。」

「不，不行，你必須跟我**一起**走。這座山谷會把我拒之門外，讓我永遠也不能回來，更何況，我興許還得躲避警察，壓根兒就沒法捎信給你，這樣的話，我怎麼能把你扔在這裏呢？你必須跟我一起走。我來的那個地方有一個好心的婦人，我會把你安頓在她那裏，直到我倆可以成親的時候為止。你會去嗎？」

「會的，傑克，我會去。」

「你這麼信任我，願上帝保佑你！要是辜負了你的信任，那我可真算是地獄裏鑽出來的惡魔了。好了，你千萬要記好，伊蒂，到時我只會給你捎一句話，聽到這句話之後，你就得放下所有的事情，立刻到車站的候車室裏去等我，不見不散。」

「只要聽到你捎來的話，白天晚上我都去，傑克。」

自個兒的逃亡計劃既已鋪開，麥克默多好歹是鬆了口氣。接下來，他來到了分會的會場。會議已經開始，經過一番繁複的暗語對答之後，他終於通過了外場警衛和內場警衛的森嚴關卡。他步入會場的時候，歡呼的聲音和問候的話語嗡嗡嗡地響成了一片。長長的房間坐得滿滿當當，繚繞煙霧之中，他看到了會首頭上那一蓬糾結的黑色鬃毛，看到了鮑德溫那副不懷好意的冷酷面容，看到了分會

書記哈拉維那張貪婪的面孔，還看到了其他的十幾個分會頭目。他覺得非常高興，因為這些人都在會場，可以一起商討他帶來的消息。

「說真的，我們都很高興見到你，兄弟！」主席高聲說道。「這兒剛好有件事情，需要一個所羅門 * 式的人物來作個公斷。」

「是蘭德爾和伊甘的事情，」麥克默多就座之後，鄰座解釋道。「他倆都說自己在斯戴列斯當殺死了那個名叫克雷布的老傢伙，都說自己應該拿到分會開出的賞金，誰知道那顆要命的子彈是他倆之中的哪一個打出去的呢？」

麥克默多站起身來，舉起一隻手。他臉上的表情立刻攫住了所有人的注意，全場鴉雀無聲，等着他開口說話。

「尊貴的會首，」他的語氣十分沉重，「我有急事稟告！」

「既然麥克默多兄弟有急事，」麥金提說道。「按照本會的規矩，咱們就應該優先討論他的事情。說吧，兄弟，我們都聽着呢。」

麥克默多從口袋裏掏出了那封信。

「尊貴的會首，各位兄弟，」他說道，「今天我帶來的並不是甚麼好消息，可咱們還是應該知道這件事情、商討這件事情，這樣總比咱們所有人毫無防備地遇上滅頂之災要好。根據我收到的消息，本州最有錢有勢的一些公司已經勾結在了一起，目的是消滅咱們。就在我說話的這個

---

* 所羅門 (Solomon) 是傳說之中的古代以色列國王，以多謀善斷著稱。《駝背男子》當中曾經提及的「大衛」是所羅門的父親。

時刻，一個名叫博迪·愛德華茲的平克頓偵探正在這座山谷裏搜集證據，他搜集的證據興許會讓咱們當中的不少人套上絞索，還會把這間屋子裏所有的人送進重犯牢房。我剛才說有急事，就是想請大家來討論這樣的形勢。」

會場裏頓時一片死寂。接下來，主席打破了沉默。

「你說的這些有甚麼憑據呢，麥克默多兄弟？」他問道。

「憑據就在我收到的這封信裏面，」麥克默多說道，跟着就把信裏的那段文字大聲地念了一遍。「這事情關係到我的個人信用，所以我不能透露與這封信相關的更多細節，也不能把信交給你們。不過我可以保證，信裏面的其他內容都跟本會的利益沒有任何關係。我已經把我收到的消息原原本本地告訴了你們。」

「容我插一句，主席先生，」一名年長的兄弟說道，「我聽說過博迪·愛德華茲這個人，還聽說他是平克頓偵探事務所裏最屬害的一名偵探。」

「有人知道他長甚麼樣嗎？」麥金提問道。

「有的，」麥克默多說道，「我知道。」

會場裏響起了一片驚愕的低語聲。

「依我看，他已經栽進了咱們的手心，」麥克默多接着說道，臉上帶着興高采烈的笑容。「如果咱們迅速地採取適當的行動，這件事情就會煙消雲散。只要你們給我信任和支持，咱們就甚麼也不用害怕。」

「說到底，咱們有甚麼可害怕的呢？他能對咱們的事情有甚麼了解呢？」

「議員，如果所有的人都跟您一樣堅定的話，您當然可以這麼說。可是，這傢伙的背後還有那些資本家的萬貫錢財呢。您難道認為，咱們這些個分會裏面連一個可以收買的軟骨頭都沒有嗎？他肯定能搞到咱們的秘密，說不定已經搞到了。可靠的補救方法只有一種。」

「也就是說，不能讓他走出這座山谷，」鮑德溫說道。

麥克默多點了點頭。

「說得好，鮑德溫兄弟，」他說道。「你我之間雖然有不少分歧，今晚你倒是說到了點子上。」

「那麼，他究竟在哪兒呢？咱們該到甚麼地方去會會他呢？」

「尊貴的會首，」麥克默多懇切地說道，「我想跟您說的是，這件事情對咱們太過生死攸關，並不適合在大會上公開討論。要說我懷疑在座的任何一位兄弟的話，老天爺也容不得我，可是，一旦這個傢伙聽到了一丁點兒風聲，咱們就再也別想逮着他了。我要求分會挑幾個可靠的兄弟來組建一個委員會，主席先生——容我斗膽建議，您自己算一個，鮑德溫兄弟也算一個，另外再加上五個兄弟。這之後，我就可以毫無顧慮地向委員會稟告我知道的所有事情，再加上我擬訂的全盤計劃。」

他的提議立刻得到採納，委員會也迅速組建起來。除了主席和鮑德溫之外，委員會的成員還包括一臉貪相的哈拉維書記、殘忍的年輕殺手「老虎」科馬克、司庫卡特，以及悍不畏死、百無禁忌的威勒比兄弟。

這天晚上，會場裏慣有的那種狂歡場面為時短暫，

氣氛也不像平常那麼熱烈，原因是這幫人的心裏籠上了一層陰影，不少人破天荒第一次看到了這樣的一幅景象：嫉惡如仇的法律之雲冉冉上升，漸漸飄進了那片長年庇護他們的晴朗天空。他們已經把自己施於他人的恐怖看成了天經地義的生活常態，以至於覺得報應是一件虛無縹緲的事情，眼下呢，報應突然變得如此迫近，自然就格外地令人膽寒。這麼着，他們早早地散了席，只有各位頭領還在那裏商議對策。

「說吧，麥克默多！」其他人走了之後，麥金提說道。在場的只剩了委員會的七名成員，全部都一動不動地坐在自個兒的座位上。

「剛才我說了，我認得博迪·愛德華茲，」麥克默多解釋道。「用不着我說，你們也知道他在這兒用的不是這個名字。他這個人膽子很大，但還沒大到失去理智的程度。眼下他化名斯蒂夫·威爾遜，寄住在霍布森帕奇。」

「這你是怎麼知道的呢？」

「因為我跟他搭過話。當時我沒把這件事情放在心上，要不是收到了這封信的話，肯定也不會再去回想。可是，現在我可以肯定，他真的就是那個偵探。這個星期三，我坐火車到下邊去，結果就在火車上碰見了這個人。要說這世上有難纏的人的話，這傢伙就得算上一個。他說他是一名記者，當時我也相信了他的話。他千方百計地打聽掃魂幫的事情，還打聽他所謂的『各種暴行』，說是在替紐約的一家報紙寫報道。他拿各種各樣的問題來問我，

指望着弄到一點兒情報。你們只管放心，我沒有透露任何秘密。『我會給你錢的，而且不會少給，』他這麼跟我説，『只要你能給我一點兒適合我主編口味的東西。』我估摸着説了一些他可能會愛聽的話，他就給了我一張二十元的鈔票，説是資料費。『如果你能把我需要的資料都搞來的話，』他説，『還有十倍的賞錢等着你呢。』」

「那麼，你究竟跟他説了些甚麼呢？」

「都是我臨時瞎編的東西。」

「你怎麼知道他不是記者呢？」

「我這就告訴你們。他在霍布森帕奇下了車，我也是在那兒下的。我碰巧去了一趟電報局，正好看到他從裏面出來。

「『瞧瞧這個，』他出去之後，報務員説了一句，『要我説，這種東西我們應該收雙倍的價錢。』——『我看也是，』我應了一句，因為照我們看，他填在電報表格裏的東西恐怕得是中文。報務員又説，『這種玩意兒，他每天都要發一張。』『是啊，』我説，『這肯定是專供他那張報紙的獨家新聞，他生怕讓別人給搶了去。』這就是我和那個報務員當時的想法，眼下我可不這麼想了。」

「我的天！我看你説得沒錯，」麥金提説道。「不過，按你看，咱們該怎麼處理這件事情呢？」

「幹嗎不立刻過去收拾他呢？」有人提出了建議。

「是啊，越早越好。」

「要是知道該上哪兒去找他的話，我一分鐘也不會耽擱，」麥克默多説道。「他確實住在霍布森帕奇，可我並

不知道具體是哪座房子。不過，如果你們願意聽的話，我倒有一個計劃。」

「是嗎，甚麼計劃呢？」

「我明早就去霍布森帕奇，通過那個報務員跟他聯繫。按我看，那個報務員應該有辦法找到他。然後我就告訴他，我自個兒就是自由人會的會員，只要他肯出錢，我可以把會裏所有的秘密告訴他。你們放心好了，他肯定會感興趣。我會跟他說，文件都在我的家裏，可他不能在周圍有人的時候到我家裏來，要不然我就性命難保。這道理誰都明白，他也不會不同意。我會叫他夜裏十點到我家來，答應給他看所有的東西。這樣的話，他肯定會來的。」

「然後呢？」

「剩下的事情你們可以自己安排。寡婦麥克納馬拉的房子沒有四鄰，她這個人跟鋼鐵一樣可靠，耳朵又聾得像根電線杆子。房子裏沒有別的租客，只有我和斯甘藍。如果他答應來的話，我就會通知你們，還有啊，我建議你們七位九點鐘的時候到我家裏集合。到時候，咱們先把他放進屋來，如果他還能活着出去的話，呃，下半輩子就可以大吹特吹博迪·愛德華茲的運氣啦！」

「我沒搞錯的話，平克頓的事務所很快就會空出一個位子來。就這麼辦吧，麥克默多。明晚九點，我們準時過去找你。等他進屋之後，你只需要把門一關，剩下的就是我們的事情了。」

第七章
博迪・愛德華茲的陷阱

　　正如麥克默多所說，他住的是一座孤零零的房子，特別適合用來實施他們謀劃的那種罪行。房子坐落在鎮子的最邊緣，又跟大路隔着相當長的一段距離。換作是其他情形的話，這幫不軌之徒完全可以照搬那種屢試不爽的老辦法，直接喊出目標的名字，然後就把手槍裏的子彈全部傾瀉到目標身上。然而，這一次的情形有所不同，他們很有必要弄清楚，這個人究竟知道多少，怎麼知道的，已經匯報給東家的又有多少。

　　說不定，對方的事情已經辦完，他們的行動終歸是遲了一步。果真如此的話，他們至少可以對辦事的人進行報復。不過，他們樂觀地認為，這個偵探還沒有弄到甚麼至關重要的情報。按他們的看法，如果情況與此相反的話，這個偵探就不會大費周章地把麥克默多提供的情報記下來，然後再發回去，因為據麥克默多所說，他告訴這個偵探的都是些瑣碎無聊的東西。當然嘍，情況究竟如何，他們都可以從這個偵探自個兒的嘴裏知道。一旦逮住了他，他們總會有辦法撬開他的嘴巴。跟不情不願的證人打交道，對他們來說可不是第一次了。

　　按照事先商定的計劃，麥克默多啟程前往霍布森帕

奇。這天早上，警察似乎對他特別地感興趣。他在車站等車的時候，自稱是他芝加哥老熟人的那個馬文隊長竟然實實在在地跟他打起了招呼，而他別過身去，沒有搭理這個警察。當天下午，他結束任務返回鎮上，跟着就到團結會館去拜見麥金提。

「他會來的，」他說道。

「好極了！」麥金提說道。這個大漢沒穿外套，寬大的馬甲上斜墜着熠熠生輝的鏈飾和圖章，一顆鑽石透過狷毛一般的鬚髯邊緣閃着光芒。酒廊生意和政治權術已經把這個頭領變成了一位財雄勢大的人物，這樣一來，昨天夜裏，那幅監獄加絞架的影像從他眼前一閃而過的時候，他自然是覺得格外膽寒。

「你覺得他知道得多嗎？」他迫不及待地問道。

麥克默多神色凝重地搖了搖頭。

「他來這邊的時間已經不短啦——至少也得有六個星期。要我說，他可不是到這兒來找礦的。他已經在咱們當中活動了這麼久，兜裏又裝着鐵路公司的大把鈔票，我看他肯定是弄到了一些情報，而且已經發回去了。」

「咱們會裏可沒有軟骨頭，」麥金提叫道。「他們都跟鋼鐵一樣可靠，哪一個也不例外。話說回來，我的天！還有莫里斯那個混蛋呢。他怎麼樣呢？要說有人出賣咱們的話，那就只可能是他。我倒想不等天黑就派兩個哥們兒去狠揍他一頓，看看能不能從他嘴裏問出點兒甚麼來。」

「呃，這麼做倒也無妨，」麥克默多回答道。「我不否認我對莫里斯有點兒好感，不忍心看到他遭受傷害。他

跟我談過一兩次會裏的事情，雖然說看法跟您和我不太一樣，倒也不像是那種會去告密的人。當然嘍，這是您和他之間的事情，我沒有權利干涉。」

「我一定要收拾這個老混蛋！」麥金提說道，恨恨地罵了一句。「前面這一年，我一直都盯着他呢。」

「呃，這些事情您肯定最清楚，」麥克默多回答道。「不過，不管有甚麼打算，您都得等到明天。平克頓這件事情解決之前，咱們必須放低身段。可不能去捅警察的馬蜂窩，今天去捅就更要不得。」

「你說得對，」麥金提說道。「再者說，咱們反正可以從博迪·愛德華茲本人那裏知道他的消息來源，不行就把他的心挖出來瞧一瞧。按你的感覺，他看出這是個陷阱了嗎？」

麥克默多笑了起來。

「按我看，我可算是戳到了他的軟肋！」他說道。「只要你給他指一條追蹤掃魂幫的明路，讓他追到地獄裏去他都肯幹。我還收了他的錢呢，」麥克默多咧嘴大笑，掏出了一大捲鈔票，「等我給他看了所有的文件之後，他還會再給我這麼多。」

「甚麼文件？」

「呃，甚麼文件也沒有。只不過，我跟他胡謅了一大堆章程、守則、會員表格之類的東西。他打算把所有的事情弄個一清二楚，然後再離開這裏。」

「說真的，他這麼想就對了，」麥金提惡狠狠地說道。「他沒有問你為甚麼不把文件帶去給他嗎？」

「我本來就受到了警方的懷疑，今天在車站的時候，

馬文隊長還想跟我聊聊呢。這樣的情形之下，我要把這種東西帶在身上才怪呢！」

「是啊，馬文找你的事情我也聽說了，」麥金提說道。「要我說，這件活計帶來的麻煩恐怕會落到你的頭上。幹掉他之後，咱們可以把他扔進一個廢棄的礦井。可是，不管咱們怎麼幹，終歸繞不過這樣一個事實：這個人住在霍布森帕奇，而你今天剛好去過那裏。」

麥克默多聳了聳肩。

「只要咱們做得穩妥，他們就證明不了人是咱們殺的，」他說道。「他來的時候天已經黑了，不會有人看見他走進我的房子，而我可以打賭，更不會有人看見他出去。聽我說，議員，我這就跟您講講我的計劃，請您安排其他的人照此辦理。首先，你們大家都得準時到達。很好。十點鐘的時候，他來了。他會敲三下門，我會去給他開門，然後就繞到他身後去把房門關上。這時候，他已經落到了咱們的手裏。」

「這些都非常容易、非常簡單。」

「沒錯。可是，下一步就需要多加考慮了。這個傢伙很難對付，而且武裝到了牙齒。我雖然騙得他團團轉，可他多半還是會有所防備。想想吧，我直接把他領進來，他本以為房間裏只有我一個人，結果卻看到另外還有七個，這樣就肯定會發生槍戰，肯定會有人受傷。」

「確實是這樣。」

「還有啊，槍聲肯定會讓鎮子裏所有那些該死的警察拼死拼活地趕過來。」

「我看你說得沒錯。」

「我是這麼打算的。你們都待在一間大屋裏，就是您上次找我聊天的時候看見的那一間。我去給他開門，把他領進門邊上的那間會客室，然後就把他撇在那兒，跟他說我要去取文件，趁機向你們通風報信。接下來，我拿上一些假文件回去找他。他開始看文件的時候，我就撲到他的身上，鉗住他用槍的那隻胳膊，大聲招呼你們。聽到我招呼之後，你們得趕緊衝過來，越快越好，因為他跟我一樣強壯，我不一定對付得了他。話又說回來，我應該可以拖住他，直到你們趕來為止。」

「你的計劃非常不錯，」麥金提說道。「分會絕不會忘記你這次的功勞。依我看，等到我卸任的時候，接班人的名字我心裏還是有數的。」

「說真的，議員，我不過是一名新兵而已，」麥克默多嘴上是這麼說，臉上卻寫得明明白白，他並不是對這位顯赫人物的誇獎無動於衷。

回家之後，他自己也做了一些準備，以便應付即將來臨的嚴峻夜晚。他首先清洗了一下自己的史密斯－威森左輪手槍 *，給槍上了油、裝上子彈，然後就把用來伏擊偵探的那個房間檢查了一遍。這是個寬敞的房間，房間中央擺着一張長長的松木桌子，其中一面牆的旁邊放着一個巨大的火爐，其餘三面牆上都有窗子，窗子上沒有窗板，只掛了一些淺色的窗簾。麥克默多專心致志地檢查了一遍窗子，毫無疑問，他已經注意到這個房間很不隱蔽，並不

---

* 　史密斯－威森 (Smith & Wesson) 為美國著名手槍製造商。

適合如此秘密的一次集會。不過，房間離大路相當遠，多少彌補了這個缺陷。檢查完房間之後，他跟同屋的斯甘藍商量了一下晚上的事情。斯甘藍雖說加入了掃魂幫，但卻是個安分守己的小角色。他軟弱得不敢公開反對同志們的意見，暗地裏卻對自己時不時被迫參與的血腥行徑深惡痛絕。麥克默多跟他簡短地說了說晚上的計劃。

「我要是你的話，邁克·斯甘藍，今天晚上就會上別處去，離這件事情遠遠的。天亮之前，這裏肯定會發生血淋淋的事情。」

「好的，這樣最好，麥克 *，」斯甘藍回答道。「我倒不是不願意參加，怕就怕自己沒那個膽量。上一次，在那邊的煤礦裏看到鄧恩經理倒下的時候，我真的覺得承受不了。我生來就不適合這種事情，跟你和麥金提不一樣。如果會裏沒意見的話，我就照你說的辦，今晚就不在這裏礙你們的事兒了。」

參加行動的人準時來到了麥克默多家裏。從外表上看，他們都是些值得尊敬的市民，衣着光鮮、儀容整潔，不過，善於相面的人可以通過他們緊抿的嘴唇和冷酷的眼睛看出來，博迪·愛德華茲不會有任何活命的希望。房間裏隨便哪個人的手上都有十幾條人命，他們殺人殺成了習慣，就跟宰羊一樣若無其事。

當然，不管是看外表，還是看過去的罪孽，元兇首惡都得算是那個猙獰可怖的頭領。擔任書記的哈拉維是個心

---

* 這個「麥克」(Mac) 是「麥克默多」(McMurdo) 的親暱省稱，前文之中，福爾摩斯也稱「麥克唐納」(MacDonald) 為「麥克」。

黑手狠的瘦子，長長的脖子皮包骨頭，緊張的四肢不停抽搐。在關係到分會財務的問題上，他表現出了無法動搖的忠誠，除此之外，他跟任何人都不講公道與誠信。司庫卡特是個表情淡漠以至陰鬱的中年人，膚色如同發黃的羊皮紙。他善於出謀劃策，所有暴行的具體細節幾乎都是出自他那顆詭計多端的腦袋。威勒比兄弟擔當着打手的角色，兩個人都是身材頎長、動作敏捷、面容堅毅的小伙子，他倆的同行「老虎」科馬克則是個膀大腰圓、膚色黝黑的青年，就連會裏的同志都對他兇暴的性情談虎色變。這天晚上，聚到麥克默多家裏來殺那名平克頓偵探的就是這麼一幫子人。

主人在桌子上備了威士忌，他們已經急不可耐地灌了一氣，也算是為接下來的活計做點兒準備。鮑德溫和科馬克已經喝得半醉，全身的兇性都被酒精勾了出來。這個時節，夜裏依然很冷，房間裏的爐子是生着火的。科馬克把雙手伸到爐子跟前烤了一會兒。

「有這個就行了，」他說道，惡狠狠地罵了一句。

「對，」鮑德溫心領神會地說道。「咱們可以把他綁到爐子上，不怕他不說實話。」

「不用擔心，咱們肯定能聽到他的實話，」麥克默多說道。這個人真是擁有鋼鐵一般的意志，整件事情的重擔全部壓在了他的肩頭，可他仍然冷靜從容、若無其事。其他人也注意到了這一點，不由得交口稱贊。

「你就是他的克星，」頭領讚許地說道。「在你扼住他的咽喉之前，他根本察覺不到你的意圖。美中不足的

是，你這些窗子沒裝窗板。」

麥克默多挨個兒走到每一扇窗子跟前，把窗簾拉嚴實了一些。

「現在好了，肯定沒人能偷看咱們了。時間也快要到了呢。」

「搞不好他不會來。搞不好，他已經嗅到了危險的氣味，」書記說道。

「不用擔心，他會來的，」麥克默多回答道。「他火急火燎地想要來，就跟你們火急火燎地想要見他一樣。聽，有動靜！」

他們直挺挺地坐在那裏，活像是一尊尊蠟像，有的人剛剛舉起杯子，杯子也停在了半空。門上傳來了三聲響亮的叩擊。

「噓！」

麥克默多抬手示意大家不要出聲。房間裏的人紛紛開始交換欣喜若狂的眼神，全都把手放在了藏在衣服裏的武器上。

「別弄出任何動靜，這可是要命的事情！」麥克默多悄聲說道，跟着就走出房間，小心翼翼地帶上了房門。

兇手們支起耳朵靜靜等待，連這位同志穿過走廊的腳步都可以一聲一聲地數出來。接下來，他們聽見他打開了外面的門，又聽見幾句寒暄，然後就聽見屋裏響起了一陣陌生的腳步和一個陌生的嗓音。片刻之後，外間傳來了重重關門的聲音和鑰匙轉動門鎖的聲音。他們的獵物已經完完全全地掉進了陷阱。「老虎」科馬克獰笑起來，麥金提

頭領忙不迭地伸出大手，捂住了他的嘴。

「別出聲，你這個蠢貨！」頭領悄聲説道。「你可別壞了咱們的事！」

隔壁的房間裏傳來了嘰里咕嚕的交談，在他們聽來簡直是沒完沒了。接下來，房門開了，麥克默多再次現身，把手指豎在嘴上做了個噤聲的手勢。

他走到桌子盡頭，掃視着房間裏的人。他的神態已經發生了一點兒微妙的變化，一副重任在肩的模樣。他的臉變得像花崗岩一樣堅定，眼睛從眼鏡後面射出激情澎湃的熾烈光芒，領袖的風範呼之欲出。他們急不可待地盯着他，可他一句話也不説，只顧着用那種直勾勾的古怪眼神挨個兒掃視所有的人。

「行了！」麥金提頭領忍不住叫了起來。「他來了嗎？博迪·愛德華兹來了嗎？」

「來了，」麥克默多慢吞吞地回答道。「博迪·愛德華兹就在這兒，我就是博迪·愛德華兹！」

這句簡短宣言之後，足足有十秒鐘的時間，房間裏一片死寂，簡直就跟空無一人似的。此時此刻，爐子上那隻水壺的嘶嘶聲陡然變得格外尖利、格外刺耳。七個臉色煞白的人仰望着這個居高臨下俯視他們的人，七張臉都僵在了徹底的恐懼之中。突然之間，玻璃紛紛碎裂，一根根閃閃發亮的來復槍管從每一扇窗子外面伸進了屋裏，與此同時，所有的窗簾都被扯了下來。

見此情景，麥金提頭領發出一聲受傷熊羆的怒吼，猛然衝向半掩的房門，迎頭卻撞上了一把平端着的左輪手

槍，手槍的準星後面是礦警部隊馬文隊長那雙寒光閃爍的藍眼睛。頭領倒退幾步，癱倒在了自己的椅子上。

「還是待在那兒比較安全，議員，」據他們所知名為「麥克默多」的人說道。「還有你，鮑德溫，你不趕緊讓你的手離開槍把的話，那你可算是逃脫絞架啦。把手拿出來，要不然，老天作證──行了，這樣就好。這座房子周圍有四十個全副武裝的伙計，你們可以自個兒算算，逃脫的希望究竟有幾成。下掉他們的手槍，馬文！」

這麼些來復槍在周圍虎視眈眈，反抗顯然是不可能的事情。被人繳械之後，這幫人仍然坐在桌子周圍，面色陰沉、服服帖帖、驚駭莫名。

「分別之前，我還想跟你們說兩句，」設下陷阱捉住他們的人說道。「依我看，在我出庭作證之前，咱們一時半會兒是見不上面啦。我這就給你們講點兒事情，在咱們分別的這段時間裏，你們可以好好地回味回味。我究竟是誰，眼下你們已經知道了。到這會兒，我終於得到了亮出底牌的機會。我是平克頓偵探事務所的博迪・愛德華茲，奉命來鏟除你們的幫會。我玩的是一場又艱難又危險的遊戲。我玩的遊戲沒有人知道，沒有一個人知道，我最親最近的人也不知道。知道這件事情的人只有這位馬文隊長，再加上我的東家。謝天謝地，遊戲已經在今晚宣告結束，贏家是我！」

七張慘白僵硬的臉仰望着他，眼睛裏都寫着不共戴天的仇恨。他心裏明白，他們已經發出了絕無寬貸的威脅。

「你們興許覺得，遊戲到這兒還不算完。呃，那我也只能賭賭運氣。不管怎麼樣，你們當中的一些人已經沒有接着玩的機會了。除了你們之外，今晚還會有六十個傢伙鋃鐺入獄。這麼說吧，接到這件工作的時候，我壓根兒就不相信，世上竟然會有你們這種幫會。我以為這只是報紙的胡謅，還打算證明給他們看。他們告訴我，這事情跟自由人會有關，於是我去了芝加哥，在那裏入了會。入會之後，我更加確信這只是報紙的胡謅，因為我發現這個會做了不少好事，並沒有為非作歹。

「話雖如此，我還得接着幹我的工作，所以才走進了這些產煤的山谷。來了這裏之後，我意識到自己想錯了，意識到這終歸不是十分錢小說 * 裏面的情節。於是乎，我留下來料理這件事情。我沒有在芝加哥殺過人，這輩子也沒有偽造過哪怕是一塊錢。我給你們的那些錢一點兒都不假，當然也不是白給，那些錢花得再合算不過了。為了投你們所好，我才裝成了負案潛逃的模樣。這個辦法的效果完全符合我的預計。

「這麼着，我加入了你們那個罪惡的幫會，替你們出謀劃策。有人興許會說，我也跟你們一樣壞。只要能夠抓到你們，我可不在乎別人會有甚麼話説。不過，事實究竟如何呢？我入會的當天晚上，你們毆打了斯坦格爾老先生。因為沒有時間，我沒能提前向他發出警告，可我制止了你，鮑德溫，沒讓你把他往死裏打。要說我給你們提供過甚麼建議的話，那也是為了取得你們的信任，與此同

---

*　「十分錢小説」參見《巴斯克維爾的獵犬》當中的注釋。

時，我建議的都是一些我有把握阻止的事情。因為情報太過有限，我沒能挽救鄧恩和孟席斯，不過，我一定會把殺害他倆的兇手送上絞架。我提前警告了切斯特‧威爾考克斯，所以呢，我炸掉他家房子的時候，他和他的家人早已經躲了起來。的確，我沒能阻止的罪行為數眾多，可你們不妨回想一下，有多少次，你們的目標選擇了不同的回家路線，或者是趕在你們上門之前進了城，又或是在你們算定的外出時間待在了屋裏，想明白這些事情，你們就可以知道，我到底幹了些甚麼。」

「你這個該死的叛徒！」麥金提咬牙切齒地罵了一句。

「咳，約翰‧麥金提，如果叫我叛徒能讓你痛快一點兒的話，那你就這麼叫好了。你和你那幫人是上帝的敵人，也是這一帶所有居民的敵人，總得有人挺身而出，讓那些可憐的男男女女擺脫你們的魔爪。這事情只有一種方法可以辦到，所以我就用上了這種方法。你可以把我叫做叛徒，可我覺得，成千上萬的人會把我叫做地獄裏的救星。我已經在地獄裏待了三個月，即便他們讓我到華盛頓的國庫裏去隨便拿錢，我也不願意再待三個月。之前我不得不留在這裏，是因為我必須掌握所有的情況，弄清楚所有的人、所有的秘密。本來我還會稍微多等一陣的，只可惜我突然發現，我的秘密面臨着暴露的危險。有一封信來到了這個鎮子裏，很可能會讓你們恍然大悟。所以我只好採取行動，而且刻不容緩。

「我要跟你們說的就是這些。最後還有一句，等到我大限臨頭的時候，想到我在這座山谷裏完成的工作，我肯

定會死得更加安然。好了，馬文，我不耽擱你們了。帶他們走，把這件事情了結了吧。」

講到這裏，故事已經接近尾聲。斯甘藍奉命將一封密信送往伊蒂‧沙夫特小姐的住處，接到這個任務的時候，他眨巴了一下眼睛，心領神會地笑了笑。第二天凌晨，一個美麗的女子和一個渾身包裹得嚴嚴實實的男人登上了鐵路公司安排的一趟專列，飛快地離開了這片危險的土地，中途沒有任何停頓。從那以後，伊蒂和她的愛人再也不曾踏入這座恐怖之谷。十天之後，他倆在芝加哥結了婚，老雅各布‧沙夫特也見證了他倆的婚禮。

掃魂幫的審判地點遠離恐怖之谷，他們的徒眾無法再對執法人員進行恐嚇。他們苦苦掙扎，只可惜無濟於事。為了逃脫覆滅的命運，掃魂幫大把大把地花費他們從整個鄉區勒索來的金錢，依然是枉費心機。一個對他們的生活、組織、罪行無所不知的證人提供了一份嚴整清晰、客觀冷靜的證詞，他們的辯護人機關算盡也無法撼動。到最後，橫行多年的掃魂幫終於土崩瓦解，籠罩山谷的陰雲從此一掃而空。

麥金提在絞架上結束了自己的生命，臨刑的表現則是抖如篩糠、哀號不已。八名主要黨羽落得了跟他一樣的命運，還有五十來個會員得到了長短不一的刑期。到這個時候，博迪‧愛德華茲可謂大功告成 *。

---

* 很多西方學者認為，「恐怖谷」的故事是以愛爾蘭裔美國人組建的秘密組織「莫利‧馬蓋爾幫」(Molly Maguires) 為藍本，該幫會成員包括許多礦工，自南北戰爭時期開始活躍於賓夕法尼亞一帶，後被控犯有綁架、謀殺等罪行，於 1876 至 1878 年間受到

然而，正如他的預料，遊戲到這兒還不算完。接下來不是只有一局，而是一局接着一局，沒完沒了。逃過絞架的掃魂幫不在少數，特德·鮑德溫就是其中之一，威勒比兄弟和其他幾名最為兇惡的幫會成員也是如此。十年的時間裏面，他們從社會上銷聲匿跡，終於有一天，他們重新獲得了自由。愛德華茲非常了解自己的對手，心裏也十分清楚，從這一天開始，自己就不會再有太平的日子。他們已經發下了最為鄭重的誓言，一定要用愛德華茲的鮮血洗清同志們的冤仇。為了踐行自己的誓言，他們可真是竭盡全力！

　　愛德華茲還在芝加哥的時候，他們有過兩次非常接近成功的嘗試，以致他不得不相信，自己逃不過第三次。於是他改名換姓，搬到了加利福尼亞。到了那裏之後，伊蒂·愛德華茲不幸去世，他的生活一時間變得暗淡無光。接下來，他再一次險遭殺害，不得不再一次改名換姓，頂着道格拉斯的姓氏到一個荒涼的峽谷裏去工作。在那裏，他跟一個名叫巴克爾的英國人合伙開礦，賺到了一大筆錢。到最後，警報又一次傳來，那群惡狗又一次嗅到了他的蹤跡。千鈞一髮之際，他成功地逃到了英格蘭。這一來，我

審判，多名成員被處絞刑。在消滅「莫利·馬蓋爾幫」的行動當中，平克頓偵探事務所的愛爾蘭裔偵探詹姆斯·麥克帕蘭 (James McParland, 1843–1919) 化名詹姆斯·麥金納 (James McKenna)，成功滲入幫會內部，他的證詞對指控該幫會發揮了至關重要的作用。也有學者認為，消滅「莫利·馬蓋爾幫」的行動實際上是資本家對工人運動的一次鎮壓。亞瑟·柯南·道爾認識阿蘭·平克頓的兒子威廉·平克頓 (William Pinkerton)，並且知道「莫利·馬蓋爾幫」的事情，這個故事裏有很多地方都可以看到「莫利·馬蓋爾幫」的影子。

們已經看到，約翰‧道格拉斯再一次娶到了一個般配的伴侶，在薩塞克斯郡當了五年的鄉紳，最後又不得不終結自己的鄉紳生活，起因則是我們已經聽說的那些古怪事情。

第八章
尾聲

地方法庭的審訊已經結束，結論是將約翰·道格拉斯移送更高一級的法庭。季度會審 * 也已結束，結論是道格拉斯自衛殺人，無罪開釋。

「不管會有甚麼樣的代價，你也要讓他離開英格蘭，」福爾摩斯在給道格拉斯太太的信中寫道。「這裏的一些勢力比他曾經擺脫的那些勢力還要危險。待在英格蘭的話，你丈夫是沒有安全可言的。」

兩個月的時間已經過去，我們也多少有點兒淡忘了這件案子。接下來的一天早晨，一封謎一般的簡短信函來到了我們的信箱裏。「我的天，福爾摩斯先生，我的天！」這封沒留姓名地址的奇特信件如是寫道。這條古怪的訊息逗得我笑了起來，福爾摩斯的神情卻嚴肅得異乎尋常。

「事情不妙啊，華生！」他這麼說了一句，沉着臉坐了很長時間。

昨天深夜，房東哈德森太太上樓通報，有位紳士想見福爾摩斯，有重大的事情要談。緊隨她上樓的正是我們在

---

* 季度會審 (Quarter Sessions) 是當時英格蘭各地的地方法庭每季一次的會審，通常在郡城舉行，有權裁決地方法庭無權裁決的一些大案。1972 年，英格蘭和威爾士廢除了這一制度。

那座城壕拱衛的宅子裏認識的朋友，瑟希爾·巴克爾。只見他一臉憔悴，形容枯槁。

「我聽到了不好的消息，應該說是可怕的消息，福爾摩斯先生，」他說道。

「我就擔心會是這樣，」福爾摩斯說道。

「您沒有收到過甚麼電報嗎？」

「我收到了一封收到過電報的人寫來的信。」

「我要說的是可憐的道格拉斯。他們跟我說他的真名是愛德華茲，不過，對我來說，他永遠都是本尼托峽谷的那個傑克·道格拉斯。以前我告訴過您，三個星期以前，他們兩口子一起動身去了南非，搭的是『帕爾邁拉號』輪船。」

「沒錯。」

「昨天夜裏，那艘船到了開普敦。今天早上，我收到了道格拉斯太太發來的電報：

> 船至聖赫勒拿島 * 附近，傑克遇風落海。事故詳情無人知曉。

> 　　　　　　　　　　　　　　　　　　　　艾維·道格拉斯

「哈！原來是這麼回事，不是嗎？」福爾摩斯若有所思地說道。「呃，我有十成的把握，這是一次精心安排的行動。」

「您認為這不是一次事故，對嗎？」

「絕對不是。」

---

* 聖赫勒拿島 (St. Helena) 是南大西洋當中的一個火山島，因曾是拿破崙的流放地而聞名於世。

「他是被人謀殺的嗎？」

「那還用説！」

「我也這麼覺得。這些十惡不赦的掃魂幫，這幫不依不饒的該死罪犯——」

「不，不是他們，善良的先生啊，」福爾摩斯説道。「這可是大師手筆，絕不是鋸短槍管的霰彈槍和笨頭笨腦的左輪手槍所能比擬。你們可以通過筆觸認出古典大師 *的真跡，我也可以一眼看出莫里亞蒂的傑作。這椿罪行的源頭在倫敦，並不在美國。」

「可是，動機是甚麼呢？」

「主謀之所以策劃這椿罪行，是因為他不能承受失敗，因為他獨一無二的聲望正是來自他從不失手的事實。一顆了不起的頭腦跟一個龐大的組織合起來對付一個孤立無援的人，完全是小題大做，簡直就跟用汽錘去砸核桃一樣荒唐——當然嘍，荒唐歸荒唐，核桃一樣會實實在在地化為齏粉。」

「這傢伙怎麼會跟這件事情扯上關係呢？」

「我只知道這麼一個事實，關於這椿罪行，我們最早是從他的一名爪牙那裏聽到風聲的。這些美國人還是挺有心計的，要在英國辦事的時候，他們就選擇了最適合外來罪犯的一種做法，跟這個了不起的犯罪顧問勾結在了一起。從那個時刻開始，他們的目標就已經在劫難逃。剛

---

* 古典大師 (old master) 通常用來統稱十九世紀之前的歐洲大畫家，尤指文藝復興時期的大畫家。這個英文短語也可以指這些畫家的作品。

開始的時候，莫里亞蒂興許不會太當回事，只是讓自己的爪牙幫他們找出目標的下落，然後再指示他們該怎麼辦。到最後，他收到了鮑德溫失手的報告，於是就決定親自出馬，使出一記大師級的高招。還在伯爾斯通宅邸的時候，我就警告過道格拉斯，將來的危險比過去的還要大，這話你也聽見了。我沒說錯吧？」

巴克爾又是憤怒又是無奈，握緊拳頭捶了捶自己的腦袋。「您該不是說，這事情咱們只能逆來順受吧？您難道是說，誰也對付不了這個魔王嗎？」

「不，我不是這個意思，」福爾摩斯說道。他的眼神深邃悠遠，似乎已經投向了迢遙的未來。「我並沒有說他不可戰勝。不過，你必須給我時間，必須給我時間！」

我們不言不語地坐了幾分鐘，靜默之中，福爾摩斯那雙先知一般的眼睛依然一瞬不瞬，似乎是想要洞燭命運。

ISBN 978-0-19-399547-5